Hobbit
Presse
Klett-Cotta

Ja, Al MacBharrais ist gesegnet, aber er ist auch verflucht. Jeder, der seine Stimme hört, geht sofort mit unvorstellbarem Hass auf ihn los. So kann er nur schriftlich oder mit Sprach-Apps kommunizieren. Und schlimmer noch: Alle seine Lehrlinge starben bei höchst sonderbaren Unfällen. Fergus wurde bei den Highland-Spielen von einem schlecht geworfenen Baumstamm erschlagen, Ramsey wurde von schusseligen amerikanischen Touristen, die auf der falschen Straßenseite unterwegs waren, überfahren. Als sein letzter Lehrling Gordie tot in dessen Wohnung in Glasgow aufgefunden wird – er erstickte an einem rosinenhaltigen Gebäck –, entdeckt Al, dass Gordie ein geheimes, verbrecherisches Doppelleben führte und in einen schwunghaften Menschenhandel mit nichtmenschlichen Wesen verstrickt war …

KEVIN HEARNE, geboren 1970, lebt in Arizona und unterrichtet Englisch an der High School. »Die Chronik des Eisernen Druiden« machte ihn unter Fantasyleserinnen und -lesern mit einem Schlag weit über die USA hinaus bekannt.

KEVIN HEARNE

TINTE & SIEGEL

DIE CHRONIK DES SIEGELMAGIERS 1

Aus dem Amerikanischen von
Friedrich Mader

KLETT-COTTA

Hobbit Presse

www.hobbitpresse.de

Die Originalausgabe erschien unter dem Titel »Ink & Sigil« im
Verlag Del Rey, Imprint von Random House, New York
© 2020 by Kevin Hearne
Für die deutsche Ausgabe
© 2021, 2024 by J. G. Cotta'sche Buchhandlung Nachfolger GmbH,
gegr. 1659, Stuttgart
Alle deutschsprachigen Rechte vorbehalten
Printed in Germany
Cover: Birgit Gitschier, Augsburg
unter Verwendung der Daten des Originalverlags
Illustration: © Sarah J. Coleman,
Art direction: David G. Stevenson
Gesetzt von Dörlemann Satz, Lemförde
Gedruckt und gebunden von GGP Media GmbH, Pößneck
ISBN 978-3-608-98793-5

Sonderausgabe 2024

INHALT

VORSICHT, SCONES

Tote Schüler sind auf Dauer schlecht für den Ruf. Inzwischen frage ich mich, ob meiner überhaupt noch zu retten ist.

Fergus wurde bei den Highland-Spielen von einem ungeschickt geworfenen Baumstamm erschlagen.

Abigail segelte über den Himmel, als ihr Fallschirm versagte.

Beatrice war Amateurmykologin und aß ein paar giftige Pilze.

Ramsey wurde von hirnlosen amerikanischen Touristen überfahren, die auf der falschen Straßenseite unterwegs waren.

Nigel machte Urlaub in Toronto, wo ihm ein Eishockeypuck den Schädel zertrümmerte.

Alice wurde bei einer Auseinandersetzung mit Fußball-Hooligans erstochen.

Und jetzt ist auch noch Gordie, der eigentlich meine Glückszahl sieben hätte sein sollen, heute an einem Scone erstickt. In dem Gebäck waren Rosinen, ziemlich bekloppt also, das Ding zu essen, da Rosinen verderbenbringende Perversionen sind. Er hätte es einfach besser wissen müssen. Unabhängig von den Zutaten sollte man sowieso nie ein Scone essen, wenn man allein ist. Armer kleiner Kerl.

An keinem dieser Todesfälle war ich schuld, und sie standen auch in keinem Zusammenhang mit der Ausbildung in meinem Fach. Das zumindest kann ich ins Feld führen.

Aber trotzdem. Bin ich überhaupt in der Lage, einen Nach-folger auszubilden? Allmählich kommen da Zweifel auf, vor allem bei mir. Dabei hätte ich gern in nicht allzu ferner Zu-kunft einen Nachfolger, zumal ich schon über sechzig bin und meine Zeit lieber an Stränden oder in Gärten verbringen würde – jedenfalls an einem Ort, wo ich öfter die Sonne sehe.

Schottland ist nicht unbedingt berühmt für seine Sonnen-stunden. Die Highlands kriegen Jahr für Jahr zweihundert-sechzig Tage Regen ab. Aber weil es nun mal keinen Spaß macht, sich die Schotten als ständig durchnässt auszumalen, werden wir in der Fantasie anderer Länder bevorzugt mit Kilts, Dudelsäcken und unsäglicher Küche dargestellt.

Der muskelbepackte Constable, der mit routinierter Stand-festigkeit den Eingang zu Gordies Wohnung in Maryhill blo-ckierte, hob die Hand, als ich mich an ihm vorbeischlängeln und nach dem Türknauf greifen wollte. Anscheinend hatte er keine Lust, mich auf höfliche Weise weiterzuschicken. »Hast du sie nicht mehr alle, du Bampot? Zieh Leine.«

»Das können Sie sich in den Furzer rammen, Constable. Der Inspector weiß, dass ich komme, also gehen Sie mir aus dem Weg.«

Tja, den Schotten eilt nicht umsonst der Ruf einer farben-frohen Sprache voraus.

Mein Stock war in Wirklichkeit eine Waffe, die ein Mensch meines Alters offen mit sich führen durfte. Ich lehnte mich demonstrativ darauf, während ich meinen »offiziellen« Aus-weis zückte und ihn dem Mann unter die Nase hielt. Es war keine Marke und auch sonst nichts Offizielles, bloß ein Stück Ziegenhautpergament, auf das ich mit sorgfältig zubereite-ten Tinten drei Siegel geschrieben hatte. Jedes alleine hätte wahrscheinlich schon ausgereicht, und im Zusammenspiel ermöglichten sie einen praktisch unwiderstehlichen Hack des Gehirns über den Sehnerv. Die meisten Menschen waren empfänglich für Manipulationen über optische Medien – die Werbebranche war der beste Beleg dafür. Und Siegel nutzten diese kollektive Anfälligkeit noch auf weitaus wirksamere Weise aus.

Das erste, das Siegel des Durchlässigen Verstandes, war das wichtigste, weil es der Zielperson ihre Gewissheiten und Prioritäten nahm und sie offen für Vorschläge machte. Außerdem fiel es der Zielperson schwer, sich an die Geschehnisse der nächsten Minuten zu erinnern. Das nächste, das Siegel der Unumstrittenen Autorität, verlieh mir jede für den Verstand des Constables akzeptable Bedeutung. Das dritte, das Siegel der Raschen Einwilligung, sollte ihn dazu bewegen, sich jeder halbwegs vernünftigen Anweisung von mir zu fügen, und ihn dafür mit einem kräftigen Dopaminstoß belohnen.

»Lassen Sie mich durch«, wiederholte ich.

»Selbstverständlich, Sir.« Eilfertig trat er beiseite.

Jetzt hätte ich locker an ihm vorbeigekonnt, ohne ihn zu berühren, und jede weitere Bemerkung hätte sich erübrigt. Allerdings war ich der Meinung, dass ich ihm für sein flegelhaftes Benehmen von vorhin noch eine entsprechende Antwort schuldete. Also drängte ich ihn grob zur Seite und knurrte: »Ich hab deine Oma bestiegen.« Ohne seinen bösen Blick zu beachten, betrat ich die Wohnung.

Der Inspector drinnen wusste natürlich nichts von meiner Ankunft. Es war eine Frau in mittleren Jahren, die ein wenig müde wirkte, als sie sich bei meinem Eintreten umwandte. Immerhin war sie deutlich höflicher als der Constable. Sie hatte ihr Haar grau werden lassen, statt es sich zu färben, und das fand ich sofort sympathisch.

»Hallo. Und wer sind Sie?«

Ganz in seine Arbeit vertieft, machte ein Forensiker unbestimmten Geschlechts digitale Fotos – mit einer ans Gesicht gepressten richtigen Kamera statt mit einem Telefon oder Tablet. Erneut wandte ich den »offiziellen« Ausweis an und deutete auf den armen Gordie, der mit blau angelaufenem Gesicht auf dem Küchenboden lag. Von der jahrelangen Ausbildung, seinen Hoffnungen und meinen, war nur noch eine leblos hingestreckte Leiche übrig. »Erzählen Sie mir, was Sie über den Tod dieses Mannes wissen.«

Die Beamtin blinzelte rasch, als die Siegel ihre Wirkung ausübten. »Durch einen Unfall erstickt, soweit wir das erkennen können, außer der Drogentest ergibt, dass mit dem Scone was nicht in Ordnung war.«

»Natürlich war damit etwas nicht in Ordnung.« Ich fixierte das Überbleibsel des Scones auf einer Untertasse. »Es war mit Rosinen. Sonst noch was von Bedeutung?«

Sie deutete Richtung Gang. »Zwei Schlafzimmer, obwohl er allein gelebt hat. Ein Schlafzimmer voller Füller und Tinten. Ist mir noch nie untergekommen, so was. Ein Spinner anscheinend.«

»Genau. Deswegen bin ich auch hier. Ich muss das Zeug einschicken. Zur Überprüfung und so weiter.«

Wie eine Wolke zog Verwirrung über ihr Gesicht. »Davon hat er aber gar nichts getrunken.«

»Nein, nein. Das gehört zu einer anderen Untersuchung. Wir beobachten ihn schon seit einer Weile.«

»Wir? Entschuldigung, ich habe Ihren Namen nicht mitbekommen.«

»Aloysius MacBharrais. Sie können mich Al nennen.«

»Danke. Ich bin Detective Inspector Munro. Und Sie führen Ermittlungen zu den Tinten durch?«

»Aye. Toxische Chemikalien. Illegale Präparate. Alles, was in diese Richtung geht.«

»Na, dann mal los. Das Zimmer gefällt mir nicht. Irgendwas ist komisch da drin.«

Diese hingeworfene Bemerkung war eine dicke Warnung.

Gordie hatte anscheinend mehrere aktive und ungesicherte Siegel am Laufen gehabt. Wie auch immer, all seine Tinten – mühsam und mit größter Sorgfalt aus seltenen Ingredienzen und latenter magischer Kraft hergestellt – mussten verschwinden. Die Welt brauchte garantiert keinen Constable, der zufällig ein Siegel der Entfesselten Zerstörung hinkrakelte. Nach ihrer Sicherstellung konnte ich die Sachen später analysieren, die gelungenen Mischungen aufbewahren und den Rest vernichten.

Ohne ein weiteres Wort wandte ich mich ab und trat in den Flur. Es gab drei Türen, eine davon führte bestimmt zum Klo. Nach der Anordnung lag es nahe, dass das die erste links war, daher peilte ich die zweite an und öffnete sie vorsichtig einen Spalt. Sein Schlafzimmer mit einem Schreibtisch und einer kleinen Ansammlung von Stiften, Tinten und Briefpapier – alles für die normale Korrespondenz. Ich nahm ein Blatt und zog einen Aurora 88 aus meiner Jackentasche. Der Füller enthielt eine rostfarbene Tinte mit Zinnober als Pigment und einer Mischung aus zermahlenen Perlen, Fischleim und dem Glaskörpergallert von Eulenaugen als Bindemittel. Zuerst zeichnete ich einen kleinen Kreis, um die Wirkung auf mich zu lenken, dann skizzierte ich in raschen Zügen das Siegel der Geschirmten Sicht, das einem roten Auge hinter Gitterstäben glich. Mit seiner Vollendung trat das Siegel in Kraft, all meine Farbrezeptoren wurden inaktiv, und ich sah nur noch schwarzweiß. Das war ein grundlegender Schutz vor ungesicherten Siegeln. Solange er aktiv war und ich ihn nicht zerstörte, konnten sie mir nichts anhaben. Das hatte mich schon zahllose Male vor Schäden bewahrt.

Den Stock abwehrend erhoben, hielt ich das Siegel in der linken Hand und öffnete die Tür zu Gordies Arbeitszimmer. Sofort stach mir eine faulig miefige Schwade in die Nase, und ich fragte mich, weshalb Inspector Munro kein Wort darüber verloren hatte. Es roch nach verschwitztem Hodensack. Und nicht nur nach einem. Eher schon nach zehn.

»Boah.« Ich hustete zweimal, um den Geruch aus der Lunge zu bekommen. Ein Kichern aus der Küche verriet mir, dass die Beamtin ihn absichtlich verschwiegen hatte. Kein Wunder, dass sie mich so umstandslos weitergeschickt hatte. Ich war ihrer scheinbaren Höflichkeit auf den Leim gegangen und in eine olfaktorische Falle getappt.

Zum Glück hatte ich wenigstens meine Sicht geschützt. Gordie hatte weit mehr als nur ein paar Siegel hinterlassen. Das Zimmer war voll davon, als Bann gegen unterschiedliche Kräfte. An zwei Wänden zogen sich Werkbänke und Stühle aus Rohholz hin, und links schimmerten etikettierte Tinten und Ingredienzen in offenen Fächern. Die Hauptbank für die Tintenzubereitung gegenüber der Tür war übersät mit Flecken von Pigmenten, Ölen und Bindemitteln, und auf ihr standen weitere zugestöpselte Fläschchen Tinte. Es gab ein beschriftetes Gestell für Füllfedern, Papierablagen, Karten für Siegel, dazu Stempelwachs, einen Schmelzlöffel und eine Schachtel Streichhölzer. Mehrere an die Wand geklebte Karten trugen erkennbare Siegel für eine Einschränkung der Sicht und Aufmerksamkeit, die mich – und jeden anderen, der hier eintrat – von allem ablenken sollten, das sich in der rechten Hälfte des Zimmers befand. Deswegen hatte sich Inspector Munro so unbehaglich gefühlt. Sie hatte gespürt, dass hier irgendetwas war und es wahrscheinlich auch wahrgenommen, doch die Siegel hinderten ihren Verstand daran, diese Eindrücke zu verarbeiten. Meine geschirmte Sicht setzte die Siegel außer Kraft, daher konnte ich ohne Weiteres erkennen, dass da ein ächzender Hobgoblin versuchte, sich aus einem Käfig auf der Werkbank zu befreien. Dieser Anblick verschlug mir die Sprache.

Ihrem Temperament nach sind Hobgoblins eher schelmisch als boshaft, und darin unterscheiden sie sich auch von normalen Goblins oder Kobolden. Sie sind außerordentlich schwer zu fangen, weil sie über kurze Distanzen teleportieren können und dank ihrer kräftigen Oberschenkel äußerst wendig und zu beeindruckenden Senkrechtsprüngen fähig sind.

Der hier bemühte sich, eines von mehreren Siegeln zu erhaschen, die auf kleinen Metallständern um seinen Käfig gruppiert waren wie Fassbierlisten auf einem Pubtisch. Mit langen, behaarten Fingern grapschte er nach dem Siegel, das ihm am nächsten war. Falls es ihm gelang, es zu erreichen und zu zerreißen, bot sich ihm vielleicht die Möglichkeit zur Flucht, weil ihn die Siegel viel wirksamer festhielten als der Käfig.

Er erstarrte, als er bemerkte, dass ich ihn mit offenem Mund angaffte. »Was is'?«

Ich schloss die Tür hinter mir. »Was machst du denn hier?«

»Ich sitze in einem Käfig, spannst du das nich'? Du musst ja 'n wahrer Ausbund schottischer Intelligenz sein. Kann doch nirgends anders sein, wenn ich nich' frei bin, du verschimmeltes Genie. Aber wenigstens kannst du mich sehen und hören. Die Schnepfe vorhin hat voll an mir vorbeigeglotzt.«

»Nein, ich meine, warum hat er dich in einen Käfig gesperrt?«

Der Bursche schien kein irgendwie besonderer Hobgoblin zu sein, dessen Gefangennahme oder Studium sich gelohnt hätte. Er war klein und haarig, und sein Gesicht wurde geprägt von einem kantigen Kinn, einer fleischigen Nase und Augenbrauen, die unbeschnittenen Hecken ähnelten. »Er is' ein ganz gemeiner Schweinehund, deswegen. Oder war. Er is' hin, oder? Woran is' er denn gestorben?«

»An einem Rosinenscone.«

»Dann war's also Selbstmord.«

»Nein, ein Unfall.«

»Er hat das Rosinenscone doch wohl nich' *zufällig* gegessen, oder? Also war es Selbstmord.«

Achselzuckend räumte ich die Möglichkeit ein. »Und wer bist du?«

»Ich bin der glückliche Hob, den du jetzt befreien wirst. Außer du bist genauso wie er.«

»Ich bin nicht wie er. Das fängt schon mal damit an, dass ich noch lebe. Du antwortest jetzt ehrlich auf meine Fragen, Schluss mit dem Rumgerede. Wer bist du, und warum hat dich Gordie hier gefangen gehalten?«

»Wollte mich verkaufen, hat er gesagt. Er is' ein Feenhändler, ja, das is' er. Oder er war's zumindest.«

»Unsinn.« Ich pochte mit dem Stock auf den Boden. »Raus jetzt mit der Sprache!«

Der Hobgoblin richtete sich so gerade auf, wie es in dem Käfig ging – er war nur ungefähr sechzig Zentimeter groß – und legte die rechte Hand aufs Herz. Dann verwendete er die Formulierung, mit der alle Feenwesen zum Ausdruck brachten, dass sie die Wahrheit sprachen: »Ich sag's dir dreimal, Mann. Er hat einen Käufer. Heute Abend sollte ich geliefert werden. Und ich bin nich' der Erste, den er verkauft. Vor zwei Tagen war eine Pixie hier, is' aber nich' lang geblieben.« Er deutete auf einen etwas kleineren Käfig neben seinem.

Diese Auskunft war für mich sogar noch schockierender als Gordies Tod. Von den vielen Schülern, die mir weggestorben waren, hatte keiner sein Wissen über Siegel benutzt, um mit Feenwesen zu handeln. Das Beseitigen der Tinten und Füllfedern meiner alten Schüler war immer eine traurige Pflicht gewesen, weil sie als reine Seelen dahingegangen waren, die nur Gutes hatten tun wollen. Die Situation hier jedoch legte den Schluss nahe, dass man Gordie nicht zu diesen Seelen zählen konnte. Feenhandel? Ich hatte nicht einmal gewusst, dass es so was gab.

»Aber … wir sollen deinesgleichen doch zurück in die Feengefilde verfrachten, sobald ihr euch hier zeigt.«

»*Wir*, sagst du? Dann bist du also wirklich wie er. Bloß mit einem affigen Dandy-Schnurrbart, schön gewachst.«

Ich musterte ihn und überlegte, wie ich reagieren sollte. Von nackter Aggression hielten Hobgoblins nicht viel. Dafür hatten sie diesen jungenhaften Humor, den auch ich ins Spiel bringen konnte, wenn es die Situation erforderte. »Er ist nicht affig. Er ist üppig und voluminös, genau wie deine Ma.«

Der Hobgoblin gackerte los, und ich bemerkte, dass er auffallend weiße und gerade Zähne hatte. An einem Trugzauber konnte es nicht liegen, weil mein Blick noch geschirmt war. Also hatte er sie sich herrichten lassen. Seit wann zahlten Hobgoblins für kosmetische Zahnbehandlungen? Auch seine Kleidung war bemerkenswert. Trotz meiner farblich eingeschränkten Sicht konnte ich erkennen, dass er ein Paisley-Wams mit einer Kette trug, die offenbar zu einer Uhr in seiner Tasche führte. Darunter kein Hemd. Auf die rechte Schulter war eine Triskele tätowiert, wie man sie mit Druiden assoziierte. Schwarze Jeans und klobige schwarze Stiefel. Vielleicht war er doch kein ganz gewöhnlicher Hobgoblin.

Seine Augen glitzerten amüsiert. »Komm schon, Alter. Lass mich raus.«

»Gleich. Du hast mir noch immer nicht deinen Namen verraten.«

»Wozu? Willst du mir zum Julfest Blumen schicken?«

»Ich muss dich binden, damit du auch ganz sicher verschwindest.«

»Aber dann kannst du mich in Zukunft für alles andere binden, was dir einfällt. Diese Macht werde ich dir nich' geben. Meine aktuelle Lage hat mich ein bisschen misstrauisch gemacht.«

»Und ich kann keinen Hobgoblin in einem Zimmer voller Bindetinten freilassen. Weißt du vielleicht, wer dich kaufen will? Oder warum?«

Der Hobgoblin schüttelte den Kopf. »Nein. Bloß dass dein kleiner Gordie da drüben einen Stoß Papiere hatte, in denen er immer rumgekramt und dazu vor sich hin gemurmelt hat. Die Schnepfe hat einen Blick drauf geworfen und gesagt, alles Quatsch. Aber vielleicht kann ein alter Knacker wie du mehr damit anfangen. Siehst aus, wie wenn du mal zur Schule gegangen wärst, als deine Haare noch nich' so weiß waren wie Lilien.«

Ich trat zur Werkbank und überflog die Papiere darauf. Offenbar hatte Gordie hier Siegel zum späteren Gebrauch vorbereitet. Leider entdeckte ich keine hilfreiche Erklärung seiner geschäftlichen Angelegenheiten. Möglicherweise hatte der Hobgoblin sich das alles bloß ausgedacht – irgendwie hoffte ich das sogar, denn andernfalls war Gordie tatsächlich ein gemeiner Schweinehund gewesen und ich ein kompletter Idiot. Fest stand auf jeden Fall, dass mein Schüler in diesem Zimmer ziemlich beeindruckende Siegelarbeiten ausgeführt hatte. Arbeiten, die eigentlich seine Fähigkeiten überstiegen. Es gab Siegel, die ich ihm noch gar nicht beigebracht hatte – zum Beispiel das der Eisengalle. Dass er offenbar Geheimnisse vor mir gehabt hatte, machte mir nichts aus, weil das bei Schülern ganz normal war. Viel mehr Sorgen bereitete mir, dass ihn offenkundig jemand hinter meinem Rücken unterrichtet hatte.

»Ich glaub, ich weiß jetzt, wer du bist«, meinte der Hobgoblin hinter mir. »Da läuft doch angeblich so ein schottischer Siegelagent mit gewachstem Schnurrbart rum. Heißt du zufällig MacNärrisch oder so?«

»MacBharrais.«

»Ah, also hab ich recht. Hab gehört, dass du ein schlaues Kerlchen bist. Andererseits, wenn du dir von diesem Wichser Gordie auf der Nase rumtanzen lässt, dann bist du vielleicht doch nich' ganz so schlau, oder, Kumpel?«

Vielleicht. Auf einem Kritzelblock hatte Gordie vor dem Zeichnen der Siegel mit Strichen den Tintenfluss überprüft. Dort war notiert: *Renfrew Ferry, 20:00 Uhr.*

»Du sagst, du hättest heute Abend abgeliefert werden sollen? Um acht vielleicht?«

Statt einer Antwort hörte ich ein Ächzen und das Zerreißen von Papier. Ich drehte mich um und sah einen triumphierenden Hobgoblin, der sich gerade aus dem Käfig befreite, nachdem er eins der Siegel zur Schwächung seiner Magie zerstört hatte. Eigentlich war das ein Ding der Unmöglichkeit, weil er von mehreren Siegeln dieser Art umringt war. Anscheinend war die Kraft aus der Tinte gewichen. Im Grunde kein Wunder, da Gordie tot war und nicht mehr aufpassen konnte.

Kichernd und mit blitzenden weißen Zähnen sprang der Hobgoblin vom Tisch und sauste zur Tür. Ich war schlecht postiert und viel zu langsam; ich hatte nicht einmal mehr Zeit, ein vorbereitetes Siegel der Agilen Grazie anzuwenden.

»Bis später, MacNärrisch!« Er flitzte durch die Tür. Kurz darauf hörte ich ein Klatschen und Schreie, gefolgt von dem Ausruf: »Bin froh, dass du tot bist!«, bevor sich in der Küche schockiertes Schweigen ausbreitete. Viel zu spät trat ich aus dem Zimmer und bemerkte Inspector Munro und den Forensiker, die auf dem Boden hockten und sich die Nase hielten. Der Hobgoblin war aus reinem Spaß herumgehüpft und hatte die Fäuste fliegen lassen. Gordies Leiche hatte offenbar einen Tritt eingesteckt und lag jetzt völlig verdreht da. In seinem Gesicht malte sich starres Staunen über sein plötzliches Ende. Sein Haar war zerstrubbelt, und er hatte mehrtägige Stoppeln an Hals und Wangen. Die blauen Augen hatte er weit aufgerissen – vielleicht vor Entsetzen, weil man ihn tot in seinem Ewok-Schlafanzug auffinden würde.

»Das glaub ich jetzt nicht!«, rief Inspector Munro. »Was war das denn gerade? Ein rosa Leprechaun?« Außerhalb von Gordies Tintenzimmer hatte sie den kleinen Scheißer mühelos ausmachen können.

Dank meiner eingeschränkten Sicht war mir seine Hautfarbe natürlich entgangen, also merkte ich mir diese Information zur späteren Verwendung. Munros Blick fiel auf mich, und in ihren Augen blitzte Zorn auf, als sie sich erhob. Jetzt stürmte auch noch der Constable herein, der sich ebenfalls die Nase hielt. All diese Leute störten mich hier, weil ich dringend Gordies gesamte Wohnung auf Spuren und Hinweise untersuchen musste.

Bevor sie sich auf mich stürzen konnten, zückte ich den »offiziellen« Ausweis und verpasste ihnen die volle Breitseite. »Diese Wohnung muss sofort geräumt werden! Sie verschwinden jetzt und kommen morgen wieder. Das ist ein Befehl. Los! Arbeitet an was anderem!«

Unter dem Eindruck der Siegel verkrümelten sie sich. Wahrscheinlich würden sie schon bald wieder auftauchen, wenn ihnen einfiel, dass jemand sie auf die Nase geboxt hatte und dass sie Antworten wollten. Davor musste ich *meine* Antworten schon gefunden haben.

Gordie hatte mich gewissermaßen im Halbschlaf überrumpelt – aber jetzt war ich hellwach.

ERSTER PUNKT
AUF DER TAGESORDNUNG

Nachdem die Polizei verschwunden war, musste ich ununterbrochen blinzeln, und nach ein paar Sekunden wurde es richtig nervig. Wahrscheinlich eine instinktive Reaktion, der Versuch, wieder einen klaren Blick zu bekommen, nachdem man mich so offensichtlich aufs Kreuz gelegt hatte. Außerdem zeigte es mir, dass in meinem Kopf alles drunter und drüber ging. Keine guten Voraussetzungen für eine besonnene Analyse der Situation. Also zog ich meinen Mantel aus – ein langes, lohfarbenes Kleidungsstück, das mir einen noblen und gepflegten Anstrich verlieh, auch wenn es darunter etwas unordentlicher zuging –, stellte meinen Stock ab und ließ meine alten Knochen mühsam auf das Parkett sinken. Als ich saß, zog ich ohne Rücksicht auf die jammernden Knorpel die morschen Schenkel mit den Armen in die Lotusposition. Dann konzentrierte ich mich ganz auf meinen langsamen Atem, bis alle Hektik von meinem Verstand abfiel. Meditation bewirkte wahre Wunder für mich, die mit Siegeln nicht erreichbar waren: eine andere Methode zum Hacken des Gehirns.

Ruhig und bereit für die vor mir liegende Arbeit, erhob ich mich unter leisem Ächzen und nahm mir die Freiheit, das Knacken und Krachen in meinen Gelenken als Zeichen besonderer Charakterstärke zu deuten. Auf dem Handy schaute ich nach der Uhrzeit: 14:45. Nadia war also noch im Dienst. Über die Signal-App schickte ich ihr knappe Anweisungen:

19

Notsituation in Gordies Wohnung an der St. George's Road. Du musst sofort kommen.

Ich trat über den Toten zur Küchenspüle und öffnete den Schrank darunter. Dort erwartete mich ein Abfalleimer voller Sardinenbüchsen – Gordies beklagenswerte Vorliebe, wegen der er ständig nach Fisch stank – und daneben eine Packung Müllbeutel. Der Geruch erinnerte mich an meinen ersten Schüler Fergus, der ebenfalls eine Schwäche für Sardinen gehabt hatte. Ich spürte ein Ziehen in der Brust und ein Kitzeln in den Augenwinkeln. Man musste nur lang genug leben, dann holten einen die Menschen aus der Vergangenheit wieder ein, Jahre nachdem sie einen zurückgelassen hatten.

Ungeduldig wischte ich mir die Augen und steuerte mit mehreren Beuteln auf das Arbeitszimmer zu. In diesem Moment vibrierte in meiner Tasche das Telefon mit einer Nachricht von Nadia. *Hab heute frei. Wenn ich wegen dir zu spät zur Hochzeit meines Bruders komme, lass ich mir deine Eier braten und mit Mayo servieren.*

Ich zuckte zusammen. Ich hatte ganz vergessen, dass sie nicht in der Arbeit war. Ihre Wohnung lag nicht allzu weit entfernt – ganz in der Nähe der Subway-Station Kelvinbridge –, bloß mit dem Verkehr war das immer so eine Sache. *Dann drück auf die Tube,* schrieb ich mit den Daumen. *Die Frau, die er heiratet, magst du doch sowieso nicht.*

Stimmt. Und von mir aus kann sie mit ihrem Wackelpo bei einem Betriebsunfall ins Gras beißen. Aber ich liebe ihn, verstehst du?

Schreib nicht beim Fahren. Du fährst doch schon, oder?

Ich rasier dich so glatt wie einen Delfin!

Ich runzelte die Stirn. Damit drohte mir Nadia nur, wenn sie ernsthaft erbost war. Zum Glück hatte sie bisher noch nie mit ihrem Rasiermesser vor meinem Gesicht herumgefuchtelt, und ich wollte ihr auch nicht das Gefühl vermitteln, dass es dafür allmählich Zeit wurde.

Setz den Hut auf, den ich dir zum Täuschen der Kameras gegeben habe.

Genau. Mach dich schon mal auf eine nackte Oberlippe gefasst.

Ich musste davon ausgehen, dass sie Gordie gemocht hatte und die Nachricht schwer aufnehmen würde. Auch ich hatte ihn gemocht, bis ich vor ein paar Minuten erfuhr, dass er das von mir Gelernte benutzt hatte, um andere auszubeuten und sich zu bereichern.

Im Arbeitszimmer vernichtete ich zuerst Gordies sämtliche Siegel. Ich riss sie in der Mitte durch und stopfte die Fetzen in einen Beutel. Danach konnte ich endlich das Siegel der Geschirmten Sicht deaktivieren und sah wieder normal. Für alle Fälle notierte ich jedoch in einer App auf meinem Telefon, welche Siegel er ohne meine Hilfe geschaffen hatte. Auf dem ganzen Planeten gab es außer mir nur vier Leute, die ihm das beigebracht haben konnten, und ich hatte vor, sie mir ordentlich zur Brust zu nehmen.

Als Nächstes trat ich an das Regal mit Fächern und räumte sie rücksichtslos leer, eins nach dem anderen, bis zum letzten verschlossenen, sorgfältig etikettierten Fläschchen Tinte. Diese Tinten – in deren Herstellung ich ihn nie unterwiesen hatte – passten zu den Siegeln, die eigentlich seine Kenntnisse überstiegen. Ich machte mir keine Sorgen, dass die Fläschchen Schaden nehmen könnten, als ich sie in den Beutel kippte. Sie waren aus dickem Glas und gingen nur zu Bruch, wenn man es wirklich darauf anlegte.

Auch sein Vorrat an Tinteningredienzen ging weit über das hinaus, was sich in seinem Besitz hätte befinden dürfen. Mit Sicherheit hatte er nicht die Befugnis zum Sammeln von Ganglien des Gemeinen Perlboots für Manannans Tinte gehabt und auch nicht die Zeit zum Suchen von Bananenschneckenschleim für eine äußerst rare Tinte namens Zinnoberbart. Und wie bei den neun Höllen war er überhaupt an Ganglien des Gemeinen Perlboots *herangekommen*? Nicht einmal ich hatte davon einen Vorrat! Wenn er sie von jemandem bezogen hatte, musste ich wissen, von wem. So oder so, der Kauf dieser Sachen hatte sicher einiges gekostet, und das Geld stammte sehr wahrscheinlich aus dem Feenhandel. Man musste damit irrsinnige Summen verdienen können, sonst wäre er das Risiko nicht eingegangen. Die robusten Ingredienzenbehälter verschwanden im nächsten Beutel.

Auch die Füllfedern und diversen Tintenfläschchen auf der Werkbank sackte ich ein, während ich darüber nachsann, wo er wohl das Geld aus dem illegalen Handel versteckt hatte. Da war wohl eine genaue Buchprüfung fällig – höchstwahrscheinlich auch mit Hackermethoden. Im Schlafzimmer stopfte ich Gordies Notebook, Telefon, Ladegeräte und zwei USB-Sticks in einen Beutel, dazu Notizbücher, Korrespondenz und Schriftstücke von seiner Hand.

Zum Glück kannte ich jemanden, der bereit war, das erforderliche Hacken im Austausch gegen einige Siegel zu übernehmen: ein absolut durchgeknallter, aber ansonsten zuverlässiger Typ, der unter dem absonderlichen Pseudonym Saxon Codpiece auftrat. Ich war mir nicht sicher, ob er die Siegel später für enorme Summen weiterverkaufte oder sie zum eigenen Gebrauch behielt. Für alle Fälle achtete ich immer darauf, dass ich ihm nur harmlose Stücke überließ.

Dass Nadia eingetroffen war, merkte ich, als ich sie am Eingang fluchen hörte.

»O nein, Al, du hast schon wieder einen verloren? Der arme Gordie! Was ist denn diesmal passiert … Ach du Scheiße, Rosinen! Was für eine sinnlose Art, den Löffel abzugeben.«

Normalerweise hüllte sie sich in eine Sinfonie aus Schwarz. Dazu gehörten ein Lippenstift mit dem fröhlichen Markennamen *Vaters Asche* und ein Nagellack, der *Satans Schwärzestes Loch* hieß, wie sie mir glaubhaft versichert hatte. Doch heute trug sie die farbenprächtigen Kleider und Schmuckstücke einer traditionellen indischen Hochzeitsfeier mit Sari, Sandalen und allem Drum und Dran. Ihr Haar – üblicherweise in der Mitte zu Stacheln frisiert und an den Seiten abgeschoren – war kunstvoll an den Schädel geklebt, um die rasierten Flächen zu bedecken, und darüber hinaus mit einem edelsteingeschmückten Kopfputz in Form einer Schwimmmütze getarnt. Beim Schminken hatte sie sich nicht mit Lidstrich begnügt, und sogar Lippen und Fingernägel waren knallrot bemalt. Letzteres ging ihr offenbar am meisten auf den Wecker, denn ihr Blick folgte meinem zu dem Hut in ihrer Hand, den sie auf meine Anweisung hin beim Betreten des Gebäudes aufgesetzt hatte.

»Kein Wort über meine Nägel, Al. Oder über sonst was. Ich liebe meinen kleinen Bruder, das ist der einzige Grund für das ganze Zeug. Ich muss die Familie seiner Braut überzeugen, dass ich total normal bin und nichts mit okkulten Sachen am Hut habe. Außerdem tue ich so, als ob sich mein Uterus verzweifelt nach einer neunmonatigen Belegung mit dem Sperma irgendeines Kerls sehnt und ich im Moment bloß zu beschäftigt für so was bin. Alles klar?«

Ich nickte und öffnete die App, die Schrift in Sprache umsetzte. Nadia hatte mich in den zehn Jahren ihrer Tätigkeit als meine Managerin kaum laut reden hören, weil ich wegen des auf mir lastenden Fluchs nicht lange mit Menschen sprechen konnte, wenn ich die Beziehung zu ihnen aufrechterhalten wollte. Schon nach wenigen Tagen hätten sie angefangen, mich zu hassen, und ihr Groll wäre mit jeder weiteren Äußerung von mir immer stärker gewachsen.

Ich kann wahrlich ein Lied davon singen, wie schrecklich es ist, auf diese Weise die eigene Familie zu verlieren.

Bevor ich erkannte, was mir widerfahren war, hatten sich mein Sohn und die meisten meiner Freunde mit mir entzweit.

Zuerst führte ich das einfach auf meine Unausstehlichkeit zurück. Doch dann sagte ich mir, dass die Schotten schon viel Schlimmeres als mich ertragen hatten und dass da noch ein anderer Faktor im Spiel sein musste. Eine befreundete Hexe in den Highlands erkannte schließlich, dass ich mit einem Fluch belegt war, konnte ihn aber weder vertreiben noch seinen Urheber bestimmen. Inzwischen wusste ich, dass ich den meisten Leuten gegenüber stumm bleiben musste, solange der Fluch nicht von mir genommen wurde.

Die App verfügte nicht über einen Glasgower Akzent. Immerhin gab es eine Londoner Sprechweise, sodass ich wenigstens klang wie ein Brite.

[Danke fürs Kommen], sagte die App für mich in ihrer leicht gespreizten Diktion. [Du musst Gordies Tinten und sein anderes Zeug an einen sicheren Ort bringen, dann kannst du zur Hochzeit deines Bruders fahren. Wir sehen uns morgen. Dann können wir reden.]

»Mist.« Sie kniff sich in den Nasenrücken, wie um aufziehende Kopfschmerzen abzuwehren. »Also schön, wo ist der Scheiß, den ich verstauen soll?«

Ich reichte ihr die Beutel und nickte ihr dankbar zu.

»Dafür will ich eine Gehaltserhöhung, Al.«

Meine Daumen flogen über das Display des Telefons, dann redete wieder die Stimme der App. [Okay, morgen der erste Punkt auf der Tagesordnung.]

Ihre Augen leuchteten entschlossen auf, und sie legte mit zwei Fingern und erhobenem Daumen auf mich an. »Erster Punkt auf der Tagesordnung.«

Sie wusste es nicht, aber sie konnte so gut wie alles von mir verlangen. Sie hütete meine Geheimnisse, führte die Bücher meiner Druckerei und verpasste jedem, der es nötig hatte, einen Tritt in den Arsch. Mit anderen Worten, sie war die perfekte Managerin und nicht selten sogar mein Chef.

Nachdem Nadia gegangen war, musste ich mir nur noch den Computer, das Handy und die Papiere schnappen, die leicht in einer Umhängetasche Platz hatten. Ach ja, und da waren auch noch die zwei Käfige, mit deren Hilfe es vielleicht möglich war, die Pixie oder den Hobgoblin aufzuspüren. Beide konnte ich nicht mitnehmen, und ich bezweifelte, dass ich vor der Rückkehr der Polizei die Gelegenheit zu einem weiteren Beutezug haben würde. Also entschied ich mich für den Käfig des Hobgoblins, weil der – zumindest vor wenigen Minuten – noch gelebt hatte. Das Schicksal der Pixie hingegen war ungewiss.

Bevor ich aufbrach, stellte ich mich vor Gordie und sprach die reglose Gestalt laut an, weil es jetzt keine Rolle mehr spielte. »Also, ich zieh jetzt los, weil ich rausfinden muss, wie groß der Kackhaufen ist, den du hier hinter meinem Rücken hinterlassen hast. Bestimmt werde ich bald jede Menge Gründe haben, deinen Namen zu verfluchen. Trotzdem möchte ich dir eins mitgeben, Gordie, falls dein Geist hier noch irgendwo rumlungert. Diesen Tod hätte ich dir nie im Leben gewünscht. Sich ganz allein an einem Rosinenscone zu verschlucken, in dem Wissen, dass es keine Hilfe gibt und dass du in der nächsten Minute ersticken wirst – das ist wirklich grauenvoll, und es tut mir unendlich leid. Vielleicht werde ich dir wünschen, dass du in der Hölle schmorst, nachdem ich rausgefunden habe, was du getrieben hast, aber jetzt hoffe ich erst mal, dass du deinen Frieden gefunden hast.«

Mit einem endgültigen Klacken, das durch den Gang hallte, schloss sich die Tür zu seiner Wohnung, und ich musste mir erneut die Augen wischen. Solche Momente – die erdrückende Stille nach dem Tod, wenn mir klar wurde, dass ich wieder mal ein wenig einsamer auf der Welt war als zuvor – trafen mich immer schwerer als die erste Nachricht.

Sieben Schüler, verdammt noch mal.

SEI KEIN JOHN MACKNOB

Hamlet hatte recht mit seiner Bemerkung an Horatio, dass es mehr Dinge im Himmel und auf Erden gibt, als seine Schulweisheit sich träumte. Zum einen gab es weit mehr Gefilde als nur Himmel und Erde. Die Feengefilde, die nordischen Gefilde, die Gefilde aller erdenklichen Pantheons … In ihnen wimmelte es nur so von Geschöpfen, Geistern und Gottheiten, die sich über ihre Rechte im Hinblick auf Besuche der Erde orientieren mussten. Als Faustregel galt, dass die menschlichen Verantwortlichen sie überhaupt nicht auf der Erde haben wollten, weil das die Vorstellung erschüttert hätte, dass die Menschen das Sagen hatten. Diese Position hatte seit Jahrhunderten Bestand, wir mussten uns also nicht mit jeder neuen Regierung beraten. Wenn es dennoch zu Besuchen von Wesenheiten aus anderen Gefilden kam, sollten diese beaufsichtigt oder zumindest überwacht werden.

In umgekehrter Richtung traf das in noch viel stärkerem Maße zu. Menschen, die sich durch Zufall oder durch ein missglücktes arkanes Ritual in andere Gefilde verirrten, kehrten nur selten zurück. Sie brauchten einen Führer und eine Erlaubnis.

Mit dem Internet ging es mir ganz ähnlich. Ich betrachtete es ebenfalls als eine Art Gefilde, weil es dort haufenweise Regeln gab und man nicht ohne einschlägige Kenntnisse darin herumpfuschen sollte. Selbst wenn man dort nur einkaufte oder Selfies postete, musste man damit rechnen, dass diese

Aktivitäten verfolgt und dass persönliche Daten abgeschöpft und verkauft wurden. Wer einen Fuß in die Hölle geschützter Daten setzen wollte, konnte auf einen Hacker genauso wenig verzichten wie Dante auf Vergil.

Als ich Nadia vor einigen Jahren mitteilte, dass ich einen Hacker benötigte, meldete sie sich erst nach mehreren Tagen zurück. Dafür hatte sie einen Namen, eine Uhrzeit und einen Treffpunkt.

»Saxon Codpiece, Mittag, im Tchai-Ovna.«

[Er heißt wirklich …]

»Saxon Codpiece. Er mag es, wenn man beide Namen wie einen eigenen Ausruf betont, als wäre er ein Superheld oder so eine Comicfigur. Wie *Saxonnn! Codpiece!* Wenn du das machst, hast du gleich einen Stein im Brett bei ihm.«

[Ist er wegen irgendwas in Behandlung?]

»Keine Ahnung. Bin ihm nie begegnet. Ist wahrscheinlich bloß eine absurde Nummer, damit die Leute glauben, das kann's ja gar nicht geben, weil es so lächerlich ist.«

[Aha. Ich dachte immer, Hacker haben Namen mit Zahlen oder so was in der Art.]

»Das ist, wie wenn man ein schnelles rotes Auto fährt und sich trotzdem nicht von der Polizei erwischen lässt. Dieser Typ ist *langfristig* im Geschäft. Geh einfach hin. Er ist nicht gefährlich.«

Der Mann, der hinten im Tchai-Ovna aufragte – einer tschechischen Teestube in der Nähe der Universität, der ständig Abriss und Sanierung drohten –, war volle zwei Meter groß. Drahtig und dunkelhaarig mit braunen Augen. Er trug, was die Jungen heute als Vintage und ich als Kleider bezeichneten. Damit meine ich die Punkkluft der Siebziger, auf die ich gestanden hatte, als ich jung war: zerrissene Jeans, Sicherheitsnadeln und jede Menge Reißverschlüsse und Knöpfe an der Lederjacke. Nach seiner Blässe zu urteilen, litt er unter einem chronischen Vitamin-D-Mangel, den er mit grellen Tattoos von den Handgelenken bis hinauf über die Arme überspielte. Die Unterseite seiner Nase war rot, und er wischte schniefend mit einem Taschentuch darüber.

»Bin erkältet, tut mir leid.« Ohne Aufforderung faltete er sich in einen Stuhl und verzichtete zum Glück darauf, mir die Hand anzubieten. »Alle Systeme sind anfällig gegen Viren, hm?« Er fixierte mich, und ein Mundwinkel wanderte nach oben. »*Fantastischer* Schnurrbart, Kumpel. Al, richtig?«

»Genau.«

»Voll der Wahnsinn. Ach so, hier meine Karte.« Er legte mir eine weinrote Visitenkarte hin und tippte zur Betonung zweimal darauf. Es waren nur zwei Zeilen in Großbuchstaben ohne Serifen, die untere deutlich kleiner.

SAXON! CODPIECE!

PROFESSIONELLER WICHSER

Ich lachte. »Dann sind wir anderen also bloß Amateure?«

»Wenn du nicht dafür bezahlt wirst wie ich, *bist* du ein Amateur.«

»Du musst dich in den dunkelsten Winkeln des Internets rumtreiben.«

»Gelegentlich, ja. Aber ich verbringe auch viel Zeit mit harmlosen Sachen. Katzenvideos, weißt du. Ausgewachsene blökende Ziegen, tanzende Ziegenbabys und Ziegen überhaupt sind ohne Ende unterhaltsam. Das verjüngt die Seele.«

»Schön. Bist du auch diskret?«

»Wegen dem Gewichse? Nein, eigentlich bin ich alles andere als diskret. Ich filme es und erziele damit ein ansehnliches Einkommen, weil ich einen ziemlich ansehnlichen …«

»Nein, nein, nein. Klappe jetzt. Deswegen bin ich nicht hier.

Ich meine, bist du diskret, was deine Kunden und die Informationen angeht, auf die du stößt?«

»Ach so. Ja, absolut. Glückwunsch, du hast den Test bestanden.«

Mir war gar nicht klar gewesen, dass ich einen Test ablegte. Jetzt, da ich ihn schon bestanden hatte, musste ich mir deswegen jedenfalls keine grauen Haare mehr wachsen lassen. Wir wandten uns der Angelegenheit zu, deren Erledigung mir am Herzen lag. Er regelte die Sache schnell und gut, und ich bezahlte ihn auf gleiche Weise. Bei unserem zweiten Treffen im Tchai-Ovna bot ich ihm eine andere Art von Vergütung an, denn er hatte gefragt, womit ich meinen Lebensunterhalt bestritt.

Ich erklärte es ihm. »Offiziell führe ich eine Druckerei an der High Street. In Wirklichkeit bin ich ein Siegelagent.«

»Was bist du?«

»Das ist so wie bei deinem Geschäft. Offiziell bist du ein Wichser im Internet. Doch in Wahrheit bist du ein Hacker.«

»Klar, aber ich wollte wissen, was ein Siegelagent ist.«

»Ich schreibe und vollstrecke magische Verträge mit Siegeln. Das sind mit Macht gesättigte Symbole, die zu bemerkenswerten Dingen fähig sind. Soll ich es dir vorführen?«

»So ähnlich wie Kartentricks?«

»Nein, ich meine so was.« Ich zog ein vorbereitetes Siegel der Unumstrittenen Autorität aus der Jacke, erbrach es und hielt ihm das Zeichen vor die Nase, nachdem ich die Klappe hochgeschoben hatte. Er zuckte zusammen und schluckte. Dann verlangte ich, dass er mir alles Geld in seiner Brieftasche aushändigte. Er hatte ungefähr fünfhundert Pfund bei sich. Beeindruckend.

Ich ließ es auf dem Tisch liegen. »Danke.«

»Selbstverständlich, Sir.« Nach ungefähr zehn Sekunden fing Saxon an zu blinzeln. »Hey, warum nenne ich dich *Sir*?

Das habe ich seit meiner Kindheit zu niemandem mehr gesagt.«

»Ich habe ein Siegel benutzt, damit du einen Befehl befolgst. Es gibt viele Siegel mit ganz unterschiedlichen Wirkungen. Dieses hier kommt für dich nicht in Frage, weil es zu leicht missbraucht werden kann, wie du gerade am eigenen Leib erfahren hast. Es sollte nur beweisen, dass ich dir neben Geld noch was anderes zu bieten habe. Bitte steck deins wieder ein. Es ist alles noch da.«

Schnell sammelte er es auf und schob es wieder in die Brieftasche. Mit einem Lächeln schüttelte er den Kopf. »Der volle Hammer, Mann. Wenn ich es nicht selbst gerade erlebt hätte, würd ich es nicht glauben. Ich sage nie *Sir* zu Leuten, und Geld verschenke ich schon zweimal nicht. Echt krass. Wollte schon immer mal einen Hexer kennenlernen.«

»Ich bin kein Hexer, auch wenn ich oft so bezeichnet werde. Ein verbreitetes Missverständnis.«

»Wie kommt es, dass ich noch nie was von dieser Siegelgeschichte gehört habe?«

»Es gibt auf der ganzen Welt bloß fünf von uns, und wir machen keine Werbung. Falls du dich mit Siegeln bezahlen lassen möchtest, die du für dich oder für andere verwenden kannst – ich bin da ganz offen. Du musst nur den Mund halten können.«

Damit war das Thema Magie eingeführt. Danach redete ich nicht mehr und benutzte meine App, weil ich die Wirkung des Fluchs fürchten musste. Seither arbeiteten wir gut zusammen und vermieden jede Erwähnung unserer offiziellen Arbeit. Saxon ließ sich meistens mit Siegeln der Sexuellen Spannkraft entlohnen, und ich verzichtete ganz bewusst darauf, mich nach ihrer konkreten Verwendung zu erkundigen.

Saxons Stützpunkt war unter dem Tartan Greenhouse versteckt, einem rund um die Uhr operierenden Industriebetrieb in einem Lagerhaus im Schatten des Friedhofs Necropolis, wo in Hydrokulturbeeten alle nur erdenklichen Biogemüsesorten gezüchtet wurden. Über diverse Briefkastenfirmen war er Eigentümer und benutzte das Ganze zusammen mit ähnlichen im ganzen Land verstreuten Unternehmen zur Geldwäsche für seine diversen illegalen Einkünfte. Ich gehörte zu den wenigen, die seine Arbeitsräume betreten durften, eine unterirdische Höhle mit Chips und Bier, faradayschen Käfigen und einem alten Dig-Dug-Videospiel aus den Achtzigern, das er bewunderte, weil Dig Dug »Monster platzen lässt und dafür bezahlt wird«.

Um dorthin zu gelangen, betrat ich das Büro, das als Lobby diente, schritt durch eine Tür mit der Aufschrift NUR FÜR MITARBEITER, ließ die Umkleide links liegen und steuerte auf den Geräteschuppen zu, an dessen hinterer Wand eine Stecktafel mit gemischtem Werkzeug wartete. Dort musste ich ein Sägeblatt anheben, hinter dem eine Sprechanlage mit einer kleinen Ruftaste zum Vorschein kam. Wenn ich diese drückte, forderte eine Stimme ein Passwort, das sich wöchentlich änderte und mir von Saxon verschlüsselt über Signal zugesandt wurde.

Es handelte sich immer um ein Adjektiv in Verbindung mit einem Begriff für eine Speise. Letzte Woche zum Beispiel *Matte Aubergine*, die Woche zuvor *Selbstgefälliger Taco*.

[Dringender Kuchen], ließ sich mein Telefon jetzt vernehmen, und hinter der beiseitegleitenden Stecktafel kam eine schmale Treppe nach unten zum Vorschein. Mit Stock und Tasche in der einen Hand und dem Käfig des Hobgoblins in der anderen, stieg ich vorsichtig hinab.

»Alles klar, Al?« Saxon erhob sich von seinem Stuhl hinter einem Halbkreis von Monitoren und Tastaturen und warf eine zerknüllte Tüte Haggis mit Pfefferchips in einen Mülleimer. Er trug schwarze Jeans und ein T-Shirt mit einem Bild von Boris

Johnson – in einem roten Kreis und mit Backslash durchgestrichen. Seit unserer letzten Begegnung hatte er sich am Kinn ein kleines Feld Barthaare wachsen lassen.

Zur Begrüßung nickte ich ihm bloß zu.

Das kannte er inzwischen schon. »Möchtest du was trinken? Ich hab eine gute Grundausstattung.« Mit großer Geste wies er auf seine Bar, die weit mehr zu bieten hatte als eine Grundausstattung. Sogar zwei Fässer regionales Craft-Bier gab es: das Black Star Teleporter von Shilling und das Bearface Lager von Drygate.

[Ein Irn-Bru vielleicht], tippte ich, obwohl ich bereits beim Gedanken an das zuckrige Zeug mit Koffein erschauerte. Saxon hatte sicher was davon auf Lager. [Ich habe Arbeit mitgebracht.]

»Ausgezeichnet!« Er klatschte in die Hände und rieb sie freudig aneinander. »Irn-Bru und Arbeit. Gefällt mir. Du hast mir gerade den Tag gerettet, Al.«

Er huschte zur Bar – sofern man das bei einem Zweimeterriesen sagen kann – und schenkte uns Getränke ein, während ich mich daranmachte, die Beutel zu leeren. Ich ließ den Käfig am Fuß der Treppe und legte das Notebook, das Telefon und die USB-Sticks auf den überfüllten Schreibtisch. Die Papiere trug ich zur Bar und warf sie auf die Kirschholzplatte, wo Saxon mein Irn-Bru bizzarerweise gerade mit einer Grapefruitscheibe garnierte.

»So, das hätten wir. Was liegt an?«

[Ein Notebook und ein Telefon hacken. Der Besitzer hat mit Feen gehandelt, und wir müssen rausfinden, wer die Käufer oder die Verkäufer sind. Oder beides.]

»Ja!« Triumphierend riss er die Faust hoch, bevor er auf mich deutete. »Das ist *wild*. Ich hab's gleich gewusst. Es geht einfach nichts über deinen beknackten Scheiß, Mann!« Grinsend schlürfte er seine Limo.

Ich schrieb meine Erwiderung. [Mein beknackter Scheiß sorgt dafür, dass sich die Leute weiter über Wirtschaft und Politik den Kopf zerbrechen statt über die Möglichkeit, irgendwelche Trolle könnten ihre Kinder zum Frühstück verspeisen, deswegen sollten wir das nicht auf die leichte Schulter nehmen.]

»In Ordnung, ich mach die Schulter schwer. Hast du irgendwelche Passwörter?«

[Noch nicht. Vielleicht ist bei dem Zeug hier was dabei. Ich schau's gleich durch.]

»Gut, dann fang ich erst mal ohne an, bis du was anderes sagst.«

Er machte sich auf die Suche nach Hilfsmitteln zum Cracken der Geräte, während ich in den Unterlagen auf der Bar kramte. Viele Rechnungen, zwei altmodische Briefe, ein Wust von Quittungen, mehrere gelbe Zettel mit To-Do-Listen wie »Milch und Scones besorgen« und ein Konzertflyer einer Punkband namens Dildo Shaggins. Dazu mehrere leider völlig leere Tagebücher. Nur eins war zur Hälfte vollgeschrieben.

Darin fanden sich alle möglichen Krakeleien wie etwa »Al ist ein ahnungsloser Schwachkopf« und »MacB hat ein Hirn wie ein Spatz«.

Andere Notizen wie »Muss dringend Perlbootganglien finden« hatte er offenbar befolgt, und die Bemerkung »Pixies sind ganz anders als die Comicfiguren« beschrieb wohl seine Erfahrungen, nachdem er eine gefangen hatte. Ansonsten handelte es sich vor allem um Übungszeichnungen von Siegeln mit normaler Tinte. Es war ihm schwergefallen, sich an das Siegel der Geschwächten Magie zu erinnern, und das wunderte mich nicht, weil ich es ihm nicht beigebracht hatte. Auf Seite zehn ziemlich weit unten entdeckte ich etwas potenziell Nützliches: Die Überschrift TRESOR und danach ein offenbar zufällig generiertes Passwort aus 32 Zahlen, Buchstaben und Interpunktionszeichen.

»Ah ja, das wird mir helfen, sobald ich drin bin.« Saxon stöpselte etwas mit Drähten und Lichtern an das Notebook. »Wenn da TRESOR steht, ist es nicht das Passwort zum Entsperren seines Computers.«

[Wie lang brauchst du zum Reinkommen?]

»Hängt davon ab, wie lang sein Passwort ist. Vielleicht dauert es bloß ein paar Minuten, vielleicht auch mehrere Stunden oder Tage.«

[Dann hol ich mir doch ein Bier.]

Ich schlug einen Bogen hinter die Bar und angelte mir ein Pintglas von einem Trockengestell. Das Black Star Teleporter, so stellte ich fest, war ein süffiges Kokosnuss-Dunkelbier ohne zu viel Schaum. Die Quantität und Qualität von Schaum war wichtig, wenn man auf einen makellosen Schnurrbart achtete.

Nach ein paar Schlucken piepte die Vorrichtung an Gordies Notebook, und Saxon jaulte überrascht auf. »Ha! Er hatte bloß ein sechsstelliges Passwort! Nicht besonders schlau.« Er tippte auf eine Taste. »In Ordnung, bin drin. Hier ist sein Tresor.«

[Sein Tresor?]

»Passworttresor, Kumpel. Eine App, die alle Passwörter verwaltet. Jetzt tippen wir mal dieses 32-stellige Monster ein, und dann haben wir ihn und seine schmutzigen Geheimnisse.«

Ich ließ das Bier an der Bar, weil es offenbar wieder Zeit für Arbeit war.

Saxon machte große Augen, als er den Inhalt des Tresors überflog. »Der Typ hat mehrere Offshore-Konten. Kontonummern, Nutzernamen, alles hier in den Notizen. So was braucht man bloß, wenn man viel Knete zu verstecken hat.«

Ich tippte rasch. [Ich möchte überall nach dem Kontostand schauen, aber nichts verschieben. Anschließend schauen wir uns seine E-Mails an.]

»Wie du willst. Da haben wir's schon.«

Gordie hatte jeweils hunderttausend Pfund auf sechs Konten in diversen Steueroasen.

»Weißt du, was komisch ist? Die Konten sind alle neu. Er ist gar nicht dazu gekommen, was von dem eingezahlten Geld abzuheben, und Zinsen hat er bis jetzt auch bloß mit einem verdient.«

Ich notierte mir die Kontonamen und -nummern sowie die Daten der Eröffnung, dann forderte ich Saxon auf, sich die E-Mails vorzunehmen.

Er durchstöberte den Tresor. »Er hat drei Accounts. Mit welchem Tag willst du anfangen?« Er deutete auf den Bildschirm. Eine Adresse kannte ich; eine andere war ein Gmail-Account, und ich konnte mir nicht vorstellen, dass er da etwas Sensibles aufbewahrt hatte. Der dritte Name bestand fast ausschließlich aus Zahlen.

[Fang mit dem verdächtigen Nummernsalat an.]

»Da hätte ich auch angesetzt. Okay, dann wollen wir mal … ja. Ziemlich neu, nur zehn Nachrichten, kein Spam. Und schau mal, Mann – alles vom selben Absender. Der Account dient nur der Kommunikation mit diesem einen Typen.«

[Öffne bitte die älteste.]

Ich spähte über Saxons Schulter, als er auf die älteste Nachricht mit dem Betreff VORKEHRUNGEN klickte.

Bitte bringen Sie ersten Probanden am Freitag um 21:00 Uhr zur Renfrew Ferry am Nordufer. Mein Vertreter wird Sie dort treffen. Nach Überstellung des Probanden wird vereinbarte Summe auf ein von Ihnen zu benennendes Konto fließen.
– Bastille

Gordies Antwort:

Wird gemacht. Überweisung bitte auf Kontonummer 9842987241 bei Cayman-Bank. Wozu werden Probanden verwendet? Ich frage aus ethischen Gründen.

Mit einem Schnauben tippte ich: [Wenn ihm Ethik bei der Sache so wichtig war, wozu hat er dann Nummernkonten gebraucht?]

»Schwer zu sagen. Anscheinend hatte er eine rote Linie, die er nicht überschreiten wollte.«

Die Antwort von Bastille war kurz:

Für die Wissenschaft. Für die glorreiche, lebensrettende Wissenschaft.

»Seltsam«, murmelte Codpiece. »Und zwar das Warum, nicht das Was.«

[Worauf willst du hinaus?]

»Du hast gesagt, hier geht es um Feenwesen, oder?«

[Aye.]

»Na ja, bei Menschenhandel ist der Zweck normalerweise Prostitution oder die Beschaffung von billigen Arbeitskräften im Hausmeistergewerbe und in ähnlichen Berufen. Aber hier sieht es so aus, als bräuchte dieser Bastille Versuchskaninchen. Das heißt, dein kleiner Gordie hat hochpreisige Laborratten an böse Wissenschaftler geliefert.«

[An böse Wissenschaftler? Meinst du das ernst?]

»Klar. Die kommen manchmal vor. Ich meine, da gibt's ein breites Spektrum, verstehst du? Die meisten Wissenschaftler arbeiten an Sachen, die dazu dienen, dass wir die Welt besser verstehen, oder sie jammern zu Recht darüber, dass wir die Welt seit Beginn der Industriellen Revolution immer mehr auspressen und auf den Untergang zusteuern. Die Wissenschaftler in der moralischen Grauzone erzählen uns, dass

Tabak harmlos ist, oder lassen sich von Ölfirmen schmieren für die Behauptung, dass wir uns wegen der Erderwärmung nicht den Kopf zerbrechen müssen. Und dann gibt's noch die richtigen Schweinehunde, die für Regierungen arbeiten. Und auf was für eine Art von Wissenschaft kommt es den Regierungen an? Gemeine Scheiße wie Wahrheitsseren, Halluzinogene, Bomben und Chemiewaffen zum Schutz der eigenen Nation gegen diejenigen, die sie als die Schurken ausgemacht haben. Sie haben das Geld, die Anlagen und die Macht, um so was durchzuziehen. Deswegen frage ich mich, Al, wer ist dieser Bastille, der da die Finger im Spiel hat? Der offizielle Vertreter einer Regierung kann er nicht sein, denn die kann sich das Material für ihre Experimente viel einfacher beschaffen, oder? Sie müsste das nicht so anstellen.«

Ich knurrte bloß, weil ich ihm nicht des Langen und Breiten erklären wollte, dass er da falsch lag. Mir war keine Regierung bekannt, die Zugang zu Feenwesen hatte, und das lag eben an den Siegelagenten, die mit den Verträgen zwischen den Völkern dafür gesorgt hatten, dass es auch so blieb. Und natürlich an BRIGHID, die es so haben wollte. Vielleicht hatte Gordie einer Regierung diesen Zugang verschafft, auch wenn mir nicht klar war, wie. Im Moment wusste ich noch nicht viel über diese ganze Angelegenheit, und das musste sich schnellstens ändern.

[Noch mal zurück zu deiner Bemerkung von vorhin über Prostitution und billige Arbeitskräfte als Motiv für Menschenhandel. Wie läuft das?]

»Meistens mit irgendwelchen faulen Faxen. Ist nicht mein Metier, aber so wie ich das verstehe, gibt es da eine ganze Palette von Tricks, mit denen sie die Leute zu einer Reise irgendwohin bewegen – in der Regel aus Liebe oder für Geld. Schau nur, heißt es dann, da drüben auf der anderen Seite ist das Gras viel grüner, du kannst dein beschissenes Leben einfach hinter dir lassen. Wenn die Geköderten ankommen, bleiben die Versprechen natürlich unerfüllt. Sind die Opfer in einer Situation, wo sie bezahlt werden – ein Job in einem Restaurant zum Beispiel –, hängt man ihnen Schulden an, die sie nie abzahlen können, und sie sitzen in der Falle. Manchmal nehmen diese Schleimscheißer den Opfern die Pässe ab, bombardieren sie mit allen möglichen Drohungen und sperren sie zwei Tage lang ohne Essen ein. Dann kriegen sie Panik und fühlen sich komplett hilflos. Aber die Sache mit dem Köder ist der Grund, warum die Behörden nicht schon am Anfang einschreiten können. Die meisten Leute gehen freiwillig auf die Reise. Im Fernsehen wird es oft so dargestellt, dass beim Menschenhandel Leute auf offener Straße entführt und in Containern über Grenzen geschickt werden. Ich sag ja nicht, dass das nie passiert, doch es ist die Ausnahme und nicht die Regel. Normalerweise läuft das mit den Reisen ganz legal, und der Hammer trifft die Opfer erst nach ihrer Ankunft.«

[Verflucht. Dann hat Gordie – oder jemand anders – die Feenwesen unter einem falschen Vorwand hergelotst. Die Aussicht auf die Teilnahme an einem tollen naturwissenschaftlichen Experiment hat sie bestimmt nicht angelockt.]

»Genau.«

[Gut, noch mal zurück zum normalen Menschenhandel. Wenn es ein Angebot gibt, dann gibt es auch eine Nachfrage, oder? Also, wer steckt hinter der Nachfrage nach moderner Sklaverei?]

»Das ist der springende Punkt. Die Betreffenden wissen normalerweise nicht, dass sie dahinterstecken.«

[Was? Wie kann das sein?]

»Wenn das Opfer jemand in einem Restaurant ist, der deine Vorspeise kocht, oder eine unsichtbare Person, die nach deiner Abreise dein Hotelzimmer aufräumt, wie sollst du das wissen? Nehmen wir mal ein Beispiel, wo es um Sex geht. Sagen wir, du bist ein trauriger Sack namens John MacKnob, der zu einer Tagung für traurige Säcke in Liverpool fährt, und du möchtest dort zum Schuss kommen. Du gehst ins Internet – die einschlägigen Seiten sind nicht schwer zu finden – und vereinbarst das Ganze. Weil du John MacKnob bist, unterstellst du, dass deine Hostess das für das schöne Geld macht, das du ihr zahlst. Oder du meinst, sie ist einfach so unglaublich scharf auf traurige Säcke, dass sie freiwillig dem horizontalen Gewerbe nachgeht. Manchmal fragt John MacKnob sie sogar danach, und wenn das passiert, wird die Hostess natürlich immer behaupten, dass sie es macht, weil sie Spaß daran hat, und nicht, weil sie oder ihre Verwandten zu Hause mit einer üblen Strafe oder sogar dem Tod rechnen müssen, wenn sie zu fliehen versucht oder die Wahrheit sagt. Und deshalb kann sich John MacKnob nach seinem Anflug von schlechtem Gewissen leicht einreden, dass er nichts Böses tut. Dass das Ganze ein einvernehmliches Arrangement ist. Und zur Beruhigung bestellt er gleich vier oder fünf und bringt auch noch seine Freunde mit.«

[Im Ernst?]

»Das Ganze ist eine Party, verstehst du? John MacKnob und seine Kumpel von der Trauersackfront wollen Spaß haben. Unterhaltung auf Spesen. Sie zahlen für die Opfer des Menschenhandels mit Firmenkreditkarten und setzen es von der Unternehmenssteuer ab.«

[Willst du mich auf die Schippe nehmen?]

»Nein. Die Menschenhändler sind schlau. Sie wissen genau, was sie tun müssen, damit es legal wirkt. Das läuft vor den Augen der Öffentlichkeit. Zwangsprostitution ist ein wichtiger Faktor bei Tagungen aller Art. Und bei großen Sportveranstaltungen. Wenn Männer mit frei verfügbarem Geld zusammenkommen, gehört das dazu. Arschlöcher, die Partys planen. Und haufenweise Singles. Und auf der Dienstleistungsseite sind es Hotels und andere Unternehmen mit großen Gebäuden, die billiges Personal suchen. Mit dem Menschenhandel haben die Hotels nichts zu tun, aber sie vergeben Unteraufträge, und die Subunternehmer stecken bis zum Hals drin.«

[Und wie kann man das Ganze stoppen?]

Nach einem lauten Prusten seufzte Codpiece. »Wenn ich das wüsste. Das Problem sind die John MacKnobs dieser Welt und der Spätkapitalismus. Sie sorgen für die Nachfrage, weißt du. Solange es diese Nachfrage gibt, werden Menschenhändler einen Weg finden, sie zu befriedigen. Wenn die Politiker und die Polizei auf sie zeigen, haben sie vielleicht ein gutes Gefühl und können sich sagen, dass sie Fortschritte machen, doch die eigentliche Ursache bekämpfen sie damit nicht. Sobald die einen aus dem Verkehr gezogen sind, tauchen andere auf, die scharf auf das Geld sind, denn angeblich verdient so eine Organisation mit der Zerstörung von Menschenleben im Schnitt dreißigtausend Pfund pro Woche. Am besten also, man ist kein John MacKnob. Wenn die Arbeitgeber mit diesen Unterverträgen aufhören …« Er blinzelte, weil ihm anscheinend etwas eingefallen war. »Ich glaube, das wäre tatsächlich ein Ansatzpunkt. Wir müssen sie bei den Verträgen treffen. Das wird sie sowohl auf dem Sex- als auch auf dem Dienstleistungssektor bremsen.«

Das klang gut. Verträge waren genau meine Spezialität. [Wie das?]

»Für diese Tagungen braucht es Verträge zwischen den Hotels und den Veranstaltern. Wenn es in diesen Verträgen Klauseln gegen Menschenhandel gibt, ändert sich auch das Verhalten. Die Firmen werden ihren angestellten John MacKnobs mit Kündigung drohen, wenn sie so was machen. Sie werden die Bewirtungsspesen unter die Lupe nehmen. Sie werden ein Meeting im Pausenraum ansetzen und ihren Mitarbeitern klarmachen, dass ein Feuersturm auf sie niederprasseln wird, wenn sie auf Unternehmenskosten die Sau rauslassen.«

Auf Gordie war zwar kein Feuersturm niedergeprasselt, aber dafür hatte ihm ein Rosinenscone im Hals die Luftzufuhr abgeschnitten. Unwillkürlich fragte ich mich: Hatten alle meine Schüler mit Feenwesen gehandelt und waren dann durch einen unglücklichen Zufall ums Leben gekommen, oder steckte eine Absicht dahinter wie bei einem Fluch?

Aus Erfahrung wusste ich, wie subtil ein Fluch sein konnte. Vielleicht hatten meine Schüler die Feenwesen gegen sich aufgebracht und waren mit einem tödlichen Fluch belegt worden, als sie nicht aufpassten. Andererseits, wenn alle meine Schüler so wie Gordie herumgemurkst und solche Flüche auf sich gezogen hatten, brauchte ich entweder eine neue Brille, oder ich musste in Pension gehen.

Aus meiner Sicht gab es zwei Ansatzpunkte – nein, drei: Erstens, wer lockte die Feenwesen auf die Erde? Gordie konnte es nicht gewesen sein, weil er keinen Kontakt zu ihnen hatte. Zweitens, wer waren in diesem Szenario die John MacKnobs, die für Feen zahlten – anders ausgedrückt, wer war Bastille? Und drittens, wohin war dieser nasenstübernde Hobgoblin verduftet?

Die anderen E-Mails von Bastille drehten sich um neue Transaktionen und legten Zeit und Ort für die Ablieferung von Probanden fest. Alle Daten passten zu Einzahlungen auf den Offshore-Konten. Der Hobgoblin hatte definitiv die Wahrheit gesagt: Gordie war ein Feenhändler gewesen.

[Kannst du die Mails von Bastille zurückverfolgen?]

»Ich kann es probieren, aber ich wette sechs Kekse, dass das alles Proxys sind.«

[Kommst du an die Kontakte und Anrufe in Gordies Telefon ran?]

»Aye. Androiden sind einfach. Ich meine, ein bisschen wird

es schon dauern, versteh mich nicht falsch. Aber es ist auf jeden Fall machbar.«

[Okay. Schau bitte, ob du bei Bastille was ausrichten kannst. Wer könnte das sein? Finde irgendwas, damit wir es eingrenzen können. Und halt mich auf dem Laufenden.]

»In Ordnung. Und die Bezahlung …?«

Ich wusste, was er wollte. Ich zog meine Schreibgeräte und Karten heraus und zeichnete ihm fünf Siegel der Sexuellen Spannkraft. Dann verschloss ich sie zum späteren Gebrauch mit einem Siegel der Verzögerten Wirkkraft. Normalerweise bekam er nur vier.

[Die Sache ist wichtig. Wenn du schnell bist, kriegst du noch eins als Bonus.]

»Bin schon dran. Immer schön, mit dir zu arbeiten, Al.«

[Danke, Saxon.]

Ich hob den Käfig des Hobgoblins auf und stieg wieder hinauf in den feuchten Hydrokulturbetrieb. Es war kurz nach fünf Uhr nachmittags. Zeit fürs Abendessen und einen Plausch mit jemandem aus Tír na nÓg. Ich konnte mir vorstellen, dass da einige Fragen auf mich zukamen – und hoffte, dass es auch ein paar Antworten gab.

4

VERBOTENE SPIRITUOSEN

Schottland ist zu Recht berühmt für seine Fülle und Vielfalt an Whiskys, doch es tut sich wegen der hier verfügbaren Pflanzenextrakte auch mit einer anderen Spirituose hervor: Gin.

Die schottische Ginindustrie hat sich in den letzten Jahren als so abwechslungsreich erwiesen, dass ein Etablissement wie das Gin 71 in Merchant City möglich wurde, das einundsiebzig hochwertige Gins mit ausschließlich regionalen Botanicals führt. Abhängig von den verwendeten Zutaten weisen sie einen herzhaften Geschmack, Schlehen- und Beerenaromen oder sogar blumige Noten auf.

Ich war immer beeindruckt, dass das Restaurant die Gins auf der Speisekarte nach Geschmack und Beilagen sortierte und sogar eine Palette von aromatisierten Tonics anbot. Trotz alledem gab es noch einen anderen Grund, weshalb ich Stammgast im Gin 71 war. Dank der Geschichte menschlicher Geschäftigkeit in der Umgebung lag das Lokal beinahe über einer alten Tür nach Tír na nÓg und war somit ideal für die Kontaktaufnahme zum Feenreich.

Es war eine ziemliche Strecke von Saxons Höhle zum Virginia Court, dem Umschlagplatz für Tabak zu jener Zeit, als praktisch der gesamte Tabak aus Virginia nach Glasgow gebracht und von dort an das restliche Europa ausgeliefert wurde. Manchmal schwindelte mich bei dem Gedanken, wie viel Geld und Krebs durch dieses relativ kleine Gebiet geflossen waren – eine Metapher für alle Errungenschaften und

Sünden des Kapitalismus. Die Tabakhändler waren alle längst tot, und ihre modernden Knochen ruhten in der Necropolis von Glasgow. Die Grabsteine zeugten davon, dass sie vor über einem Jahrhundert feine Kleider getragen, ganze Schweine verschlungen und in die vornehmsten Nachttöpfe Großbritanniens gekackt hatten. Ein Teil ihrer Produkte war von den Feen gestohlen und zusammen mit handgeschnitzten Pfeifen als Geschenk an graubärtige Zauberer überreicht worden, eine Tradition, die zum großen Amüsement der Feen später sogar einen Widerhall in der Populärkultur fand.

Auf dem Weg ins Gin 71 gelangte man durch eine Doppeltür in einen Gang, der gleich zu mehreren Vergnügungsstätten führte. Rechts war eine Tapasbar namens Brutti Compadres, ein orangegelb beleuchteter Raum, wo viele Aperol Spritz verkauft wurden. Geradeaus war ein Wellness-Studio, und links lag mein Ziel.

Unmittelbar nach der Tür erstreckte sich rechts die Bar, und die Tische und Nischensitze waren links. Bevor ich mir einen Platz an einem Tisch suchte, wollte ich die Barfrau auf mich aufmerksam machen. Den Menschen war sie als Heather MacEwan bekannt, doch ihr wahrer Name – den ich persönlich auf ihre Arbeitserlaubnis für die Erde geschrieben hatte – war Harrowbean. Sie war BRIGHID, der Obersten unter den Feen, treu ergeben und fungierte bei Bedarf als meine direkte Verbindung zum Feenhof. Natürlich war sie eine ätherische Schönheit, der flammenhaarige Inbegriff von Zartheit und Vitalität, und eine herausragende Mixerin, deren Drinks die Glasgower Zeitungen und Feinschmeckerblogs als »magisch« beschrieben hatten, wenngleich sie bedauerten, dass sie ausschließlich mit einer einzigen Spirituose arbeitete. Ihre Flügel trug sie unsichtbar eingezogen unter einem makellosen weißen Hemd und einer violettschwarzen, mit Silberfaden bestickten viktorianischen Brokatweste, die von einer silbernen Ascotkrawatte betont wurde. Sie kassierte fantastische Trinkgelder.

»Alles klar, Al?«, fragte sie.

[Alles klar, Heather. Ich brauche bitte sofort einen Illicit Gin. Ich setze mich dort drüben hin.]

»Brauchst du ihn schnell?«

[So schnell wie möglich.]

»Kommt sofort.«

Normalerweise bestellte ich einen Pilgrim's, einen feinen Gin mit traditionellen Wacholder-Botanicals, der gut zu Tonic Fever Tree und Brombeeren als Beilage passte – allerdings hätte er wohl auch zu jedem anderen Tonic gepasst. Bei der scheinbar menschlichen Barfrau Heather MacEwan war einfach jeder Drink ein Genuss. Wenn es Nachrichten aus dem Feenland gab, die nicht mit der normalen Post in meinem Büro eintrafen, überbrachte sie sie mir mit meinem üblichen Drink an meinen Tisch. Anders war es beim Illicit Gin, der Noten von Zimt, Nelken und Orangenschalen besaß und in einer Brennerei unter einem Eisenbahngewölbe in Glasgow produziert wurde. Diesen Drink zu bestellen war das vereinbarte Zeichen, dass Harrowbean Coriander holen musste, den außerordentlichen Herold der Feen. Und wenn ich ihn *schnell* wollte, war es ein Notfall.

Sie schlüpfte hinter dem Tresen hervor, verließ das Restaurant und marschierte dann nach einem Schema über den Virginia Court, das nur scheinbar beliebig war. Die Länge und Abfolge der Schritte transportierten sie durch eine alte Tür, sodass sie von diesem Gefilde verschwand und zum Feenhof in Tír na nÓg gelangte. Für kurze Zeit wurde Heather wieder zu Harrowbean, um Coriander zu rufen. Danach würde sie auf dem gleichen Weg zurückkehren und ihre Arbeit hinter der Bar wiederaufnehmen.

Ich nahm Platz und versank in trübe Gedanken. Eigentlich

glich mein Beruf als Siegelagent diesen Plastikbezügen auf öffentlichen Toiletten: eine dünne Schutzschicht zwischen einem Arschloch auf der einen Seite und einer Schüssel voll Scheiße auf der anderen. Wenn es um die Menschheit und das Feenreich ging, wusste ich wirklich nicht, was was war. Wahrscheinlich spielte es sowieso keine Rolle. Meine Aufgabe bestand schlicht darin, die beiden auseinanderzuhalten.

Nach wenigen Minuten war Harrowbean zurück und schlüpfte nahtlos wieder in ihre Rolle als Barfrau Heather MacEwan. Sofort bereitete sie meinen Illicit Gin und den Lieblingsdrink meines Gasts zu: einen Garden Shed Gin mit Tonic, dessen Erlös der Erhaltung der Bienen diente.

Als sie die fertigen Getränke an den Tisch brachte, war Coriander bereits auf dem Virginia Court erschienen und betrat die Bar.

Wie Harrowbean bot er einen herrlichen Anblick. Er konnte entweder wie eine gutaussehende Frau oder wie ein hübscher Mann wirken. Schön anzuschauen, unabhängig von der sexuellen Orientierung. Ein rundum attraktiver Zweibeiner, der auf meine Frage hin das männliche Pronomen betont hatte. Auch seine graue Weste war im viktorianischen Stil gehalten und passte mit ihren zartblauen Nuancen im Muster zu seiner Ascotkrawatte. Am Feenhof trug er eine gepuderte Perücke, weil BRIGHID es so wünschte, doch wenn er mich besuchte, verzichtete er darauf und ließ das kunstvoll zerzauste blonde Haar um den Kopf wallen.

Coriander glitt auf den Platz gegenüber und nahm nach einem Blick zur Barfrau einen Schluck von seinem Drink. Nachdem wir unsere Gläser sorgfältig zurück auf die Cocktailservietten gestellt hatten, schaute er mir in die Augen und sprach in seinem irischen Akzent mit ruhiger, musikalischer Stimme. »Hallo, Al. Was gibt es für einen Notfall?«

Ich erzählte ihm von Gordies Tod und von der alarmierenden Erkenntnis, dass er irgendwie mit Feenwesen gehandelt hatte.

[Kannst du dich am Feenhof umhören], tippte ich in meine App, [und rausfinden, ob von deinen Leuten welche auf rätselhafte Weise verschwunden sind? Der Zeitraum wären die letzten sechs Monate.]

»Natürlich. Hast du sonst noch etwas auf dem Herzen?«

[Hat BRIGHID in letzter Zeit außer Agenten noch jemand anders im Gebrauch von Siegeln unterwiesen?]

»Falls ja, ist mir davon nichts bekannt. Ich werde mich erkundigen, allerdings würde es mich sehr überraschen, wenn es so wäre. Schließlich besteht gar kein Anlass dafür, denn sie ist sehr zufrieden mit deiner Arbeit.«

Das zu hören war erfreulich. Allerdings bedeutete es, dass Gordie die zusätzlichen Siegel von einem meiner Kollegen gelernt haben musste. Pflichtgemäß informierte ich den Herold, dass jemand Gordie unbefugt in die fortgeschrittene Siegelkunde eingeweiht hatte.

[Ich werde versuchen, der Sache auf den Grund zu gehen. Vielleicht könntest du auch auf deiner Seite Nachforschungen anstellen.]

Coriander nickte. »Selbstverständlich.«

[Außerdem muss ich dich darauf aufmerksam machen, dass ein Hobgoblin frei in Glasgow herumläuft.]

»Sein Name?«

[Weiß ich nicht. Gordie hatte ihn in diesem Käfig.]

»Wie sieht er aus?«

[Ich habe gehört, dass seine Haut rosa ist – ich habe nur einen Grauton wahrgenommen, weil meine Sicht geschirmt war. Dichte, dunkle Brauen und Haare. Strahlend weiße, perfekte Zähne – kein Trugbild, sondern tatsächlich hergerichtet. Paisley-Wams, kein Hemd drunter. Triskele-Tattoo an der Schulter.]

Coriander schüttelte den Kopf. »Klingt nicht vertraut.«

[Egal. Kannst du einen Barghest auf ihn ansetzen? Ich schreibe gleich den Vertrag.]

»Natürlich.«

[Bitte schärfe dem Barghest ein, dass er ihn nicht zur Strecke bringen soll. Er soll ihn lediglich fangen. Dem Hobgoblin darf kein Haar gekrümmt werden.]

»Einen Hobgoblin zu fangen ist leichter gesagt als getan.«

[Irgendwann wird er müde und kann nicht mehr teleportieren. Der Barghest muss bloß Geduld haben.] Aus den zahlreichen Innentaschen meines maßgeschneiderten Mantels zog ich die einschlägigen Vertragstinten, ein gefaltetes Blatt Papier, mein Agentenpetschaft und ein Stempelkissen. Das Ganze war ziemlich umständlich, aber immer noch besser, als zu warten, bis ich es im Büro erledigen konnte.

»Verstanden. Und wohin soll der Barghest den Gesuchten bringen, nachdem er ihn gefunden hat?«

[Ins Büro meiner Druckerei an der High Street. Ich gehe direkt hin und warte dort.]

»Und von diesem Käfig, den du mitgebracht hast, soll die Fährte aufgenommen werden?«

[Ja.]

»Also schön. Entschuldige mich bitte einen Augenblick, während du den Vertrag aufsetzt. Ich möchte ein paar Worte mit der Barfrau wechseln.«

Ich nickte, und Coriander glitt mit seinem Drink voller Anmut davon.

Eigentlich machten Barghests keine harmlosen Fangjagden. Sie waren kriegerische Geisterhunde, die in der Regel für Such- und Tötungsmissionen eingesetzt wurden. Wenn sich der Hobgoblin nicht zu sehr wehrte, würde er wahrscheinlich halbwegs ungeschoren davonkommen. Das Dumme war, dass er ohne Zweifel davon ausgehen würde, um sein Leben kämpfen zu müssen, weil er ja nicht wissen konnte, dass der Barghest angewiesen war, ihn unverletzt abzuliefern. Trotzdem war der beste Ansatz für die Suche nach Feenwesen in einer Menschenstadt die Verwendung von Feenmethoden. Ich schrieb mindestens einmal im Monat einen Barghestvertrag, um abtrünnige Feen oder Geschöpfe aus einem anderen Pantheon dingfest zu machen, und bei meinen Kollegen war das bestimmt nicht anders. Ganz abgesehen von ihren herausragenden Spürhundqualitäten hatten Barghests die besondere Fähigkeit, die Magie von allem zu ersticken, das zwischen ihren Kiefern landete. Damit waren sie die nahezu ideale Lösung für viele Probleme.

Mit einer smaragdfarbenen Visconti-Füllfeder formulierte ich den Vertrag und zeichnete das Siegel des Gültigen Auftrags. Die Tinte war in einem Schwarz, das aus Kiefernruß und fein gemahlenem Hirschkäferpanzer hergestellt wurde – sicher das langweiligste Tintenrezept in meinem Repertoire, das sich nur durch den Außenskelettzusatz von normalen Tinten unterschied. Nachdem ich das Siegel wie vorgeschrieben oben auf das Dokument gesetzt hatte, unterzeichnete ich es. Dann musste ich zu einer protzigen Füllfeder von Caran D'Ache greifen, die mich jedes Mal wieder amüsierte: Der Schaft war in Leder gehüllt, und die Kappe endete in einem aus Rhodium geformten Schädel. Eine limitierte Gruselauflage zu Ehren des amerikanischen Architekten Peter Marino. Und das passende Gerät für eine Tinte, die mit den Bestandteilen Grubenottergift und Koschenille das Siegel der Bösen Folgen ermächtigte. Dieses Siegel richtete Vertragsbrüchige nicht einfach hin, sondern ließ all ihre Nerven vor Schmerzen entflammen, bis sie sich nur noch den Tod wünschten. Schließlich trug ich noch ein Siegel des Bindenden Gesetzes auf, in dessen Oberfläche mein Name eingearbeitet war. Den letzten Schliff bekam das Ganze mit einem festen Pigmentring aus

Ingredienzen, der die geprägten Ränder meines Petschaft bedeckte. Dieses ermächtigte zu gegebener Zeit das Siegel und setzte so durch die Kraft des Bindenden Gesetzes auch die anderen Siegel in Gang. Obwohl bei der Aktivierung nichts zu hören war, stellte ich mir immer einen Soundeffekt vor, wie das *Wronnng* vibrierender Glocken, begleitet von einem glitzernden Harfenschlag. Einen visuellen Effekt gab es allerdings tatsächlich: Die Tinte bekam einen irisierenden Schimmer, den sie vorher nicht besaß.

Zufrieden steckte ich Stifte und Stempel zurück in den Mantel und teilte Coriander mit, dass der Vertrag fertig war.

Er beendete sein Gespräch mit Harrowbean, ließ sein Glas an der Bar stehen und kam herüber, um den Vertrag und den Käfig an sich zu nehmen. »Gehab dich wohl, Al. Ich würde mich gern noch ein wenig mit dir unterhalten, doch diese Angelegenheit duldet keinen Aufschub.«

Ich winkte ihm zum Abschied zu und sah ihm nach, als er auf dem Virginia Court verschwand. Mein Puls ging ziemlich schnell, und ich versuchte, das wachsende Grauen in mir zu verscheuchen. Ich ahnte, dass mir Schlimmes bevorstand, bevor sich die Sache zum Besseren wenden würde. Ich griff nach meinem Illicit Gin und murmelte dem Glas, bevor ich es leerte, in einer Parodie auf *Hamlet* zu: »Aber was ist Euer Geschäft in Glasgow? Ihr sollt noch trinken lernen, eh Ihr reist.«

Der Notfall-Gin schmeckte vorzüglich.

5

WIEDERSEHEN MIT BUCK

Die High Street ist eine der älteren Straßen von Glasgow und hat einiges an Modernisierungs- und Sanierungsmaßnahmen über sich ergehen lassen, ohne dabei viel von ihrem ursprünglichen Charakter einzubüßen. Meine Druckerei MacBharrais Printing & Binding war umgeben von mehreren Geschäften, unter anderem einem Yogastudio, einem Reisebüro und einer Chipsbude. Über die Gebäudemauer auf der Nordseite der Ladenzeile erstreckte sich das Wandbild eines Mannes mit dunklem Bart und Wollmütze, der einen friedlich auf seinem Zeigefinger sitzenden Finken fixierte, die Hand zu einer fürsorglichen Faust gekrümmt. Ich empfand das Gemälde als inspirierende Mahnung, immer das Wohlbefinden anderer im Auge zu behalten und vor allem auf die Kleinsten und Schwächsten Rücksicht zu nehmen. Es war St. Mungo, der Schutzheilige von Glasgow, in einer modernen Darstellung durch einen australischen Maler. Auch wenn ich auf dem Weg zu meinem Geschäft meistens von Süden kam, weil dort der Bahnhof lag, machte ich oft die zusätzlichen hundert Schritte, damit ich diesen sanften Riesen betrachten und mich auf den Leitgedanken meiner Arbeit besinnen konnte: die Geschöpfe dieses Gefildes zu lieben und zu schützen und seine Besucher freundlich zu behandeln, solange nicht bewiesen war, dass sie diese Freundlichkeit nicht erwiderten.

Jetzt war es schon so dunkel, dass ich dieser Lieblingsbeschäftigung nicht nachgehen konnte. Außerdem hatte ich einen Besucher. Ein kleiner Knirps in einem winzigen grauen Hoodie saß vornübergebeugt auf den Stufen zu MP&B. Zögernd schaute ich mich nach jemandem um, der vielleicht in die Elternrolle passte. Als ich mit einem leisen Ausruf des Staunens stehen blieb, blickte die Gestalt auf und zog die Kapuze zurück.

Im gelben Schein der Straßenlampen zeigte sich eine rosafarbene, fauchende Fratze. »Wird aber auch Zeit, MacNärrisch. Ich warte hier schon mindestens seit einer Stunde.«

Ich kramte mein Telefon heraus und registrierte, dass er sofort auf der Hut war. Ich wusste nicht, ob ich öfter mit dem Hobgoblin sprechen würde, trotzdem wollte ich lieber vorsichtig sein. [Ach, hallo], tippte ich. [Dann hätte ich den Barghest ja gar nicht auf dich ansetzen müssen.]

»*Was?* Warum benutzt du nich' dein Maul wie 'n normaler Mensch?«

[Erklär ich dir später. Und keine Sorge, der Barghest will dich nicht töten. Er soll dich bloß für einen kleinen Plausch zu mir bringen. Wenn er kommt, können wir ihn wissen lassen, dass der Auftrag schon erfüllt ist, und ihn heimschicken. Also entspann dich einfach und sprich mit mir. Warum bist du hier?]

»Weil ich hier festsitze. Ich kann nirgends anders hin.«

[Quatsch. Du hast neun Feengefilde zur Auswahl.]

»Hab ich nich', du alter Schrumpelsack! Glaubst du vielleicht, ich würde sonst hier rumsitzen und auf dich warten?«

Ich seufzte. [Komm lieber mit rein.] Als der Hobgoblin den Kopf schräg legte und die Augen zusammenkniff, fügte ich hinzu: [Nur wenn du magst, natürlich. Wenn du dich lieber auf der Straße über diesen Feenmurks unterhalten und dich noch tiefer reinreiten willst, dann bleiben wir eben hier, von mir aus.]

»Schwörst du, dass du mich nich' bindest, wie es dein Schüler gemacht hat?«

[Ich schwöre es.]

»Also gut. Aber du gehst voraus, und Hände weg von dem Mantel. Wenn du nach 'nem Siegel greifst, polier ich dir die Fresse und hau ab.«

[Einverstanden. Trotzdem muss ich den Schlüssel aus dem Mantel holen.]

»Nein. *Ich* hol ihn raus. Wo is' er?«

Ich deutete auf die rechte Außentasche und spreizte die Arme vom Körper weg. Er huschte heran, fischte den Schlüsselbund heraus und warf ihn in die Luft, damit ich ihn auffangen musste, während er wieder davonsauste. Der verfluchte Gordie hatte ihn wirklich misstrauisch gemacht.

Er trat beiseite, als ich die Stufen hinaufstieg und die Tür aufsperrte. Wir traten in einen holzgetäfelten Empfangsbereich, wo Kunden Angebote einholen und die Qualität verschiedener Papiersorten erörtern konnten. Ich durchquerte den Raum und schob mich durch eine Tür, die in die Werkstatt führte. Seit ein paar Stunden lief die Spätschicht, und die Drucker waren emsig bei der Arbeit. Ich winkte kurz dem Meister zu, bevor ich die Treppe zum ersten Stock nahm.

»Was is' das denn? Eine Falle? Die Treppe is' mit Eisen!«

[Gut, dass du Schuhe anhast. Komm. Oben ist es nicht so laut, da können wir uns besser unterhalten.]

Mein Büro bot Zuflucht vor den stampfenden Druckerpressen. In dem gut isolierten Raum voller Tinten, Leim und Bannzauber säumten Bücherreihen die Wände. Das linke Regal war eine Geheimtür zu einem noch besser abgeschirmten Zimmer, in dem ich meine magischen Tinten und einen größeren Vorrat vorbereiteter Siegel aufbewahrte. Auf der anderen Seite lag Nadias Büro, wo die eigentliche Arbeit meiner Druckerei passierte.

In diesem offiziellen Büro empfing ich Kunden oder Anbieter der irdischen Welt. Die Papierverkäufer mochten die Besuche bei mir sehr. Vor einem Fenster zur High Street stand ein Mahagonischreibtisch, an dem ich praktisch gar nichts machte. Einige Requisiten deuteten geschäftiges Treiben an, doch in Wirklichkeit diente der Raum nur der Aufbewahrung meiner Visitenkarten und als Versteck für den Schalter, der die Geheimtür zu meinem echten Büro öffnete.

Vor dem Schreibtisch standen mehr zur Tür hin vier Ledersessel um ein Möbelstück, das wir am Vormittag als Kaffeetisch und ansonsten als Whiskytisch bezeichneten. Die Papierverkäufer besuchten mich meistens nach Mittag. Im Moment war es also ein Whiskytisch. Auf einem silbernen Tablett warteten eine Kristallkaraffe und Gläser.

[Was zu trinken?] Ich ließ mich auf einem Sessel gegenüber der Tür nieder.

Der Hobgoblin hüpfte gelenkig auf den Platz gegenüber. »Klar. Nach dir.«

Ich schenkte uns beiden einen Fingerbreit ein und deutete auf einen kleinen Kühlschrank neben dem Schreibtisch. [Eis?]

»Pur is' mir lieber.« Der Hobgoblin beobachtete genau, wie ich einen Schluck nahm, und prüfte den Spiegel in meinem Glas, um sicher zu sein, dass ich tatsächlich etwas getrunken hatte. Dann schnupperte er argwöhnisch an seinem. »Was is'n das? Was aus den Highlands?«

[Das ist ein Islay, der sich ein bisschen so trinkt wie ein Highlands, sich aber beim Rauch zurückhält. Achtzehn Jahre alter Bunnahabhain.] Die App hatte keine Ahnung, wie man *Bunnahabhain* richtig aussprach.

Trotzdem schien der Hobgoblin den Namen zu erkennen. »Nich' schlecht.« Er nahm einen Schluck, ließ ihn kurz im Mund, bevor er ihn in die Kehle rinnen ließ. »Ahh.«

[Am besten, wir fangen noch mal von vorn an. Ich bin der Siegelagent Aloysius MacBharrais. Und wie heißt du?]

»Du darfst mich Buck Foi nennen.«

[Das ist doch nicht dein richtiger Name.]

»Das weiß ich, du Penner. Ich hab gesagt, du darfst mich so nennen.«

[Gut, Buck. Erzähl mir, wie du in diesen Käfig in Maryhill geraten bist.]

»Man hat mir echte Arbeit versprochen, so wie Hobs sie vor der Industriellen Revolution gekriegt haben. Als Hausangestellter, alles legal, mit offizieller Genehmigung. Von dir unterschrieben.«

[Von *mir* unterschrieben?]

»Aye.«

Es dauerte eine Weile, bis ich meine Antwort getippt hatte. [Ich behaupte nicht, dass das völlig ausgeschlossen ist, Buck, aber es passiert nur noch selten. Ich habe seit sieben Jahren keinen Vertrag für Hauspersonal mehr unterschrieben. Hast du nicht befürchtet, dass das ein Betrug sein könnte?]

»Kam mir sauber vor. Sie haben mir im Voraus diese Klamotten gegeben und gesagt, dass ich damit für die nächsten Jahre ausgestattet bin.«

[Haben sie dir auch die Zähne gerichtet?]

»Nein, das war meine eigene Idee. Mit einem netten Lächeln kommt man bei Menschen besser an. Und ich dachte, dass es funktioniert. Dass das der Grund ist, warum sie mir die Stelle angeboten haben.«

[Die große Frage ist, wer sind *sie*?]

»Ach so. Ja, das war ein Haufen Bean Sídhe, die Namen weiß ich nich'. Und natürlich CLÍODHNA.«

Ich hatte gerade mein Glas zum nächsten Schluck angesetzt und ließ es bei diesem Wort fast fallen. Dass die Bean Sídhe, besser bekannt als Banshees, etwas anderes taten als vor dem

Tod einer Person ihre Klage anzustimmen, war schon seltsam genug. Doch CLÍODHNA war eine gefährliche irische Göttin, die mit der Vermittlung einer Hausdienerstelle an einen Hobgoblin nichts zu tun haben sollte. Bevor ich meine Antwort verfasste, stellte ich meinen Drink vorsichtig ab. Schließlich war der Bunnahabhain so alt wie ein volljähriger Erwachsener, und ich wollte nicht durch meine zitternden Finger etwas von dem köstlichen Tropfen verschütten. [CLÍODHNA von den TUATHA DÉ DANANN – die Königin der Bean Sídhe – hat dir eine gefälschte Arbeitserlaubnis für die Erde gegeben?] Dass die App die irisch-gälischen Namen schrecklich entstellte, hätten die TUATHA DÉ DANANN wahrscheinlich nicht so einfach hingenommen – der irische Pantheon hatte seinen Stolz.

Dem Hobgoblin hingegen waren die verdrehten Begriffe völlig egal. »Stimmt genau. Und bevor du jetzt fragst, nein, ich hab mich nich' getäuscht. Es war CLÍODHNA. Ich sag's dir dreimal.«

[Ich glaube, ich brauch noch einen, kleiner Mann. Du auch?]

»Aye. Das muss man dir lassen, MacNärrisch, dein Gesöff is' gar nich' so übel.«

Ich schenkte uns noch mal einen Fingerbreit ein und ließ einen feinen, leicht brennenden Schluck auf der Zunge ruhen, um alle Aromen auszukosten. Dann lehnte ich mich mit dem Telefon zurück. [Schön, du hast den Vertrag für sauber gehalten, weil er dir von CLÍODHNA angeboten wurde. Verständlich. Du hast die Arbeitsbewilligung nicht zufällig dabei?]

»Nein. Die hat mir dein lieber Gordie abgenommen.«

[Dieser schleimige Sack.] In den Papieren, die ich aus seiner Wohnung geklaut hatte, war mir nichts dergleichen aufgefallen. Bis jetzt hatte ich natürlich auch nicht gründlich nachgesehen, weil mich vor allem die Informationen in seinem

Notebook interessierten. Vielleicht waren die gefälschten Dokumente noch irgendwo da vergraben. Wahrscheinlicher war allerdings, dass er sie vernichtet hatte. Dabei hätte ich solche Beweise gut brauchen können – ohne sie war jede Anschuldigung sinnlos. [Also gut. Wie bist du aus Tír na nÓg hierhergekommen?]

»Ich hab die Arbeitserlaubnis gekriegt, und eine Bean Sídhe hat mich durch die alte Tür geführt, die im Kelvingrove Park endet. Kennst du die?«

Ich nickte und forderte ihn mit einer Geste auf fortzufahren. Diese Tür wurde nicht so oft benutzt wie die in der Necropolis oder die am Virginia Court. Dennoch wusste ich schon seit meiner eigenen Lehrzeit von diesem Weg nach Tír na nÓg.

»Gordie hat dort auf mich gewartet und sich als dein Schüler vorgestellt. Wie gesagt, dein Name stand auf meiner Arbeitserlaubnis, und ich hatte bloß gehört, dass du irgendwo in Glasgow wohnst. Ich hatte ja keinen Grund, mich genauer nach dir zu erkundigen. Ich war schon ein paarmal in Glasgow, weißt du – hab Besorgungen für MANANNAN MAC LIR und FAND erledigt, wenn sie was von hier oder aus Edinburgh gebraucht haben.«

Ich unterbrach ihn mit erhobenem Finger und tippte eine Frage. [Was für Besorgungen?]

Er nahm sein Glas. »Meistens hab ich Whisky wie den hier gestohlen.«

Ich nickte. Solche kleinen Verstöße gegen das Gesetz waren üblich. Die TUATHA DÉ DANANN hielten sich im Großen und Ganzen an den Vertrag und erschienen nur selten auf der Erde. Eine wesentliche Ausnahme, bei der man sich leicht in die Hose machen konnte, war die MORRIGAN gewesen. Todesgöttinnen hatten eben ihren eigenen Kopf, und sie hatte dem Vertrag auch nie zugestimmt. Ansonsten schickten die alten irischen Götter gern Feenwesen zum Stehlen los, wenn sie Lust auf irgendwelche Luxusgüter hatten. Und wenn wir die Langfinger erwischten, machte das den göttlichen Herrschaften wenig aus, weil sie in Tír na nÓg für uns unerreichbar waren.

»Jedenfalls war ich der Meinung, Gordie bringt mich zu dir. Ich wusste ja nich', wo du lebst und so, und hatte keinen Grund zum Misstrauen. Er hat mich in seine Wohnung mitgenommen, und ich dachte mir nix dabei. Ich war auf einen Besuch bei dem Siegelagenten eingestellt, von dem ich schon gehört hatte. Schließlich musste er mir alle Regeln für das Leben unter Menschen beibringen. Doch kaum sind wir durch die Tür, hält mir Gordie ein Siegel vor die Nase, und dann wache ich in dem Käfig neben der Pixie auf. Wenigstens war er aus Alu.«

Diesen Plan hatte sich Gordie bestimmt nicht allein ausgedacht. Selbst die vagen Umrisse des Vorgehens, die ich bisher erahnen konnte, überstiegen schon bei Weitem seinen Intellekt. Gut möglich, dass er die zusätzlichen Siegel und Tintenrezepte von CLÍODHNA gelernt und sein Wissen nicht von einem der anderen Siegelagenten bezogen hatte. Auch wenn mich das nicht von der Pflicht entband, sie danach zu fragen, leuchtete mir das viel mehr ein als die Annahme, dass einer meiner Kollegen zwielichtiger war als ein Minenschacht bei Nacht.

[Hast du Gordie nicht mit einem Fluch belegt?]

»Keine Chance. Er hatte mich mit seinen Siegeln fest unter Verschluss, bis er erstickt is' und ihre Kraft nachgelassen hat. Für einen Schüler hat er echt was verstanden von seinem Handwerk, weißt du.«

[Aye, ich weiß.]

»Das heißt nich', dass ich ihn nich' bei der erstbesten Gelegenheit verflucht hätte. Dem hätte ich gern ein paar farbenprächtige Beulen am Arsch verpasst. Oder ihm ein Klavier auf den Kopf geschmissen. Aber da war er schon tot, verstehst du.«

Nun, damit war meine aufkeimende Theorie zum Tod meiner Schüler hinfällig. Vielleicht handelte es sich doch um tragische Unfälle. Immerhin ist nichts so tödlich und garantiert endlich wie das Leben.

Die Tür zu meinem Büro kräuselte sich plötzlich und verschwand in einem ölig schwarzen Nebel.

Warnend hielt ich Buck die erhobene Handfläche entgegen. »Ganz still jetzt«, sagte ich laut, weil keine Zeit zum Tippen blieb.

»Was 'n los? Is' dir auf einmal wieder eingefallen, wie man redet?«

Ich riss nur die Augen auf und unterstrich gestikulierend mein Kommando. Der schwarze Dunst sickerte herein und verfestigte sich zu einem Schemen, der hinter Bucks Sessel schwebte. Rote Augen und scharfe, gelbe Zähne erschienen, dann eine Schnauze, Schlappohren und der kantige Schädel einer Dogge. Nach und nach nahm auch der Rest Gestalt an, ohne dass Buck es mitbekam, weil sein Blick fragend auf mich fixiert war. Doch als der Körper komplett war, leckte sich der Barghest die Lefzen, und das hörte Buck.

Erschrocken fuhr er herum, und seine zuckende Hand vergoss einige kostbare Tropfen Bunnahabhain. »Bah, die Eier sollen mir abfallen, wenn das kein Barghest is'!«

Der Geisterhund – inzwischen sehr real und körperhaft – knurrte und geiferte in imposanter Manier auf meinen feinen Teppich. Sabber ging ja noch, nur Blut konnte man nie richtig herauswaschen. Deswegen war ich strikt dagegen, dass er sich einen Bissen von Buck gönnte.

»Rühr dich nicht und mach dir nicht in die Hose!«, forderte ich Buck auf. Dann wandte ich mich an den Hund. »Barghest!

Ich bin der Auftraggeber!« Ich zückte mein Exemplar des Vertrags, dessen Siegel noch vor Potenz pulsten und strahlten – eine Phrase, die ich oft benutzte, weil sie Nadia auf die Palme brachte. »Du solltest mir den Hobgoblin bringen. Du siehst, dass er schon hier ist. Damit ist dein Auftrag erfüllt, verstanden? Du hast deine Arbeit erledigt. Braver Hund. Ich würde dich hinter den Ohren kraulen, wenn ich nicht wüsste, dass du mir dann die Finger abbeißt.«

Der Blick des Barghests wanderte von dem Vertrag zu Buck und wieder zu dem Vertrag. Er winselte leise. Das hatte nicht den geringsten Spaß gemacht.

»Hier, du sollst auch nicht leer ausgehen.« Mühsam erhob ich mich aus dem Sessel. »Ein kleiner Happen als Entschädigung – aber für unterwegs, ja? Ich mag mir nicht anhören, wie du mit deinem Schlabbermaul die Überreste einer armen Kuh schredderst.« Ich trat zu dem Minikühlschrank, der tatsächlich Eis enthielt, wie ich es Buck versprochen hatte. Außerdem beherbergte er einen saftigen Lendenbraten. Ich wickelte das Papier ab und warf ihn dem Barghest in hohem Bogen zu, der ihn mit seinen Kiefern zielsicher aus der Luft pflückte. »Also, dann ab mit dir, zurück nach Tír na nÓg. Und besten Dank für deine Dienste.«

Dumpf durch das Lendenstück wuffend, löste sich der Barghest in ölig schwarzem Rauch auf und verschwand durch die Tür, wie er gekommen war.

Buck starrte mich an und wartete, bis ich mich wieder gesetzt hatte. »Was für eine diabolische Kacke war *das* denn?«

Da der Notfall vorbei war, griff ich wieder nach meinem Telefon. [Ich hab dir doch vorher erklärt, dass ich einen Barghest auf dich angesetzt habe.]

»Das mein ich nich'. Ich meine den verdammten Braten im Kühlschrank!«

[Ich bin eben ein praktischer Mensch. Mein Kühlschrank

enthält Eis und Braten, mehr nicht. Immer gut, wenn man was für die Hunde hat, die zu Besuch kommen.]

»Für die Hunde, aha. Dann arbeitest du regelmäßig mit Barghests zusammen?«

[So ist es. Wir werden hier von allen möglichen Unruhestiftern aus den Gefilden heimgesucht, und niemand kann sie so gut aufspüren wie ein Barghest. Ich stelle mich gern gut mit ihnen, also ist Fleisch mein Freund.]

Der Hobgoblin glotzte noch einen Moment, dann senkte er den Blick und ließ sich zurück in den Sessel sinken. Er seufzte, und sein Kummer war fast so gut sichtbar wie Auspuffgase im Winter. »Und was mach ich jetzt, MacNärrisch?«

[So spricht man meinen Namen nicht aus. Ich denke, du gehst wieder nach Hause.]

»Das geht nich'. Die bringen mich um.«

[Wer genau?]

»Die Bean Sídhe! Die stecken bis zum Hals in dieser Kakerlakenkacke und wollen nich', dass ich es jemandem erzähle, is' doch klar! Ich bin der lebende Beweis, dass CLÍODHNA einen schwunghaften Handel mit Feen treibt, da wär es ihnen natürlich lieber, dass ich abkratze. Was is' daran so schwer zu verstehen? Ich bin total aufgeschmissen, kapierst du das nich'? Jede Minute, die ich weiter existiere, is' doch für die wie ein Frevel gegen ihre Religion! Und hier auf der Erde kann ich nirgends hin. Ich weiß bloß, wo man in Glasgow und Edinburgh Whisky und Würste klauen kann.«

[Das sollte doch fürs Erste reichen.]

»Es reicht eben nich', kapiert? Ich kann mir mit gestohlenem Schnaps die Hucke vollsaufen und Wurst fressen, bis mir Furunkel wachsen, aber ich kann nirgends mehr ruhig schlafen. Neeps und Tatties, Mann, wenn ich kein sicheres Versteck finde, ende ich wie der Lendenbraten im Maul von diesem Barghest!« Seine Augen zuckten hin und her und richteten sich dann wie ein Laser auf die Karaffe. »Ich brauch noch was.«

[Mach mal lieber langsam], mahnte ich, als er sein Glas leerte und vom Sessel rutschte, um sich mit fahrigen Bewegungen nachzuschenken. [Wir wollen in Ruhe nachdenken.]

»Ach, in Ruhe? Du hast leicht reden, weil es nich' *deine* Eier sind, die der Barghest zwischen den Kiefern hat.« Er rang mit dem Hals der Karaffe, die gefährlich wackelte in seinem Griff. Als er merkte, dass er vielleicht schon mehr getrunken hatte, als sein geringes Körpergewicht verarbeiten konnte, ließ er los und stellte sein Glas ab. Seine rosigen Schultern sanken nach vorn, und seine haarigen Raupenbrauen zogen sich konsterniert zusammen. »Ich bin ein Trottel und ein Versager.«

[Nein, du bist bloß ein Hobgoblin an einem Dienstag.]

Buck schaute zu mir auf, unschlüssig, ob in meinen Worten Absolution oder Verdammnis lag. Mit einer Geste forderte ich ihn zum Warten auf, weil ich genau wusste, wie ich ihn mit ein bisschen kindischem Quatsch aufmuntern konnte. [Du bist nicht besser oder schlechter dran als ein alter Kerl mit Schnurrbart. Ein Schnurrbart, der üppig und weich in der Mitte geteilt ist wie deine Ma.]

Bucks Miene hellte sich auf. »Hah! Lässiger Spruch, Alter.«

[Setz dich wieder hin, und lass uns überlegen. Mein Büro ist gegen das Eindringen von Barghests geschirmt, die ich nicht selbst beauftragt habe. Hier herrscht rundum Aufhebung der Geistermacht. Du musst dir also keine Sorgen machen.]

»Na gut.« Buck kletterte zurück in den Sessel und rollte sich darauf zusammen. »Dann überleg mal.«

[Bei wem hättest du als Diener anfangen sollen?]

»Keine Ahnung. Der Name des Herrn sollte mir erst später genannt werden. Mir war das egal, Hauptsache raus aus Tír na nÓg. Und jetzt spielt es keine Rolle mehr, oder? War ja sowieso alles bloß Humbug.«

[Hast du wenigstens den Vertrag gelesen?]

»Die Stellen, wo es um die Bezahlung und Unterbringung ging, und darum, wie frei ich mich bewegen kann und wie ich wieder aus dem Vertrag rauskomme.«

[Aye, und was stand da?]

»Sagen wir einfach, es war gerade noch akzeptabel. So in der Art, dass ich mich frei bewegen kann, sobald ich meine Arbeit gemacht habe.«

[Der Trick ist dann, dafür zu sorgen, dass du mit deiner Arbeit nie fertig wirst.]

»Schon klar. Deswegen war mir wichtig, dass ich nur *einem* Herrn in *einem* Haus diene und dass ich alle Pflichten an einem einzigen Tag erledigen kann. Zum Beispiel war festgelegt, dass sie mich nich' an einen anderen verleihen dürfen. Ich dachte mir, einen Haushalt schaffe ich – und dann hab ich auf jeden Fall noch ein paar Stunden frei.«

[Verstehe. Und was hättest du mit dieser Bewegungsfreiheit angefangen?]

»Na, ich hätte mir ein paar nette Sachen angeschaut. Mich darüber gefreut, dass ich nich' ständig von irgendeinem Feenheini beobachtet werde. Mich bei den blöden Menschen entspannt. Vielleicht einem Arsenal-Fan erklärt, warum sein Verein eine Gurkentruppe ist, und ihn aus sicherer Entfernung ausgelacht. Mal was anderes geklaut als Whisky und Würste! Obst oder Gemüse als verrückte Abwechslung, um nicht vom Skorbut aufgefressen zu werden. Die Stadt besser kennengelernt.«

[Und wie wärst du aus dem Vertrag rausgekommen?]

»Die wichtigste Ausstiegsklausel war der Tod, glaube ich.«

[Das ist kein guter Vertrag, Buck. So was würde ich nie unterschreiben.]

»Ich hatte keine Ahnung, was normal is' oder nich'. Ich bin einfach davon ausgegangen, dass das Ganze von einem Siegelagenten überwacht wird. Und dass es schon seine Richtigkeit haben wird, wenn dein Name draufsteht.«

[Da muss ich dem Feenhof wohl eindrücklich die Notwendigkeit vor Augen führen, die Feenwesen über solche Dinge besser zu unterrichten. Wer nichts weiß, ist in Gefahr, ausgebeutet zu werden.]

»Auf jeden Fall fühle ich mich im Moment in Gefahr«, bemerkte der Hobgoblin kleinlaut.

[Wärst du denn noch offen für eine Anstellung als Hausdiener, wenn es ein anständiger Vertrag ist?]

»Aye, das wäre toll – allerdings nur für die zwei Stunden, bis die Barghests anrücken.«

[Hiermit mache ich dir ein Angebot, Buck. Ganz ohne Fallstricke.]

Der Hobgoblin richtete sich langsam in eine sitzende Position auf. »Was meinst du damit? Eine *echte* Stelle als Hausdiener?«

[Aye. Als mein Hob, Buck. Ich kann die vorgeschriebenen Genehmigungen aufsetzen und sie mit den angemessenen Siegeln bekräftigen. Aber es ist eine richtige Tätigkeit, verstehst du? Und die Arbeit bei mir ist bestimmt gefährlicher als bei so einem vornehmen Schnösel.]

»Wieso gefährlicher?«

[Du wirst Besorgungen für mich machen. Dabei musst du Feenwesen und andere Geschöpfe, die illegal zur Erde kommen, aufspüren oder ihnen sogar die Stirn bieten. Und außerdem ist diese Welt voller Eisen, dem begegnest du hier auf Schritt und Tritt. Wir sollten dich mit einer Jacke und Handschuhen ausstatten. Vielleicht auch mit einem Schal.]

»Gut, soll mir recht sein. Ich meine, du wirst wohl nich' verlangen, dass ich ganz allein einen Troll überwältige, und nach Tír na nÓg lass ich mich auch nich' zurückschicken. Ansonsten bin ich mit jedem Auftrag einverstanden, solang ich damit rechnen kann, dass ich ihn überlebe. Da kommt wenigstens keine Langeweile auf. Und darf ich bei Buck Foi als Name bleiben? Dann können sie meinen alten nicht gegen mich verwenden. Ich brauche Schutz, MacNärrisch.«

»MacBharrais«, entfuhr es mir. Dann tippte ich wild drauflos. [Ich weiß genau, dass du es buchstabieren kannst, sonst hättest du mein Büro nicht gefunden. Da dir so an Namen gelegen ist, wirst du meinen richtig aussprechen, wenn du für mich arbeiten willst.]

»Ach komm. Kann ich dich nich' wenigstens 'n bisschen auf die Schippe nehmen? Das gehört doch dazu, wenn man einen Hob einstellt.«

[Das verstehe ich, und im Allgemeinen bin ich auch von Herzen für diesen Brauch. Aber du musst einen anderen Weg finden, als absichtlich meinen Namen zu verstümmeln. Ich erwarte hochwertiges, kreatives Auf-die-Schippe-nehmen, das nicht destruktiv ist. Ich bin ein erstklassiger Arbeitgeber und brauche den besten Hobgoblin von ganz Tír na nÓg. Wenn du das nicht bist, dann lassen wir das Ganze lieber.]

Buck kniff die Augen zusammen. »Ich merk schon, dass du nich' zum ersten Mal mit Feen verhandelst.«

Ich schüttelte den Kopf. [Das ist mein Beruf.]

»Kannst du mir vielleicht mal erklären, warum du dieses Kästchen zum Reden benutzt?«

Nun erzählte ich ihm von dem Fluch und erklärte ihm, dass er für den Empfang meiner Nachrichten ein Telefon bei sich tragen musste. Damit begannen die Verhandlungen erst so richtig. Und von meiner Seite waren es wohlwollende Verhandlungen – dank meiner verstorbenen Frau, die vor ihrem Unfall bei der Gewerkschaft tätig gewesen war, bemühte ich mich, anders zu sein als die ausbeuterischen Arbeitgeber, die sie tagein, tagaus hatte bekämpfen müssen. Zufriedene Bedienstete, so hatte ich festgestellt, waren loyal und leistungsfähig. Selbst Nadia, die kaum lächelte, außer wenn sie beim Pogo jemanden ansprang oder einem lästigen Kerl mit dem Rasiermesser einheizte, betonte stets ihre Zufriedenheit, wenn ich sie fragte, ob ich etwas für sie tun konnte. Jede Woche setzten wir uns bei einem Glas zusammen, und ich konnte meistens gar nicht glauben, dass sie so wunschlos glücklich war. Vielleicht lag es daran, dass sie mich dabei immer anfauchte.

»Verfickt und zugekackt, Al, ich bin zufrieden«, erklärte sie. »Echt. Das hier ist meine glückliche Miene.«

Ihre glückliche Miene sah aus, als wollte sie mir gleich an die Gurgel gehen.

[Also wirklich alles in Ordnung?], fragte ich dann jedes Mal.

»Absolut in Ordnung. Wenn es nicht so wäre, würde ich es sagen. Ehrlich. Und zwar würde ich sofort den Mund aufmachen und nicht erst bei unserem wöchentlichen Glas. Das weißt du doch.«

Trotzdem fragte ich sie und alle anderen Angestellten immer wieder, ob ich etwas besser machen konnte. Denn wenn ich nicht mehr gefragt hätte, wäre womöglich der Eindruck entstanden, dass es mich nicht mehr interessierte. Und manchmal konnte ich tatsächlich etwas tun, obwohl sich Nadia praktisch um alles kümmerte, noch ehe es zu mir durchdrang.

Nun warnte ich Buck mit Nachdruck davor, sich mit Nadia anzulegen oder sich in ihre Geschäftsführung einzumischen, weil es sonst passieren konnte, dass sie ihn kurzerhand erschlug. Im Gegenzug wollte ich Nadia bitten, ihn nicht wie einen Angestellten zu behandeln, sondern als meinen Gast.

[Können wir uns darauf im Grundsatz einigen? Vor der Unterzeichnung des Vertrags werden wir den Text natürlich noch mal durchgehen.]

»Aye, MacBharrais, im Grundsatz sind wir uns einig.« Endlich hatte Buck meinen Namen korrekt ausgesprochen. Wir reichten uns die Hand, nachdem wir hineingespuckt hatten.

[Gut.] Ich warf einen Blick auf mein Telefon. 19:29 Uhr. Noch eine halbe Stunde bis zu dem vereinbarten Rendezvous. [Dann fahren wir jetzt zur Renfrew Ferry und treffen uns mit den netten Leuten, die dich kaufen wollten, ja?]

»*Was?*«

6

RENFREW FERRY

Bevor ich antworten konnte, vibrierte das Telefon in meiner Hand. Eine Signal-Nachricht von Saxon Codpiece.

Gerade hat Gordies Handy geklingelt. Eine SMS: »Bestätige Renfrew um 8.« Sagt dir das was?

Ja, schrieb ich zurück. *Der Absender glaubt, dass Gordie noch lebt. Danke. Du hast das Telefon noch nicht geknackt, oder?*

Noch nicht. Aber morgen kannst du auf jeden Fall vorbeischauen.

Mach ich.

Ich stand auf und bedeutete Buck mit einem Wink, dass er mir folgen sollte. Genau genommen wusste ich nicht mal, ob die Fähre oder das mehrere Kilometer entfernte Restaurant mit dem gleichen Namen gemeint war. Allerdings setzte ich darauf, dass sie die Übergabe nicht in einem Restaurant abwickeln wollten. Auf der Fähre hingegen – dort herrschte kaum noch Verkehr, weil die meisten Leute mittlerweile die Brücken über den Clyde benutzten. Der ziemlich isolierte Anleger befand sich auf einem großen Areal noch aus der Zeit, als es keine Brücken gegeben und man den Fluss auf großen, breiten Fähren überquert hatte, die heute nicht mehr betrieben wurden. Es verkehrten nun nur noch winzige Aluminiumboote, die höchstens zehn Passagiere gegen einen Obolus von ein, zwei Pfund beförderten.

Wir winkten ein Taxi heran und saßen zwei Minuten schweigend nebeneinander, während uns der Chauffeur auf der Dumbarton Road nach Westen brachte.

Dann stellte Buck die ersten Fragen. »Das is' also ein Taxi, was?«

[Aye.]

»Wozu is' denn die Scheibe zwischen uns und dem Fahrer?«

[Weil die Welt voller Arschlöcher ist und die Fahrer nicht von einem verschluckt werden wollen.]

»Soll das heißen, es gibt menschenfressende Arschlöcher auf der Erde? Ich meine, einfach bloß Arschlöcher, ohne was drumrum, die durch die Landschaft ziehen und Leute verschlingen?«

[Manchmal könnte man es fast glauben, auch wenn ich rein metaphorisch gesprochen habe.]

»Ach. Und was is' das für ein Bau da drüben? Diese Wanne mit den Waben?«

[Das ist das Hydro. Die Leute haben verschiedene Namen dafür. Jedenfalls ist es eine Halle für Konzerte und andere Veranstaltungen.]

So ging es weiter, bis wir nach links auf die York Street abbogen, die in einem kurzen Schwenk nach rechts an einem Block Mietshäuser vorbei zur Fähre führte. Das blau gestrichene Stahlgittertor am Eingang stand offen und zeigte eine abschüssige, mit alten Ziegelsteinen gepflasterte Rampe zum Clyde.

Der Taxifahrer hielt vor dem Tor, wollte allerdings nicht warten. Er nahm mein Geld und ließ das Fenster herunter, um uns zu warnen. »Vorsicht da drinnen. Da kann man auf jede Menge Zeug treten und sich eine Tetanusvergiftung holen.«

Als das Taxi davonrollte, ließ ich im trüb gelben Schein der Straßenlampen den Blick über den Boden gleiten. Die Mahnung des Mannes erschien mir leicht übertrieben. Der Platz war nicht übersät mit den sprichwörtlichen rostigen Nägeln. Dafür allerdings mit so ziemlich allem anderen, was man sich vorstellen konnte. Fastfood-Packungen und Servietten, vom Wind an den Zaun geweht. Plastikflaschen. Eine bestürzende Anzahl benutzter Verhütungsmittel. Bizarre Haarbüschel. Und immer wieder Scherben von zerbrochenen Flaschen. Sicher konnte man sich hier viele Krankheiten einhandeln – Hepatitis in den unterschiedlichsten Formen zum Beispiel –, doch Tetanus war eher unwahrscheinlich, wenn die Eltern ihre Sprösslinge zum Impfen geschickt und diese die regelmäßigen Auffrischungstermine eingehalten hatten.

Ich sah auf dem Telefon nach der Uhrzeit. Nur noch wenige Minuten bis acht. Ich zog eine Haftnotiz und einen mit Trollhauttinte gefüllten Montblanc-Füller heraus. Schnell zeichnete ich einen Bann der Kinetischen Abwehr auf den Zettel und klebte ihn mir an den Mantel.

Dann tippte ich auf dem Handy. [Schau dich gut um. Das könnte gefährlich werden. Hast du schon mal eine Pistole gesehen?]

»Aye.«

[Wenn jemand mit so was auf dich zielt, musst du abhauen.]

»Klar, das kenn ich aus dem Fernsehen! Bei *Starsky & Hutch* haben die das auch immer so gemacht.«

[Das ist eine ziemlich alte Serie, Buck.]

»Du bist auch ein ziemlich alter Mann. Und ich bin älter, als ich aussehe.«

Ich betrachtete das Tor zur Rampe mit skeptischem Blick. [Kannst du dafür sorgen, dass das Tor offen bleibt und dass es niemand hinter uns zuschließt?] Hobgoblins verfügten über starke magische Kräfte, die sie allerdings nur selten auf praktische Weise einsetzten, wenn man ihnen keinen Hinweis gab. Sie hatten eher einen Hang zu Showeinlagen ohne echten Nutzen.

Buck kniff die Augen zusammen. »Nein. Zu viel Eisen.« Er

spähte durch das Dunkel nach allen Seiten. »Führt der Zaun um den ganzen Fähranleger rum?«

[Sieht so aus.] Ein Stück entfernt vom Fährgelände standen mehrere neuere Mietshäuser, deren Architekten klugerweise dafür gesorgt hatten, dass nur wenige Fenster auf das Dock zeigten, das wirklich ein Schandfleck war. Die Fenster wiesen zum Fluss oder zur Straße. Außerdem lagen dreißig, vierzig Meter zwischen den Häusern und dem Areal. Wenn da jemand schrie, hörte es keiner. Und falls doch, gingen die Anwohner sicher davon aus, dass es bloß ein Betrunkener war. Niemand würde nachsehen, weil man sich damit nur Ärger und vielleicht sogar eine maßgeschneiderte bakterielle Infektion einhandelte.

Zuerst warnte uns das Summen eines Motors, dann bohrte sich ein Licht durchs Dunkel und zeigte eine sich nähernde Fähre an. Aus der Ferne wehte das leise Gemurmel von Stimmen übers Wasser.

[Bleib nah bei mir], mahnte ich. [Ich muss so tun, als wollte ich dich übergeben. Sobald sich was Verdächtiges tut, prügelst du ihnen die Scheiße aus dem Leib.]

»Kommt mir jetzt schon verdächtig vor«, erwiderte Buck.

[Warte noch ein bisschen. Reden wir erst mal mit ihnen.]

»Was willst du da lang reden? Das Beste wäre, wenn wir ihnen sofort noch die letzte Unze Scheiße rausprügeln, die sie im Leib haben. Je eher, desto besser.«

[Ich geb dir ein Stichwort: »Jetzt wär's so weit.«]

»Von mir aus. Hoffentlich sagst du es bald. Die kaufen aus irgendwelchen Gründen Feenwesen, und so ein Verbrechen muss bestraft werden. Was haben die bloß davon, frag ich mich? Hoffentlich geht's nich' um Sex. Ihr Menschen habt ja eine Schwäche für rosa Haut, und da haben sie sich vielleicht gedacht, Buck besteht nur aus rosa Haut, den nehmen wir mal ran.«

[Genau das möchte ich rausfinden. Und deswegen müssen wir zuerst reden. Bedeck deine rosa Haut und konzentrier dich. Du musst nur meinem Beispiel folgen.]

»Gut, mach ich.«

Als die Fähre am Ende der Rampe anlegte und ihre kleine Brücke herabließ, stiegen drei vermummte Gestalten verschiedener Größe aus. Sie wirkten nicht unbedingt wie zufällige Glasgower Pendler. Eher schon wie entflohene Figuren aus einem Mördervideospiel mit verhüllten Gesichtszügen und, zumindest in einem Fall, abartig prallen Muskeln.

Die Gestalt links von mir war nicht viel größer als Buck, und ich überlegte, ob das vielleicht auch ein Hobgoblin war. Die mittlere Gestalt hatte am meisten Ähnlichkeit mit einem Menschen und war höchstens zwei Zentimeter kleiner als ich. Rechts ragte ein muskelstrotzender Klotz auf, dessen Fäuste im trüben Licht des Docks entweder grau aussahen oder tatsächlich grau waren. Nach den Händen zu urteilen, schien der Winzling auf der linken Seite weiß, während die Hautfarbe des Mittleren nicht auszumachen war, weil er Handschuhe trug; zu erkennen war nur, dass er sich leicht torkelnd auf wackligen Beinen bewegte. Ein paar Meter vor Buck und mir blieben sie stehen. Hinter ihnen tuckerte die Fähre im Leerlauf.

Schließlich ergriff der Mittlere das Wort. »Du biss nicht … börp! … Schuldigung. Du bist nicht … äh. Gordie.«

»Nein, ich bin sein Meister. Und wer bist du?«

»Sein *Meischter*?« Die Stimme klang betrunken, und ihr Besitzer war offenbar nicht bereit, meine Frage zu beantworten. »Du bist der Agent? Dieser MacNärrisch?«

Ich seufzte, als Buck kicherte. »MacBharrais, ja. Und wer bist du?«

»Das weisch du doch.« Der Kerl hob die Hand und wackelte auf seltsame Weise mit den Fingern. Hatte er uns gerade mit einem Fluch belegt? Winkte er uns zu? Oder wollte er sich bloß vergewissern, dass seine Finger noch funktionierten? »Baschtille schickt uns. Und jetzt übergib den Hob... börp! ... goblin.«

»Weiß Bastille, dass du betrunken bist?«

»Klar! Natürlich weisch er dasch. Hihi! Bin immer ... betrunken. Isch doch normal bei einem Clurichaun.«

»Ein Clurichaun?« Clurichauns waren permanent berauschte Feenwesen mit beeindruckenden Nahkampffähigkeiten – in ihren Bewegungen waren sie unberechenbar und spürten wegen ihrer Trunkenheit kaum Schmerzen. »Was machst du hier?«

»Den Hobgob...lin abholen.«

»Ich möchte mit Bastille sprechen.«

»Un' ich möchte noch wasch trinken. Gib uns jetzt den Gobhob, Alter. Ich musch pischen.«

»Das Ganze geht nur über die Bühne, wenn ich mit Bastille geredet habe.«

»Ha! So läuft dasch nicht. Letschte Chansch. Gib mir den Gob, oder wir holen ihn unsch.« Der Betrunkene hatte offenbar keine Lust, mir entgegenzukommen. Der Winzling und der Klotz drehten sich ein wenig zu uns.

»Also gut.« Ich griff nach den vorbereiteten Siegeln der Agilen Grazie und der Gesteigerten Muskelkraft. »Buck?«

»Ja?«

»Jetzt wär's so weit.« Ich erbrach die Siegel und fühlte, wie die Gliedersteifheit von sechzig Jahren verschwand und mein Körper vorübergehend zur Form eines olympischen Athleten aufblühte. Im gleichen Moment stürzte sich Buck mit einem steilen Sprung auf den Sprecher und legte ihn mit einer rechten Geraden an das Kinn im umschatteten Gesicht flach.

Kaum war Buck wieder gelandet, warf sich der Winzling mit einem lauten »Oi!« und fliegenden Fäusten auf ihn. Buck versuchte, ihn abzuwerfen, doch es gelang ihm lediglich, ihm die Kapuze von dem sommersprossigen Gesicht zu streifen.

»Ein verdammter Leprechaun?«, rief Buck ungläubig.

Dann drosch der kleine Scheißer mit irrem Gackern auf ihn ein, und seine blauen Augen blitzten unter einer wilden roten Mähne.

Jetzt ging der grobschlächtige Kerl auf mich los, während sich der Betrunkene wackelnd hochrappelte. Zu spät sah ich eine ambossartige Faust heranschießen und versuchte auszuweichen. Vergeblich. Trotz des Banns der Kinetischen Abwehr an meinem Mantel bohrte sie sich so heftig in meine Rippen – ich spürte, wie sie brachen –, dass ich durch die Luft geschleudert wurde und krachend auf dem Boden landete.

Wenn so etwas in einem Film passiert – Stuntmen und Schauspieler, die an Drähten fliegen, und mürber Zuckergips, der bei ihrem Aufprall zerbricht –, kann man auf die Idee kommen, dass Fleisch und Knochen irgendwie stabiler sind als Mauerwerk. Aber das stimmt nicht. Es tat weh wie die Hölle, als ich auf die Ziegel krachte.

Kinetische Bannzauber konnten praktisch alles aufhalten, wenn man sie in ausreichenden Schichten aufgetragen hatte. Coriander war berühmt dafür, dass er im Kampf unangreifbar war. Anscheinend hatte der einfache Bann, den ich gestaltet hatte, die Härte des Schlags lediglich ein wenig abgemildert. Wenn überhaupt. Jedenfalls war er der Kraft dieser Faust nicht gewachsen.

»Hah!«, bellte der klobige Koloss und zog seine Kapuze zurück, damit ich sein grausiges Albtraumgrinsen sehen konnte. Er hatte Zahnlücken, in denen womöglich Fleischfetzen hingen. »Trollhauttinte hilft dir nichts gegen mich!«

»Hab ich mir schon fast gedacht«, räumte ich ein.

Der Sprecher war nämlich selbst ein Troll von der Art, die früher Brücken bewacht und Reisende mit Androhung von

Gewalt und ihrem unvermeidlich ranzigen Atem schikaniert hatten. Sie waren so beschränkt, dass die meisten Siegel bei ihnen nicht funktionierten. Genauso gut hätte man versuchen können, das Hirn eines Steins zu erweichen. Und ein Bannzauber, der zum Teil aus einem Troll gemacht war, hatte sowieso keine Wirkung auf einen Troll. Ich konnte von Glück sagen, dass er mir die Faust nicht gleich mitten durch den Rumpf gerammt hatte.

Ein schlauer Schachzug von Bastille, für das Treffen mit einem Siegelagenten einen Troll aufzubieten. Mir blieben nicht mehr viele Möglichkeiten, zumal die Faust bereits zu einer Zugabe ausholte.

Im letzten Moment rollte ich mich vor dem nächsten Hammerhieb weg, und dabei riss etwas in mir. Der Troll knurrte, als seine Knöchel auf den Stein krachten, doch mehr vor Enttäuschung als vor Schmerz. Ächzend und keuchend rappelte ich mich hoch, während ich fieberhaft überlegte, wie ich das Scheusal besiegen konnte. Mir fiel nichts ein. Schließlich wich ich einfach zurück, um etwas Abstand zwischen mich und diese Fäuste zu bringen. Inzwischen hatte der Clurichaun auch noch den letzten Rest seiner Geduld verloren. Mit wabbelnden Knien schüttelte er die Pistole in seiner Hand und starrte sie wütend an, weil sie nicht funktionieren wollte. »Ich bring dich um«, versprach er. »Musch bloß noch rauschkriegen, wie man mit dieschem Scheischding schiescht.«

Den Göttern sei Dank gab es Sicherungen. Gegen Kugeln war mein Bannzauber nämlich genauso wenig gefeit wie gegen eine Trollfaust.

Buck und der Leprechaun wälzten sich derweil beißend und fauchend über den Boden. Keiner von beiden konnte den anderen entscheidend schwächen, und so überboten sie sich mit wüsten Beleidigungen, die sich um die sexuellen Vorlieben ihrer engsten Verwandten drehten.

Meine einzige Chance sah ich darin, Buck zu helfen. Wenn ich den Leprechaun oder den Clurichaun in die Flucht schlagen konnte, würde vielleicht auch der Troll verschwinden. Bei ihm konnte ich im Moment sowieso nichts anderes tun, als ihm aus dem Weg zu gehen.

Als er erneut auf mich losstürmte, stürzte ich meinerseits auf ihn zu. Damit hatte er nicht gerechnet. Zu spät versuchte er zu korrigieren, doch ich schlug bereits einen Purzelbaum und rollte ihm mit knackenden Rippen durch die Beine. Auf einmal lagen zwischen mir und dem Clurichaun nur noch die Flaschenscherben, die besoffene Affen wie er auf dem Gelände hinterlassen hatten.

Er sah mich kommen, und sein Blick zuckte über meine Schulter, wo sich der Troll bestimmt gerade auf die veränderte Bewegungsrichtung seines Opfers einstellte. Der Clurichaun musste nur so lange seine Position halten, bis mich der Troll eingeholt hatte. Ich hob meinen Stock zu einem deutlich erkennbaren Schlag, dem er mühelos ausweichen konnte. Allerdings war das bloß eine Finte. Als der Stock nach unten sauste, stemmte er sich ein und duckte sich. Genau in diesem Augenblick drosch ich ihm mit voller Wucht in die Weichteile.

Mit einem Laut zwischen Ächzen und Stöhnen sackte er zusammen und ließ die Waffe fallen, um beide Hände schützend an die lädierten Kronjuwelen zu pressen. Im Vorbeischwirren verpasste ich ihm noch einen saftigen Hieb auf den Schädel, der für eine ausgewachsene Gehirnerschütterung reichen sollte. Dann huschte ich mit einem Sprung zur Seite auf Buck und den Leprechaun zu, weil ich den Troll hinter mir abschütteln wollte.

Ich drehte den Stock und schmetterte ihn auf den Rücken des Leprechauns. Mit einem Aufschrei ließ er Buck los, bevor ich die Aktion wiederholen konnte. Wild fluchend zog er sich von dem blutenden Hobgoblin zurück und brachte sich in Sicherheit.

Ich fing Bucks Blick auf und hob die Braue. »Kannst du für mich mal ein Auge ausreißen?«

Er grinste mit blutigen Zähnen, bevor er mit einem leisen *Plopp* verdrängter Luft verschwand.

Ein weiteres *Plopp* meldete sein Erscheinen vor dem Kopf des Trolls, wo er dem hässlichen Ungeheuer einfach drei steife Finger ins Auge bohrte, ehe er sich zu Boden fallen ließ. Kein echtes Ausreißen, doch zum Blenden reichte es.

Der Troll krallte brüllend nach der Wunde, aus der schwarzes Blut spritzte. Leider dauerte es nicht lange, bis das verbliebene Auge Ausschau nach uns hielt.

Das war beunruhigend. Eigentlich hätte er mindestens eine halbe Minute lang fluchen und zetern müssen, bevor er ernsthaft an Vergeltung dachte. In der Regel waren Trolle nicht so konzentriert, und das Gleiche galt für Clurichauns und Leprechauns. Und normalerweise arbeiteten sie auch nicht zusammen. Der Verlauf dieser Begegnung widersprach jeder Erfahrung.

Mit meinen inneren Verletzungen war ich nicht geneigt, das Ganze in die Länge zu ziehen, zumal ich sowieso keine Antwort auf meine Frage erwarten konnte. Daher schlug ich Buck vor abzuhauen, solange es noch ging. Er hatte eine blutige Nase, eine aufgesprungene Lippe und mehrere Platzwunden. Ungeschoren war keiner von uns davongekommen. Der bestmögliche Ausgang war, dass wir *überhaupt* davonkamen.

Während sich der Leprechaun und der Clurichaun damit begnügten, unsere überstürzte Flucht zum Tor zu beobachten, äußerte der Troll lautstark sein Missfallen und wankte uns nach. Nach wenigen Schritten wurde ihm klar, dass er zu langsam war. Kurzerhand hob er etwas auf und warf es mir hinterher. Was es war, weiß ich nicht, doch es stoppte mich wie eine zwischen die Speichen einer Fahrradfelge gerammte Stange.

Wieder krachte mein altes Geripp auf das harte Pflaster.

Die wenigsten Rentner mögen es, wenn sie stürzen. Man muss sie nur fragen, es tut einfach weh.

Und Senioren, die bei hoher Geschwindigkeit mit gebrochenen Rippen unterwegs sind, mögen es erst recht nicht.

Ich gab Laute von mir wie vorhin der Clurichaun, weil ich vor Schmerz einfach nicht anders konnte. Buck bremste und schaute sich nach mir um, während der triumphierend brüllende Troll mit schweren Schritten heranstapfte. Flehend sah ich den Hobgoblin an, damit er sich etwas zu unserer Rettung einfallen ließ, denn inzwischen stand fest, dass ich diesem Troll nicht gewachsen war.

»Komm mit, MacBharrais.« Seine rosa Hand packte mich an der Schulter, und plötzlich ertönte wieder dieses seltsame *Plopp*. Mein Magen drehte sich wie in einem zu schnell abwärtsfahrenden Aufzug, und dann waren wir nicht mehr auf dem Fährgelände, sondern in einer kleinen Gasse, die bestimmt nur einen Steinwurf entfernt lag. Jedenfalls war das enttäuschte Röhren des Trolls noch immer zu hören, wenn auch in einer Lautstärke, aus der ich schließen konnte, dass keine unmittelbare Gefahr mehr drohte.

»Ich bin am Ende.« Buck brach neben meinem Kopf zusammen. »Kein Saft mehr. Das war der gemeinste Leprechaun, der mir je begegnet is'. Und auch der stärkste.«

Stöhnend wälzte ich mich auf den Rücken. Behutsam angelte ich zwei vorbereitete Siegel aus einer Innentasche und vergewisserte mich, dass es die richtigen waren. Eins reichte ich Buck und tastete nach meinem Telefon. Doch in meinem Zustand war das einfach zu anstrengend.

Daher sprach ich mit meiner Stimme. »Mach das Siegel auf und schau es an.«

»Was is' das?«

»Zur Heilung.« Ich schenkte mir jedes weitere Wort und erbrach mein Siegel. Ich spürte die ersten Anzeichen wohltuender Linderung, als mein Gehirn Dopamin in den Kreislauf pumpte. Die Wirkung der Magie musste gleich einsetzen. Allerdings bezweifelte ich, dass ich das bei Bewusstsein miterleben würde.

Wir hatten eine herbe Abreibung eingesteckt und nichts über Bastille erfahren, außer dass er mächtige Freunde hatte und dass ein sturzbesoffenes Feenmonster in seinen Diensten stand, das nicht mit einer Schusswaffe umgehen konnte.

ZWISCHENSPIEL:
WASSERBÄREN

Wasserbären sind winzige Tiere, die alle Massensterben überlebt haben und wahrscheinlich auch uns überleben werden. Viele Leute nennen sie Bärtierchen, denn das ist ihre korrekte Bezeichnung. Mir ist der umgangssprachliche Name sympathischer.

Sie sehen aus wie ineinandergeschobene Donuts oder auch wie hungrige Schwimmpenisse mit acht pummeligen Beinen und Klauen. Sie sind nur einen halben Millimeter lang, wenn sie ausgewachsen sind, und weiden an den meisten Moos- und Flechtenarten. Dadurch sind sie in Schottland äußerst leicht zu finden, weil man auf fast allen Oberflächen Moose und Flechten züchten kann, selbst wenn man es gar nicht versucht. Zum Glück ist das so, denn ich benötige eine große Menge davon für jede in Heilsiegeln verwendete Tinte. Einen ganzen Teelöffel. Und es ist eine Schweinearbeit, sie aus dem Moos und den Flechten herauszulösen. Höchstens ein halber Millimeter und schwammig? Eine übliche Pinzette hilft da nicht weiter, weil man damit nur die winzigen Eingeweide zerquetscht.

Eigentlich braucht man die Hilfe eines Druiden oder der TUATHA DÉ DANANN, wenn man genug davon zusammenbringen will, ohne endlos Zeit zu verplempern. Sie können einfach viele von ihnen zusammenbinden und einen Teelöffel voll einsammeln, ohne sie zu verletzen. Dummerweise sind weder Druiden noch TUATHA DÉ DANANN so ohne Weiteres zu dieser Arbeit bereit. Das macht die Erzeugung dieser Tinten praktisch unmöglich, außer man kennt jemanden, der einem hilft. Und das ist natürlich auch der Sinn der Sache. BRIGHID möchte nicht, dass jeder nach Belieben Heilsiegel herstellen und sich von Krankheiten und Wunden kurieren kann, die doch dazu dienen, das Bevölkerungswachstum in Grenzen zu halten. Sie will, dass nur die wenigen Sterblichen über diese Magie verfügen, die sich für sie eingesetzt haben.

Aus diesem Grund verbrachte ich als Schüler neun Tage fluchend mit dem Versuch, einen Teelöffel von den kleinen Mistviechern aus dem Moos zu kratzen, bevor ich Hilfe bekam. Das Entscheidende war, dass sie alle noch leben mussten. Dummerweise dauerte das Herausscharren so lang, dass die ersten schon gestorben waren, wenn ich am Ende der Woche genug beisammenhatte. So wurde das Sammeln der Wasserbären für mich zu einer Hölle, die immer wieder von vorn anfing.

Bis Coriander in seiner herrlichen Gestalt erschien und sich vorstellte. Er reichte mir ein Fläschchen, das mehr als genug enthielt. »Du musstest lernen, wie schwierig das Sammeln dieser Ingredienz ist«, erklärte er. »Erst jetzt können wir sie dir einfach überlassen. Denk daran, diese Tinte im Voraus herzustellen und immer deine Heilsiegel bereitzuhalten. Wenn du sie einmal benötigen solltest, wirst du kaum in der Lage sein, sie sofort zu zeichnen.«

Das war ein ausgezeichneter Rat.

7

DIE SIEGELAGENTEN

Jemand ohrfeigte mich wach, und meine Augen öffneten sich ins Tageslicht. Ich hörte eine vertraute Stimme: »Die Polente«, und eine unvertraute: »Alles in Ordnung, Sir?«

Blinzelnd setzte ich mich auf und sah direkt in das rote Gesicht eines Constables, der auf mich herabstarrte. Ich nickte ihm zu.

Doch damit gab er sich nicht zufrieden. »Was machen Sie hier in dieser dunklen Gasse mit diesem … äh … mit dieser Person?«

»Sehr richtig, ich bin eine Person«, bekräftigte Buck. »Klar erkannt.«

Ich deutete auf meinen Mund und machte eine Schlitzgeste vor der Kehle, um anzudeuten, dass ich nicht sprechen konnte.

»Ach, Sie können es mir nicht sagen? Na, dann schauen wir mal. An Ihnen sind zahlreiche Blutspuren, die möglicherweise nicht von Ihnen stammen. Im Interesse der öffentlichen Sicherheit sollte ich wohl rausfinden, von wem es stammt und wie es da gelandet ist. Also kriegen Sie beide eine Freifahrt zum Revier, damit wir das klären können. Kommen Sie bitte mit.«

Nickend stand ich auf und stellte fest, dass der stechende Schmerz in den Rippen, den ich am Vorabend gespürt hatte, zu einem dumpfen Pochen abgeklungen war.

Natürlich hatten wir keine gute Erklärung für unseren ramponierten Zustand, und ich wollte nicht, dass der Constable Meldung erstattete. Also zog ich meine Autoritätssiegel auf Ziegenhaut heraus und hielt sie ihm kurz vor die Nase. Als sein Blick darauf fiel, sagte ich: »Gehen Sie und vergessen Sie uns.«

Nach einem kurzen Blinzeln folgte er meiner Anweisung.

»Krieg ich auch mal welche von diesen Siegeln?«, fragte Buck. »Bloß damit ich meinen Pflichten besser nachkommen kann und die Welt sich nach dem Willen von MacBharrais richtet, weißt du.«

Meine Augenbraue zuckte, als ich das Telefon zückte. [Die kriegst du nie. Du würdest den Leuten bloß befehlen, sie sollen in den Clyde hüpfen.]

»Na ja, vielleicht, aber nur zum Spaß. Nie aus Boshaftigkeit.«

[Für das Ergebnis spielt das wohl kaum eine Rolle.]

»Und was jetzt?«

[Haggis, Neeps und Tatties. Ich hab Hunger. Und du?]

»Klar, könnte was zu essen vertragen. Vielleicht sollten wir uns nur vorher waschen. Das Heilsiegel hat seine Wirkung getan, trotzdem bin ich noch immer ziemlich fertig. Also nach Hause?«

[Nein, ins Büro. Im Keller gibt es eine Küche und ein Bad.] Ich musste noch einige Siegel zeichnen, und meine seltenen Tinten waren fast alle dort. Außerdem war es höchste Zeit, mich bei den anderen Siegelagenten zu melden. Sie mussten erfahren, was hier los war.

An der Kelvinbridge Station hüpften wir in die Subway und taten so, als würden wir die Blicke der Leute nicht bemerken. Ihr Interesse galt entweder meinem Schnurrbart oder Bucks seltsamer Erscheinung. Anscheinend waren sie sich nicht ganz sicher, ob er ein Mensch war. Obwohl sie ihn unverhohlen anstarrten, verbot es ihnen die Höflichkeit, seine Herkunft offen infrage zu stellen. Vielleicht machten sie sich auch einfach Sorgen, weil er über und über mit eingetrocknetem Blut und Dreck verschmiert war. Viel davon war wohl von ihm, doch einiges stammte sicher von dem Leprechaun.

Wir stiegen an der Buchanan Street aus und nahmen den Rollsteig hinauf zur Queen Street. Von dort war es nicht mehr weit zu meiner Druckerei.

Unterwegs sprach ich Buck ein Kompliment aus. [Du hast dich wirklich gut geschlagen gestern Abend. Danke, dass du uns da rausgepaukt hast.]

Buck schnaubte. »Das einzig Gute daran war, dass wir jetzt noch rumlaufen. So eine Tracht Prügel hab ich schon lang nich' mehr gekriegt.«

[Hast du schon mal mit einem Leprechaun gekämpft?]

»Aye. Und der gestern war nich' normal. Irgendwie anders. Vielleicht hat er auf der Fahrt über den Fluss ein Fass Kokain inhaliert. Allerdings glaub ich eher, dass er auf permanente Weise anders war, wenn du verstehst, was ich meine. Den haben sie irgendwie … umgekrempelt.«

In Erinnerung an mein Gespräch mit Saxon Codpiece über die Möglichkeit, dass da jemand Experimente mit Feenwesen veranstaltete, nickte ich und tippte eine neue Frage. [Hattest du den Eindruck, dass der Clurichaun und der Troll auch verändert waren?]

Mein Hob zuckte die Achseln. »Keinen Schimmer, MacBharrais. Ich hatte sie ja nich' so direkt an der Backe wie den Leprechaun. Der Clurichaun war besoffen und ansonsten genauso bekloppt wie bei seiner Art üblich. Und wenn der Troll irgendwie aufgeladen war, hat das zumindest seinem Auge nix gebracht, richtig?« Nach einer kurzen Pause fuhr Buck etwas ruhiger fort: »Ich weiß, er war dein Schüler, trotzdem bin ich echt froh, dass Gordie hin is'. Diesem Haufen gestern Abend wär ich verdammt ungern in die Hände gefallen.

Die reinsten Horrorgestalten waren das. Wie Clowns und Blumenkohl.«

[Wie was?]

»Nix. Wiederkehrender Albtraum von mir.«

Meine Rezeptionistin, allgemein – außer bei Kunden – als *Gladys, die schon viel Scheiße erlebt hat* bekannt, blieb bei unserem Erscheinen cool und professionell und begrüßte uns, als wäre es völlig normal, dass ich mit einem blutverschmierten Hobgoblin hereinmarschierte. Genau diese totale Unerschütterlichkeit unterschied *Gladys, die schon viel Scheiße erlebt hat* von allen anderen Gladysen dieser Welt. Mit dieser Bierruhe hatte sie von Gottheiten bis hin zu Dämonen noch jeden aufgenommen, und ich wurde den Verdacht nicht los, dass auch sie unsterblich und unbesiegbar war und diese Eigenschaften bei ihrer Einstellung bloß verschwiegen hatte. Sie trug grundsätzlich konservativen Tweed, hatte das graue Haar an den Seiten hochgesteckt und spähte durch eine knallrote Hornbrille über ihren Schreibtisch. Das graue Haar – viel davon sogar weiß – ließ keinen eindeutigen Rückschluss auf ihr Alter zu, denn ihr Gesicht hatte die faltenfreie Haut der Jugend bewahrt. Von daher schätzte ich ihr Alter auf irgendetwas zwischen dreißig und dreitausend und hütete mich, sie danach zu fragen. Schließlich war es Coriander, der sie mir vermittelt hatte, und wenn sie kein Feenwesen war, dann war sie jedenfalls auf andere Weise übermenschlich. Laut ihren offiziellen Dokumenten war sie Kanadierin.

[Morgen, Gladys. Ist der Kaffee unten fertig?]

»Ja, Mr MacBharrais. Ich glaube, es ist auch noch ein Stück Plunder da, falls Sie Hunger haben.« Ihr angenehmer Alt hatte einen Nova-Scotia-Akzent, den sie morgens immer ganz besonders betonte, weil sie wusste, dass ich diesen Tonfall mochte. *Gladys, die schon viel Scheiße erlebt hat* war einfach die Beste. »Benötigen Sie etwas für Ihren Gast?«

[Nein danke. Das ist übrigens Buck. Sie werden ihn ab jetzt öfter hier sehen.]

»Willkommen, Buck.«

Mein Hobgoblin überraschte mich mit einer Verneigung. »Vielen Dank, Gladys. Is' mir 'ne Ehre, Sie kennenzulernen.«

Obwohl wir möglichst unauffällig nach unten in den Mitarbeiterbereich geschlüpft waren, polterte schon wenige Minuten später meine Managerin die Treppe herab.

Offenbar war sie auf der Suche nach mir, denn sie rief meinen Namen. »Al? Bist du da unten? Verdammte Kacke, was ist das denn?«

Der Hochzeitsputz war verschwunden. Nadia war zurück in ihrer Goth-Metal-Kluft, das Haar stachelig und der Rest im Einklang mit diesem dornigen Thema. Sie trug einen Choker um den Hals, aus dem Chromspitzen ragten, ein schwarzes Vinylkorsett, das sich zu einem breiten Nietengürtel verjüngte, und ein hauchdünnes, kohlschwarzes Tutu über Leggins der gleichen Farbe, die in klobigen Lederstiefeln mit Silberschnallen und drei weiteren gefährlichen Spikes an den Zehen mündeten. Außerdem trug sie schwarze Armschienen und Halbfingerhandschuhe mit spitzen Nieten an den Knöcheln. Die roten Fingernägel von gestern waren wieder schwarz, allerdings mit einem Schimmer, der zeigte, dass sie einen Farbton namens *Negative Sonne* benutzt hatte und nicht etwa *Satans schwärzestes Loch*. Dank Nadia war ich inzwischen ein Experte für schwarzen Nagellack.

Ich hatte das Plunderstück stehen lassen, weil mir mehr nach einem deftigen Pfannengericht war – an dem ich gerade arbeitete. Ich legte den Spatel weg und tippte eine Antwort. [Frühstück.]

Nadia deutete auf Buck, der auf dem Pausenraumtisch stand und ein Bier zischte, das er aus dem Kühlschrank stibitzt hatte.

86

»Nein, Al, ich meine diesen blut- und scheißeverschmierten rosa Knirps, der mein Bier trinkt. Und muss ich mich in der Öffentlichkeit mit ihm zeigen? Weil mir meine Verwandten nämlich kein Wort glauben werden, wenn ich ihnen erkläre, warum er existiert und wieso ich mich mit so was rumtreibe.«

[Das genaue Protokoll haben wir uns noch nicht überlegt. Jedenfalls ist das Buck. Buck, das ist Nadia.]

»Buck wer?«

[Buck Foi.]

»Machst du Witze?«

[Nein, warum?]

»Weil das Fuck Boy mit vertauschten Anfangsbuchstaben ist, Al! Ist dir das nicht aufgefallen?«

[Ich bin so alt, da ist mir das schnurzegal. Wenn er sich Buck Foi nennen will, dann ist das eben sein Name.] Beim Tippen bemerkte ich, dass Buck es nicht schaffte, einen Kicheranfall zu unterdrücken. [Das heißt aber nicht, dass er kein Schwachkopf ist.]

»Außerdem bin ich sein Hobgoblin und so«, fügte Buck hinzu. »Seit gestern Abend.«

Nadia rutschte die Kinnlade herunter, und sie schaute mich fragend an.

Ich nickte. [Wir haben ausgemacht, dass er dir nicht in die Quere kommt.]

Meine Managerin fand offenbar, dass man diesen Punkt gar nicht genug betonen konnte. »Aye, kleiner Mann, dann halt dich dran. Wenn du mir blöd kommst, kann es schnell passieren, dass dir ein paar Körperteile fehlen.«

»Also, hallo erst mal«, erwiderte er.

»Ich sag nicht Hallo zu Saukerlen, die mir mein Bier wegsaufen. Besser, du ersetzt das und legst noch was drauf, wenn du dich mit mir vertragen willst.«

Buck suchte vernünftigerweise meinen Blick, um zu erkennen, ob sie es ernst meinte.

[Hör lieber auf sie. Ich hab gestern Abend wohl vergessen zu erwähnen, dass sie eine Schlachtenseherin ist.]

Seine perfekten Zähne blitzten mich an. »Nein! Echt jetzt, Alter? Eine Schlachtenseherin? Davon muss ich mich erst mal überzeugen.«

Bevor ich ihn erneut warnen konnte – schließlich hatte ich ihm erst gestern eingeschärft, sich nicht mit Nadia anzulegen –, ließ er rülpsend die leere Bierdose fallen und verschwand mit einem *Plopp* vom Tisch. Nadia, die in der Tür zur Treppe stand, fuhr mit einem Schritt nach vorn herum und schlug eine rechte Gerade in den leeren Raum. Als die Faust die Stelle erreichte, wo gerade noch ihr Kopf gewesen war, materialisierte sich Bucks Gesicht und bekam knirschend ihre Nietenknöchel ab. Ächzend sackte er am Fuß der Treppe zusammen. Seine Nase war gebrochen, und vielleicht wackelte auch der eine oder andere Zahn.

»Bist du jetzt überzeugt, du Wichser?« Sie ließ sein schwaches Wimmern als Antwort gelten. Nickend wandte sie sich zu mir um und deutete mit dem ausgefahrenen Daumen in Bucks Richtung. »Ehrlich, Al, ich bin nicht beeindruckt. Besonders hell ist er anscheinend nicht, wenn er glaubt, dass er mich mit seinem Gehüpfe überraschen kann.«

[So sind sie eben, die Hobgoblins], erwiderte ich. [Manchmal müssen sie was auf die harte Tour lernen. Bitte nimm doch kurz Platz.]

Nadia steuerte auf einen Stuhl zu, während ich einen Teller holte und mein gebratenes Gericht darauf schaufelte. Ich schaltete den Herd aus und setzte mich zu ihr an den Tisch.

»Ah, danke, Al.« Mit geschickten Fingern stahl sie sich meine Tomate, und ich ließ sie kommentarlos gewähren. »Möchtest du mir das Ganze vielleicht mal erklären?«

Statt zu antworten, stellte ich eine Frage. [Wie war die Hochzeit?]

»Autsch, der reinste Albtraum. Umzingelt von Normalos. Verkleidet als Hetera, damit sich die Familie der Braut was einbilden kann. Schlimmer geht's nicht. Aber mein Bruder war glücklich und hat sich am Ende dafür bedankt, dass ich so lieb zu ihm war. Und ich hab mir die Telefonnummer der scharfen Brautjungfer geholt – nur zur Erinnerung, dass ich es noch draufhabe. Und wie war dein Abend?«

Ich schob mir einen großen Bissen Haggis in den Mund und tippte beim Kauen. [Bin von einem Troll verprügelt worden und in einer dunklen Gasse aufgewacht. Ohne den Hob hätte ich vielleicht nicht überlebt.]

»Deswegen schaust du so fertig aus! Kacke. Treibt sich dieser Troll noch irgendwo rum? Soll ich ihn mir vorknöpfen?«

Ich schüttelte den Kopf. [Das Rückspiel verschieben wir auf später. Jetzt musst du mir erst mal ein Alibi verschaffen für die Zeit von Gordies Tod bis zu deiner Ankunft. Kann sein, dass die Polizei vorbeischaut.]

»Soll ich das Programm laufen lassen, das uns Codpiece für die Überwachungskameras gegeben hat?«

Ich hielt mit einer Hand den Daumen hoch und aß mit der anderen weiter.

»Also gut. Aber jetzt haben wir vor dem ersten Punkt auf der Tagesordnung schon über mehrere andere Themen geredet. So geht das nicht.«

Ich belohnte sie mit einem herzlichen Lächeln und forderte sie mit einer Geste zum Fortfahren auf.

Sie zog einen zusammengerollten Zettel aus ihrem Korsett und schob ihn mir zu. Auf dem Blatt standen respektable Zahlen – die trotzdem nicht annähernd Nadias Wert entsprachen. Ich fragte mich, seit wann es tabu war, laut über Geld zu sprechen. Irgendwie war es in Mode gekommen, so etwas bloß stumm aufzuschreiben. Bestimmt waren die Engländer daran schuld.

Ich überlegte kurz, was Nadia bereits für mich getan hatte und was ich in Zukunft noch von ihr erwartete. Dann zückte ich einen Stift und notierte mein Gegenangebot.

Sie machte große Augen, als sie bemerkte, dass ich statt einer niedrigeren eine höhere Zahl hingeschrieben hatte. »Wofür ist das?«

[Dafür, dass du dich mit meinem Hobgoblin vertragen musst. Er hat eine tödliche Eisenallergie. Alle Eisenflächen müssen abgedeckt werden, so gut es geht – vor allem an der Treppe und am Balkon. Gut, dass du heute Handschuhe mit Chromnieten angezogen hast. Mit denen aus Stahl hätte ihn dein Schlag womöglich umgebracht.]

Mit zusammengekniffenen Augen wandte sich Nadia nach Buck um, der immer noch auf dem Boden lag. »Kann sein, dass ich ihn später umbringe, wenn er sich bei mir nicht in Acht nimmt.«

Buck wimmerte erneut, und ich schnaubte amüsiert. [Ich glaube, das wird er.]

»MacBharrais«, jaulte er. »Hast du noch welche von diesen Heilsiegeln?«

Ich zog eins aus dem Mantel und reichte es Nadia.

Auf ihrem Gesicht erschien ein leises Lächeln, was bei ihr überschäumender Freude entsprach. Sie legte ihre Nietenhand auf meine und drückte sie kurz – ein Zeichen echter Zuneigung. »Du bist ein guter Chef. Die Zahl geht in Ordnung. Wegen dem Alibi mach ich mich gleich an die Arbeit.« Sie stand auf.

Ich tippte schnell, damit sie noch wartete. [Ich bräuchte auch noch eine Konferenzschaltung mit den anderen Siegelagenten, sobald ich hier fertig bin. Sag ihnen, es ist ein Notfall.]

»Alles klar.« Nadia steuerte auf Buck zu. Sie kauerte sich neben ihm nieder und hielt ihm das Siegel vor die Nase. »Hör zu, kleiner Mann. Du hast einen Fehler gemacht, den ich dir aber leicht verzeihen kann, wenn du daraus lernst. Also, ein Vorschlag. Du bringst mir einen Krug mit einem ganz besonderen Craft-Bier und ersetzt damit die gestohlene Dose. Dann können wir noch mal von vorn anfangen. Wir beide haben hier Arbeit zu erledigen, da können wir kein böses Blut zwischen uns gebrauchen.«

Buck musterte sie misstrauisch. »Was für ein Craft-Bier? Eins, das man unmöglich auftreiben kann?«

»Überhaupt nicht. Es heißt Drink Beer Hail Satan und wird in Nottingham gebraut. Wird aber auch hier von der Shilling Brewery ausgeschenkt. Natürlich mit 6,66 Prozent Alkohol. Ein Black India Pale Ale mit Brombeeren, schwarzen Johannisbeeren und Sauerkirschen.«

»Klingt gut.«

»Ja? Schön.« Nadias Hand verschwand in ihrem Tutu oder sonst wo in der Gegend – alles war dermaßen schwarz, dass ich nicht erkennen konnte, ob sie dort eine Tasche oder einen verborgenen Gürtelbeutel hatte. Jedenfalls zog sie zwanzig Pfund heraus und hielt sie neben dem Siegel hoch. »Dann kannst du dir auch einen Krug kaufen, wenn du meinen besorgst.«

»Eigentlich würde ich sie lieber stehlen.«

»Natürlich. Trotzdem, nimm es. Kauf dir was anderes, das dich zum Lächeln bringt. Also, kleiner Mann, sind wir wieder gut?«

»Aye.«

Nadia reichte ihm das Siegel und das Geld und erklärte, dass sie gern später weiter über Bier plaudern würde, doch jetzt wartete Arbeit auf sie. Dann lief sie schnell die Treppe hinauf.

Buck erbrach das Siegel und seufzte vor Erleichterung. »Bei den neun Gefilden, wo hast du die denn aufgegabelt?«

[Bei einem illegalen Kampfturnier. Sie hat Kerle fertiggemacht, die doppelt so groß waren wie sie, und von dem Gewinn ihr Studium finanziert.]

»Du wolltest als Managerin für deine Druckerei eine preisgekrönte Pitfighterin?«

[Genau. So was steht bei den wenigsten Bewerbern im Lebenslauf. Für mich ist es wichtig, weil ich keine normale Druckerei führe.]

Ich beendete mein Frühstück und briet dann etwas für Buck. [Wasch dich, wenn du fertig bist. Danach besorgst du lieber dieses Bier für Nadia. Aber komm so schnell wie möglich zurück.]

Er knurrte etwas Unverständliches durch das Essen in seinem Mund, und ich stieg hinauf. Auf meine Frage nach der Konferenz antwortete Nadia, dass sie alles auf den Monitor in meinem Büro gelegt hatte.

Dann wartete ich auf das Erscheinen der Siegelagenten. Da wir über den ganzen Globus verstreut waren, bedeutete so eine Schaltung immer, dass jemand unausgeschlafen und gereizt war. Neun Uhr früh in Glasgow entsprach in etwa vier Uhr in der östlichen Zeitzone der Vereinigten Staaten. Also konnte ich damit rechnen, dass meine Kollegen in Philadelphia und Chattanooga als Letzte und in ziemlich schlechter Laune in das Gespräch einsteigen würden.

Als Erste zeigte sich Wu Mei-ling aus Taipeh und erkundigte sich nach meiner Gesundheit. Sie sah schon seit ungefähr vierzig Jahren aus wie Mitte fünfzig, eine zierliche Frau in einem traditionellen chinesischen Kleid, von der ich erwartete, dass sie den Rest der Menschheit überleben würde. Sie hatte eine Tasse Tee in der Hand und strahlte Ruhe aus. Hinter ihrer rechten Schulter schaute mich ein jüngeres Gesicht an.

»Darf meine Schülerin zuhören, Al?«, fragte die Siegelagentin mit leichtem Akzent. Diese Schülerin würde wohl das Territorium übernehmen, wenn Mei-ling in den Ruhestand ging.

[Verzeih mir, Mei-ling, aber dieser besondere Notfall sollte unter uns Agenten bleiben.]

Mit einem knappen Nicken bat sie ihre Schülerin auf Mandarin, sich zurückzuziehen. Die Frau, die in ihrem zweiten Ausbildungsjahr war, verneigte sich und verschwand.

Als Nächste meldete sich Lin Shu-hua aus Melbourne. Sie war Mei-lings erste Schülerin und hatte jetzt selbst eine aktive Agentur in diesem Teil der Welt. Auch sie wollte ihre Schülerin teilnehmen lassen. Mei-ling antwortete kurz auf Mandarin, sodass ich nichts erklären musste.

Shu-hua trug einen maßgeschneiderten Herrenanzug nach westlichem Stil und hatte das Haar nach oben gesteckt. Auch vor ihr stand eine Tasse grüner Tee.

Nachdem sich ihre Schülerin zurückgezogen hatte, schenkte sie sich aus einer Kanne nach. »Jetzt hast du mich aber neugierig gemacht, Al.« Ihre Stimme war tiefer als die von Mei-ling und hatte einen australischen Akzent. »So viel Theatralik gleich am Anfang.«

[Leider ist es nicht bloß Theatralik], tippte ich. [Wenn es so wäre, hätte ich euch nicht behelligen müssen.]

Nun kam Diego Salazar aus Chattanooga ins Bild, der sich den Schlaf aus den Augen rieb und selbst mit seinen Stoppeln am kantigen Kinn unverschämt attraktiv wirkte. Wenn er nicht gerade als Siegelagent tätig war, löste er allein durch sein Erscheinen in der Stadt heftige Fantasien aus. In der Regel war er todschick gekleidet, nur im Moment trug er einen Spongebob-Pyjama. Trotzdem hätte seine sinnliche Ausstrahlung noch locker für das Cover eines schwülen Romans gereicht.

Weil er aus El Salvador stammte, hatte er einen schwachen spanischen Azent, um den ich ihn beneidete. »Was ist das für ein Notfall, Al? Ich mag diese Konferenzen lieber, wenn *du* dabei um den Schlaf kommst.«

[Wir warten noch auf Eli. Wie läuft die Suche nach einem Schüler?]

Er schnaubte mit einem Achselzucken. »Ich habe zwei Kandidaten. Bin am Überlegen, wie ich ihnen erklären soll, dass die Feen real sind, ohne dass sie plötzlich aufstehen, weil sie woanders noch was ganz Dringendes zu erledigen haben.«

Genau das war ihm schon mehrmals passiert. Mit seinem Charisma fiel es Diego nicht schwer, Leute zu finden, die ihm zuhörten, doch wenn er von den Feen anfing, bekamen sie unweigerlich Bedenken und suchten sofort das Weite. Bei seinem Aussehen hatten die Leute eine ziemlich begrenzte Vorstellung von ihm und ergriffen die Flucht, sobald sich zeigte, dass er dieser nicht entsprach.

Chattanooga mochte als Standort für einen Siegelagenten auf den ersten Blick seltsam erscheinen, aber den Feen waren die Appalachen und die Smoky Mountains lieber als alle anderen Gegenden in der westlichen Hemisphäre, und daher hatte Diego auch alle Hände voll zu tun. Außerdem musste er sich mit einer Menge von Geistern aus dem Amerikanischen Bürgerkrieg herumschlagen. Bei Bedarf reiste er nach Mittel- und Südamerika, um Streitigkeiten mit anderen Pantheons zu schlichten und Verträge zu schließen.

Endlich tauchte auch Eli Robicheaux aus Philadelphia auf und schenkte sich eine Tasse Kaffee ein, den er offenbar zuerst mal aufgesetzt hatte. Er hatte keinen Schlafanzug an, sondern ein altes Wu-Tang-Clan-Shirt mit abgeschnittenen Ärmeln. So zwanglos hatte ich ihn noch nie gesehen. Üblicherweise kleidete er sich so formell wie ich, bloß besser. Er stammte aus einer großen afroamerikanischen Familie in Louisiana. Die meisten seiner Verwandten lebten noch immer dort, doch er war zum Studieren nach Philadelphia gezogen und in die Welt der Feen rekrutiert worden, nachdem er im Friedhof Laurel Hill über einen Ghul gestolpert war und ihn mit bloßen Händen besiegt hatte. Er wäre unweigerlich an den verheerenden Wunden gestorben, die ihm der Ghul beigebracht hatte, wenn nicht der Siegelagent, den er später ersetzte, aufgetaucht wäre und ihn geheilt hätte. Abgesehen von den Narben am Oberkörper hatte er noch immer Albträume von Untoten. Trotzdem war er der kompetenteste Kämpfer in unseren Reihen.

»Hallo zusammen.« Seine Stimme dröhnte wie eine Basstrommel. »Mein Schüler muss aber nicht dabei sein, hoffe ich. Dauert nämlich mindestens eine halbe Stunde, bis er hier ist.«

[Nein, wir brauchen nur dich. Ich habe schlechte und noch schlechtere Nachrichten. Die schlechte zuerst: Gordie ist tot.]

Alle brachten ihre Bestürzung zum Ausdruck.

Ich nickte zu ihren Beileidsbekundungen und guten Wünschen, während ich weitertippte. Schließlich hielt ich das Telefon hoch, damit sie mir zuhörten, wenn ich auf Return drückte. [Die schlechtere Nachricht ist, dass Gordie für irgendwelche wissenschaftlichen Experimente mit Feenwesen gehandelt hat. Dafür habe ich Beweise. Der Mann, an den er sie verkauft, nennt sich Bastille. Sagt euch der Name vielleicht was?]

Danach musste ich viele Fragen beantworten und Erklärungen abgeben. Dabei zeigte sich, dass sie keine Ahnung hatten, wer dieser Bastille war, und genauso entgeistert wie ich waren von der Vorstellung, dass da jemand mit Feenwesen handelte. Wirklich unangenehm wurde es, als ich auf Gordies verbotene Kenntnisse zu sprechen kommen musste.

[Gordie wusste irgendwoher, wie man Siegel der Geschwächten Magie und der Eisengalle herstellt, und besaß auch die für die Tinten nötigen Ingredienzien. Ich habe ihm weder die Siegel noch die Tintenrezepte beigebracht. Ich habe einen Zettel gefunden, auf dem ihm jemand das Rezept für Eisengalle aufgeschrieben hat. Also ist meine erste Frage, ob jemand von euch dieses Wissen an ihn weitergegeben hat. Und die zweite: Habt ihr euren Schülern schon gezeigt, wie man dieses Siegel macht? Bitte antwortet der Reihe nach. Meiling soll anfangen.]

Wu Mei-lings Miene verhärtete sich. »Natürlich habe ich Gordie nichts dergleichen aufgeschrieben. Und das Rezept für Eisengalle habe ich meiner Schülerin erst letzte Woche beigebracht – mündlich, wie es die Tradition verlangt. Ich würde so etwas nie schriftlich niederlegen.«

Lin Shu-hua hatte ebenfalls nicht mit Gordie gesprochen und noch nicht einmal ihre Schülerin in Eisengalle unterwiesen. Diego hatte ebenfalls nichts weitergegeben und zeigte sich leicht gekränkt von meiner Frage.

Elis Antwort ähnelte der von Shu-hua, aber er hatte noch etwas hinzuzufügen. »Hey, Al, ich merke schon, dass alle schön höflich bleiben, und aus diesem Grund möchte ich bloß für mich sprechen. Ich bin nämlich echt sauer. Du unterstellst uns hier, dass wir die Regeln verletzen, und das finde ich ziemlich krank. Immerhin ist es *dein* Schüler, der diesen fragwürdigen Scheiß gebaut hat und gestorben ist. Und jetzt kommst du daher und tust so, als wäre alles unsere Schuld. Was soll das, Mann?«

[Ich entschuldige mich bei dir, Eli, und ebenso bei allen anderen. Ich glaube nicht, dass einer von euch etwas Ungehöriges getan hat. Ich möchte nur Möglichkeiten ausschließen. Mir ist bewusst, dass das mein Problem ist und dass *ich* eine Lösung finden muss. Aber da hier augenscheinlich jemand mit Feenwesen handelt und es einen Käufer gibt, kann es sein, dass man auch an euch oder eure Schüler herantritt. Deswegen wollte ich euch warnen.]

»Gracias, amigo«, antwortete Diego. »Und weil wir gerade

dabei sind, wie viele von deinen Schülern sind eigentlich schon gestorben? Das war ja nicht der Erste, oder?«

Ich hob sieben Finger.

Diego stieß einen Pfiff aus. »Sieben? Jesus Maria, Al! Wenn es um Verträge und Streitigkeiten geht oder darum, den einen oder anderen cabrón vom Planeten zu vertreiben, weiß ich deine Hilfe wirklich zu schätzen, aber falls ich mal einen Schüler finde, werde ich mir bei dir sicher keinen Rat holen.«

[Verstanden. Eine Sache noch. Gordie hatte Tinteningredienzen, die nicht von mir stammen und die er auch nicht sammeln konnte. Perlbootganglien zum Beispiel. Vielleicht vergewissert ihr euch lieber, dass eure Bestände noch komplett sind.]

Mei-ling zischte nur und loggte sich ohne Abschied aus.

Shu-hua bekam große Augen. »Wow, Al. So was hab ich bei ihr noch nie erlebt. Anscheinend hast du in letzter Zeit ziemlich viel verpasst, was sich direkt unter deiner Nase abgespielt hat. Und ich möchte nicht, dass du auch das verpasst: Sie ist unglaublich wütend auf dich. Mir geht es genauso, und ich kann nur hoffen, dass du das später irgendwie wiedergutmachst.« Damit schaltete auch sie sich ab, und ich hatte nur noch meine Kollegen aus Philadelphia und Chattanooga vor mir. Diego stützte das Kinn auf die Faust und betrachtete mich mit albernem Grinsen.

Eli schüttelte den Kopf, bevor er in Lachen ausbrach. »Du weißt schon, dass dieser Scheiß für immer an dir kleben bleibt? Darauf werden wir noch jahrelang rumreiten, wenn wir uns irgendwie rausreden müssen. Zum Beispiel wenn Coriander unzufrieden ist und mich anpflaumt. Dann kann ich immer noch sagen: ›Ja, ich hab's verbockt, aber lang nicht so schlimm wie MacBharrais damals, oder?‹ Und dann wird er mir zustimmen und mir meinen Fehler durchgehen lassen, weil man *diesen* üblen Scheiß einfach nicht überbieten kann.

Wenn's nicht noch so verdammt früh wäre, hätte ich fast Lust, gleich was Blödes anzustellen. Du hast mir ja praktisch eine Freikarte gegeben.«

Ich nickte bloß, weil mir klar war, dass ich das Gefrotzel verdient hatte und das hier erst der Anfang meiner Buße war.

Nach einem Schluck Kaffee fuhr Eli fort. »Also, ich würde ja gern noch bleiben und weiterplaudern, aber ich habe gerade erfahren, dass ich meinen Bestand an Ingredienzen überprüfen muss. Dann bis später.« Er klinkte sich aus, und ich schaute Diego an, der nur ein paarmal geblinzelt hatte, ohne sich ansonsten zu rühren.

[Was ist?], tippte ich. Keine Reaktion. Nur dieses dämliche Grinsen. Langsam dämmerte mir, dass er sich an meiner Verlegenheit weidete und mich bloß anstarrte, weil er die Situation bis zur Neige auskosten wollte. [Gut. Ich wünsch dir die Syphilis an den Schwanz.] Er lachte, als ich nach dem Ausschalter am Monitor tastete.

Erst nach ein paar tiefen Atemzügen zur Beruhigung schickte ich Nadia eine Nachricht. *Wo hast du Gordies Tinten und Sachen verstaut?*

Die Antwort kam prompt: *Hab alles versteckt, weil du es an einem Tatort geklaut hast.*

Schlau von dir.

Ich weiß. Möchtest du es jetzt durchgehen?

Die Vorstellung war einfach zu zermürbend, zumal ich dringend eine Dusche und frische Kleider brauchte. Außerdem war Donnerstag, da hatte ich schon seit Jahren eine stehende Verabredung. *Nein, lass es, wo es ist. Hauptsache, es ist sicher.*

Muss ich mich jetzt wie Frodo fühlen oder so? Soll das heißen, bei dem Zeug ist der eine Ring dabei?

Was? Nein.

Bloß eine Frage, Chef. Die Scheiße, in die du reinlatschst, ist meistens entweder tief oder schräg oder beides.

Ich seufzte erschöpft. Es war noch nicht einmal zehn Uhr vormittags, und ich fühlte mich bereits müde. Niedergeschlagen. Abgekanzelt. Zusammengestaucht. In meinem Stirnlappen ballte sich ein Tornado von Selbsthass und Vorwürfen zusammen, und ich musste meine Geschäftsräume verlassen, bevor er aufschlug und meine geistige Landschaft verwüstete.

Ich geh nach Hause und mach mich frisch. Passt du hier auf?

Tu ich doch immer.

8

EINE ZARTE SEELE

Ich brachte Buck, der noch immer im Keller lag und sich von Nadias Boxhieb erholte, nach oben in sein neues Zuhause.

[Kannst du da rein- und rausploppen, sobald du weißt, wo es ist?]

»In die Nähe zumindest«, meinte Buck. »Ich geh mal davon aus, dass es mit Bannzeichen gesichert ist wie das runzlige Loch einer Puritanerin.«

[Da hast du recht. Der sicherste Ort für dich, bis die Sache vorbei ist. Ich geb dir einen Schlüssel. Aber vergiss nicht, dass du heute noch das Bier für Nadia besorgen musst. Je eher, desto besser.]

»Nein, da werd ich bestimmt nich' rumtrödeln.«

Meine Wohnung in der Howard Street lag über mehreren Geschäften in einem dreistöckigen Gebäude, das in den wohlhabenderen Zeiten Glasgows errichtet worden war. Die Sandsteinfassade trug Jahrzehnte zurückreichende Spuren von Autoabgasen, Ruß und üblem Taubenkot, doch das Innere war entkernt und nach meinem Geschmack modern gestaltet worden mit Holz und Granit statt mit Laminat oder Ähnlichem. Die natürlichen Stoffe nahmen die Bannzauber besser auf und verstärkten sie sogar auf eine Weise, wie es bei Mischmaterial und Plastik nie der Fall gewesen wäre.

Ich öffnete und ließ Buck den Vortritt. Nachdem ich hinter mir zugemacht hatte, hängte ich Mantel und Hut an die Garderobe. Dann tippte ich: [Willkommen zu Hause.]

»Oh, danke, MacBharrais. Nette Bude hast du hier.«

[Schau mal die Tür an.]

Er wandte sich vom Wohnbereich und von der Küche ab und blickte mit erhobenen Augenbrauen nach hinten. »Von mir aus, aber die hab ich schon gesehen.«

[Höchstens flüchtig. Erkennst du die Bannzauber?]

»Heilige Scheiße.«

[Genau. Die sind an allen Türen und Wänden. Halten alles Mögliche ab, besonders Barghests. Die können sich hier nicht reingeistern. Deswegen ist es wichtig, dass du diese Bannzeichen nicht zufällig oder gar mutwillig beschädigst und dass du alle Türen geschlossen hältst.]

»Verstanden.«

[Manche Sachen hier sind aus Eisen, vor allem in der Küche und die Installationen im Bad. Handschuhe findest du unter dem Spülbecken.]

Jauchzend stürzte der Hobgoblin zum Becken und streifte ein Paar Handschuhe über, das er schnell gefunden hatte. »Hab schon gehört von dieser Installationsgeschichte! Voll schräg. Legen wir los!«

[Schräg. Was verstehst du denn unter Installation? Ich rede von Wasserleitungen und so.]

»Ach, wie langweilig.«

[Es ist der höchste und beste Luxus des modernen Lebens. Jetzt komm. Du musst sehen, wo überall Eisen ist, damit du es nicht aus Versehen anfasst. Außerdem musst du wissen, wie man die Installationen benutzt, glaub mir.]

Ich zeigte ihm, wie man mit der Dusche umging, weil er dringend eine benötigte, wie die Toiletten und Becken funktionierten und wo die Reinigungsmittel verstaut waren, falls er mich einmal beeindrucken wollte.

»Korrigier mich bitte, wenn ich falsch liege: Installationen sind 'ne menschliche Erfindung, mit der ihr euch die ganze

Scheiße runterwascht, und danach müsst ihr die Installationen waschen?«

[Treffende Zusammenfassung, ja.]

Der Hobgoblin machte ein langes Gesicht. »Mist. Das hab ich mir ganz anders vorgestellt.«

Zur Aufmunterung machte ich ihn mit Netflix bekannt. [Wenn du was Unterhaltsames siehst, langweilst du dich nicht so.]

Ich ließ ihn durch Filme scrollen, während ich mich wusch und vorsichtig meine Rippen betastete. Allein schon von der Erinnerung an den Aufprall der Trollfaust zuckte ich zusammen. Die Stelle war noch immer etwas empfindlich, aber wenigstens war ich nicht einen Monat lang ans Bett gefesselt.

Halb rechnete ich damit, dass etwas passierte, während ich unter der Brause war – der erste von vielen Streichen eines Hobgoblins, der darauf aus war, die Grenzen zu sprengen. Doch ich konnte duschen, ohne dass auf geheimnisvolle Weise Handtücher verschwanden oder Tinte auf den Kamm gelangte. Nichts.

Das Rasieren mit Pinsel und Seife war ein Ritual, das ich immer genoss, auch wenn ich dadurch vielleicht altmodisch wirkte. Allerdings verzichtete ich diesmal wegen der Anwesenheit eines Hobgoblins in meiner Wohnung auf das Rasiermesser und benutzte stattdessen den Klingenrasierer. Hinterher klatschte ich mir Aftershave und Hautcreme ins Gesicht und formte meinen Schnurrbart. Als ich fein gewandet wieder nach vorn kam, fand ich auf meiner Couch einen hingefläzten Hobgoblin mit einer Hähnchenkeule im Mund, der mit großen Augen auf den Fernseher glotzte. Dort lief *Der Herr der Ringe: Die Gefährten.*

»Hey … MacBharrais.« Er wedelte mit der Hand in Richtung Frodo und der Gruppe, die sich vor den schwarzen Reitern versteckten. »Wo is' das passiert? In welchem Feengefilde? In

Mag Mell vielleicht? Denn so einen Geist hab ich noch nie gesehen.«

[In keinem Feengefilde. Mittelerde existiert nicht.] Oder doch? Völlig sicher war ich mir nicht.

»Aber …« Er deutete auf den Bildschirm, der belegte, dass ich mich irrte.

[Das ist eine Fiktion.]

»Soll das heißen, man kann von hier nich' dorthin?«

[Genau. Da, ich geb dir einen Schlüssel, bevor ich gehe.]

Buck hielt den Film an, das fand ich bemerkenswert. Bei mir funktionierte die Fernbedienung nie, wie ich wollte. »Du gehst? Wohin?«

[Ich muss Nachforschungen anstellen.]

»Klar, aber warum gehst du dazu nich' einfach ins Internet?«

[Was weißt *du* denn vom Internet?]

»Ich … hab davon gehört.«

[Man kann es für viele Sachen benutzen, sicher. Aber manche Leute finden das Benötigte viel schneller als ein alter Mann, der mit einer Suchmaschine herumhantiert.]

»Ach? Wer denn?«

[Bibliothekare.]

»Oh, aye. Von denen hab ich auch schon gehört. Die wissen immer, wo die Geheimkammer mit dem Schatz is'. Den haben sie dort *installiert*, wenn du verstehst, was ich meine.«

[Keine Ahnung, was für Geschichten du in Tír na nÓg gehört hast. Mit Bibliothekaren hat das jedenfalls nichts zu tun. Und auch nicht mit Installateuren.]

Er winkte ab. »Schon gut, MacBharrais.«

Weil ich keine Zeit hatte, ihn in den Gebrauch der Reinigungsprodukte einzuweisen, bat ich ihn nicht, die Wohnung zu putzen. Stattdessen beließ ich es bei einigen Ermahnungen. [Das Bleichmittel ist nicht zum Trinken. Bier ist im Kühlschrank, den du ja schon entdeckt hast. Und vergiss nicht, den Krug für Nadia zu besorgen.]

»Das vergess ich schon nich'. Hör endlich auf mit dem Genörgel.«

Ich holte den Zweitschlüssel und streifte einen Gummigriff darüber, damit Buck vor dem Eisengehalt geschützt war. Dann brach ich auf zu meinem Donnerstagsritual.

Ich kann nicht beschreiben, wie leer man sich fühlt, wenn die Liebste, mit der man alles auf der Welt geteilt hat, für immer von einem gegangen ist. Es ist nicht die jugendliche Leere, die nie geliebt hat. In diesem Fall fehlt etwas, ohne dass man weiß, was es ist. Man hört Liebeslieder und denkt sich, es muss schön sein, doch man kann gar nicht ermessen, worum es da eigentlich geht.

Nein, es ist eher wie der plötzliche Verlust eines Zahns. Man spürt die Abwesenheit als Loch im Körper, das bis vor Kurzem noch voll war. Bloß dass es viel größer ist. Ein leeres Zimmer, ein leerer Stuhl, ein Kissen bei meinem, das nicht den weichen, runden Abdruck des lieben Kopfs zeigt, der neben mir so viele Träume geträumt hat. Es ist eine Leere wie keine andere, denn selbst wenn sie später mit etwas anderem ausgefüllt wird, bleibt es eine endgültige Subtraktion, die keine Addition ausgleichen kann.

Um sich von dem gähnenden Nichts abzulenken, beschäftigt man sich. Gartenarbeit. Spazierengehen mit dem Hund – oder ohne, damit man die Hunde anderer Leute streicheln kann. Lesen, Rauchen, Trinken. Arbeit. Freunde zum Teetrinken oder zu einem Frühstücksplausch treffen, bei dem sich alle darauf einigen können, dass die Welt beschissen ist und dass man einen Weg finden müsste, dem Parlament Beine zu machen, damit es endlich mal was Vernünftiges unternimmt.

Das sind bloß alles keine Auswege aus der Leere. Es sind

nur Gurte, Notleinen zur Sicherung in der Steilwand, wenn der Arsch schon über dem Abgrund baumelt. Absolut notwendig zum Überleben, aber kein Ersatz für die große verlorene Liebe des Lebens.

Ich habe meine Frau bei einem Autounfall verloren, als wir fünfzig waren. Seither baumle ich.

Der Besuch der Mitchell Library am Donnerstag war fester Bestandteil meiner Woche. Ich nahm den Zug von Queen Street nach Charing Cross und stieß einen zufriedenen Seufzer aus, als ich wieder an die Oberfläche kam und die grüne Kuppel erblickte. Ich steuerte auf den Eingang zu und stieg hinauf in den dritten Stock, wo sich die Sammlung für Okkultes befand, die ich nach und nach durcharbeitete. Dort begrüßte ich eine zarte Seele, die ebenso baumelte wie ich.

[Guten Tag, Mrs MacRae.] Ich nahm den Hut ab und verneigte mich. Ich hatte nie ein Wort mit ihr gesprochen. Für sie war ich wegen einer Erkrankung stumm.

»Guten Tag, Mr MacBharrais.« Sie lächelte.

Ihr Mann war vor sieben Jahren in Oban an Krebs gestorben. Sie ertrug es nicht, weiter dort zu leben, weil die Erinnerungen ihren Kummer noch verstärkten. Daher war sie nach Glasgow gezogen. Gemeinsam schritten wir jetzt allein durch die Welt, und am Donnerstag sahen wir nacheinander.

Ihr Vorname, der auf dem Schild an ihrer schwarzen Wolljacke stand, war Millie. Doch ich hätte mir nie angemaßt, sie so zu nennen. Vielleicht eines glücklichen Tages, wenn der Fluch nicht mehr auf mir lag, würde ich ihn laut aussprechen. Eine wunderbare Vorstellung, doch bis dahin mussten wir formell bleiben. Sie benahm sich sachlich, mit einer tadellosen Haltung, die ausdrückte, dass sie im Dienst und jederzeit bereit war zu helfen. Obwohl ihre Lesebrille gefährlich tief auf der Nase saß, verzichtete sie auf die klickenden Perlenbänder, die manche Leute trugen, damit ihre Augengläser nicht zu Boden fallen konnten. Ich wertete das als Hinweis auf die Seele einer Draufgängerin. Ihr schwarzes Haar, in sanftem Schwung zurückfrisiert und an den Seiten festgesteckt, ehe es hinter den Ohren auf die Schultern herabfiel, war an den Schläfen ergraut, und ihre braunen Augen leuchteten groß und warm.

Ich legte meine Melone auf die Theke und tippte. [Vielleicht könnten Sie mir heute bei etwas Ungewöhnlichem helfen.]

»Ach?« Mit einem Lächeln zeigte sie, dass sie mich neckte. »Bei jemandem, der gern von Hexen und Kulten liest, klingt das fast schon ein wenig beängstigend.«

[Leider handelt es sich wirklich um ein beängstigendes Thema. Kürzlich wurde ich auf das Problem des Menschen-handels aufmerksam gemacht, und jetzt frage ich mich, ob es dazu vielleicht etwas in den Beständen der Bibliothek gibt.]

»Da haben wir bestimmt etwas.« Ihre Finger tanzten über die Tastatur vor ihrem Terminal, und mir fiel ihr bunter Schal auf. Sie hatte bei jeder Begegnung einen anderen, nur der Rest der Kleidung war immer schwarz.

[Sind das Vergissmeinnicht auf Ihrem Schal? Wirklich schön.]

»So ist es. Danke.« Sie drückte auf Return und überflog die eingehenden Resultate. Dann griff sie nach einem Stift und schrieb etwas auf eine Haftnotiz. Als sie fertig war, löste sie sie ab und reichte sie mir. »Hier. Die Abteilung ist einen Stock tiefer. Dort finden Sie reichlich Material zum Thema.«

Ich setzte den Hut wieder auf und tippte mir mit einem stummen Danke an die Krempe.

»Gern geschehen, Mr MacBharrais. Freut mich immer, Sie zu sehen.«

[Mich auch. Sehr verbunden für Ihre Hilfe.]

Ich hätte das Gespräch gerne noch ein wenig in die Länge gezogen, doch es hätte bestimmt merkwürdig ungeniert gewirkt, vom Menschenhandel anzufangen und dann zu flauschigeren Themen wie Wolken oder Pudeln überzugehen.

So steuerte ich auf die Aufzüge zu und folgte der Wegbeschreibung auf Mrs MacRaes Notiz zu einem Trakt, der offenbar nur selten frequentiert wurde. Dort entdeckte ich ein ganzes Regal mit Büchern über Menschenhandel, von denen viele noch ganz neu waren, weil sich die Brisanz des Themas erst in den letzten Jahren erwiesen hatte und Akademiker erkannt hatten, dass man hier nicht nur eine Plage identifizieren, klassifizieren und erklären, sondern damit auch Karriere machen konnte.

Es gab gewichtige Bände, deren Durchsicht sicher länger dauerte. Manche waren auch gar nicht zur Ausleihe bestimmt, sondern blieben zu Recherchezwecken immer vor Ort. Diese musste ich mir wohl für später aufheben. Ein schmaleres Buch von Nita Belles mit dem Titel *In Our Backyard: Human Trafficking in the United States and What We Can Do to Stop It* verhieß einen guten Überblick und war ausleihbar, vielleicht weil es sich nicht um Schottland drehte. Da ich überzeugt war, dass die dort erklärten Prinzipien des Menschenhandels auch auf Schottland zutrafen, zog ich es heraus, und das Rascheln des Papiers war wie eine Ahnung von Geheimnissen, die es zu lüften galt. Ich nahm mir vor, es durchzuarbeiten und Mrs MacRae nächste Woche erneut für ihre Hilfe zu danken.

AUF DEN RICHTIGEN HUT
KOMMT ES AN

Es war eine Überraschung, beim Verlassen der Mitchell Library auf zwei Detectives zu stoßen, die gerade hineinwollten. Als sie mich sahen, blieben sie stehen und tauschten einen verstohlenen Blick.

»Ach, was für ein glücklicher Zufall«, bemerkte der Mann links. Das konnte nur heißen, dass es alles andere als ein Zufall war, weil sie nach mir gesucht hatten.

Behutsam klemmte ich mir das Buch unter einen Arm und hielt den Hut in der Beuge des anderen, damit ich in mein Telefon tippen konnte. [Guten Tag, Detective Inspector Macleod.]

Ich hatte schon öfter mit ihm zu tun gehabt. D. I. Macleod war ein dünner, vorzeitig gealterter Mann in mittleren Jahren, dessen Gesicht vom Zynismus und Tabakrauch tief zerfurcht war und der, wie ich erfahren hatte, nichts gegen ein Pint bei der Arbeit einzuwenden hatte. Er begegnete dem Leben mit kauzigem Genörgel, von allen und allem irgendwie enttäuscht, und doch nicht abgeneigt, sich auf angenehme Weise überraschen zu lassen. Ein guter Mensch, wie ich fand, der meine Hilfe zu schätzen wusste, wenn ich ihm aufgrund meiner Arbeit manchmal Hinweise auf kriminelle Aktivitäten geben konnte. Er bevorzugte Tweedanzüge und Kaschmirschals gegen die Kälte und trug wie ich eine Melone.

An seiner Seite stand die Frau, der ich in Gordies Wohnung

begegnet war. Detective Inspector Munro, die ihr Haar hatte grau werden lassen. Macleod stellte sie vor. Ich nickte knapp und wartete das Weitere mit ausdruckslosem Gesicht ab.

»Ihre Büromanagerin hat gesagt, dass Sie hier sind«, sagte Macleod. »Wir würden gern mit Ihnen sprechen.«

[Selbstverständlich.] Ich trat ein wenig zur Seite, um nicht den Eingang zur Bibliothek zu versperren.

»Warum benutzen Sie das Ding da?«, fragte D. I. Munro. »Gestern haben Sie geredet.«

[Pardon, sind wir uns schon mal begegnet?]

»Ja, gestern.«

[Daran kann ich mich nicht erinnern, verzeihen Sie.]

Sie blinzelte. »Erinnern Sie sich, dass Gordon Graham gestorben ist?«

[Ja, habe ich gehört. Sehr traurig.]

»Er war bei Ihnen angestellt, oder?«

[Ja.]

»Wann haben Sie ihn gestern zum letzten Mal gesehen?]

[Gestern? Gar nicht.]

»Aber Sie waren doch in seiner Wohnung.«

[Das kann ich mit Sicherheit ausschließen.]

Ich hasse es zu lügen, vor allem wenn es dazu führt, dass jemand an seiner eigenen Wahrnehmung zweifelt. Aber wenn ich die Wahrheit gesagt hätte, wäre ich unweigerlich im Gefängnis gelandet. Meine Arbeit brachte es mit sich, dass ich manchmal gegen das Gesetz verstieß. Nur so konnte ich Kriege verhindern und die Zahl von Unfallopfern auf ein Minimum reduzieren. Leider musste ich deshalb gegenüber menschlichen Behörden gelegentlich als verlogener Schweinehund auftreten. In diesem Fall hatte ich auf die Wirkung der Siegel auf meinem »offiziellen« Ausweis gehofft. Mein ohnehin schon großer Respekt vor D. I. Munro stieg beträchtlich. Dass sie sich an mich erinnerte, nachdem ich sie zweimal innerhalb einer Stunde mit dem Durchlässigen Verstand belegt hatte, zeugte von einem außerordentlichen Gehirn.

»Jemand, der genauso aussieht wie Sie, kam in die Wohnung. Hat gesagt, er nimmt alle Tinten mit. Dann weiß ich nicht mehr genau, was passiert ist – eine merkwürdige kleine Person ist aus dem Nichts aufgetaucht und hat uns angegriffen, dann sind wir gegangen. Und bei unserer Rückkehr war die Wohnung von Mr Graham leer geräumt.«

Ich schaute Detective Inspector Macleod mit großen Augen an, wie um zu fragen, ob das für ihn genauso bizarr klang wie für mich. Da er stumm blieb, blinzelte ich ihn zweimal an und tippte: [Ich weiß auch nicht, was da passiert ist, weil ich nicht dort war.]

D. I. Munro verzog das Gesicht. »Ich bin mir sicher, dass ich einen kleinen Mann in einem blauen Paisley-Wams gesehen habe. Er kam aus dem Zimmer, in das Sie gegangen waren, hat der Leiche einen Tritt und mir einen Schlag auf die Nase verpasst und ist dann abgehauen.«

Ich glückste nur und wartete darauf, dass ihnen das Lächerliche dieser Geschichte peinlich wurde. Tatsächlich setzte D. I. Macleod nach einer Weile zu einer Entschuldigung an.

Doch Munro unterbrach ihn mit erhobener Hand. »Halt, zuerst möchte ich eine Antwort. Wenn Sie das nicht waren in der Wohnung, Mr MacBharrais, wo waren Sie dann gestern Nachmittag?«

[In meiner Druckerei an der Offsetmaschine. Sie war kaputt und musste repariert werden. Meine Managerin Nadia wird Ihnen das gerne bestätigen. Sie kann Ihnen auch das Bildmaterial der Überwachungskameras zeigen. Hier, meine Karte.]

Macleod winkte ab. »Nicht nötig, wir wissen, wo Ihr Geschäft ist. Wir waren gerade dort.«

Ich nickte. [Entschuldigen Sie das Durcheinander. Ich habe

eins von diesen unglückseligen Gesichtern, die gern verwechselt werden. Ich bin eben ein schrecklich typischer Schotte.]

»Standen Sie und Mr Graham einander nahe?« Da Munro mich bis zur Überprüfung meines Alibis nicht auf meine Anwesenheit am Tatort festnageln konnte, verlegte sie sich jetzt auf Fragen nach meinem Verhältnis zu Gordie.

[Nicht besonders.]

»Aber er war zwei Jahre bei Ihnen beschäftigt?«

Ich nickte.

»Also war er ein fähiger Mitarbeiter?«

Ich machte mir die Mühe, [Ja] zu tippen, und überlegte, worauf sie hinauswollte.

»Hatte er irgendwelche Feinde?«

Diese Frage klang fast nach einer Mordermittlung, und ich setzte eine betroffene Miene auf. [Ich verstehe nicht. War sein Tod denn kein Unfall?]

»Nach unserem jetzigen Kenntnisstand war es einer«, erwiderte D. I. Munro. »Ich möchte nur alle Möglichkeiten abklopfen.«

[Von Feinden ist mir nichts bekannt.]

D. I. Munro nickte. »Sie haben nicht vor, die Stadt in nächster Zeit zu verlassen, oder, Mr MacBharrais?«

Ich schüttelte den Kopf.

»Gut. Kann sein, dass wir Ihnen später noch ein paar Fragen stellen wollen. Wir melden uns.« Sie zog nun ihrerseits eine Karte aus der Brusttasche und reichte sie mir. »Wenn Ihnen inzwischen was einfällt, können Sie mich jederzeit anrufen oder mir eine SMS schicken.«

Die Karte trug den Namen Tessa Munro. Ich nickte und schenkte ihr ein schmallippiges Lächeln.

»Machen Sie's gut, Al. Hat mich gefreut«, sagte D. I. Macleod, dann zogen sie ab.

Ich schaute ihnen nach und schlug schließlich mit Absicht

die entgegengesetzte Richtung ein. Erst nach zwei Blocks setzte ich meine dunkle Melone wieder auf. Sie war mit schwarzen Siegeln des Verschluckten Lichts ausgerüstet, die alle auf mich zeigenden Kameras deaktivierten.

Das Siegel des Verschluckten Lichts wurde notwendig, als die Welt immer näher an einen Zustand konstanter Überwachung heranrückte. Die überall postierten Kameras leisteten natürlich einen großen Beitrag zur Abschreckung und zur Aufklärung von Verbrechen. Weniger günstig waren sie, wenn es darum ging, die Anwesenheit von Besuchern anderer Gefilde geheim zu halten. Aus diesem Grund hatte BRIGHID das Siegel in den Siebzigerjahren erfunden, und seitdem trugen die Agenten schwarze Hüte, die damit bestückt waren.

Solange das Siegel im Blickfeld einer Kamera war, verdunkelte sich das Bild. Jemandem, der durch das Objektiv schaute oder später das Filmmaterial prüfte, erschien es wie ein Fehler, als hätte man kurz den Strom abgeschaltet – bei einem Standfoto wirkte es wie eine unterbelichtete Aufnahme. Ein Sieg für die Privatsphäre in Zeiten des Großen Bruders.

Ich war ein normaler Mensch, dem mit Glück höchstens noch zwanzig oder dreißig Jahre blieben, und wenn ich über so etwas wie eine moderne Superkraft verfügte, dann war es das: Ich allein entschied darüber, wann mich der Überwachungsstaat observieren konnte. Aus diesem Grund hatte die Polizei keine Bilder von mir beim Betreten oder Verlassen von Gordies Haus und auch nicht von Nadia, die ankam und dann mit einer Tasche voller gestohlener Tinten und Stifte wieder verschwand.

Ohne diese Bilder – und angesichts der Kameraaufnahmen von mir beim Reparieren einer kaputten Druckmaschine, die Nadia den Beamten vorlegen würde – konnten sie mir nicht nachweisen, dass ich dort gewesen war. Das hätte ich schon von mir aus zugeben müssen, und das hatte ich nicht vor.

Abgesehen davon rechnete ich nicht mit längeren Ermitt-lungen. Schließlich war Gordie durch einen Unfall ums Le-ben gekommen, und das Siegel des Durchlässigen Verstandes hatte dafür gesorgt, dass die Erinnerungen aller Anwesenden in dem Haus in einem Nebel verschwammen. Vielleicht nagte das Rätsel noch ein wenig an ihnen, doch spätestens nach zwei Nächten Schlaf würden sie mich vergessen und sich einem anderen Fall zuwenden.

Oder aber D. I. Munro ließ sich etwas einfallen, womit ich nicht rechnete. Offenkundig hatte sie einen Verstand, den man fürchten musste.

10

MANCHMAL SIND GEISTERHUNDE NICHT GENUG

Ich war auf dem Weg zum Tartan Greenhouse, um mich bei Saxon Codpiece zu melden, als auf einmal Coriander heranglitt, der dahinwandelte, ohne dass seine Füße den Boden berührten. Er wirkte wie der geschmeidigste Spaziergänger aller Zeiten. Seine Knie waren bestimmt prima in Schuss, da sie nicht im Lauf der Jahre die Erschütterung von Millionen Schritten hatten abfangen müssen. Ich muss zugeben, dass ich ihn darum beneidete.

»Guten Tag, Agent MacBharrais.«

Ich bedachte ihn mit einem Nicken und zog die Augenbraue hoch, wie um nach den neuesten Nachrichten zu fragen.

»Nachdem ich auf deine Bitte hin nachgeforscht habe, hat sich herausgestellt, dass tatsächlich mehrere ziemlich gefährliche Wesen von den neun Gefilden unter verdächtigen Umständen verschwunden sind. Unter anderem ein außergewöhnlich blutrünstiger Leprechaun.«

Das veranlasste mich, mein Telefon herauszuziehen. [Aye, dem sind wir gestern Abend begegnet. Er hat meinen Hobgoblin verprügelt.]

»Tatsächlich? Nun, da liegt unser weiteres Vorgehen wohl auf der Hand. Du stellst die Verträge aus, dann schicke ich Barghests auf die Suche nach ihnen.«

[Ich glaube nicht, dass das in diesem Fall klug wäre. Wenn

die vermissten Feenwesen alle so geworden sind wie der Leprechaun, werden die Hunde nicht zurückkommen.]

»Wenn sie so *geworden* sind wie der Leprechaun? Was soll das heißen?«

[Der Leprechaun ist nicht normal. Genauso wenig wie der Clurichaun und der Troll, die uns gestern Abend angegriffen haben. Sie sind alle irgendwie stärker und gemeiner. Das hat was mit einer Sache zu tun, die ich bei unserer letzten Begegnung ganz vergessen habe zu erwähnen.] Ich drückte auf *Senden* und deutete mit erhobenem Finger an, dass ich noch nicht fertig war. [Der Hobgoblin steht inzwischen rechtmäßig in meinen Diensten, und er hat mir erzählt, dass man ihn unter einem falschen Vorwand hierhergelockt hat. Ich habe die Theorie, dass das zu wissenschaftlichen Zwecken passiert ist.]

»Wissenschaftliche Zwecke?« Mit einem Schauder verzog Coriander die Lippen.

[Sicher kann ich es nicht sagen, aber ich glaube, dass die Drahtzieher des Ganzen die Feenwesen irgendwie umkrempeln. Deswegen wäre es keine gute Idee, ihnen in Form von Barghests noch weitere Feenwesen auszuliefern. Bestimmt warten sie nur darauf, dass wir was gegen sie unternehmen. Nach unserem Zusammenstoß ist ihnen klar, dass zumindest ein Siegelagent von ihnen weiß. Und wenn sie nur ein bisschen Grips haben, werden sie jeden, den wir auf sie hetzen, mit einem Hinterhalt oder einer Falle empfangen.]

»Wir beschränken uns also auf Aufklärung.«

[Aye. Und noch was. Bisher habe ich nur das Wort eines Hobgoblins. Aber er behauptet, dass CLÍODHNA falsche Verträge für Hausdienste anbietet, um die Feen hierherzulocken.]

»Das … äh …«

[Muss ich erst beweisen, kein Zweifel. Daran arbeite ich gerade. Kennst du zufällig irgendwelche Geschöpfe für die Jagd nach den Feenwesen, die so wenig Substanz haben, dass die Scheißkerle sie nicht in aufgeputschte Monster verwandeln können? Irgendwelche netten Phantome vielleicht?]

»Weniger Substanz als ein Barghest? Die würden doch schon auf halbem Weg vergessen, was sie suchen.«

[Aye, da hast du recht.]

Coriander schnaubte. »Wir könnten CLÍODHNA darum bitten, dass sie ein paar Bean Sídhe darauf ansetzt. Ihre Reaktion wäre vielleicht aufschlussreich.«

[Gut möglich. Natürlich würde dann in Glasgow ein Haufen Banshees rumschwirren, die in ihrem Auftrag den Leuten eine Scheißangst einjagen. Und hinterher kann sie einfach sagen, dass die Banshees nichts gefunden haben.]

»Mein Vorschlag war nicht ernst gemeint.«

Mit einem Nicken gab ich ihm zu verstehen, dass mir das klar war. Seufzend tippte ich schließlich meine Antwort. [BRIGHID sollte auf jeden Fall informiert werden.] Die irische Göttin der Dichtkunst, des Feuers und der Schmiede trug den Titel der Obersten unter den Feen und herrschte von einem eisernen Thron. Bis vor Kurzem zumindest. Dem Vernehmen nach herrschte sie inzwischen von einem Thron aus Holz, weil die Feen in ihrer Empörung gegen das Eisen vor einer Weile einen unseligen Aufstand versucht hatten.

»Selbstverständlich. Hast du inzwischen erfahren, ob einer deiner Kollegen deinem Schüler die nicht für ihn bestimmten Siegel beigebracht hat?«

[Das kann ich mir nicht vorstellen. Möglicherweise ist CLÍODHNA beteiligt. Jedenfalls steht fest, dass da jemand Geheimnisse weitergibt.]

»Vielleicht möchte die Oberste unter den Feen persönlich mit dir über diese Angelegenheit sprechen«, erklärte der Herold. »Bereite dich also vor.«

Mit einem Schlag fühlte ich mich beklommen und unsicher. [Was meinst du damit? Wie soll ich mich vorbereiten? Muss ich mich rasieren oder so?]

Coriander ließ ein musikalisches Glucksen hören. »Ich hatte ganz vergessen, dass du BRIGHID noch nie begegnet bist. Die Vorbereitung ist zugleich einfach und unmöglich. Du musst darauf gefasst sein, die Wahrheit zu sagen und zu hören.«

[Soll ich ihr ein Geschenk überreichen? Einen irischen Whiskey?]

»Das wird nicht nötig sein. Komme mit der Fähigkeit zum Staunen und zur Ehrfurcht. Das sollte die richtige Geisteshaltung sein.«

[Ich kann also nichts tun oder sagen, um den Weg zu ebnen?]

»Ein Gedicht wüsste sie vielleicht zu schätzen. Schließlich ist sie eine Göttin der Dichtkunst, wenngleich nicht mehr viele sie auf diese Weise ehren.«

[Einen schmutzigen Limerick wird sie wohl kaum goutieren.]

»Deine Vermutung ist richtig. Etwas von dir selbst Verfasstes wäre passend. Ein Werk voller Gefühl.«

[Verdammt. Ich bin doch kein Dichter.]

»Das ist ihr sicher bekannt. Dennoch wird sie die Geste begrüßen.«

[Mist. Wie viel Zeit habe ich?] Ich kam mir vor, als hätte man mir eine furchtbare Hausaufgabe aufgebrummt.

»Das vermag ich nicht zu sagen. Wenn sie ein Treffen vereinbaren will, wird sie selbstredend mich damit beauftragen. Du wirst hoffentlich erreichbar sein.«

[Ich richte mich gern nach ihren Terminwünschen.]

»Ausgezeichnet. Du wirst bald von mir hören.« Mit diesen Worten glitt Coriander voller Anmut davon, ohne auf all die Passanten zu achten, die ihn zu seiner herrlichen Gestalt beglückwünschten.

11

DIE MÜNDLICHE TRADITION

Ich hob das Sägeblatt an der Wand des Schuppens beim Tartan Greenhouse und ließ mein Telefon [Dringender Kuchen] in die verborgene Sprechanlage intonieren.

»Falsches Passwort«, erwiderte eine sanfte mechanische Frauenstimme. »Schnarchsack«, fügte sie hinzu, weil Saxon Codpiece natürlich ein Sicherheitssystem hatte, das die Leute beleidigte.

Ich rief meine Signal-App auf und stellte fest, dass ich eine Nachricht von ihm verpasst hatte. Dort wartete ein neues Passwort auf mich, das ich gleich eintippte.

[Melancholische Charcuterie.]

Die Geheimtür öffnete sich, und ich machte mich an den Abstieg. Der Hacker hatte seine Beleuchtung offenbar ans violette und magentafarbene Ende des Spektrums verschoben, und zusätzlich eine gläserne Discokugel installiert. Oder ich hatte sie bisher einfach übersehen. Langsam rotierend, warf sie das Blitzen reflektierter Scheinwerfer auf den Boden. Eine groovende Funkhymne aus den Siebzigern schallte so laut, dass die Bässe durch meine Schuhsohlen vibrierten. Ich zögerte unsicher auf der Treppe, weil ich nicht unbedingt wissen wollte, was Codpiece gerade trieb. Wenn es dumm lief, unterbrach ich ihn bei irgendwas.

Ich bezweifelte, dass ich mit meiner Stimme oder gar der Sprech-App die Musik übertönen konnte. Also schrieb ich ihm eine Nachricht in der Hoffnung, dass sein Telefon aufleuchten oder vibrieren und ihn so aufmerksam machen würde.

Störe ich, oder kann ich runterkommen? Ich bin auf der Treppe.

Nach kaum einer halben Minute traf seine Antwort ein. *Sicher.* Die Musik verstummte, und im Treppenhaus herrschte wieder geschäftsmäßig weißes Neonlicht.

Ich setzte meinen Weg fort. Weil ich Codpiece nicht gleich entdeckte, schlenderte ich zur Bar in der Annahme, dass ich bei seinem Anblick Lust auf ein Glas bekommen könnte.

Tatsächlich tauchte er wenig später mit gerötetem Gesicht aus den hinteren Räumen auf und strich sich mit langen Fingern durchs Haar.

Ohne auf eine Einladung zu warten, zapfte ich mir ein Pint.

»Alles klar, Al?«, rief Saxon. »Gut, dass du vorbeischaust. Ich hab Neuigkeiten. Was hast du rausgefunden?« Er glitt in seinen Halbkreis von Monitoren und Geräten wie ein Rockdrummer in seinen Schlagzeugturm.

Ich trank das halbe Glas leer, bevor ich antwortete. [Bastille macht auf jeden Fall was mit den Feenwesen. Putscht sie irgendwie auf wie mit Steroiden, bloß dauerhafter. Steigert ihre Fähigkeiten.]

»Ach wirklich? Dann steckt definitiv ein Staat dahinter. Bastille arbeitet für einen Staat.«

[Wie kommst du darauf?]

»Weil das keine durchgeknallten wissenschaftlichen Versuche sind, die dem Planeten helfen sollen, verstehst du? Dieser Bastille ist kein tragischer Dr. Frankenstein mit hehren Idealen, der glaubt, dass er das Richtige tut. Wer so was macht, weiß ganz genau, dass er da eine ziemlich üble Scheiße veranstaltet. Und in so einem Fall steckt *immer* ein Staat dahinter. Er bringt die Wissenschaftler mit Zuckerbrot und Peitsche zum Mitmachen nach dem Motto: ›Los, ihr Laborkittel, an die Arbeit, euer Land braucht euch.‹«

[Warum kann es kein fieser Industrieller sein?]

»Aus vielen Gründen. Du hast zu viele Bond-Filme gesehen. Überleg doch mal: Wenn du ein milliardenschwerer Oligarch bist, hast du die Welt doch sowieso schon im Sack, weil du überallhin reisen und alles machen kannst, worauf du Lust hast. Mehr Freiheit geht nicht. Du träumst nicht davon, die Welt zu beherrschen, wenn sie dir schon gehört – wenn du Politiker oder ganze Wahlen kaufen kannst, brauchst du das nicht mehr. Du brauchst keine Wissenschaft, um deine Ziele zu erreichen. Du tuckerst völlig ungebunden mit deiner Yacht in internationalen Gewässern rum und stehst über dem Gesetz. Es gibt sogar ein eigenes Romangenre darüber, wie scharf und begehrenswert Milliardäre sind – *sehr* scharf und begehrenswert, falls du es noch nicht gewusst hast. Ich bin ein Fan. Bei Staatsangestellten ist das ganz was anderes. Die träumen davon, die Welt zu beherrschen. Erleben den ganzen Tag nichts anderes als Hierarchien, oben und unten, hinten und vorne. Sie wollen ganz nach oben, und sie wissen alle, wie sie es anstellen müssen, damit es klappt.«

[Da ist was dran], räumte ich ein.

»Damit will ich nicht sagen, dass ein bestimmter Präsident oder Premier oder eine königliche Hoheit dahintersteckt. Aber es sind auf jeden Fall irgendwelche grusligen Figuren mit einem staatlichen Geheimbudget, die glauben, sie können mit ein paar ordentlichen Monstern die Welt verbessern.«

[Und wozu das Ganze?]

»Keine Ahnung, MacBharrais. Das musst du die Kerle schon selber fragen, wenn du sie findest.«

[Kann es sein, dass sie perfekte Attentäter wollen?]

»Nein. Attentate erregen zu viel Aufsehen. Damit gewinnt man keinen Blumentopf. Da werden die anderen bloß sauer und schießen zurück oder fangen sogar einen Krieg an. Geheimorganisationen arbeiten anders. Ich hab noch nie davon gehört, dass die so einen Scheiß bauen.«

[Hättest du von so was gehört, wären sie ja auch nicht mehr geheim.]

Er schnaubte verächtlich. »Also gut, ich darf es mal so ausdrücken. Alle wirklich bösartigen Entdeckungen, vor denen wir uns in die Hose scheißen – ich rede von Atomwaffen und so –, wurden von Wissenschaftlern im Auftrag eines Staats gemacht. Und ein großer Teil dieser wissenschaftlichen Erkenntnisse *ist* noch immer geheim. Die Sachen, die aktuell unser Leben gefährden – Plastik, fossile Brennstoffe, Opioide und so weiter –, wurden zum Zweck des Profits entwickelt und unter dem Vorwand an uns verkauft, dass sie uns das Leben erleichtern. Jedenfalls sind es nicht die Freimaurer, die Templer, die Illuminati oder irgend so eine Geheimorganisation, die uns umbringen. Die interessieren sich nämlich gar nicht für verrückte Wissenschaft, weil sie schon ihre Rituale, Kerzenleuchter und mystischen Symbole haben. Wissenschaft wird von Staaten und Konzernen betrieben. Und wenn Milliardäre die Welt beherrschen wollen, geben sie sich nicht damit ab, ein paar Leute mit akademischen Lorbeeren zusammenzutrommeln. Sie halten sich einfach an die Regierung und lassen sich die Gesetze so zurechtschreiben, wie es ihnen in den Kram passt. Ich sag dir, hinter dieser Geschichte steckt kein Oligarch, sondern ein Bürokrat, der die Welt verändern möchte.«

Ich nickte, weil es die Höflichkeit verlangte. Sicher lag er nicht ganz falsch. Allerdings *gab* es Geheimorganisationen, die Scheiß bauten. Ich gehörte schließlich selbst zu einer. Und es gab auch exzentrische Milliardäre, die aus pseudophilanthropischen Motiven irgendwelchen Mist anstellten, weil ihnen eben keine Grenzen gesetzt waren.

[Und was hast du für Neuigkeiten?]

»Ich war in Gordies Telefon. Aus meiner Sicht keine Anrufe oder Nachrichten, die nach Verschwörung riechen. Dafür hat er ein paar Fotos in einem versteckten Ordner, die sind der reinste Wahnsinn.«

[Ach?]

»Jedenfalls sind da keine Menschen drauf. Feenwesen wahrscheinlich, obwohl ich mir echt nicht sicher bin, was ich da vor mir habe.«

[Zeig's mir.] Ich winkte ihn heran und trank mein Bier aus, während er auf mich zusteuerte. Der Ordner umfasste nur sieben Fotos. Das letzte zeigte einen fauchenden rosa Hobgoblin, mit dem ich kürzlich Bekanntschaft geschlossen hatte. Auch einigen anderen der Abgebildeten war ich schon begegnet. Dem Leprechaun, dem Clurichaun und dem Troll, um genau zu sein. Außerdem gab es eine Pixie – wahrscheinlich die, die kurz vor Buck verschwunden war –, einen Fir Darrig und vermutlich eine Undine. Sechs Porträts von Feenwesen, die sechs Zahlungen auf Gordies Nummernkonten entsprachen, plus das eine, dessen Ablieferung nicht geklappt hatte.

Hatte man sie alle wie Buck mit falschen Dienstverträgen auf die Erde gelockt? Und wie um alles in der Welt hatte Gordie einen *Troll* hierhergeschmuggelt, ohne dass ich es bemerkte?

[Was für ein dampfender Haufen Kacke.]

»Da kann ich dir nicht widersprechen.«

[Was hast du mit den Dokumenten aus seiner Wohnung gemacht?]

»Außer Sichtweite gebunkert, weil mich andere Kunden besucht haben. Brauchst du sie gleich?«

Ich nickte. [Ich will sie mir gründlicher ansehen, wenn das geht.]

»Klar.«

Während er nach hinten verschwand und im Bauch des Kellers herumwühlte, zapfte ich mir noch ein Pint.

Dann setzte ich mich an die Bar und überlegte, was für ein Gedicht von einem alten Mann, den sie nie kennengelernt hatte, BRIGHID wohl gefallen würde. Ein Loblied? So etwas konnte doch gar nicht ehrlich sein. Gab es etwas, wovon sie noch nie gehört hatte? Zum Beispiel meine Beobachtung, dass Eistee …

[Saxon], tippte ich, als er sich mit Gordies Dokumenten in einer Tüte näherte.

»Ja?«

[Ist dir schon mal aufgefallen, dass Eistee einen stärkeren und dringenderen Pinkeldrang erzeugt als jedes andere Getränk?]

»Scheiße, Mann, ja! Deswegen trinke ich ihn so selten. Eisteepinkeln ist kein Spaß. Die Leute schütten sich das Zeug meistens ziemlich schnell und in großen Mengen rein, und das sorgt zusammen mit den diuretischen Eigenschaften von Teein für einen echt gewaltigen Druck auf die Blase.«

[Danke.] Grüßend hob ich mein Bier, ein Getränk, das man längere Zeit bei sich behalten konnte, ehe man sich entleeren musste. [Bin froh, dass es nicht bloß mir so geht.]

»Kein Problem.«

Starker Harndrang nach dem Genuss von Eistee war also real. Vielleicht hatte BRIGHID in Tír na nÓg noch nicht davon gehört. Ein Aspekt der modernen Existenz, der ihr womöglich entgangen war. Sollte ich darüber vielleicht ein Gedicht schreiben? Allerdings hatte Coriander dazu gemahnt, dass es etwas mit Gefühl sein sollte. Außer Erleichterung verband ich keine Gefühle mit dem Pinkeln. Irgendwie erschien mir dieser Stoff doch unpassend, vor allem für eine Göttin.

Kopfschüttelnd leerte ich die Tüte, die mir Saxon gebracht hatte. Wenn ich keine bessere Idee hatte, würde bei meinem dichterischen Versuch bloß Schrott herausspringen. Dann fiel mir etwas ein, und ich tippte schnell, bevor ich es wieder vergaß. [Gordies Telefon und SIM-Karte müssen zerstört werden. Der Computer auch. Die Polizei darf die Sachen nicht zu Gesicht kriegen.]

»Alles klar. Soll ich noch irgendwas davon für dich speichern? Kontakte? Anrufe aus der letzten Zeit?«

[Auf jeden Fall. Und alle Passwörter und Kontonummern aus dem Tresor, sämtliche Bankdaten.] Mit erhobener Hand forderte ich ihn zum Warten auf. Dann nahm ich Stift und Karte zur Hand und zeichnete ihm ein weiteres Siegel der Sexuellen Spannkraft, bevor ich es zum späteren Gebrauch verschloss.

»Danke, Al! Ich mach dir eine Tabelle mit den Kontakten und Anrufen und schieb dir alle Daten, die du willst, auf einen Stick. Danach werden sämtliche Beweise vernichtet, keine Sorge, da bleibt nichts übrig. Und lass dir ruhig Zeit mit den Sachen hier.«

Das Durchsuchen von Gordies Rechnungen und Notizbüchern nach irgendwelchen Informationen, die mir vielleicht entgangen waren, erwies sich als ziemlich langwierig. Doch letztlich lohnte sich die Mühe. Mir rutschte das Kinn nach unten, als ich zwischen den Seiten einer Handyrechnung einen kleinen Zettel mit einem Rezept für Manannans Tinte entdeckte. Ein absolutes Unding in einer Disziplin, die nur mündliche Tradition kannte. Und es war nicht Gordies Handschrift. Das war ein Verstoß, der weit über das unbefugte Vermitteln von Wissen hinausging und sogar dazu führen konnte, dass ein Siegelagent aus dem Verkehr gezogen wurde.

Manannans Tinte erforderte Ganglien des Gemeinen Perlboots und ermöglichte es, das Siegel der Wasseratmung zu zeichnen – zumindest die westliche Version. Mei-ling und Shu-hua verfügten über ihre eigenen Tinten und Siegel, die auf einem älteren, von den chinesischen Göttern erfundenen System beruhten. Zum Beispiel arbeiteten sie nicht mit flüssiger Tinte, sondern mit Tuschestäben. Diese zermahlten sie auf einem Stein und vermischten sie mit Wasser, bevor sie die Siegel mit Pinseln auftrugen und sie wie üblich zum späteren Gebrauch verschlossen, wenn sie nicht als Bannzauber dienen sollten. Der Nachteil dieses Systems war, dass sie nicht auf die Schnelle Siegel zeichnen konnten, so wie das bei mir mit meinen Füllfedern möglich war. Vorteilhaft war, dass sie über viele Bannzauber und Segen verfügten, die wir nicht kannten, und dass ihre Tinteningredienzen nicht ganz so schwer zu beschaffen waren. Die wenigen funktionsgleichen Siegel, die auf fast identischen Tinten beruhten – wie etwa das Siegel der Eisengalle –, waren wichtige Brücken zwischen den Traditionen des Westens und des Ostens. Das Siegel der Wasseratmung existierte auch im chinesischen System, verwendete aber eine andere Form und Tinte als unseres.

Wozu hatte Gordie dieses Siegel wohl gebraucht? Ach so, für die Undine natürlich. Also hatte jemand Gordie nicht nur bei der Durchführung des Feenhandels geholfen, sondern auch bei der Herstellung der dafür benötigten Siegel.

Gordie war demnach nur eine eiternde Pustel an der Oberfläche einer tief reichenden Entzündung. Wenn er nicht in seiner Dummheit ein Rosinenscone gegessen hätte, hätten die Drahtzieher dieses Spiel vielleicht noch lange getrieben, ohne dass ihnen jemand auf die Schliche gekommen wäre.

Sonst fand ich nichts von Bedeutung. Saxon hatte im hinteren Teil des Kellers einen Kamin als Teil einer gemütlichen Sitzecke, die unheimliche Ähnlichkeit mit einer Jagdhütte hatte und mit Kameras ausgestattet war. Er erlaubte mir, dass ich Gordies sämtliche Papiere ins Feuer warf. Nur das Rezept als Beweis, dass da jemand Geheimnisse aufschrieb, bewahrte ich auf. Bevor ich das vernichtete, wollte ich es Coriander zeigen. Vielleicht konnte er die Handschrift identifizieren.

Draußen war es schon dunkel, als ich mit einem Stick, der

Gordies Kontakte, letzte Anrufe und Passwörter aus dem Tresor enthielt, Saxons zwielichtigen Keller verließ. Saxon drehte den Funkgroove wieder auf und die Beleuchtung herunter, während ich die Stufen hinaufstieg. Offenbar hatte er für den Abend etwas geplant.

»Mist«, knurrte ich, als mir einfiel, dass ich mich zu Hause nicht auf Ruhe freuen konnte. Ich hatte Buck Foi den ganzen Tag allein gelassen.

HAUSAUFGABEN

Auf das Schlimmste gefasst, näherte ich mich meiner Wohnung in der Nähe der Subway-Station St. Enoch. Diese lag am Anfang der Buchanan Street, einer der Haupteinkaufsstraßen von Glasgow, die mir nicht nur Zugang zu vielen Cafés und modischem Schnickschnack bot, sondern auch eine gute Verbindung in alle Stadtteile. Die einzige Frage, die mich bewegte, war, ob mein Apartment verwüstet oder unglaublich aufgeräumt und sauber war – mit vielleicht einer schlagenden Ausnahme wie einem kreischenden Ziegenbock, der auf meine Couch kackte. Hobgoblins mussten einfach Schabernack treiben, um ihre guten Taten auszugleichen. Ihre Konstitution ließ nichts anderes zu. Wer sich einen Engel wünschte, der durfte keinen Hobgoblin einstellen.

Behutsam öffnete ich die Wohnungstür, weil ich sichergehen wollte, dass mir nicht gleich ein Eimer Glibber auf den Kopf kippte. Die Luft schien rein. Auch das Apartment selbst sah makellos aus. Nichts Auffälliges im Wohnbereich und in der Küche. Vielleicht erwartete mich im Schlafzimmer oder im Bad eine Überraschung.

»Oi! Bist du das, MacBharrais?«

Ich zückte mein Handy und tippte. [Aye.]

Buck kam aus dem Flur, der zum Schlafzimmer führte. »Willkommen zu Hause. Gibt's was Neues?«

Ich zog die Tür zu und sperrte ab, bevor ich Mantel und Hut an die Garderobe hängte. [Ich hab Hausaufgaben mitgebracht.] Ich erklärte ihm, dass ich mich vielleicht bald mit BRIGHID treffen würde und dass mir bei dieser Vorstellung nicht ganz wohl in der Haut war, weil ich der Lehrer eines Kotzbrockens war, der gegen Geld mit Feen gehandelt hatte. Und zu allem Überfluss hatte mir Coriander auch noch geraten, die Göttin der Dichtkunst mit ein paar Versen zu ehren. [Ich habe seit meiner Schulzeit kein Gedicht mehr geschrieben.]

»Ach? Was hast du denn geschrieben, als du noch keine Falten hattest?«

[Ein entsetzliches Sonett. Mag BRIGHID Sonette?]

»Nich' besonders.«

[Wie lang muss es deiner Meinung nach sein?]

»Tja, gab's da nich' diesen amerikanischen Dichter, der gesagt hat, in der Kürze liegen die Fürze oder so?«

[Es heißt *Würze*, nicht *Fürze*. Und eigentlich lautet das Zitat: »Weil Kürze denn des Witzes Seele ist …« Außerdem stammt es aus *Hamlet* von Shakespeare.]

»Von mir aus, MacBharrais. Ich wollte bloß andeuten, dass du dich nich' kurz fassen sollst. Sie mag epische Gedichte.«

[Für ein Epos habe ich keine Zeit! Ganz zu schweigen vom Geschick. Was ist das absolute Minimum, mit dem ich durchkomme?]

»Neun Zeilen. Die TUATHA DÉ DANANN sind besessen von der Zahl neun. Neun Feengefilde. Neun Druiden, die im Dunkeln tanzen. Neun Wege zu Nancy.«

[Was? Wer ist denn Nancy?]

»Keine Ahnung. Ich weiß bloß, dass neun Wege zu ihr führen. Das heißt, sie liegt wahrscheinlich im Zentrum. Bestimmt in einer Bahnstation.«

[Ich meine es ernst. Ich muss mir was einfallen lassen.]

»Also, ich kann's nich' für dich schreiben. Und zum Minimum hab ich dir die Wahrheit gesagt: neun Zeilen.«

Ich seufzte. [Was hast du den ganzen Tag getrieben?]

»Mich ungefähr fünf Minuten lang mit Haushaltsarbeit abgeplagt. Das Bier für Nadia und noch zusätzlich was für uns besorgt. Is' im Kühlschrank. Den Film zu Ende geschaut – der Höhlentroll kam mir irgendwie bekannt vor. Und seitdem sitze ich vor *Avatar – der Herr der Elemente*. Schon mal davon gehört?« Als ich den Kopf schüttelte, blitzten Bucks Augen vor Aufregung. »Fantastische Feenwesen, Mann! Himmelsbison, Schnabeltierbär. Ein bekloppter Scheißer ist besessen von Kohl. Und der Haupttyp hat einen blauen Pfeil auf den kahlen Kopf tätowiert. Ich glaub, das muss ich auch mal ausprobieren. Dann werden die Leute auf mich zeigen und rufen: ›Schau mal, der Avatar!‹ Und danach steht noch nich' fest, ob sie mich mit Geschenken überhäufen oder mich erwürgen. So stelle ich mir ein spannendes Leben vor: auf Schritt und Tritt entweder Geschenke oder der Tod.«

[Wie wär's mit was zu essen? Vielleicht schau ich mir eine Folge mit dir an, bevor ich mich an mein Gedicht setze.]

»Klingt doch gut. Was gibt's denn?«

[Heilbutt in Buttersoße mit Zitrone und Kräutern. Höchste Zeit, dass du mit was Kulinarischem Bekanntschaft machst, das über Whisky und Wurst hinausgeht.]

Obwohl er nur mit einer Trittleiter an den Herd herankam, machte er sich voller Begeisterung an die Arbeit. Nach dem Abendessen hockte er sich neben mich und verfasste schmutzige Limericks, während ich mir ein Gedicht mit echtem Gefühl abrang. Ich glaube, er kam viel besser voran als ich.

Als ich gähnend zur Uhr blickte, merkte ich, dass ich länger aufgeblieben war als sonst. Ich musste zugeben, dass es nett war, jemanden um sich zu haben, mit dem man die düsteren Nachtstunden verbringen konnte. Ich hatte eine verdammt lange einsame Zeit hinter mir.

DIE OBERSTE UNTER DEN FEEN

Erfrischt und erstaunlich ungestört von Streichen zeigte ich Buck am Morgen, wie man Tee und Waffeln zubereitet. Ich erklärte ihm, wo er bei Bedarf Ahornsirup klauen konnte, weil er sich besser fühlte, wenn zumindest ansatzweise Diebstahl im Spiel war. Bisher hatte ihn einzig diese Fähigkeit auf das irdische Gefilde geführt, und ich hegte die Hoffnung, dass ihn kleinere Aktivitäten dieser Art in meinem Auftrag davon abhalten würden, sich mit größeren Faxen über mich lustig zu machen.

Allerdings schärfte ich ihm ein, dass er zunächst in der Wohnung bleiben musste, weil sie gegen die Barghests geschützt war. Ich hielt es einfach für das Beste, wenn er eine Weile untertauchte. [CLÍODHNA oder wer auch dahintersteckt wird sich bald auf die Suche nach dir machen. Deswegen darfst du niemandem die Tür öffnen. Tu einfach so, als wärst du nicht da.]

»Und was soll ich den ganzen Tag anfangen? Is' doch alles schon sauber hier. Und es is' Freitag, alle Menschen gehen aus und haben Spaß.«

In meiner Not stellte ich ihm Popcorn aus der Mikrowelle vor und empfahl ihm, sich einfach noch ein paar Filme anzuschauen. Netflix war ja sowieso für Leute gedacht, die aus freien Stücken oder gezwungenermaßen Stubenhocker waren.

»Is' das nicht schlecht für meine Gesundheit, wenn ich den ganzen Tag bloß rumsitze?«

[Sicher. Aber nicht so schlecht wie ein Barghest, der dich in Stücke reißt.]

»Scharfsinnige Unterscheidung, Alter. Also dann, ab mit dir.«

Auf dem Weg von der Bahnstation zu meiner Druckerei an der High Street stieß ich wieder auf Coriander.

»BRIGHID wünscht mit dir zu sprechen. Zur violetten Stunde am üblichen Ort.« Er wartete nur kurz, bis ich genickt hatte, dann glitt er wieder davon.

Das hieß, dass mein Gedicht bis zur Abenddämmerung fertig sein musste. Oder auch nicht. Spielte das denn überhaupt eine Rolle? Wahrscheinlich steckte ich sowieso in Schwierigkeiten, und wenn ich zu meinen anderen Sünden auch noch beschissene Verse ablieferte, hielt es die Göttin der Dichtkunst, des Feuers und der Schmiede womöglich für angezeigt, mich in Flammen aufgehen zu lassen.

Im Büro hing das Rätsel um Bastille über mir wie ein Damoklesschwert. Ich setzte mich an den Schreibtisch und arbeitete an meinem Gedicht, weil ich am Vorabend kaum etwas geschafft hatte. Reime über Kaschmir und Ascotkrawatten wurden ebenso verworfen wie Hymnen auf Schnurrbartwachs und Haggis. Die aufblitzende Idee zu Siegeln erlosch sofort wieder, weil ich trotz meines umfangreichen Wissens über sie im Moment wenig Gefühle mit ihnen verband. Sie waren Werkzeuge meines Metiers und bewegten mich höchstens dann zu Leidenschaft, wenn ich herausfinden musste, wer unerlaubterweise ihre Geheimnisse verriet.

Als ich endlich ein angemessenes Sujet gefunden hatte, war es mittlerer Nachmittag, und Nadia hatte es längst aufgegeben, mich mit Details zum Tagesgeschäft zu behelligen. Sie ließ keinen in mein Büro mit der Erklärung, dass ich »voll neben der Kappe« war und mit niemandem sprechen konnte. Irgendwann war ich schließlich fertig und flitzte schnell nach Hause, um nach Buck zu sehen und mich vor dem Treffen mit der Obersten unter den Feen ein wenig frisch zu machen.

»Wie is' es gelaufen mit dem Dichten?«, erkundigte sich Buck, als ich eintrat.

Ich hängte Mantel und Hut auf und tippte meine Antwort. [Hab den ganzen Tag gebraucht, aber jetzt hab ich neun Zeilen. Wie man mit so was Karriere machen kann, ist mir schleierhaft. Eine Qual ohnegleichen.]

»Kennst du den irischen Dichter William Butler Yeats?«

Ich nickte.

»Ich musste ein paar von seinen Sachen auswendig lernen – eigentlich sogar das meiste. BRIGHID verlangt von ihren feeischen Untertanen poetische Kenntnisse, du wirst es nich' glauben. Du hast mich an eine Stelle bei ihm erinnert: *Eine Zeile dauert Stunden vielleicht, doch wirkt sie nicht wie ein Geistesblitz, hat unser Tun und Trachten gar nichts erreicht.*«

[Wie lange er dafür wohl gebraucht hat?]

»Hat er bestimmt auf dem Klo geschrieben.«

Ich führte ihm vor, wie man ein Blech Nachos mit Schinkenspeck und Frühlingszwiebeln bäckt, ein Rezept, das ich – zusammen mit Waffelteig – bei einem Ausflug nach Amerika kennengelernt hatte. Das Ergebnis war weit besser als Nachos aus der Mikrowelle, man musste sich nur die Zeit dafür nehmen. Während er den Cheddar raspelte, wusch ich mir schnell das Gesicht und wachste den Schnurrbart nach.

Buck war begeistert, als die Nachos aus dem Rohr kamen. »Sieht fantastisch aus, MacBharrais. Das Zeug bringt mich wahrscheinlich schneller um als das ständige Fernsehen, oder?«

Ich nickte. [Aber nicht so schnell wie Rosinen. Um die machst du besser einen Bogen, hörst du? Ihr Genuss führt grundsätzlich zu Leid und Elend.]

Wir verschlangen eine gute Portion geschmolzenes Fett und Chips mit etwas Grünzeug darauf, und dann hatte ich gerade noch Zeit zum Zähneputzen, bevor ich zum Gin 71 aufbrach. Schließlich konnte ich BRIGHID nicht mit Zwiebelatem gegenübertreten.

Obwohl es auf dem ganzen Weg regnete, kam ich dank Mantel und Hut einigermaßen trocken und etwas zu früh an, weil die »violette Stunde« nicht besonders genau umrissen war und ich BRIGHID auf keinen Fall warten lassen wollte.

Sie und Coriander trafen zusammen durch die verborgene alte Tür am Virginia Court ein. Coriander war in voller grünsilberner Livree und Perücke, da er in seiner Rolle als Amtsträger soeben vom Feenhof kam. BRIGHID dagegen hatte sich zwanglos gekleidet, um nicht aufzufallen. Sie trug Bluejeans und ein weißes Oberteil mit so vielen schimmernden Schichten, dass es zugleich transparent und blickdicht wirkte. Eine örtlich begrenzte Nebelbank, ein Gewand voller Rätsel.

Allerdings fiel die Göttin der Dichtkunst, des Feuers und der Schmiede trotzdem auf. Sie war einfach zu schön. Flammenhaarig, grünäugig und gebräunt, hätte sie in jeder Kleidung Aufsehen erregt, die nicht ihre Züge verhüllte.

Coriander verharrte bei der Tür, damit wir ungestört bleiben konnten. Als BRIGHID eintrat, verneigte sich Heather so tief, dass sie hinter dem Tresen verschwand. Ich stand auf und legte die Hand aufs Herz, weil ich es nicht wagte, sie der Göttin zu reichen. »BRIGHID, es ist mir eine große Ehre.«

»Ich grüße dich, Aloysius.« Sie nickte mir strahlend zu. »Endlich lernen wir uns kennen. Danke für dein Kommen.«

»Hier, bitte.« Ich winkte sie zu meinem Tisch, und wir nahmen einander gegenüber Platz. Ich zog mein Telefon heraus und deutete darauf, bevor ich etwas tippte. »Hat dir Coriander von meinem Fluch erzählt?«

»In der Tat. Aber lass dieses grässliche Silikonwerk für dieses Treffen beiseite. Ich möchte einen Blick auf deine Aura werfen. Coriander sagt, er kann nur erkennen, dass da ein Fluch ist. Vielleicht vermag ich mehr wahrzunehmen.«

Nachdem ich das Handy weggesteckt hatte, neigte BRIGHID den Kopf erst zur einen, dann zur anderen Seite und betrachtete meine Schläfen. »Ja, du bist auf jeden Fall verflucht. Doch es ist nichts Druidisches, das kannst du dir aus dem Kopf schlagen. Keiner der TUATHA DÉ DANANN war daran beteiligt. Es ist eine fremde Magie, und ich glaube, sie beschränkt sich nicht darauf, dass du andere durch dein Sprechen allmählich gegen dich aufbringst.«

»Sie wirkt noch auf andere Weise?«

»Ja. Halt still. Ich will der Sache auf den Grund gehen.« Sie beugte sich vor, und tief in den Teichen ihrer Iriden entzündeten sich blauweiße Flammen. Ihre Mundwinkel sanken betroffen nach unten. »Ist Menschen aus deinem näheren Umkreis ein Unglück zugestoßen?«

Fast hätte ich automatisch mit Nein geantwortet, doch dann fiel mir etwas ein. »Ja! Alle meine Schüler hatten einen tödlichen Unfall.«

»Das waren keine Unfälle. Anders ausgedrückt, sie haben sich nur ereignet, weil ein weiterer Fluch auf deinem Haupt lastet. Du bist zweifach verflucht. Auf äußerst subtile Weise und von derselben Person. Oder zumindest von Leuten, die die gleiche Magie ausüben.«

Ich vergaß kurz zu atmen, und als ich wieder Luft holte, klang es genauso unnatürlich laut wie meine Worte. »Du meinst … alle meine sieben Schüler sind durch einen auf mir liegenden Fluch gestorben, von dem ich nichts wusste?«

»Ja.«

»Dann … ist das alles meine Schuld. Sie haben wegen mir ihr Leben verloren!«

»Nein. Streich diesen Unsinn sofort aus deinem Gedächtnis. Schuld ist der, der dich mit diesem Fluch belegt hat. Was er getan hat, ist Mord. Genauso gut hätte er mit einer Bindung einen Dämon hierherrufen können.«

»Intellektuell verstehe ich das.« Ich ballte die Fäuste, um meine Stimme zu beherrschen. »Aber ich hätte das schon längst erkennen müssen, statt sieben Schüler aufzunehmen und sie dadurch zum Tod zu verurteilen. Warum …« Ich unterbrach mich, weil ich mich erinnerte, wie ich von dem ersten Fluch erfahren hatte. »Ja, warum hat die Highland-Hexe den zweiten Fluch nicht erkannt?«

»Offen gestanden bin ich überrascht, dass sie den *ersten* erkannt hat. Das sind außerordentlich subtile Flüche. Wenn du mich nicht darauf hingewiesen hättest – wenn ich nicht eigens nach ihnen Ausschau gehalten hätte –, wäre mir nichts aufgefallen, so fest sind sie mit deiner Aura verwoben. Gestatte mir einen Vergleich, damit du begreifst. Die meisten Flüche sind plump an eine Person geheftet und verstellen sich erst gar nicht. Wie ein Text, in den jemand eine Passage in einer anderen Sprache eingefügt hat. Eine Passage mit einer anderen Schrift, Größe und Farbe. Hässlich und krass, es springt ins Auge, und man erkennt sofort, dass da etwas nicht passt. Deine Flüche hingegen sind sorgfältig abgestimmt, alles ist in den Text eingebettet, höchstens dass einige Wörter etwas kleiner sind als der Rest, also sagen wir elf Punkt statt zwölf. Die Übergänge sind praktisch nahtlos. Die Flüche sind nicht angeheftet, sie sind inzwischen Teil deiner Identität, sie entstellen deine Aura nicht, sondern sind mit ihr verquickt.«

Das klang gar nicht gut. Vor meiner nächsten Frage musste ich erst einmal nachdenken. »Kannst du die Flüche beseitigen? Oder zumindest einen von ihnen?«

»Leider nein. Das ist ein anderes Magiesystem, das ich nicht ohne Weiteres identifizieren kann. Druidische Bindungen liegen stets offen vor mir. Andere Formen von Magie sind ebenfalls Bindungen in dem Sinn, dass sie die Wirklichkeit nach ihrem Willen umgestalten. In diesem Fall kann ich ihren Zweck zwar erahnen, aber ich kann sie nicht aufheben, ohne vorher zu wissen, wie sie erzeugt wurden. Du musst deine Bekanntschaften Revue passieren lassen und überlegen, wer dir das angetan haben könnte.«

Ich schnaubte. »Der könnte doch längst tot sein. Meine Schüler sterben schon seit vielen Jahren.«

»Der Verantwortliche ist nicht tot. Andernfalls wärst du nicht mehr verflucht.«

»Das verstehe ich nicht.«

»Manche Flüche haben lang über den Tod des Wirkers hinaus Bestand. Vor allem die Ägypter verstanden sich auf solche Magie. Doch die meisten dauern wie deine nur so lange an, wie der Urheber lebt. Der böse Wille – die Feindschaft oder der Groll, die dahinterstecken – ist notwendig, damit er weiter anhält. Finde den Verantwortlichen und töte ihn, dann bist du erlöst.«

»Ich …«

»Jedenfalls würde ich keine neuen Schüler mehr annehmen, bis du die Flüche abgeschüttelt hast.«

»Nein, nein, natürlich nicht. Ich hätte es nur gern früher gewusst.«

»Das gilt auch für Diener.«

»Hmm? Wie?«

»Du hast doch nicht etwa Diener?«

Eine eisige Faust krampfte sich um mein Herz. »Ich habe gerade einen zu mir genommen. Einen Hobgoblin namens Buck Foi.«

»Dann ist sein Leben in Gefahr. Du hast noch Zeit – vielleicht sogar Jahre. Der Verantwortliche *möchte* dir Zeit lassen, damit du diesen Diener ins Herz schließt. Doch irgendwann wird ihm der Fluch über deinem Haupt zum Verhängnis werden.«

»Götter der Unterwelt«, entfuhr es mir, obwohl die Oberste dieser Gottheiten vor mir saß. »Und was ist mit meinen Mitarbeitern? Wirkt sich der Fluch auch auf sie aus?« Ich machte mir vor allem Sorgen um Nadia. Sie war jetzt schon seit zehn Jahren bei mir. Wenn der Fluch auch sie betraf, drohte ihr schon bald ein tödlicher Unfall.

Die Göttin schüttelte den Kopf. »Eher nicht. Das Verhältnis ist anders als zwischen Meister und Schüler oder zwischen dir und dem Hobgoblin, für dessen Wohlergehen du verantwortlich bist. Du hast sie eingestellt und bezahlst sie für ihre Tätigkeit. Solange das Verhältnis vor allem beruflich bleibt, sollte keine Gefahr für sie bestehen.«

Ich seufzte vor Erleichterung, weil diese zusätzliche Bürde von meinem Gewissen genommen war. Doch schon trat eine andere an ihre Stelle. »Könnte es sein, dass diese Unfälle, die keine Unfälle waren … dass auch meine Frau auf diese Weise ums Leben gekommen ist?«

BRIGHID kniff die Augen zusammen. »Das bezweifle ich. Wann ist sie gestorben? Vor oder nach deinem ersten Schüler?«

»Vorher.«

»Hmm. Und wann ist dir aufgefallen, dass die Leute anfangen, dich zu hassen? Vor oder nach ihrem Tod?«

»Danach. Ich dachte zuerst, dass mein Sohn mir die Schuld an ihrem Tod gibt. Ich konnte mir seinen Zorn nicht anders erklären, bis ich von dem Fluch erfahren habe.«

»Nun, die beiden Flüche sind miteinander verbunden. Du bist zur gleichen Zeit mit ihnen belegt worden. Wenn sie sich auf deine Frau ausgewirkt hätten, wäre bei deiner Frau zuerst eine Abneigung gegen dich entstanden, nicht wahr? Außerdem lässt sich erkennen, dass der Todesfluch nicht deine

Liebsten betrifft, weil sie mit Ausnahme deiner Frau alle noch am Leben sind, obwohl inzwischen viel Zeit vergangen ist. Es war also wohl tatsächlich ein Unfall.«

»Aber warum meine Schüler?«

»Vielleicht möchte jemand, dass du keinen Nachfolger hast.«

»Eli und Shu-hua haben Schüler, die meine Nachfolge antreten können. Mei-ling ebenfalls, selbst wenn diese Schülerin nach dem Erreichen der Meisterschaft wahrscheinlich eher das Territorium ihrer Lehrerin übernehmen wird. Und Diego wird bestimmt auch irgendwann einen Schüler finden.«

»Ich werde die anderen Siegelagenten besuchen und mich vergewissern, dass sie nicht gleichfalls verflucht sind. Allerdings vermute ich, dass diese Flüche nur auf dir lasten.«

»Ich muss also den Verantwortlichen finden und töten, und dann bin ich wieder frei«, fasste ich zusammen.

»Ja. Oder er nimmt den Fluch freiwillig von dir. Doch wenn er dich einmal verflucht hat, kann er es jederzeit wieder tun. Ich würde den Schuldigen zu Asche verbrennen.«

Obwohl zwanglose Unterhaltungen über solche Themen für mich nicht normal waren, nickte ich sofort zustimmend. Da hatte jemand meine Schüler auf derart hinterhältige Weise ermordet, dass ich nie Verdacht geschöpft hatte. Ich hatte nie daran gezweifelt, dass sie durch tragische Unfälle ums Leben gekommen waren, und daher auch nie in Erwägung gezogen, mich nicht mehr um Schüler zu bemühen. Immer wieder hatte ich einen aufgenommen und dadurch diesem rekordverdächtig passiven Serienkiller zu seinem Lustgewinn verholfen.

»Kannst du mir irgendeinen Hinweis darauf geben, wer der Täter sein könnte? Auch wenn es nur über das Eliminieren von Möglichkeiten geht, wie du es vorhin bei den TUATHA DÉ DANANN gemacht hast?«

»Es handelt sich um jemanden, der seine Magie meisterlich beherrscht. Ich wage zu bezweifeln, dass es ein Mensch ist, und halte es für denkbar, dass wir es hier mit einen Gott zu tun haben. Unter diesen Umständen wäre es natürlich schwer, ihn zu töten.«

»Äh … ja.«

»Aber wenn alle Stricke reißen, weißt du dir zu helfen, nicht wahr?«

»Wie meinst du das?«

»Dieser Feind ist vielleicht zu mächtig für deine Kräfte. Dafür ist es dir bereits gelungen, den ersten Fluch, der deine Freunde gegen dich aufbringt, mithilfe von Technologie zu umgehen. Und der zweite läuft ins Leere, wenn du keine Schüler mehr annimmst.«

»Das ist wahr, doch dann hat er gewonnen. Ich will, dass die Flüche verschwinden. Die Schüler kann ich nicht ins Leben zurückrufen, aber vielleicht könnte ich wenigstens wieder Freunde haben. Wieder mit meinem Sohn reden. Und einen Schüler ausbilden, der es tatsächlich bis zur Meisterschaft bringt.«

Die Göttin nickte. »Das würde ich mir auch wünschen. Es ist ein lohnenswertes Ziel. Ich möchte dir nicht versprechen, dass ich auf dem Weg dorthin mehr für dich tun kann, als deinen Fragen Gehör zu schenken. Vielleicht muss ich dir jede sonstige Hilfe abschlagen, weil ich Verantwortung trage und Verpflichtungen gegen andere Pantheons habe, wie dir sicher bekannt ist. Ohne deinen Feind zu kennen, kann ich dich nur zurückhaltend unterstützen.«

»Das verstehe ich und danke dir für deine Güte.«

BRIGHID fing Harrowbeans Blick an der Bar auf und deutete mit kreisendem Finger an, dass wir bereit für Getränke waren. Ich begriff, dass das zugleich das Signal für einen Themenwechsel war. Die Enthüllungen über meine Flüche und die damit verbundenen Emotionen musste ich erst einmal zurückstellen und mich später mit ihnen befassen. Schließlich hatten wir noch andere Dinge zu besprechen.

Die Barfee brachte mir meinen üblichen Pilgrim's mit Tonic und BRIGHID einen Boë Violet Gin mit einem Stück Grapefruit. Ein violetter Drink für die violette Stunde.

Die Oberste unter den Feen lächelte dankbar, und als sich Harrowbean zurückgezogen hatte, gossen wir unser Tonic über das Eis im Ginbad und genossen das anregende Perlen und Zischen.

BRIGHID hob das Glas, und als sie das Wort ergriff, wurde ihr normaler Alt von einem Bass- und Sopranton untermalt. Ich kannte die Legenden von dieser Dreifachstimme: Mit ihr konnte sie nicht lügen, denn sie sprach dreimal gleichzeitig. »Ich rechne es dir hoch an, dass du im Lauf der Jahre so viele Verträge geschlossen und durchgesetzt hast, Aloysius Mac-Bharrais.« Ihre Stimme wurde wieder normal. »Ich wollte, dass du das aus meinem Mund hörst, damit du von meiner Aufrichtigkeit überzeugt bist. Sláinte.«

Sprachlos und vielleicht ein wenig panisch überlegte ich mir, dass das wohl der ideale Moment war – wenn es diesen idealen Moment überhaupt gab –, ihr mein Gedicht vorzutragen.

»Ich habe … äh.« Ich entschuldigte mich für ein lautstarkes Räuspern. »Es ist mir eine Ehre. Ich weiß nicht, ob ich es wagen darf. Ich möchte dich nicht beleidigen. Jedenfalls habe ich ein paar Zeilen für dich geschrieben, eigentlich nur Knittelverse …«

»Ein Gedicht?« Sie strahlte. »Für mich?«

»Nun ja, in dem Sinn, dass ich einer Seite von dir Respekt bekunden wollte. Allerdings geht es nicht um dich, und es sind bloß neun Zeilen, eigentlich gar kein richtiges Gedicht, sondern …«

»Das ist wunderbar. Manchmal ziehen sie sich doch arg in die Länge.«

»Ach. Genau.« Anscheinend war Buck falsch informiert, was BRIGHIDS Vorliebe für epische Gedichte betraf. Oder er hatte mich einfach verkohlt.

»Bitte. Ich bin schon sehr gespannt.«

»Also gut, dann wollen wir mal.« Aus der Manteltasche zog ich das Blatt, das die Früchte meiner lächerlich langwierigen Mühen enthielt. Ich strich es glatt und begann zu lesen, was ich aufgeschrieben hatte.

Ein Schuh scharrt über den Asphalt,
Und ich muss sofort an sie denken –
An ihr Lachen, das in mir widerhallt,
Ihr Haar, ihr Gesicht, die geliebte Gestalt –
Und muss mich in Trauer versenken,
Denn fort ist sie nun und kehrt nicht zurück
Es bleibt nur Erinn'rung an jenes Glück …

Auf einmal merkte ich, dass da etwas entsetzlich schiefgelaufen war, und brach ab. Das war nicht mehr mein Werk, auch wenn es danach aussah. Jedenfalls stammten die letzten zwei Zeilen nicht von mir.

»Wie? Das war doch noch nicht alles, oder?« BRIGHID schaute mich an. »Es klingt, als müsste es noch weitergehen. Mindestens noch zwei Zeilen über die glücklichen Momente, an die du dich erinnerst?«

»Schon, aber das am Ende sind nicht meine Verse.«

»Du bist zu bescheiden, Aloysius.«

»Nein, ernsthaft. Offenbar hat mein Hobgoblin sie umgeschrieben. Sie sind … furchtbar unflätig.«

Die Göttin grinste. »Dein Hobgoblin hat die letzten zwei Zeilen deines Gedichts verändert?«

»Ja. Es tut mir leid.« Ich war wütend. Mir fiel ein, wie ich mich im Bad frisch gemacht hatte. Buck sollte Cheddar für die Nachos raspeln und hatte offenbar die Gelegenheit für einen Schabernack genutzt.

Vor Begeisterung klatschte sie dreimal in die Hände. »Wie aufregend! Ich sehe dir deine große Verlegenheit an. Dein Hob hat also anscheinend gute Arbeit geleistet. Ich will es hören.«

»Ich glaube nicht, dass es sich schickt, so etwas laut vorzutragen.«

»In der Dichtkunst, Aloysius, ist jedes Wort heilig. Nichts ist unanständig. Du hast mein Wort. Zögere nicht und lies es vor.«

Wie hätte ich mich weigern sollen? Ich konnte nicht. Ich holte tief Atem und sprach die letzten drei Zeilen, weil sie zusammengehörten.

Es bleibt nur Erinn'rung an jenes Glück,
Das ich bei dem herrlichen Anblick empfand,
Als mein Schwanz voller Glanz in die Höhe stand.

Nach einem schwachen Versuch, ihr Kichern zu unterdrücken, fing BRIGHID an zu prusten, bis sie schließlich schallend lachte. Sie trommelte auf den Tisch und erschreckte alle Gäste im Restaurant. Immer noch gackernd, deutete sie auf mich. »Dein Schnurrbart! Er leuchtet! Weil dein Gesicht so rot ist. Ahahahahaha!«

Ich spürte, dass ich noch röter wurde. Am liebsten wäre ich vor Scham im Erdboden versunken. Für dieses Treffen hatte ich mir wahrhaftig einen deutlich würdevolleren Verlauf erhofft.

Endlich beruhigte sich BRIGHID wieder und wischte sich eine Träne von der Wange. »Ach, ich habe schon seit Jahrhunderten nicht mehr so gelacht.« Viele Leute sagten das als Übertreibung, aber in BRIGHIDS Fall stimmte es vielleicht sogar. »Dieses Lachen war ein Geschenk, auch wenn es auf deine Kosten ging. Ich bin dir zutiefst dankbar, und mein Wohlwollen ist dir sicher. Wie lauteten die letzten zwei Zeilen deines Gedichts, bevor dein Hobgoblin sie umgeschrieben hat?«

»Etwas darüber, wie ich das Glück unserer Liebe für immer im Herzen bewahren werde. An die genaue Formulierung kann ich mich nicht mehr erinnern.«

»O je, er hat einfach dein Trauergedicht gekapert? Der hat wirklich Mumm.« Nach einem letzten kurzen Kicheranfall hatte sie sich wieder im Griff. »Dein Verlust tut mir natürlich unendlich leid. Für jemanden ohne Übung im Verseschmieden hast du deine Gefühle sehr gut ausgedrückt. Trotzdem musst du zugeben, wenn es darum geht, einen neuen Dienstherrn auf die Schippe zu nehmen, hat Buck Foi ein spektakuläres Debüt gegeben.«

Ich seufzte und brachte schließlich ein schwaches Glucksen heraus. »Ich habe ihm gesagt, er soll kreativ und nicht destruktiv sein.«

Sie lachte erneut. »Also hat er deine Anweisungen befolgt. Und er konnte nicht mal hier sein und es genießen, wie du das veränderte Gedicht entdeckst. Eisen und Schmiede, das ist ein besonderer Hob. Da hast du dir wirklich ein ausgezeichnetes Exemplar an Land gezogen. Auch wenn du das im Moment vielleicht nicht zu würdigen weißt, darf ich dich beglückwünschen, Aloysius. So einen raffinierten Schabernack habe ich noch von keinem Hobgoblin erlebt.«

»Danke.« Immer noch angespannt trank ich aus und bestellte Nachschub.

Auch BRIGHID orderte mit kreisendem Finger die nächste Runde. »Gut. Jetzt haben wir aber noch einiges zu besprechen, nicht wahr?«

»In der Tat.« Ich weihte sie in alles ein, was ich über Gordie und den mysteriösen Bastille in Erfahrung gebracht hatte, der große Summen für einen Clurichaun, einen Troll, einen Leprechaun, eine Undine, eine Pixie und einen Fir Darrig bezahlt hatte. Außerdem teilte ich ihr mit, dass mein Hobgoblin der Nächste hätte sein sollen und dass es nach seiner Aussage CLÍODHNA von den TUATHA DÉ DANANN war, die ihm mit meiner angeblichen Zustimmung einen Dienstvertrag angeboten hatte.

»CLÍODHNA soll dahinterstecken? Das ist eine ernste Anschuldigung.«

»Ich weiß.«

»Eine Anschuldigung, der wir ohne Beweise keinen Glauben schenken können. Das Wort eines Hobgoblins hat nicht mehr Gewicht als das CLÍODHNAS, und sie wird die Vorwürfe sicher abstreiten.«

»Natürlich. Ich wollte dich nur darauf aufmerksam machen, was mit Buck passiert ist und dass es anderen vielleicht ähnlich ergangen ist. Jedenfalls wurden sie irgendwie auf dieses Gefilde gelockt und dann von Gordie an Bastille verkauft. Als Siegelagent finde ich besonders beunruhigend, dass jemand für Gordie ein Tintenrezept aufgeschrieben hat. Ich habe es in seinen Papieren entdeckt.«

In BRIGHIDS Augen blitzten blaue Flammen. »*Aufgeschrieben*, sagst du? Welches Rezept?«

»Das für Manannans Tinte.« Ich nahm den Zettel heraus und schob ihn ihr zu. »Erkennst du die Handschrift?«

»Nein. Allerdings kann ich mir nicht vorstellen, dass CLÍODHNA das selbst getan hat. Wenn, dann hat sie eine Bean Sídhe damit beauftragt. Trotzdem sollten wir der Sache nachgehen. Ich werde den Zettel FLIDAIS geben. Bist du der Göttin der Jagd schon einmal begegnet?«

Ich nickte. »Aye, in Edinburgh.«

144

»Ich werde sie bitten, den Besitzer der Handschrift aufzuspüren. Sie ist viel besser als ein Barghest. Wenn es möglich ist, wird sie ihn finden. Warum ziehst du so ein Gesicht?«

Ich hatte davon gar nichts bemerkt und riss mich rasch zusammen. »Eigentlich nur eine Kleinigkeit. FLIDAIS nennt mich den schottischen Zauberer, das ist alles. Ich bin kein Zauberer.«

BRIGHID lächelte. »Mach dir nichts draus. Sie nennt alles, was kein Druidentum ist, entweder Zauberei oder Hexerei. Wir werden sehen, was sie ausrichten kann.« Sie steckte den Zettel weg und legte dann die Hände zu beiden Seiten ihres Glases flach auf den Tisch. »Nun. Ich war nicht mehr auf diesem Gefilde seit der Angelegenheit mit LOKI, die meine Anwesenheit erforderte.«

Damit meinte sie den gescheiterten Ragnarökversuch des nordischen Gotts im vergangenen Jahr. An diesem Tag waren zahlreiche Gottheiten ohne Erlaubnis zur Erde gekommen. Immerhin hatten sie mich rechtzeitig über ihren Besuch informiert und beriefen sich auf eine Notfallklausel in ihren Verträgen, um sich Böse Folgen zu ersparen. Hinterher hatte ich nach Schweden fliegen und mit Siegeln um mich werfen müssen, damit die Untersuchung im Sand verlief und das Ganze nicht in den Medien hochkochte.

»Vielleicht liegt es an den zwei Drinks«, fuhr BRIGHID fort, »doch ich möchte nicht heimkehren, ohne vorher jemanden zu vermöbeln. Die Nachricht, dass jemand mit Feenwesen handelt, verdrießt mich, und in dieser Verfassung kann ich nicht auf meinem Thron Platz nehmen – die Feen würden es sofort spüren. Also, Aloysius MacBharrais, wo kann ich in Glasgow jemanden finden, der eine ordentliche Tracht Prügel verdient?«

So kam es, dass ich mit einer heidnischen Göttin ein Pub voller Fußballfans aufsuchte und ihr verriet, dass bereits ein bestimmter Song ausreichte, um eine Schlägerei anzuzetteln. Keins der beiden Glasgower Teams – die Rangers und Celtic – spielte an diesem Abend. Daher war das Publikum gemischt und schaute anderen Mannschaften im Fernsehen zu. BRIGHID musste es bloß schaffen, dass Tina Turners Hit »The Best« durch das Pub plärrte, dann würden alle Rangers-Fans sofort mitsingen, weil das ihre Einzugshymne war. Das würde wiederum die Celtic-Fans aufbringen, und danach waren Handgreiflichkeiten garantiert.

»Kann gut sein, dass du schon Gewalt anwenden musst, damit der Song läuft, weil kein Pub in Glasgow ihn spielt, wenn nicht das ganze Haus voller Rangers-Fans ist.«

»Danke für die Herausforderung. Wo finde ich diesen Song?«

Ich deutete auf eine DJ-Kabine in der hinteren Ecke, mit der am späteren Abend die Tanzfläche beschallt wurde. Sie marschierte sofort los. Fast wäre mir die Frage entschlüpft, ob sie überhaupt mit einem modernen Multimediasystem umgehen konnte. Dann jedoch hielt ich lieber den Mund, weil es nie klug war, sich nach den Kenntnissen einer Gottheit zu erkundigen und damit anzudeuten, dass ein Sterblicher vielleicht mehr wusste als sie. Tatsächlich bereitete ihr die Bedienung des Systems keine Schwierigkeiten. Kurz darauf begann der Song und damit auch das Handgemenge. Ich trat hinaus und wartete darauf, dass sie das Ganze beendete.

»Äußerst belebend«, erklärte sie, als sie einige Minuten später strahlend herauskam. Mit Ausnahme eines Blutflecks an ihrem Oberteil deutete nichts darauf hin, dass sie an einer Rauferei teilgenommen hatte. »Und erquickend. Das habe ich gebraucht. Ich finde allein zurück nach Tír na nÓg, Aloysius. Du wirst bald von Coriander hören.« Sie küsste drei Finger und berührte damit meine Stirn. »Geh jetzt. Du hast meinen Segen.«

Ich wusste nicht genau, was das hieß, doch ich fühlte mich so gut wie schon lange nicht mehr, als ich mich mit einer Verneigung verabschiedete.

ZWISCHENSPIEL: FISCHLEIM

Das Kochen der Blasen, Sehnen und Haut von Fisch zur Erzeugung eines zähen und ziemlich übelriechenden Klebstoffs ist eine unumgängliche Pflicht, denn er wird für viele Tinten in kleinen Mengen als Bindemittel benötigt. Die Herstellung ist eine Qual – vor allem das Entschuppen der Haut. Dafür gibt es keine schnelle Lösung, und die Schuppen landen überall, ganz ähnlich wie Glitter. Man findet sie noch Tage später in Ritzen und Falten, und es kann ziemlich nervig sein, wenn jemand darauf hinweist, dass man ein Stückchen Fisch im Grübchen hat. Doch dieser mühsame Prozess und die Verwendung seltener Ingredienzen stellen sicher, dass niemand aus Versehen Tinten produziert, die sich für wirkmächtige Siegel eignen.

Das Zusammenpanschen einer Ladung Fischleim ist die perfekte Arbeit für einen Schüler. Diese Aufgabe hatte ich allen sieben übertragen, die gestorben waren, bevor sie zu Meistern heranreifen konnten, weil ich nicht mitbekommen hatte, dass ich einen Todesfluch mit mir herumschleppte.

Ab jetzt musste ich das selbst erledigen.

14

EIN GLAS ZUM TRÄUMEN

Schon nach einem halben Block war die Euphorie von BRIGHIDS Segen verflogen. Mir schwindelte, als ich die Jahre als Meistersiegelagent vorbeiziehen ließ, in denen ich geglaubt hatte, meinen Schülern den Weg zur Größe zu ebnen, während ich sie in Wirklichkeit in den Untergang geführt hatte. In der Erinnerung an ihre Ausbildung konnte ich keinen Zusammenhang zwischen einem bestimmten Lernfortschritt und ihrem Ableben erkennen; anscheinend wurde der Fluch nicht durch einen bestimmten Schwellenwert ausgelöst. Mir dämmerte, dass ich BRIGHID mehr Fragen zu seinen Mechanismen hätte stellen müssen, und ich krümmte mich innerlich, wie man es immer tut, wenn eine Gelegenheit verstrichen ist und man sich wünscht, in der Zeit zurückgehen und die Worte aussprechen zu können, die einem zwanzig Minuten zu spät eingefallen sind.

Auch für meinen anderen Fluch kannte ich den exakten Auslösemechanismus nicht. Allerdings erinnerte ich mich immer an den Moment, in dem er sich aktiviert hatte, weil es nie glimpflich abging, wenn Menschen mich auf einmal nicht mehr mochten. O nein, sie ließen es mich deutlich wissen: lautstark, oft mit gebleckten Zähnen und manchmal auch mit der Faust.

Vor elf Jahren, als ich Anfang fünfzig und meine geliebte Frau schon von mir gegangen war, hatte sich der Fluch zum ersten Mal gezeigt. Meine Gedanken kreisten in einem morbiden shakespearschen Wahn um Vorstellungen vom Grab, und ich überlegte zum ersten Mal, ob ich mir vielleicht einen Manager mit Durchsetzungsvermögen suchen sollte. Mein Sohn Dougal verpasste mir mit der rechten Hand einen Kinnhaken und erklärte mir, dass er mich hasste und nie wieder seinen Blick auf meinen wertlosen Kadaver richten wollte. Ich sollte ihn bloß nicht anrufen oder ihm Textnachrichten schicken. Das passierte bei ihm zu Hause. Ich hatte mich gerade für eine Tasse Tee bedankt, die er mir eingeschenkt hatte – das war alles. Verwirrt trat ich aus seiner Wohnung und ließ ihn in Ruhe. Erst nachdem mir das Gleiche bei Freunden passiert war, mit denen ich in meiner Not reden wollte, versuchte ich es noch einmal bei ihm, weil ich herausfinden wollte, ob sein Zorn mit der Zeit vielleicht verraucht war.

War er nicht. Vielmehr hatte er sich noch gesteigert. Dougal lief rot an, Speichel flog ihm aus dem Mund, und er drohte mir mit dem Tod, sollten sich unsere Wege erneut kreuzen.

Danach achtete ich darauf, dass wir uns nicht mehr begegneten, und schaute nur manchmal heimlich nach ihm. Und jetzt, nach BRIGHIDS Enthüllungen, fand ich, dass es dafür wieder einmal an der Zeit war.

Dougal war Barkeeper in einem netten Pub namens Citizen am St. Vincent Place, nur einen Steinwurf entfernt von der Station Queen Street und von meiner Wohnung in zehn Minuten zu Fuß erreichbar. Wie so oft war in dem Lokal viel los, und er bemerkte mich nicht. Rund um die Bar drängten sich die Gäste, und er war so beschäftigt, dass er nicht aufblicken und die Gesichter der Eintretenden mustern konnte.

Schnell schlüpfte ich hinein und bat um einen Tisch. Eine freundliche Kellnerin führte mich vorbei an der schnatternden Horde von Geschäftsleuten und Touristen in eine kleine Nische im Speisesaal, die von der Bar aus nicht zu sehen war.

Dort orderte ich ein Gläschen siebzehn Jahre alten Balvenie Double Wood, den mir Dougal einschenken würde.

Als ich an diesem Abend an ihm vorbeischlich, schüttelte er gerade einen Cocktail, einen Last Word vielleicht oder einen Bee's Knees. Er machte einen guten Eindruck, und mehr wollte ich eigentlich gar nicht wissen. Sobald ich saß, gab ich meine Bestellung auf. Diese traf nach sechs Minuten ein, und ich bat gleich um die Rechnung.

Ich betrachtete das Glas und schwenkte es sanft hin und her. Die darin kreisende bernsteinfarbene Flüssigkeit stellte den einzigen Kontakt zu meinem Sohn dar, der mir seit zehn Jahren vergönnt war. Ein trauriges Getränk für einen Fremden, und genau das hatte der Fluch aus uns gemacht: Fremde. Ich wusste nicht, ob er sich noch für Fußball interessierte und wie es meinen Enkeln in der Schule erging. Ich wusste nicht, was sie einmal werden wollten, wenn sie erwachsen waren, und welche Hoffnungen Dougal und meine Schwiegertochter für ihre Zukunft hegten.

Das und so viel anderes war mir gestohlen worden. Und trotz BRIGHIDS Beteuerungen, dass der Fluch nicht von den TUATHA DÉ DANANN verhängt worden war, stand für mich noch lange nicht fest, dass keiner von ihnen dahintersteckte. Sie konnten den Auftrag an jemand anders vergeben haben und hätten damit sicher auch keinen Moment gezögert, wenn sie mich hätten verfluchen wollen. Schließlich wussten sie, dass jeder mit magischer Sicht ihr Werk unter die Lupe nehmen und vielleicht sogar identifizieren konnte.

Bei den TUATHA DÉ DANANN musste man das unausgesprochene Wort genauso beachten wie das ausgesprochene.

Wenigstens der Whisky hatte seine eigene Sprache, und ich konnte mir vorstellen, wie mir Dougal die Geschmacksnuancen des Gläschens zugedacht hätte, wenn wir noch ein herzliches Verhältnis gehabt hätten. Honig und Äpfel an der

Nase, eine klare und üppige Frische. Aromen von Vanille und Geißblatt an der Zunge, und ein süßer, lang anhaltender Abgang mit Karamell und altem Holz. Bei so einem Getränk kam unweigerlich eine Stimmung von Kameradschaft und Mitgefühl auf.

Vielleicht würden wir uns eines Tages wieder gemeinsam über diese Dinge freuen. Ich musste nur herausfinden, wer mir das angetan hatte, und seinem Leben und damit den Flüchen ein Ende setzen. Jemand hatte den einen geschaffen, um einen Keil zwischen mich und meine Liebsten zu treiben, und den anderen, um mir jedes Gefühl beruflicher Erfüllung zu nehmen. Folglich musste ich wie ein Geist durch das Leben meiner Verwandten und Freunde schleichen und war außerstande, meinen Nachfolger auszubilden.

Hätten die Menschen im Pub gewusst, wozu ich fähig war, hätten sie mich für einen unglaublich mächtigen Mann gehalten. Ich hingegen fühlte mich unerträglich klein und schwach, völlig überfordert von der Aufgabe, einen unbekannten Feind zu besiegen. Bestimmt machte er sich über mich lustig. Vielleicht rieb er sich gerade mit schurkischem Johlen die Hände und stieß ein lang gezogenes, kehliges »Jaaaaah!« aus.

Dennoch war es meine Pflicht, es zu versuchen. Der Verantwortliche hatte es verdient, dass ich ihn zur Rechenschaft zog.

Ich wollte meine Verwandten und Freunde wiederhaben.

MANCHMAL SIND GEISTERHUNDE MEHR ALS GENUG

Bannzauber sind wie Versicherungspolicen. Erstens hat man sie in der Hoffnung, dass man sie nie braucht. Zweitens meint man, dass man sich gegen alle Risiken abgedeckt hat, und findet erst im Ernstfall zu spät heraus, dass das nicht stimmt.

Es gehörte zu den üblichen Vorsichtsmaßnahmen in meiner Wohnung, sämtliche Türen zu schließen, weil sie alle mit Bannzeichen versehen waren. Auch die Fenster nach draußen waren auf diese Weise geschützt. Bei geschlossenen Türen wurden Küche und Wohnbereich zu einer Art Burgfried. Auch wenn jemand durch die Außenmauern kam – durchaus denkbar, weil ich gern frische Luft durch die Fenster hereinließ – stellte er keine Bedrohung für mich dar, solange er die Bannzauber an den Türen nicht überwinden konnte.

Am Samstagmorgen in der Küche, als ich Buck gerade das Zubereiten armer Ritter beibrachte, hörten wir aus dem Bad am Flur plötzlich Schnuppern und Knurren.

Buck suchte meinen Blick. »Möchtest du mir vielleicht verraten, wen du gestern Abend mitgebracht hast?«

Buck hatte auf der Couch geschnarcht, als ich spätabends heimgekommen war, und dort hatte er auch noch gelegen, als ich heute zum Kaffeemachen eintrat. Mit einem Stupser weckte ich ihn auf und gratulierte ihm zu dem spektakulären Streich, den er mir gespielt hatte. Ich erzählte ihm von meiner schlimmen Verlegenheit und überbrachte ihm BRIGHIDS

Komplimente. Danach war er bester Laune. Jetzt wirkte er auf einmal nicht mehr so heiter.

Kopfschüttelnd griff ich nach meinem Telefon. [Bloß keine Türen aufmachen, verstanden?]

»Gut. Aber was is' da los, bei allen neun Höllen?«

Ich schaltete den Herd aus und stellte die Pfanne weg, bevor ich antwortete. [Anscheinend war das Badfenster offen, und da ist jemand reingekommen.]

Buck folgte mir, als ich zur Tür ging und etwas genauer lauschte. »Wer denn? Das Badfenster is' doch 'n winziges Loch, das nur zum Lüften deiner verstunkenen Bude reicht. Da kommen höchstens Pixies durch.«

[Oder Barghests.] Sie konnten als Geister durch die kleine Öffnung schweben und dann drinnen ihre feste Gestalt annehmen. Wieder schnupperte und knurrte es am Spalt unter der Tür. Dann scharrte es sogar. Wahrscheinlich einer von mehreren Barghests. Das Einzige, was sie vom Eindringen in den Wohnbereich abhielt, war der Bann der Aufgehobenen Geistermacht an der Tür. Ansonsten wären sie schon längst in der Küche gewesen und hätten Buck die Kehle zerfetzt.

Die rosige Haut meines Hobgoblins wurde aschfahl. »Ach du Kacke«, hauchte er. »Kack, Kack, Kack, Dreckskack! Die wollen mir ans Leder, oder?«

[Anzunehmen.]

»Und was machen wir jetzt?«

[Wickel dir ein paar Geschirrtücher um den Hals, falls sie reinkommen. So viele wie möglich. Lass sie nicht an deine Kehle ran.]

Buck lief zu der Schublade mit den Tüchern. »Was sonst noch?«

[Wir müssen rausfinden, wie viele es sind und ob sie bloß im Bad sind oder auch noch woanders.]

»Und wie stellen wir das an?«

[Wir lauschen. Und keine Tür anfassen.]

Zusammen krochen wir voran. Nach dem Geschnupper und den Schnauzen zu urteilen, die Buck durch den Spalt am Boden zählte, waren drei Barghests im Bad. Ich konnte mir nicht vorstellen, dass da noch mehr waren – selbst zwei war in den meisten Fällen Overkill. Trotzdem konnte Gründlichkeit nicht schaden. Keine Schnauzen am Spalt unter den Türen zum Schlaf- und Arbeitszimmer. Auch beim Gästezimmer nicht, in dem jetzt Buck wohnte.

[Gut, dass du die Türen zugelassen hast], tippte ich. [Das ist genau der Grund, warum wir das machen.]

»Na ja, ich werd mich sicher an die Hausregeln halten, wenn es mir den Hals rettet. Die Frage is' bloß, warum du das verdammte Badfenster aufgemacht hast.«

[Zum Lüften meiner verstunkenen Bude, wie du schon gesagt hast.]

»Aber es gibt Leute, die mich ermorden wollen!«

[Eigentlich ist die Situation gar nicht so schlecht, Buck.]

»Wieso? Was soll daran nich' schlecht sein?«

[Sie sind nicht im Hausflur und terrorisieren meine Nachbarn. Wir wissen, wo sie sind und dass sie bloß einen Weg herein haben. Das heißt, wir können einen Plan schmieden und was gegen sie unternehmen.]

»Der Plan lautet, dass wir warten, bis es ihnen zu langweilig wird, oder?«

[Denen wird nicht langweilig. Sie sind auf Auftragsjagd. Hier geht's um Fleisch und Zähne und darum, dass Letztere in Ersteres geschlagen werden. Ich kann sie nicht davon abbringen, weil ich nicht der Auftraggeber bin.]

»Gut, dann gehen wir einfach nich' mehr ins Bad, bis sie verhungern.«

[Bestimmt fliegen sie abwechselnd zum Essen raus. Auch wenn sie nur das Eine wollen, dumm sind sie nicht.]

»Dann musst du rausgehen und das irgendwie regeln.«

[Du willst, dass ich dich hier allein lasse?]

»Scheiße, nein! Lass mich hier bloß nich' allein!«

[Schön, ich könnte sowieso nicht rausgehen und das regeln. Denk genau nach. Wir haben noch ein bisschen Zeit, weil sie erst reinkönnen, wenn sie die Tür zerfetzt haben.] Wie aufs Stichwort wurde das Scharren auf der anderen Seite lauter.

Buck holte tief Luft und überlegte. »Also ... könnte der Auftraggeber sie vielleicht zurückpfeifen?«

[Sicher. Das Dumme ist, dass der Auftrag sehr wahrscheinlich von CLÍODHNA kommt. Sie wird bestimmt nicht in der Wohnung eines Siegelagenten aufkreuzen und einen illegalen Auftrag widerrufen, weil sie damit zugeben würde, dass sie verantwortlich für einen Verstoß gegen den Vertrag zwischen dem Feenreich und der Menschheit ist. Das scheidet also aus.]

»Wenn ich die Wohnung verlasse, kriegen sie es mit, oder?«

[Auf jeden Fall. Sie haben deine Witterung aufgenommen. Sobald du einen Schritt raus machst, werden sie durchs Badfenster springen und dir so lange nachhetzen, bis sie dich im Maul haben.]

»Kannst du sie nich' in einen magischen Topf sperren oder so? In einen Kasten mit Bannzaubern?«

[Nein, das geht nicht. Die Aufgehobene Geistermacht hält Sachen draußen, nicht drinnen. Wenn man ein Gefäß mit dem Bannzauber präpariert, kommt der Geist nicht rein. Und sie werden bestimmt nicht in ein Gefäß reinhüpfen und dann höflich warten, bis ich die Innenwände mit den Zeichen bemalt habe.]

»Was machen wir dann? Können wir sie irgendwie umbringen?«

[Ja. Oder wir lassen zu, dass sie dich in Stücke reißen. Das sind die einzigen zwei Möglichkeiten.]

»Ich dachte, du magst Hunde.«

[Stimmt. Alle Hunde, die nicht versuchen, mich oder meine Freunde zu zerfleischen. Bei Menschen sehe ich das genauso. Ich finde sie super, solange sie mir nicht an die Gurgel gehen.]

»Wird CLÍODHNA nich' einfach Nachschub schicken?«

[Vielleicht, aber ich kann es mir nicht vorstellen.]

»Warum?«

[Barghest-Verträge haben einen bestimmten Wert, und wenn man gleich drei auf einmal losschickt, ist das ziemlich teuer. Es lässt im Übrigen auf Zweifel schließen, ob einer oder zwei reichen, und auf die Befürchtung, dass es zu Verlusten kommen könnte. Da steigt der Preis gleich gewaltig. Und falls alle drei auf der Strecke bleiben, zieht das erhebliche Kosten nach sich. Die Barghest-Führer werden nichts mehr mit der Person zu tun haben wollen, die ihre Tiere in den Tod schickt.]

»Aha, dann muss sie also was anderes probieren.«

[Nehme ich an, ja. Aber jetzt müssen wir erst mal das Problem hier lösen. Und drei Barghests sind wahrlich kein kleines Problem.]

»Wem sagst du das. Wie sollen wir denn von denen auch nur einen umbringen?«

[Genau wie bei allen Feen. Mit Eisen.]

»Mit Eisen kann ich nix anfangen.«

[Doch. Meine Stahlmesser in der Küche hast du doch auch verwendet. Schnapp dir zwei. Ich zeichne Siegel der Eisengalle darauf und auch auf meinen Stock.]

Ein Siegel der Eisengalle nahm den normalen Schaden einer Stahlklinge und verstärkte ihn, um den unsterblichen Gitarristen Nigel Tufnel zu zitieren, bis auf elf – zumindest, wenn man es gegen Feenwesen einsetzte. Es beschleunigte die toxische Wirkung des Eisens im Blut und den Zerfall zu Asche.

»Du willst also die Tür aufmachen und die Hunde reinlassen, damit ich auf sie einsteche?«

[Ein bisschen komplizierter ist es schon.]

»Wie sieht der Plan dann aus?«

[Barghest-Fischen mit Buck-Köder.]

Der Hobgoblin schüttelte nicht nur den Kopf, sein ganzer Körper erschauerte vor Widerwillen. »Nein, nein, nein. Beim Fischen is' es doch so, dass der Köder verschluckt wird. Das lass ich nich' mit mir machen.«

[Hab nicht gesagt, dass du das mit dir machen lassen sollst. Ich hoffe, dass es gar nicht dazu kommt.]

Ich erklärte ihm den Plan und ließ ihn dann in der Küche zurück, damit er mit Geschirrtüchern seine Panzerung verstärken konnte, während ich im Arbeitszimmer Siegel auf die Klingen und den Stock malte.

Weil der Pinsel über dem ersten Messer zitterte, zog ich die Hand zurück und holte zur Beruhigung ein paarmal tief Luft. Ich hatte Buck das Ganze als schnellen, leicht zu gewinnenden Kampf präsentiert, doch in Wirklichkeit würde das Ganze nicht so locker über die Bühne gehen. Schnell allerdings schon, so oder so. Barghests umkreisen ihr Opfer nicht lange und spielen auch nicht mit ihm. Sie greifen einfach an.

Als die Siegel vollendet waren, gaben meine Eingeweide Hungergeräusche von sich. Wenn wir schon in Kürze vielleicht als Mahlzeit enden würden, konnten wir vorher noch einen Happen zu uns nehmen. Ich briet die armen Ritter fertig, während die Barghests belfernd an der Tür scharrten und gelegentlich mit ihren Riesenpfoten darauf eindroschen. Sie wackelte im Rahmen.

»Hab keinen Hunger«, meinte Buck, als ich ihm einen Teller hinstellte und ihn mit Ahornsirup beträufelte.

[Nur ein Bissen], sagte ich.

Maulend folgte er meiner Aufforderung, ohne mir ein Kompliment zum Geschmack auszusprechen.

Ich probierte mein Stück und versuchte, es gelassen zu genießen, während keine sechs Meter entfernt blutrünstige Köter jaulten. Das Gericht schmeckte nach Anspannung, und ich wusste nach dem ersten Mundvoll, dass ich es nicht aufessen würde.

Buck war das nicht entgangen, und er deutete zur Tür. »Diese Kacke nimmt einem den Appetit, was?«

Ich nickte, dann spülte ich sorgfältig ab und platzierte alles ins Gestell. Buck tigerte inzwischen auf der Kücheninsel auf und ab, an Hals und Gesicht eingewickelt in dicke Schichten von Geschirrtüchern, an deren lebensrettende Wirkung ich kaum zu glauben wagte. In den Fäusten hielt er die beiden Messer, in dem festen Vorsatz, sie auch zu benutzen.

[Bereit?]

»Fast«, antwortete er. »Hör zu, Alter. Für den Fall, dass sie mich kriegen … möchte ich dir einfach für ein paar zusätzliche Tage danken. Danke, dass du versucht hast, das hinzubiegen. Es war bloß ein kurzes Vergnügen, aber ich weiß, dass das hier eine schöne Zeit für mich hätte werden können. Du warst freundlich zu mir, obwohl dich niemand dazu gezwungen hat.«

Mit einem knappen Nicken trat ich zur Badtür gegenüber dem Ende der Kücheninsel. Wenn ich aufmachte, würden sich die Barghests direkt auf Buck stürzen. Das bot wiederum mir die Gelegenheit, sie von der Seite zu attackieren.

Rechts von der Küche lag der Wohnbereich, der Buck ein wenig Spielraum zum Manövrieren gab.

Da es womöglich die letzten Worte waren, die ich an ihn richtete, fragte ich mit meiner eigenen Stimme: »Bist du bereit?«

Die Hunde spürten, dass sie bald ihre Chance bekommen würden. Das Bellen und Reißen an der Tür wurde stärker. Buck holte tief Luft und atmete aus. Dann nickte er.

Nachdem ich mich mit Siegeln der Gesteigerten Muskelkraft und Agilen Grazie gestärkt hatte, umklammerte ich die Türklinke und drückte gerade so viel, dass der Bann gebrochen wurde. Mehr brauchten die Barghests nicht. Die Tür musste nicht sperrangelweit offen stehen. Sie wurden im Nu zu Geisternebel und strömten oben und unten, links und rechts an der Tür vorbei. Wie ein Irrer ließ ich meinen Stahlstock mit dem Siegel der Eisengalle darauf durch den Dunst fahren, in der Hoffnung, sie in ihrer körperlosen Gestalt zu verletzen.

Um Buck angreifen zu können, mussten sich die Barghests wieder verfestigen. Damit warteten sie in der Regel bis zum letzten möglichen Augenblick, weil sie durch ihre Geisterhaftigkeit relativ unverwundbar waren.

Als sich der erste zusammenfügte, ploppte Buck von der Kücheninsel zur hinteren Seite des Wohnbereichs und lockte die Barghests damit hinter sich her.

Das Klirren der Messer auf dem Tresen enthüllte einen fatalen Fehler unseres Plans.

»Kack!«, rief er. »Das Eisen ist nicht mitteleportiert, Alter!«

»Heb sie auf, wenn du zurückkommst«, zischte ich. »Wir machen es wie besprochen!«

»Wird knifflig!«

»Geht nicht anders!«

Als die Geisterhunde Buck in einem Bogen nach links verfolgten, hastete ich zur Kücheninsel und baute mich mit dem Gesicht zum Wohnbereich davor auf. Die Hunde verfestigten sich und krachten an die hintere Wand, weil Buck im letzten Moment zurück auf den Tresen ploppte. Der Hobgoblin brummelte »Kack, Kack, Kack!« und griff hektisch nach den Messern. Die Hunde wirbelten herum, dann hatten sie ihn gesichtet.

Meine Abwehrstrategie bestand darin, mich zwischen die Hunde und Buck zu stellen, sodass er sich am Rand der Insel mit dem Rücken an meinen drücken konnte. Auch wenn die Barghests über mich hinwegschwebten, blieb die schlichte Tatsache, dass bloß einer von ihnen auf dem Tresen Platz hatte. Wenn sich nur ein Barghest auf ihn stürzen konnte, hatte Buck die Chance, die Messer einzusetzen und den Angriff zu überleben.

Allerdings hieß das, dass die anderen beiden bei dem Versuch, Buck vom Boden aus zu erreichen, auf mich losstürmten.

Mit einem konnte ich zur Not fertig werden.

Aber nicht mit zwei.

Die drei Geisterhunde knurrten mich und Buck an, der über meine Schulter spähte. Vielleicht wägten sie ab, was ihre besten Optionen waren. Jedenfalls tauschten sie Blicke aus und bellten mit gefletschten Zähnen. Wenn sie etwas von der Eisengalle spürten, mit der ich sie attackiert hatte, dann ließen sie es sich nicht anmerken.

»Mist«, flüsterte Buck. »Mist, Mist, Drecksmist.«

»Ganz ruhig«, mahnte ich.

Zwei Barghests wurden körperlos und rauschten in unsere Richtung, der dritte behielt seine Gestalt und stürzte sich direkt auf mich. Die Not gebot, dass ich mich auf ihn konzentrierte, und ich ließ meinen Stock hart auf seine Schnauze niederfahren. Er stieß ein lautes Winseln aus, und den Bruchteil einer Sekunde später begriff ich, dass er bloß für die anderen den Kopf hingehalten hatte. Einer der anderen beiden Geisterhunde verfestigte sich unmittelbar links von mir und schlug mit seiner gewaltigen Pranke nach meinem Gesicht. Die Klauen scharrten über meine Wange und hätten mir um ein Haar das Augenlicht auf dieser Seite geraubt. Buck, ich und ein Barghest direkt hinter mir schrien alle gleichzeitig, wenngleich aus verschiedenen Gründen.

Als ich die Hand schützend vors Gesicht riss und nach rechts taumelte, setzte der Geisterhund bereits zum Angriff auf Buck an, der vor Schmerz aufkreischte, weil der Barghest, der sich auf der Plücheninsel verfestigt hatte, knapp davor war, ihn in zwei Stücke zu zerbeißen. Für seine Mühen bekam er zwei Messer in die Schultern und ließ den Hobgoblin heulend los. Kaum hatte sich Buck aus den magieschwächenden Kiefern befreit, konnte er auf die andere Seite des Zimmers ploppen und kam soeben noch dem tödlichen Satz des Barghests zuvor, dem ich meine Schrammen verdankte. Der, dem ich eins übergezogen hatte, überlegte anscheinend knurrend, ob er sich zuerst auf mich stürzen sollte.

Der Barghest, den Buck getroffen hatte, jaulte steinerweichend, als die Galle die Magie zersetzte, die seine Existenz ermöglichte, und systematisch alle Lebensfunktionen herunterfuhr. Die anderen zwei rissen die Köpfe zu Buck herum. Genau in diesem Moment klirrten Messergriffe auf den Tresen. Der Barghest war zu Asche zerfallen. Einer weniger.

Buck war nicht ungeschoren davongekommen. Der Geisterhund hatte ihm die Zähne in den Leib geschlagen, und er blutete an vielen Stellen durch seine Kleidung. Zum Glück nicht durch die Tücher um seinen Hals.

Allerdings schien der arme Knirps kurz vor dem Kollaps zu stehen. Auch ich machte bestimmt nicht den frischesten Eindruck.

»Nicht lockerlassen!« Mit all meiner Kraft schlug ich nach dem Barghest, der mich angegriffen hatte. Die nächste Dosis Eisengalle und die schiere Gewalt meiner magisch gesteigerten Stärke waren zu viel für ihn, er brach zusammen und zerbröselte zu Staub. Buck hüpfte zurück auf die Plücheninsel und griff schwer schnaufend nach den Messern. Die rasch aufeinanderfolgenden Teleportsprünge und seine Wunden hatten ihn bis zur Erschöpfung ausgelaugt. Der letzte Barghest wurde zu Dunst, als ich ihn niederprügeln wollte und ihn so gründlich verfehlte, dass ich ins Stolpern geriet. Ich krachte auf meinen Couchtisch, der leider nicht so leicht zu Bruch ging, wie man es aus Filmen kennt. Er war aus solidem Holz mit harten Kanten. Der Schmerz schoss mir in den Rücken, und meine rechte Seite wurde taub, anscheinend hatte es einen Nervenknoten getroffen. Jedenfalls gewann der Tisch den Kampf, und Buck war auf sich allein gestellt. Ich konnte mich gerade noch hochstemmen und ihm bei Zuschauen Glück wünschen, aber helfen konnte ich ihm nicht mehr.

Der Barghest schwirrte im Kreis um ihn herum und hatte offenbar vor, sich erst zu verfestigen, wenn er ihn von hinten anfallen konnte. Buck fuchtelte wild mit den Messern und drehte sich, weil er dem Hund kein klares Ziel bieten wollte. Er keuchte und wurde nur noch von Adrenalin angetrieben – oder von dem, was Hobgoblins stattdessen hatten.

Nach einer Weile geriet er außer Tritt, und der Barghest sah seine Chance. Er wurde fest, die weit aufgerissenen Kiefer schlossen sich um Buck und pressten seinen rechten Arm an den Oberkörper. Die obere Zahnreihe bohrte sich in Bucks Rücken und die untere in seine Vorderseite, der Arm in der Mitte gefangen. Die Magieschwächung, die von dem Barghest ausging, hinderte Buck am Teleportieren.

Als ihn der Hund nun mit seinem Maul hochhob, kreischte der Hobgoblin auf und stach ihm mit dem Messer in seiner freien Hand wild in Hals und Schulter, die einzigen Stellen, die er erreichen konnte. Der Köter riss ihn hin und her, offenbar in der Absicht, ihn immer schneller durchzuschütteln und ihm so das Genick zu brechen. Doch schon beim nächsten Ruck nach links flog ihm der Hobgoblin plötzlich aus dem Maul – und der Barghest zerfiel jaulend vor unseren Augen.

Bluttriefend schoss der kleine Mann durchs Zimmer, ehe er mit einem gequälten Ächzen nicht weit von mir aufs Sofa prallte.

»Buck!«

»Auhau«, stöhnte er. »Geisterhunde gehören nich' zu meinen Lieblingshunden.«

»Verstehe. Wenigstens leben wir noch.«

»Vielleicht … nicht mehr lang. Auhau! Das tut weh.«

»Hier.« Ich zog ein Siegel der Sanften Genesung und eins der Wundschließung heraus und öffnete sie vor seinen Augen. »Schau dir das an, dann blutest du nicht mehr auf meine Couch.«

Die einschläfernde und anästhetisierende Wirkung des Heilsiegels ließ Buck nach wenigen Sekunden in eine gnädige Ohnmacht sinken. Kurz darauf wurde sein Atem ruhig, und ich vertraute darauf, dass er schon auf dem Weg der Besserung war.

Die Siegelkarten waren blutverschmiert von meinen Händen. Die Klauen des Geisterhunds hatten tiefere Schrammen hinterlassen, als ich zunächst gedacht hatte. Die Male reichten vielleicht sogar hinunter bis zum Hals, jedenfalls war mir schon ein wenig schwindlig vom Blutverlust. Ich fand ein weiteres Siegel der Wundschließung für mich, mit dem ich alles abdichten konnte, nur Heilsiegel hatte ich keine mehr und konnte sie im Moment auch nicht herstellen, weil die Tinten alle in meinem Büro waren.

Die Siegel für Muskelkraft und Beweglichkeit ließen nach, als sich die Wunden allmählich schlossen. Ich war erschöpft und wusste nicht, ob ich überhaupt aufstehen konnte. Als ich mich schließlich mithilfe meines Stocks hochgerappelt hatte, hinkte ich als Erstes stöhnend ins Bad und schloss das verdammte Fenster. Noch so eine Horde Hunde konnten wir nicht gebrauchen.

Die Innenseite der Badtür war völlig zersplittert. Immerhin hielt sie noch, auch wenn ich sie bestimmt ersetzen musste. Mit ein paar Multivitamintabletten unterstützte ich auf die alte pharmazeutische Weise meine Genesung, und mit mehreren Gläsern Wasser frischte ich meinen Flüssigkeitshaushalt auf. Aus Angst vor dem Anblick schaute ich lieber nicht in den Spiegel, sondern trat hinaus auf den Flur. Ich zog die Tür fest zu und erneuerte damit das Bannsiegel.

Obwohl noch so viel zu tun war – fegen, wischen, putzen und vor allem telefonisch Nadias Hilfe anfordern –, ließ ich mich zunächst mal zu Buck auf die Couch plumpsen, weil ich mir die kurze Ruhepause jetzt leisten konnte.

Nach ungefähr zwanzig Sekunden begannen meine Hände zu zittern, und Tränen schossen mir in die Augen, die schmerzhaft über meine Wunden liefen. Wir waren knapp am Tod vorbeigeschrammt. Und auch wenn ich Buck vorhin die Wahrheit gesagt hatte – ich glaubte nicht, dass hier so schnell wieder Barghests aufkreuzen würden –, machte ich mir Sorgen, wen CLÍODHNA als Nächstes losschicken mochte.

Zur Beruhigung holte ich tief Luft und ließ sie langsam wieder aus der Lunge. Ich konzentrierte mich auf meinen Atem, bis ich völlig davon überzeugt war, dass ich die Krise meistern konnte. Ja, ich würde gestärkt aus ihr hervorgehen und alles wieder ins Lot bringen.

Trotz blutgetränkter Haut und Kleidung schlief ich bald darauf ein und träumte von köstlichen armen Rittern mit Bananenscheiben. Anscheinend brauchte mein Verstand einen friedlichen Rückzugsort, während mein Körper seine Verletzungen verarbeitete.

Zum Glück verliefen meine Samstage nur selten so unangenehm.

16

DER ZUG NACH EDINBURGH

»Hey, MacBharrais«, ließ sich Buck vernehmen.

[Was ist?]

Wir lagen möglichst ruhig auf der Couch, damit unsere Verletzungen ungestört heilen konnten, und verfolgten Kenneth Branaghs *Hamlet* von 1996, weil wir uns so tragisch fühlten. Ich hätte mir eine schönere Beschäftigung für einen Sonntagvormittag vorstellen können, als mich mit brennendem Gesicht nach Waffeln zu sehnen, deren Zubereitung ich mir wegen der gebotenen Reglosigkeit verkneifen musste. Trotzdem konnte ich wohl von Glück sagen, dass ich den Vormittag überhaupt erlebte, statt in Stücken durch die geheimnisvollen Eingeweide eines Barghests zu schwappen.

»Wie kommt es eigentlich, dass du das machst? Als Siegelagent arbeiten, meine ich. Warum lässt die führende Göttin des irischen Pantheons 'nen alten Schotten für sich ackern?«

[Ich war nicht immer alt.]

»Aber immer ein Schotte.«

[Stimmt. Es ist eben keine Voraussetzung, dass man Ire ist. Wichtiger sind ein gutes Gedächtnis und die Fähigkeit, Geheimnisse zu bewahren. Außerdem haben auch die Schotten ein großartiges Feenreich. Das beweist zum Beispiel der feine Hobgoblin hier namens Buck Foi.]

»Trotzdem, warum wirfst gerade *du* für BRIGHID mit Siegeln um dich und nich' irgendein sommersprossiger Kerl in Dublin?«

[Mein Meister war Ire, und er hat mich als Schüler ausgesucht. Ganz einfach. Die Siegelagenten in den USA sind auch keine Iren. Der eine stammt aus El Salvador, und der andere ist Afroamerikaner.]

»Und warum *hat* er dich ausgesucht?«

[Er ist über mich gestolpert, als ich Galläpfel für die Zubereitung von Tinte geerntet habe. Das war sein erster Anhaltspunkt, dass ich vielleicht das Geschick und die Neigung zum Siegelagenten mitbringe. Später habe ich erfahren, dass er in Schottland einen Hobgoblin wie dich verfolgt hat, der ein paar ziemlich dreiste Raubzüge veranstaltet hatte.]

»Raubzüge, sagst du? Der ist mir ja gleich sympathisch.«

[Die.]

»*Die?* Du sprichst aber nich' zufällig von Holga Thunderpoot?«

[Genau die meine ich.]

»Ah, Holga! Eine Heldin der Hobgoblins. Hat sie aber nie erwischt, oder?«

[Nein. Stattdessen hat er mich gefunden. Keine Ahnung, was mit ihr passiert ist.]

Bucks Miene verdunkelte sich. »Ich schon. Als FAND ihren Aufstand gegen BRIGHID angezettelt hat – noch nich' so lange her, du hast bestimmt davon gehört –, war Holga eine von vielen, die auf dem Feld vor MANANNAN MAC LIRS Schloss gefallen sind.«

[Mein Beileid. War sie eine Verwandte?]

»Nein, bloß eine Heldin. Ich wollte schon immer mal einen dreisten Raubzug machen wie sie. Ein paar Flaschen hier und ein paar Würste da sind ja ganz schön, aber sie hat ganze Fässer von Master Distiller's Reserve gestohlen – so alt, die hätten schon zum Wählen gehen können! Dann hat sie den Whisky unter ihrer eigenen Marke Hobgoblin Heist abgefüllt und die Flaschen am Feenhof verschenkt. Ich hatte auch mal eine Flasche und musste über das Etikett lachen. *Die feinsten entwendeten Highland-Whiskys* stand unter dem Namen, und darunter: *Verdammt lange gealtert.* Haha! Als Verkostungsnotiz hieß es bloß: *Das könnt ihr unter euch ausmachen. Auf jeden Fall schmeckt er lecker, weil ich ihn geklaut habe.* Und sie hatte recht.«

Mir entfuhr ein leises Lachen. Das führte zu einem leichten Hustenanfall, der ziemlich wehtat. Dann tippte ich: [Klingt nach einer legendären Hob. Warum unternimmst du nicht was zu Ehren von euch beiden?]

»Was meinst du damit?«

[Du könntest die Marke Buck Foi's Best Boosted Spirits kreieren und auf das Etikett eine kleine Widmung an Holga Thunderpoot schreiben. In meiner Druckerei lässt sich so was leicht machen.]

»Die besten geklauten Spirituosen? Is' das dein Ernst?«

Vorsichtig deutete ich ein Achselzucken an. [Hobgoblins stibitzen nun mal gern. Wenn du die gestohlenen Sachen wie Robin Hood verschenkst und der Brennerei nie so viel wegnimmst, dass sie den Verlust nicht verkraften kann, dann ist das doch schon fast eine gute Tat, oder?]

»Deine Rechtfertigung für Diebstahl gefällt mir, Chef.«

Während ich noch meine Antwort schrieb, hörten wir ein dreifaches leises Klopfen an der Wohnungstür, gefolgt von Papiergeraschel.

Buck fixierte mich mit großen, ängstlichen Augen. »Bestimmt wirst du mir gleich sagen, ich soll nachschauen, stimmt's?«

[Einer muss den Hintern von der Couch hochkriegen.]

»Spielen wir Schmiere, Schwein, Schwappbier?«

Ich runzelte die Stirn. [Meinst du Schere, Stein, Papier?]

Buck schnaubte. »Nein, das is' langweilig.«

[Deine Variante klingt ein bisschen zu aufregend. In meinem Zustand kann ich so was nicht spielen.]

»Von mir aus, MacBharrais. Ich seh schon, worauf das rausläuft.« Er erhob sich und machte sich unter dramatischem Stöhnen und Ächzen auf den Weg, um zu unterstreichen, was für große Schmerzen er um meinetwillen auf sich nahm.

»Da hat jemand einen Brief unter der Tür durchgeschoben«, rief er schließlich. »Ich bring ihn dir. Bleib ruhig liegen, Alter. Wär doch schade, wenn es deinen Schnauzer zusammendrückt. Warte kurz.« Dann wieder lautes Gestöhne.

[Danke, Buck], tippte ich. [Mein Schnauzer ist gerade schon total zusammengedrückt, genau wie deine Ma.]

»Hey, bring mich bloß nich' zum Lachen.«

Nach einem wahren Ächzmarathon kroch er wieder zu mir auf die Couch und reichte mir den Brief. Er trug BRIGHIDS Siegel, daher öffnete ich ihn sofort.

Lieber Aloysius,
FLIDAIS hat den Notizzettel zum Flughafen zurückverfolgt. Gordie hatte das Tintenrezept von jemandem, der mit dem Flugzeug nach Glasgow gekommen oder von dort abgereist ist. Inzwischen habe ich den Zettel vernichtet.
BRIGHID

Merkwürdig. Eigentlich hatte ich fest damit gerechnet, dass die Spur zu einer alten Tür in Glasgow führte. Genau genommen hatte ich sogar auf die im Kelvingrove Park in der Nähe von Gordies Wohnung gewettet. Ich hatte mir ausgemalt, dass CLÍODHNA eine Bean Sídhe mit der Information herübergeschickt hatte.

Ein Flughafen hingegen bedeutete, dass mit hoher Wahrscheinlichkeit ein Mensch in das Geschäft zwischen Gordie und CLÍODHNA verwickelt war. Und der einzige andere Beteiligte, von dem wir wussten, war der mysteriöse Bastille. Wo lebte er, wenn er nach Glasgow *fliegen* musste?

Ich hatte einen Einfall. Allerdings fühlte ich mich mies und hatte viele Gründe, halb eingesunken in die Polster meiner Couch liegen zu bleiben. Eine schöne lange Sitzung mit Animefilmen war genau, was ich brauchte, und wahrscheinlich so ziemlich das Einzige, wofür meine Energie reichte. Aber ich musste auch ein Geheimnis lüften und der Gerechtigkeit zum Durchbruch verhelfen. Und ohne mich zu bewegen, war das kaum möglich.

Mein schmerzvolles Stöhnen bei dem Versuch, mich zu erheben, brachte Buck in Rage. »Ach, *jetzt* kommst du hoch, nachdem ich für dich zur Tür und wieder zurück gelaufen bin? Wenn du sowieso aufstehen wolltest, hättest du auch selbst zur Tür latschen können!«

Ich winkte ab, tapste mit steifen, stumm protestierenden Knien zu meinem Mantel und zog den Stick von Saxon Codpiece heraus, der Gordies Telefondaten und Passwörter enthielt. Dann steckte ich ihn in mein Notebook und kehrte zur Couch zurück. Darum hätte ich mich schon früher kümmern müssen. Doch ich hatte keine Gelegenheit dazu gefunden, weil mir BRIGHIDS Besuch am Freitag und der Angriff der Geisterhunde gestern keine Zeit gelassen hatten.

»Was machst du denn da? Gerade wollten wir uns anschauen, wie Onkel Iroh Tee mit der geheimen Zutat Liebe serviert. Was kann wichtiger sein als das? Wir hätten einen seltenen Moment der Innenschau erlebt, das hab ich genau gespürt.«

Ich rief die Ordner auf und öffnete eine Liste der jüngsten Anrufe. Einer hatte die Vorwahl +1 und war demnach aus den USA oder Kanada gekommen. Die Ortsvorwahl war 571.

Nach zwei Sekunden Suche im Internet hatte ich es. 571 war eine kleine, dicht besiedelte Region im nördlichen Virginia, die an Washington grenzte. Dort lebten viele Beschäftigte von Bundesbehörden. Auch wenn das noch nicht viel heißen

musste, passte es zu Saxons Idee, dass ein Regierungsange-
stellter hinter dem Ganzen steckte. Und meines Wissens hatte
Gordie niemand in den Staaten gekannt. Keine Verwandten
oder Freunde dort. Vielleicht war das tatsächlich ein handfester Hinweis.

Natürlich konnte man dort nicht einfach anrufen. Allein
schon, weil der Besitzer das Telefon bestimmt längst wegge-
worfen hatte, wenn er tatsächlich in den Feenhandel verwickelt war. Jedenfalls würde er nicht abnehmen und auch nicht
auf eine Nachricht antworten – nicht dass ich vorhatte, eine
zu hinterlassen. Wenn es jemand mit Verbindung zur Regierung war, wie Codpiece vermutete, konnte er vielleicht sogar
jeden eingehenden Anruf zurückverfolgen. Daher war ein
gewisses Maß an List erforderlich. Ein wirksamer Schutzme-
chanismus. Wenn auch wahrscheinlich für nichts und wieder
nichts. Dennoch ging es nicht anders.

[Ich muss mal für drei oder vier Stunden weg], erklärte ich
Buck.

»'n bisschen an die frische Luft, was? Gib dir lieber fünf, bei
deiner Geschwindigkeit.«

[Ich hab was in Edinburgh zu erledigen. Kann mir nicht
vorstellen, dass so schnell der nächste Angriff kommt. Trotzdem, für alle Fälle: Lass niemand rein.]

»Aye, da mach dir mal keine Sorgen.«

Mit theatralischem Stöhnen für Buck und für mich, weil
ich mich dadurch besser fühlte, wuchtete ich mich von der
Couch hoch und humpelte ins Bad, um die Schäden an meiner Wange zu begutachten. Die drei Schrammen waren rot
gerunzelt, als wären sie böse auf mich, doch dank dem Siegel der Wundschließung wenigstens nicht mehr offen. Immer
wieder zusammenzuckend, wusch ich mir das Gesicht mit
Wasser und Seife und tupfte mich mit äußerster Behutsam-
keit trocken.

Dann zückte ich mein Telefon und schrieb eine Nachricht an Nadia. *Kannst du der Barfrau Heather MacEwan im Gin 71 mitteilen, dass ich gestern Abend zu Hause von drei Barghests attackiert wurde? Sie hat kein Handy.*

Ihre essigsaure Antwort kam postwendend. *Was zum Henker, Al? Das ist das zweite Mal in dieser Woche, dass dich jemand angefallen hat, ohne dass du mich rufst!*

Hatte keine Zeit. Hab ein paar Kratzer abbekommen, ansonsten geht's mir gut.

Fein. Am Freitag sind übrigens die Bullen aufgekreuzt, wie von dir angekündigt. Ich hab ihnen die frisierten Aufnahmen gezeigt, du solltest also aus dem Schneider sein.

Danke, Nadia. Du bist die Beste.

Weil ich keine Tinten für Heilsiegel zu Hause hatte, zeichnete ich mir ein Siegel der Erfrischenden Stärkung. Das heilte mich nicht, aber es verlieh mir Kraft und das Gefühl, in Bestform zu sein. Das musste reichen, damit ich den Tag überstand. Schlafen konnte ich auch später noch.

Ich musste damit rechnen, dass wir es mit dem Mitglied eines US-Geheimdienstes zu tun hatten. Vorsichtshalber nahm ich das Telefon also nicht mit, weil ich keine digitalen Aufzeichnungen davon wollte, wie ich die Wohnung verließ. Stattdessen setzte ich die Melone mit dem Siegel des Verschluckten Lichts auf, um meinen Abstecher nach Edinburgh zu kaschieren, der an der Station Queen Street begann. Die Fahrt von Glasgow dauerte nur fünfzig Minuten, und es gingen regelmäßig Züge.

An der Waverly Station in Edinburgh war es nicht weiter schwer, einen Laden zu finden, wo ich ein Wegwerfhandy und eine mit Bargeld aufladbare Bankkarte erstehen konnte. Da mein Hut alle Kameras deaktivierte, konnte man mich nicht orten und höchstens feststellen, dass der Anruf aus einem Funkturm in Edinburgh gekommen war.

In einem Café lud ich das Telefon auf und wählte die Nummer in Virginia, ohne ernsthaft zu erwarten, dass sich jemand melden würde. Aller Wahrscheinlichkeit nach war das betreffende Handy schon längst in einem Fluss oder in einer Verbrennungsanlage gelandet.

Eine barsche Männerstimme belehrte mich eines Besseren. »Hallo.«

»Ah, ja. Hoffentlich habe ich die richtige Nummer. Ich suche nach einem Mr Bastille.« Es war ein kalkuliertes Wagnis. Er konnte behaupten, dass die Nummer falsch war, oder einfach auflegen. »Ich habe eine ziemlich traurige Nachricht. Ich rufe an, weil Gordie Graham gestorben ist. Haben Sie schon davon gehört?«

»Wer spricht da?« Diese Frage war natürlich der Grund, warum er überhaupt abgenommen hatte. Er wollte wissen, wer seine Nummer besaß. Und am besten gleich noch, wie diese Person an sie herangekommen war.

»Ich bin Peter, ein Freund der Familie«, log ich. »Das Begräbnis findet in zwei Tagen in Edinburgh statt. Meinen Sie, Sie schaffen das?«

»Edinburgh? Ihr Akzent ist aus Glasgow.«

Wow. Die meisten Amerikaner konnten keinen Unterschied zwischen einem englischen und einem irischen Sprecher ausmachen, und schon gar nicht zwischen Schotten aus verschiedenen Städten. Der Mann hatte offenbar längere Zeit hier verbracht. »Klar erkannt, Mr Bastille, aber mein Akzent hat nichts mit dem Ort der Trauerfeier zu tun. Woher kannten Sie Gordie?«

»Ich kannte ihn gar nicht. Sie haben sich verwählt.« Damit unterbrach er die Verbindung.

Verdammt und zugenäht. Zweifellos *hatte* er Gordie gekannt. Ansonsten wusste ich allerdings immer noch nicht mehr über ihn. Ich war sicher, dass ich mit Bastille gesprochen hatte, auch wenn das bestimmt nicht sein richtiger Name war. Aus seiner Vorwahl konnte ich nicht einmal mit Bestimmtheit schließen, dass er tatsächlich in Virginia saß. Nur die Tatsache, dass er zwischen dem Akzent eines Glasgowers und eines Edinburghers unterscheiden konnte, war ein handfester Hinweis. Er selbst hatte die amerikanische Sprechweise, die im dortigen Fernsehen üblich war. Wenn er also schottische Akzente erkannte, musste er entweder Linguist sein oder länger hier gelebt haben. Ich wettete auf Letzteres, weil ich mir schlicht nicht vorstellen konnte, dass sich ein Linguist am Handel mit Feen beteiligte. Außerdem war jemand eigens nach Glasgow geflogen, um Gordie das Rezept für Manannans Tinte und wohl auch für andere Tinten zu bringen.

Falls Saxon Codpiece allerdings recht hatte mit seiner Vermutung, dass Bastille Mitglied einer staatlichen Behörde oder sogar eines Geheimdienstes war – dann war auch eine linguistische Ausbildung nicht auszuschließen.

Immerhin: Meine Informationen reichten für einen Auftrag an meinen Lieblingshacker. Selbst wenn Saxon bei seinen Nachforschungen nicht auf Bastilles Identität stieß, konnte er die Sache bestimmt eingrenzen und mir eine Liste mit vielversprechenden Namen geben.

Ich warf das Telefon in einen Mülleimer und kaufte ein Ticket zurück nach Glasgow. Sollte Bastille ruhig nach Peter forschen. Mehr als einen Anruf von einem örtlichen Handymast und fehlerhafte Bilder von der Waverly Station würde er nicht finden. Vorausgesetzt, er hatte überhaupt Zugang zu solchen Daten. Jedenfalls hatte er nichts, was ihn zu mir führen konnte.

Außer meinen Glasgower Akzent. Mist.

Da war wohl eine zusätzliche Dosis paranoider Vorsicht angebracht. Ein intelligenter Mann mit Zugang würde vielleicht nach den heutigen Kamerastörungen zwischen Edinburgh und Glasgow suchen. Dann würden ihn die Fehler direkt zu meinem Viertel führen. Den Ausgangspunkt meiner Reise konnte er auf diese Weise bereits erschließen, daher durfte ich nicht einfach mit der Melone auf dem Kopf zurückkehren. Das Gebiet, das dann noch für eine Suche in Frage kam, war viel zu klein. Dieses Risiko konnte ich nicht eingehen.

Ich seufzte. Paranoia und Täuschungsmanöver waren anstrengend. Wäre ich einfach nach Hause gefahren, hätte ich mich der Gefahr ausgesetzt, dass über kurz oder lang meine Identität eruiert wurde. Ich musste untertauchen oder vielmehr anonym irgendwo anders wieder auftauchen. Das Überwachungsnetz zu verlassen, damit ich mich später ohne Gefahr wieder einklinken konnte, erforderte allerdings Zeit. Der einzig sichere Ansatz war, aus der Stadt zu verschwinden.

Ich kaufte eine Fahrkarte nach Stirling und ließ den Hut auf, weil nicht nur am Bahnhof Kameras liefen, sondern auch im Zug. In Stirling stieg ich vor dem Bahnhof in den erstbesten Bus auswärts. Wie sich herausstellte, ging die Reise nach Kippen, ungefähr fünfzehn Kilometer westlich von Stirling. Zu Fuß verließ ich das kleine, malerische Dorf und marschierte auf einer Straße so lange weiter, bis es nichts mehr gab als mich, ein paar Schafe und hier und da ein Moorhuhn auf einer Wiese. Als ich endlich sicher war, nicht mehr unter Überwachung zu stehen, nahm ich den Hut ab und verbarg ihn in meinem Mantel. Dann hielt ich den Daumen raus und bemühte mich um ein möglichst harmloses Erscheinungsbild. Normalerweise war das kein Problem, nur jetzt schreckte mein zerkratztes Gesicht bestimmt viele Menschen ab. Erst nachdem ein Dutzend oder mehr Autos vorbeigefahren waren, blieb ein Farmer in einem nach Dünger riechenden Laster stehen.

»Wo wollen Sie hin?« Höflicherweise fragte er nicht, was mit mir passiert war.

»Zum nächsten Ort mit einem Bahnhof oder einer Bushaltestelle, danke.« Ich wischte einige Kartoffelchipskrümel vom Sitz, bevor ich mich niederließ und die Tür schloss. Mein Retter war ein Herr in meinem Alter mit geplatzten Äderchen an den Wangen und der Knollennase. Offenbar hatte er eine überdurchschnittliche Vorliebe für Gin. Ich hätte sogar fünf Pfund darauf gewettet, dass er eine Flasche im Handschuhfach hatte.

»Bei so einem noblen Mantel hätte ich gedacht, Sie haben ein eigenes Auto.« Mit nach oben gezogenen Mundwinkeln signalisierte mir der Mann, dass er mich nur ein wenig necken wollte. »Und vielleicht sogar noch einen Chauffeur dazu.«

»Wirklich nobel, der Mantel, nicht? So nobel, dass die Leute keine Bedenken haben, mich mitzunehmen. Da brauch ich kein eigenes Auto.«

Er schmunzelte. »Verstehe. Ich bin Hamish.«

»Aloysius. Nenn mich einfach Al.«

»Ich bin Farmer und betreibe nebenher eine kleine Brennerei.«

»Ach was. Whisky oder Gin?«

»Beides. Bloß ein paar Fässer. Der Whisky reift allmählich, und ich hoffe, ich kann ihn noch verkosten, bevor ich den Löffel abgebe.«

»Klingt großartig. Geht es dir manchmal auch so, dass du es eilig hast mit den Sachen, die du noch machen willst, bevor dir die letzte Stunde schlägt?«

»Aye. Trotzdem werde ich das meiste wahrscheinlich nicht mehr schaffen. Eigentlich mach ich nur noch die Schafe.« Er blinzelte, weil ihm der Doppelsinn seiner Worte auffiel. »Äh, das ist jetzt vielleicht ein bisschen seltsam rübergekommen. Ich meine, eigentlich bin ich nur noch mit den Schafen zugange. Und natürlich kümmere ich mich um die Enten und die Farm und so.«

»Hab dich schon verstanden«, sagte ich. »Ich arbeite in der Druckereibranche.«

»Flugblätter und so Zeug?«

»Ja, aber auch Bücher, Zeitschriften, Flaschenetiketten. Alles Mögliche.«

So plauderten wir freundlich den Rest des Weges nach Arnprior, einem Ort, der noch winziger war als Kippen. Ich genoss die Ungezwungenheit, einfach mit jemandem quatschen zu können. Nach dieser Fahrt würde ich Hamish nie wiedersehen, daher musste ich zum Reden nicht mein Telefon zücken.

Er ließ mich einen Block vor der Bushaltestelle heraus und suchte meinen Blick, bevor ich die Tür schloss. »Hey, Al. Du bist auf der Flucht, das merkt man.«

»Pardon?«

»Vornehme Leute mit zerkratztem Gesicht fahren nicht zum Spaß per Anhalter. Ich kenn ja die Wahrheit nicht, deswegen sag ich beides: Hoffentlich kommst du davon, wenn du ein guter Kerl bist, der einen Kampf gegen einen Schweinehund verloren hat. Und wenn du selbst der Schweinehund bist, hoffe ich, dass sie dich kriegen.«

»Du möchtest Gerechtigkeit«, erwiderte ich. »Danke, Hamish. Ich wünsche dir, dass deine Brennerei gut läuft. Aber hör auf, deine Schafe zu pimpern. Sie können sich nicht wehren.« Ich schloss die Tür und grinste ihn durchs Fenster an.

Er beschimpfte mich wüst und zeigte mir den Finger. Lachend beobachtete ich, wie er davonraste. Meinen Hut hielt ich sorgfältig unter dem Mantel verborgen, weil ich von hier bis nach Hause wieder unter Beobachtung stand. Entscheidend war, dass ich auf einer Route nach Glasgow zurückkehrte, die weit entfernt war von der Stelle, wo die mysteriösen Bildstörungen aufhörten. Auf den Bus zurück nach Stirling und danach auf den Zug zur Station Queen Street musste ich ziemlich lange warten, und so wurden aus meinen drei oder vier Stunden Abwesenheit volle sechs. Es war später Nachmittag, als ich wieder in meine Wohnung trat.

Buck hielt den Animefilm an und spähte über die Couchlehne in meine Richtung. »Wo warst du denn so lange, MacBharrais? Bist du in Edinburgh zu ein bis sieben Pint eingekehrt?«

Ich nahm mein Telefon vom Küchentresen und tippte meine Antwort. [Nein. Ich war in Stirling und hab mich von einem Farmer mitnehmen lassen, der vielleicht nicht mehr ganz nüchtern war. War hier irgendwas los?]

Damit meinte ich irgendetwas Gefährliches, doch Buck interpretierte meine Frage als Aufforderung, mich über den Fortgang der Handlung von *Hamlet* zu informieren. Dabei kannte ich das Stück natürlich. »Tja, ich hab erfahren, dass man sich beim Lauschen in einem engen Raum nie durch einen Ruf verraten sollte. Und man sollte davonlaufen vor einem Prinzen, der ganz in Schwarz gekleidet is', außer man heißt Horatio. Ich meine, dieser Hamlet ermordet kaltblütig seine sogenannten Schulfreunde Rosenkranz und Güldenstern, und dabei müsste er das gar nich'. Er hätte sie einfach so abservieren können, aber nein, er sorgt dafür, dass sie umgebracht werden. Und am Ende taucht dieser alte Engländer auf – inzwischen sind alle verreckt, bloß Fortinbras und Horatio nicht –, und er sagt, Rosenkranz und Güldenstern sind tot.«

[Das ist auch der Titel eines genialen Stücks von Tom Stoppard.]

»Was?«

[*Rosenkranz und Güldenstern sind tot* erzählt *Hamlet* aus der Perspektive dieses besonders glücklosen literarischen Duos.]

»Warum?«

[Aus vielen Gründen. Betrachtungen über das Theater, den

178

freien Willen und das Absurde, dazu jede Menge Wortspiele. Ängste um die Identität: Wie viel davon erzeugt man selbst und was wird einem von anderen zugeschrieben?]

»Hey, *ich* hab mir meinen Namen selbst ausgesucht. Ich bin jetzt Buck Foi. Nicht mehr der mit dem Namen, den mir meine Eltern gegeben haben.«

[Das stimmt. In dieser Hinsicht hast du Rosenkranz und Güldenstern übertroffen. Sie sind die meiste Zeit verwirrt und merken bloß, dass da irgendwas Größeres um sie herum passiert, doch sie können es nicht erfassen und schon gar nicht ihr Schicksal ändern.]

»Klingt echt düster.«

[So wie das Leben. Aber es ist auch eine Komödie.]

»Vielleicht schau ich mir das morgen an. Heute pack ich keine Tragödie mehr. Ich brauche leichte Unterhaltung, am besten so eine Spielshow, wo ständig Leute umgehauen werden.«

Ich suchte ihm einen entsprechenden Sender, und bald darauf wieherte er über Menschen, die in eisiges Wasser geworfen wurden.

[Ich muss meinem Hacker eine Nachricht schreiben und vielleicht noch mal kurz weg. Mach einfach weiter.]

Ich öffnete Signal und fragte Saxon, ob er Zeit hatte, über einen großen Job zu reden. Er hatte Zeit, und ich bat ihn um ein Treffen in einem Pub, statt in seiner Höhle. Die Anonymität und der Lärm einer Menschenmenge waren ideal für ein ungestörtes Gespräch.

Wir trafen uns in einer dunklen Fußballerkneipe, wo gerade ein Spiel lief und niemand auf uns achtete. Trotzdem schrieb ich alles auf Papier, statt etwas in ein Gerät zu tippen.

»Also, was ist das für ein Job?«, fragte Saxon, als wir saßen und unser Pint vor uns hatten.

Ich suche nach Männern, die in den letzten drei Monaten auf dem

*Glasgower Flughafen gelandet sind und mit der US-Vorwahl 571 re-
serviert haben. Abreise am wahrscheinlichsten in Washington.*

Saxon stieß einen leisen Pfiff aus und bat um meinen Stift
für seine Antwort. *Airlines hacken ist kein Kinderspiel. Eher schon
fast unmöglich und außerdem extrem riskant.*

Ich nickte ernst. *Kannst du es trotzdem versuchen?*

»Vielleicht. Wenn ich eine Liste habe, wie geht's dann weiter?«

Ich schrieb: *Schlag sie im Web nach und schau, wer von ihnen in
das Profil passt, das du skizziert hast. Regierungsangestellte mit Verbindungen zum Geheimdienst und irgendwelchen zwielichtigen Ab-
sichten.*

»Jesus auf dem Donnerbalken!« Er griff nach seinem Bier
und kippte das Glas in einem Zug hinunter. »Kann dir jetzt
noch keine Antwort geben«, fuhr er fort, als er es wieder abgestellt hatte. »Muss mir das Ganze erst mal durch den Kopf
gehen lassen. Wenn es machbar ist, schick ich dir eine SMS
mit dem Preis.«

Ich nickte, und er brach auf. Mit der Kerze auf dem Tisch
verbrannte ich alle beschriebenen Papiere. Ein paar Fußballfans beobachteten mich und ahnten, dass ich da etwas Belas-
tendes vernichtete. Warum sonst hätte ich es verbrannt, statt
es einfach in den Müll zu schmeißen? Sie schielten unsicher
in meine Richtung, und ich starrte sie so lange an, bis sie sich
wieder ihrem Tennent's Lager zuwandten und den Fernseher
anplärrten. Gut so, Sportsfreunde.

Ich ließ mir Zeit mit meinem Pint, weil ich mich auf einmal müde und elend fühlte. Mein Gesicht brannte, und ich
machte mir Sorgen, dass sich die Schrammen entzündet hatten. Gleich morgen musste ich neue Heilsiegel zeichnen, doch
vor allem brauchte ich Schlaf.

Dann schrieb ich Nadia eine Nachricht. *Ich komme morgen
später ins Büro.*

Du kannst kommen, wann du Lust hast. Oder gleich einen Tag freinehmen.

Danke.

Der Heimweg zog sich in die Länge, und als ich endlich wieder die Wohnung betrat, ließ ich Buck wissen, dass ich völlig fertig war und dringend in die Falle musste.

Er schaltete den Fernseher aus und meinte, dass er nichts dagegen hatte. »Du hast nich' zufällig im Büro vorbeigeschaut und ein paar von diesen tollen Heilsiegeln geholt?«

Ich schüttelte den Kopf. [Muss morgen welche machen. So viele Verletzungen in so kurzer Zeit hatte ich schon lange nicht mehr.]

Der Hobgoblin zuckte zusammen, als er vorsichtig die empfindliche Stelle betastete, wo der Barghest ihn gebissen hatte. »Hast du wenigstens was, damit ich schlafen kann?«

Ich nickte. [Leg dich ins Bett, und ich geb dir ein Siegel.]

Er verschwand mit einem Plopp und rief aus dem Zimmer, in das er teleportiert war: »Beeil dich, Alter, ich bin bereit.«

Ich holte zwei Siegel aus meinem Arbeitszimmer und ging zu Buck. Dort erbrach ich ein Siegel des Erholsamen Schlafs vor seinen Augen, die sofort schwer wurden.

»Oh, das is' wie im Traum, wie …« Dann war er auch schon weg.

Das zweite Siegel war für mich. Manchmal braucht man einfach nur Schlaf. Und manchmal bräuchte man eigentlich mehr – aber er ist trotzdem eine große Hilfe.

Als ich mitten am folgenden Vormittag aufwachte, erwartete mich eine Signal-Nachricht von Saxon Codpiece, die zum Glück erst ein paar Minuten alt war.

Hab's geschafft. Dafür will ich 20.000 Dollar. Und du kriegst einen Namen. Den richtigen.

Abgemacht, antwortete ich. *Ich leite alles in die Wege. Wer ist es?*

Nein, zuerst die Kohle. Ich setze eine Rechnung für die Druckerei auf. Der Scheck geht an Tartan Industrial Supply. Das war sicher eine der vielen Briefkastenfirmen, mit denen Saxon sein Hackereinkommen wusch.

Gut. Caffè Nero hinter der Subway-Station St. Enoch. In einer Stunde.

Ich klatschte mir Wasser ins Gesicht und zog mich an. Dabei prüfte ich die vielen Taschen meines Mantels, um festzustellen, ob alle Siegel an ihrem Platz waren oder ob ich irgendwo nachfüllen musste. Außerdem vergewisserte ich mich, dass ich meinen »offiziellen« Ausweis dabeihatte.

Buck rieb sich mit den Knöcheln den Schlaf aus den Augen, als ich in die Küche trat. »Wie sieht's aus, MacBharrais? Geht's dir besser?«

[Bin ausgeruht, aber nicht gesund. Mir tut noch immer alles weh. Und du?]

»Wie bei dir. Was gibt's zum Frühstück?«

[Was du magst. Ich muss mich mit jemandem treffen und danach zumindest so lange ins Büro, dass ich ein paar Heilsiegel herstellen kann. Ich schaue, dass ich bald wiederkomme. Bitte denk daran, dass du nicht rausgehst. Inzwischen dürfte dem Auftraggeber der Barghests klar sein, dass sie es nicht geschafft haben, und es kann sein, dass er es noch mal versucht.]

Niedergeschlagen ließ der Hobgoblin die Schultern sinken. »Na gut. Bis später.«

Es tat mir leid, ihn allein und eingesperrt zurückzulassen, doch ich hatte keine andere Wahl. Solange wir Gordies Feenhändlerring nicht komplett zerschlagen hatten, gab es keine echte Sicherheit für ihn. Ganz abgesehen davon, dass er die Bekanntschaft mit mir nicht länger als ein Jahr überleben würde, wenn ich nicht herausfand, wer mich verflucht hatte.

Nicht weit von meiner Wohnung war eine Barclay's Bank. Die Zeit reichte noch für einen Besuch dort, dann musste ich schon weiter zum Caffè Nero. Das Konto meiner Druckerei hatte genügend Rücklagen für Saxons saftiges Honorar, allerdings nur knapp. Ich überlegte, dass ich es vielleicht mit Bucks Hilfe wieder auffüllen konnte. Bestimmt gab es irgendwo einen großen Konzern, der kaum Steuern auf seine Gewinne zahlte. Etwas davon abzuschöpfen und das Geld als Einnahmen für große Druckaufträge auszugeben war im Grunde ein Dienst an der Öffentlichkeit. Schließlich schützte ich diese Welt vor dem Einfall von Feenwesen und anderen unerwünschten Personen. Und Bucks psychischer Verfassung tat es sicher gut, wenn ich ihm eine To-Do-Liste gab, die Diebstahl umfasste. Nadia wusste inzwischen ganz genau, wie sie Scheinaufträge unauffällig in die Bücher schmuggeln konnte; ich hatte jede Menge seltsame Ausgaben und noch seltsamere Einnahmen, mit denen sie mühelos jonglierte.

Nachdem ich den Scheck in einen Umschlag gesteckt hatte, zeichnete ich in der kleinen Nische, in der die Leute sonst Abhebungs- und Einzahlungsformulare ausfüllten, rasch zwanzig Siegel der Sexuellen Spannkraft. So viel sexuelle Spannkraft auf einmal hatte wahrscheinlich noch keine Bank gesehen. Weil ich sie nicht wie üblich mit Wachs verschließen konnte – Kerzen und Flammen waren in Banken eher verpönt –, musste ich mir mit Klebeband behelfen. Zuletzt stopfte ich alles zu dem Scheck in den Umschlag und steckte diesen in die linke Manteltasche.

Das Caffè Nero war in einem Backsteinbau untergebracht, in dem früher Fahrkarten für die Subway verkauft worden waren. Eine krasse Umwidmung eines schönen alten Gebäudes und doch zugleich eine wunderbare Idee, die dafür sorgte, dass es weiter genutzt und geliebt wurde. Nach dem Eintreten erspähte ich Saxon Codpiece in einer Nische an der hinteren Wand und begrüßte ihn mit einem leichten Nicken, ehe ich mich in die Warteschlange einreihte. Ich hatte noch nichts zu mir genommen und brauchte dringend eine Stärkung.

Bevor ich zum Schalter kam und meine Bestellung aufgeben konnte, tippte mir jemand auf die rechte Schulter.

»Mr MacBharrais? Was für ein komischer Zufall, dass ich Sie hier treffe.«

Ich drehte mich um und blickte direkt in das grinsende Gesicht von Detective Inspector Tessa Munro.

LATTE MIT WANZE

Das Ganze war weder komisch noch ein Zufall. Detective Inspector Munro besuchte dieses Café nicht regelmäßig, sonst wäre mir ihr graues Haar irgendwann mal aufgefallen. Und wenn sie direkt hinter mir eintrat, hieß das, dass sie das Lokal überwachen ließ, und das wiederum ließ auf umfangreiche Nachforschungen zu meinen Gewohnheiten schließen.

Bestimmt gab es viele Aufnahmen, die meine Vorliebe für dieses Café belegten. Die Angestellten kannten mich als Stammgast und fragten mich immer, ob ich das Übliche wollte. Ich musste nur nicken und zahlen, das ersparte mir die Mühe, jedes Mal das Telefon herauszuholen. Das Leben mit einem Fluch war wie das Leben mit einer Behinderung, zumindest in dem Sinn, dass ich vorzugsweise Etablissements aufsuchte, die mir durch ihr Entgegenkommen einen möglichst reibungslosen Aufenthalt ermöglichten. Mit solchen Gewohnheiten war ich allerdings auch leicht aufzuspüren.

Mit einem schmalen Lächeln zupfte ich an der Krempe meines siegelfreien Huts und wandte mich ab. Mir war klar, dass ich sie nicht davon abbringen konnte, mit mir zu reden. Trotzdem wollte ich für alle Fälle deutlich machen, dass ich keine Lust auf ein Gespräch mit ihr hatte. Wenn sie sich mit mir unterhalten wollte, musste sie sich eben anstrengen.

»Meine Güte, Mr MacBharrais, was ist denn mit Ihrem Gesicht passiert? Hat Sie jemand zusammengeschlagen?«

Immer noch abgewandt holte ich mein Telefon heraus und

startete die Sprech-App. [Mir geht's gut. Danke der Nachfrage.] Damit blieb ihre Frage unbeantwortet, und tatsächlich hatte ich vor, sie so oft wie möglich auf diese Weise ins Leere laufen zu lassen.

»Etwas spät dran fürs Büro, oder?«

Es war kurz vor zehn. Ich zuckte die Achseln. Der Firmeninhaber konnte sich so was leisten.

»Schön, dass ich Sie hier treffe. Ich hätte nämlich noch ein paar Fragen zu Ihren Mitarbeitern. Anscheinend war Gordie Graham nicht der erste, der ums Leben gekommen ist. Insgesamt sind in den letzten elf Jahren anscheinend sieben gestorben. Junge Leute in den besten Jahren.«

Erneut zuckte ich die Achseln. Eine klare Frage hatte sie nicht gestellt.

»Alles angeblich Unfälle. Das ist schon eine außergewöhnliche Häufung. Bei einer derartigen Unglücksserie hätten die meisten Betriebe schon längst dichtgemacht, meinen Sie nicht?«

[Klar, wenn die Unfälle im Betrieb passiert wären.]

Keiner meiner Schüler war bei der Arbeit gestorben. Ich wusste jetzt, dass man sie auf indirekte Weise ermordet hatte, und interessierte mich noch brennender als Detective Inspector Munro für die Identität des Verantwortlichen. In dieser Hinsicht waren wir auf der gleichen Seite. Bloß dass ich keine Ahnung hatte, wer der Täter sein konnte, während sie offenbar mich im Verdacht hatte. Und irgendwie lag sie damit auch gar nicht so falsch, weil meine Schüler ja an dem Fluch gestorben waren. Dennoch war der wahre Mörder der, der mich mit diesem Fluch belegt hatte.

»Stimmt. Aber wenn man das tragische Ende dieser jungen Menschen betrachtet, fällt ein gemeinsamer Nenner auf, und der sind Sie.«

[Ihr Tod ist nicht Teil einer sauberen mathematischen Gleichung, Detective Inspector. Wenn überhaupt, dann ist er ein Beleg für die Chaostheorie.] Ich war an der Reihe, und die Serviererin fragte mich lächelnd, ob ich das Übliche wollte. Ich nickte und hielt meine Bankkarte an das Terminal. Dann schlüpfte ich an der Gebäckauslage vorbei und wartete auf meine Standardbestellung, einen Haselnuss-Latte. Ich hatte ungefähr dreißig bis vierzig Sekunden, bis mir die Polizistin folgen und die nächste Frage stellen würde. Schnell tippte ich etwas und wartete auf sie. Nachdem sie für ihr Getränk bezahlt hatte, kam sie herüber und öffnete den Mund.

Bevor sie etwas sagen konnte, drückte ich auf Play. [Ich unterstütze Detective Inspector Macleod manchmal mit Informationen und könnte das auch bei Ihnen machen. Wäre Ihnen zum Beispiel mit Auskünften über Menschenhändler gedient?]

»Macleod hat erwähnt, dass Sie ihm ab und zu geholfen haben. Das macht mich bloß noch neugieriger. Wie kommt es, dass ein Druckereibesitzer kurz vor dem Ruhestand so viel über die Unterwelt weiß?«

[Im Lauf der Jahre habe ich einen reichen und mannigfaltigen Garten von Bekanntschaften kultiviert.]

»Mein Kompliment zu dieser exquisiten Metapher. Ich habe auch nichts einzuwenden gegen ein schönes Tulpenbeet. Falls Sie Informationen haben, kann ich sie gern an die zuständigen Kollegen weitergeben. Sie interessieren sich also für Menschenhandel?«

[Nein, das tue ich nicht.]

»Ich auch nicht. Ich interessiere mich für Morde. Genauer gesagt, für ihre Aufklärung. Hätten Sie da was zu bieten?«

[Celtic hat die Rangers letzte Woche im Fußballstadion abgeschlachtet, aber auch bloß, weil es die Rangers im Vorjahr umgekehrt gemacht haben. Mehr weiß ich nicht über Morde, Detective Inspector Munro.]

Als mein Latte kam, pflückte ich ihn von der Theke und steckte das Telefon ein. Damit war das Gespräch beendet.

Sie beobachtete das Ganze mit einem schiefen Lächeln. »Na, dann einen schönen Tag noch, Mr MacBharrais. Wenn Ihnen was einfällt, können Sie mich jederzeit anrufen.«

Ich wandte mich ab und steuerte mit einem fast unmerklichen Kopfschütteln in Saxons Richtung auf einen Tisch zu, der weit von seinem entfernt stand. Ich zog den Mantel aus und legte ihn über eine Stuhllehne. Dann setzte ich mich auf die andere Seite, wo ich beobachten konnte, wie Detective Inspector Munro mir mit ihrem Kaffee spöttisch zuprostete und schließlich das Lokal verließ.

Die Begegnung hinterließ ein mulmiges Gefühl bei mir. Sie hatte mich bestimmt nicht observiert und gestellt, bloß um einen Kaffee zu trinken und meine toten Schüler zu erwähnen. Natürlich gehörte das dazu – ich sollte wissen, dass sie mir nachgeschnüffelt hatte und das auch weiter tun würde. Buck hatte ihr die Faust in die Nase gerammt, und sie erinnerte sich daran, dass ich in Gordies Wohnung gewesen war. Das wollte sie nicht auf sich beruhen lassen. Dieser Besuch sollte mich wohl dazu verleiten, dass ich durch eine überstürzte Reaktion Geheimnisse verriet, deren Existenz für sie feststand. Doch das konnte nicht alles sein. Sie hatte sich weit aus dem Fenster gelehnt, und die Frage war: aus welchem Grund?

Genau genommen hatte sie sich an mich herangeschlichen …

Oh. Hektisch blinzelnd schaltete ich in den Paranoiamodus und ließ die Begegnung vor meinem inneren Auge noch einmal ablaufen. Ich suchte Saxons Blick und signalisierte ihm mit einem verstohlenen Wink, dass er noch warten musste. Dann griff ich nach meinem Mantel und suchte ihn sorgfältig ab, vor allem an Schultern und Rücken. Nichts. Aber tief in meiner rechten Tasche, in der ich normalerweise mein Handy aufbewahrte, entdeckte ich eine kleine Verdickung. Ich bekam sie kaum zu fassen, weil sie schmal war und in der Falte hing wie ein flexibler Zahnstocher. Trotzdem war es deutlich zu spüren. Geduldig tastete ich weiter, bis ich schließlich eine Faser herauszog, die alles andere als natürlich war. Ein Abhörgerät, eine dieser winzigen modernen Wanzen. Sie musste es mir hineingesteckt haben, nachdem ich mein Telefon herausgeholt hatte, um meine Antworten zu tippen. Kurz entschlossen stopfte ich das Ding in die Falte des Sitzpolsters hinter mir. Die sollten sich ruhig einen Tag lang Cafélärm anhören.

Natürlich war ich nicht restlos überzeugt, alles gefunden zu haben. Später musste ich eine sehr viel gründlichere Suche vornehmen. Immerhin konnte ich jetzt mein Geschäft mit Saxon abschließen. Allerdings musste das außer Sichtweite von Kameras geschehen. Mit einer knappen Kopfbewegung forderte ich ihn auf, mir zu folgen, und er nickte. Ich schlüpfte in den Mantel und stieg hinauf zur Toilette. Weniger als eine Minute später kam er herein. Ich zog den Umschlag aus der linken Tasche, hielt ihn ihm hin und hob gleichzeitig den rechten Finger vor den Mund. Nachdem er das Kuvert genommen hatte, schrieb ich ihm eine Nachricht.

Kein Wort. Mach mir Sorgen wegen Wanzen.

Nach einem Blick auf sein Telefon nickte er, dann öffnete er den Umschlag und überprüfte den Inhalt. Zufrieden antwortete er mit Signal. *Dein Mann heißt Simon Hatcher. Ist vor ungefähr sechs Wochen mit dem Flieger nach Glasgow gekommen und wieder abgereist. Das ist alles für den Zeitraum von drei Monaten, den du genannt hast. Kann natürlich sein, dass er früher schon mal hier war.* Saxon fügte eine Wohnadresse in Reston, Virginia, hinzu. *Er ist von der CIA. Höchste Vorsicht, Al! Vielleicht verschwinde ich eine Weile und warte ab, ob jemand meine üblichen Schlupfwinkel absucht. Dir empfehle ich das Gleiche. Der kann dir echt Feuer unterm Hintern machen.*

Ich nickte. *Danke. Pass auf dich auf. Wenn du in deiner Abwesenheit Beschäftigung brauchst, ich würde gern ein paar Menschenhändler abservieren.*

Warum? Damit löst du das Problem nicht.

Ich kann ein paar Opfer retten und ihnen vielleicht ihr Leben zurückgeben.

Saxon überlegte kurz. *Was brauchst du? Namen?*

Adressen für Razzien. Ich hetze ihnen die Polizei auf den Hals.

Er nickte zum Abschied, und ich zog kurz an meiner Hutkrempe, bevor ich die Toilette verließ. Jetzt hatte ich zumindest einen Namen. War Simon Hatcher der geheimnisvolle Bastille? Es gab zwei Möglichkeiten, das herauszufinden.

Erstens konnte ich FLIDAIS noch einmal um Hilfe bitten. Mit ihrem Geruchssinn oder ihren magischen Mitteln war es kein Problem für sie festzustellen, ob Simon Hatcher der Mann war, den sie mithilfe des Zettels, auf dem das Tintenrezept stand, zum Glasgower Flughafen verfolgt hatte. Falls er es tatsächlich war, hatten wir den klaren Beweis, dass er gegen ein Tabu der TUATHA DÉ DANANN verstoßen hatte, und konnten entsprechend gegen ihn vorgehen.

Der Nachteil dabei war, dass die TUATHA DÉ DANANN solche Gefälligkeiten nicht umsonst erwiesen. Sie verlangten eine Gegenleistung, und dabei ging es nie um Bargeld. Es handelte sich immer um etwas, das einem besonders schwerfiel. BRIGHID hatte FLIDAIS auf ihre eigenen Kosten um Hilfe gebeten; dafür hatte sie entweder einen Gefallen eingefordert, den ihr die Jagdgöttin schuldete, oder ihr im Gegenzug einen Gefallen versprochen. Ich war nicht bereit, bei den Feenwesen oder den TUATHA DÉ DANANN Schulden anzuhäufen. So ein Handel ging für einen Menschen nur selten gut aus.

Meine andere Option war, dass ich Kontakt mit meinem Kollegen Elijah Robicheaux in Philadelphia aufnahm – der im Moment leider nicht besonders gut auf mich zu sprechen war – und ihn bat, auf seiner Seite des Atlantiks zu überprüfen, ob dieser CIA-Agent tatsächlich heimtückische Sachen mit Feen trieb. Ich hatte den einen oder anderen Gefallen gut bei ihm, und er kannte sich auf seinem Territorium viel besser aus als ich. Da fiel es kaum ins Gewicht, dass es ihn nicht gerade besänftigen würde, wenn ich ihn jetzt um Hilfe bat.

Kurz entschlossen schrieb ich ihm eine SMS. *Du schuldest mir noch was. Ein CIA-Agent namens Simon Hatcher ist vielleicht Bastille. Kannst du ihm bitte auf den Zahn fühlen?* Ich gab ihm die Adresse in Reston. Die Antwort kam, als ich gerade wieder einmal das Wandbild von St. Mungo an der High Street betrachtete und überlegte, dass ich eigentlich mehr tun musste, als ein paar Menschenhändler anzuzeigen. Dass ich handeln würde, wenn sich die Gelegenheit dazu ergab, war keine Frage; doch moralisch noch richtiger war es, aktiv nach dieser Gelegenheit zu suchen. Ich musste also endlich einen Blick in das Buch werfen, das ich aus der Bibliothek ausgeliehen hatte.

Du bist ein Armleuchter, lautete Elis Nachricht. *Ich hab genug eigenen Scheiß an der Backe. Aber gut, Al. Wenn ich dir dadurch einen Gefallen weniger schulde, mach ich es.*

18

EIN VIELSCHICHTIGER OGER

»Autsch. War also kein Witz, dass du verprügelt worden bist«, begrüßte mich Nadia, die kurz nach mir in mein Büro trat. Anscheinend hatte ihr *Gladys, die schon viel Scheiße erlebt hat* von meiner Ankunft berichtet. »Ich nehme an, du hast schon ein Heilsiegel benutzt.«

Ich schüttelte den Kopf und öffnete Signal statt meiner Sprech-App auf dem Handy. *Heute Morgen hat mir eine Polizistin eine Wanze untergejubelt. Bevor wir uns weiter unterhalten, muss das ganze Büro nach Wanzen abgesucht werden.*

Stirnrunzelnd zog Nadia ihr summendes Telefon aus der Hintertasche. Sie trug heute Jeans und ihre chrombesetzte Jacke, und die Stiefel hatten niedrige Absätze und keine Spikes, allerdings hatte sie nicht auf ihre Lieblingshandschuhe mit den Nieten an den Knöcheln verzichtet. »Mist. Ich hab dir einiges zu erzählen, aber das muss wohl noch warten.«

Ich hatte keine Siegel zum Zerstören elektronischer Geräte oder zum Blockieren von Funksignalen. BRIGHID hatte das Siegelsystem vor der flächendeckenden Verbreitung der Elektrizität geschaffen und danach schnell eingesehen, dass der Schaden beim Lahmlegen elektrischer Systeme den Nutzen überwog. Deshalb fügte sie nur äußerst sparsam neue Siegel wie das des Verschluckten Lichts hinzu, als Gegengewicht zu ganz spezifischen modernen Erfindungen, die uns bei unserer Arbeit behinderten. Der Bann der Gedämpften Unterhaltung, der aus dem chinesischen System stammte, sorgte dafür, dass kein Laut aus meinem Büro drang, daher musste ich mir keine Sorgen wegen Richtmikrofonen machen, die auf meine Fenster zielten. Für Abhörgeräte im Haus brauchten wir hingegen herkömmliche Gegenmaßnahmen. Im Untergeschoss hatten wir einen Detektor, den Nadia jetzt holte, während ich aus dem Mantel schlüpfte und ihn über einen Stuhl legte. Ich nahm meinen Hut unter die Lupe, ohne etwas zu finden. Doch das hieß noch lange nicht, dass ich wanzenfrei war.

Dann hielt ich inne. Irgendetwas an meinem Schreibtisch war anders. Vielleicht der riesige Stapel von Briefen. Die Montagspost war ungewöhnlich umfangreich. Ich trat hinüber und fing an, sie zu sortieren: Gottheiten, Beauftragte von Gottheiten, Bewohner anderer Gefilde, langweilige Menschen, die Briefmarken und selbstklebende Umschläge benutzten, und götterverfluchte Junkmail. Wenn die Versender für jedes Poststück letzterer Art einen Tritt in die Eier bekämen, würden wir bestimmt viel weniger davon zu Gesicht kriegen. Solche Sachen wurden in meinem Geschäft aus Prinzip nicht gedruckt.

Nadia kam zurück und machte sich daran, mit dem piependen, kreischenden und surrenden Detektor den Raum abzuschreiten. Sie filzte auch mich und meinen Mantel, dann machte ich das Gleiche bei ihr. Alles sauber.

»Können wir jetzt reden?« Die Spannung wich aus ihren Schultern, als ich nickte. »Endlich, verfickt noch eins. Während du weg warst, sind hier ständig Zustellpixies reingeschneit und haben Briefe auf deinen Schreibtisch geschmissen, dann noch eine unverschämt schöne Frau, angeblich eine Selkie. So unverschämt schön, dass ich richtig beleidigt bin, Al. Ich glaub, sie hat irgend so ein Feenzeug mit mir gemacht, weil ich nämlich ziemlich sicher bin, dass ich nach ihr schmachte, wenn du verstehst, was ich meine. So wie diese

Dödel immer in ihren Gedichten. Können Selkies bewirken, dass man nach ihnen schmachtet?«

[Ihre Schönheit dient der Verteidigung. Nach dem Prinzip, dass Menschen ihnen nichts tun, weil sie so unglaublich schön sind.]

»Echt jetzt? Das klingt nach einer gewaltigen Fehleinschätzung der Menschheit.«

[Na ja, möchtest *du* ihr denn wehtun?]

»Nein, ich möchte sie für eine Woche in eine Pension entführen und sie mit Fondue einreiben.«

[Siehst du. Was wollte die Selkie?]

»Ich soll dir ausrichten, dass die Banshees ganz außer sich sind.«

[Natürlich sind sie das. Schließlich sind es Banshees.]

»Nein, es liegt daran, dass sie ihrer Aufgabe nicht nachkommen können. Sie schreien und jammern, aber es kommen keine Namen raus, bloß irgendwelche x-beliebigen Silben. Und eine namens Cleo oder Cleaner – Kacke, kannst du damit was anfangen?«

[Meinst du CLÍODHNA?]

»Genau die. Sie kann es nicht erklären, obwohl sie irgendwie die Expertin ist.«

[Aha. Danke.]

»Ist das alles? Oder möchtest du mir vielleicht was über die zwanzigtausend erzählen, die du heute Morgen abgehoben hast? Ich hab eine Warnung von der Bank gekriegt.«

[Ach so. Bitte trag als Ausgleich zwanzigtausend in Aufträgen ein.]

»Und wo soll ich das richtige Geld hernehmen?«

[Weiß ich noch nicht. Vielleicht setze ich Buck darauf an.]

»Ist das dein Ernst?«

[Er hat dir doch auch dein Bier besorgt, oder?]

»Das ist was anderes, Al. Klau einen Krug, und der Barkeeper merkt es vielleicht nicht mal. Klau so viel Geld, und du hast die Polente am Hals.«

[Mach dir keine Sorgen, dass ihn die Bullen schnappen. Halt einfach die Bücher sauber und bereit für eine Prüfung. Die werden bestimmt auch unsere Finanzen prüfen.]

»Na schön. Hast du schon was wegen deinem Gesicht unternommen? Sieht nämlich aus wie ein versohlter Hintern.«

Kaum dass sie es erwähnte, flammte der Schmerz wieder auf. Ich musste wirklich sofort ein Heilsiegel zeichnen, sobald ich mein Tintenzimmer betrat. [Bis jetzt habe ich nur Wundschließung verwendet, aber ich kümmere mich gleich darum. Übrigens ist das Ganze noch nicht vorbei. Die nächsten Scherereien könnten schon auf dem Weg sein.]

»Hoffentlich suchen sie hier nach Buck, dann können sie was erleben. Jetzt mach ich mich erst mal an die Bücher, und du kannst dir die Post ansehen. Und wenn diese Selkie noch mal aufkreuzt, sag ihr, dass ich es ernst meine mit dem Fondue.«

In keiner Hölle der unendlichen Gefilde bestand für mich die Möglichkeit, irgendwelchen Leuten mitzuteilen, dass meine Managerin sie in Fondue tunken wollte. Das wusste Nadia sicher, und ich musste es nicht eigens tippen.

Sie ging und sperrte den Lärm der Druckerpressen hinter der Tür aus. Ich setzte mich an den Schreibtisch und öffnete die Briefe der Gottheiten, für den Fall, dass sie wichtig waren. Sie waren es nicht. Entweder sie baten mich formell um die Erlaubnis zu einem Erholungsurlaub auf unserem Gefilde – anscheinend konnte man in der Schweiz gerade gut Ski fahren –, oder sie informierten mich über offizielle Besuche, die ihnen laut ihren jeweiligen Verträgen mit der Menschheit zustanden. Die Briefe der göttlichen Beauftragten drehten sich um das Gleiche. Hauptsächlich ums Skifahren. Angesichts der auffallenden Häufung konnte man bezweifeln, dass es wirklich um Erholung ging. Vielleicht ein Geschäftstreffen, getarnt als Urlaub vom anstrengenden Alltag im Paradies? Ich beschloss, die Frage zusammen mit dem Banshee-Problem erst einmal in mein Unterbewusstsein einsickern zu lassen, während ich mich um den eigentlichen Grund meiner Anwesenheit hier kümmerte: Siegel. Ohne die restlichen Briefe auf dem Schreibtisch zu beachten, drückte ich den unter der obersten Schublade verborgenen Knopf. Das Bücherregal rechts von mir glitt nach vorn und gab den Eingang zu meinem Tintenzimmer frei. Es kam mir vor, als hätte ich es schon ewig nicht mehr betreten.

Der willkommene Geruch von verstaubtem Papier, Salzlösungen und Zitrone von meinen Stempelwachsen stieg mir in die Nase. In Regalen voller Holzfächer standen ordentlich arrangiert Gläser mit Tinteningredienzen; in und über meinem alten viktorianischen Schreibtisch, der ebenfalls über zahlreiche Fächer verfügte, waren die fertigen Tinten aufgereiht. Ein Stapel vorgeschnittener Karten wartete darauf, mit Siegeln beschrieben zu werden. Unter einem fest montierten Messinglöffel zum Schmelzen des Wachses war ein kleiner Brenner platziert. Ich zündete das Gerät an, das mir viel lieber war als das tragbare Ensemble in meinem Mantel.

Dann suchte ich die Füllfeder mit dem Etikett Loch Lomond heraus. Das war der Name der Tinte, die für die Herstellung eines Siegels der Sanften Genesung notwendig war. Auf einem Kritzelblock testete ich den Tintenfluss. Zufrieden zeichnete ich das kreisförmige Triskelezeichen mit der kühlblauen Tinte auf eine Karte und hielt sie vor mich, damit die Tinte trocknen und das Siegel seine Wirkung entfalten konnte. Als es so weit war, spürte ich, wie das Brennen meiner Schrammen allmählich nachließ. Ich malte drei weitere, die ich einmal zusammenfaltete, und dazu ein Siegel der Verzögerten Wirkkraft. Zuletzt verschloss ich alles zum späteren Gebrauch.

Dann wechselte ich je nach Bedarf Füllfedern und Tinten und zeichnete zusätzliche Siegel des Erholsamen Schlafs, der Erfrischenden Stärkung und der Wundschließung für den Fall, dass wir es mit Schnitt- oder Stichverletzungen zu tun bekämen.

Bestimmt benötigte ich auch noch weitere Kampfsiegel nicht nur für mich, sondern wahrscheinlich auch für Nadia und Buck. Also machte ich mich ans Werk. Da nicht mehr genug Tinte für das Siegel der Agilen Grazie vorhanden war, musste ich zuerst eine frische Portion anmachen. Eine halbe Stunde lang mischte und schüttete ich an meiner Tinten-station um, die eigentlich nur aus einem Ausguss und einer Arbeitsfläche bestand. Die Installationsarbeiten hatten mich einiges gekostet, aber es hatte sich gelohnt. Dank meiner Aus-stattung mit Gerätschaften wie Mörser und Stößel, Messbe-chern und -löffeln konnte ich die meisten Tinten herstellen, ohne das Büro zu verlassen, vorausgesetzt, ich hatte die In-gredienzen zur Hand. Irgendwann musste ich mir die Zeit nehmen, Gordies Vorräte durchzugehen; vielleicht ergab sich nach Durchsicht der restlichen Post die Gelegenheit dazu.

Während der Arbeit grübelte ich darüber nach, warum die Banshees nur noch ungereimtes Zeug brabbelten. Bean Sídhe betrauerten die Toten im Voraus. Sie waren die schlimmsten Boten, weil sie die Namen derer riefen, die bald sterben muss-ten. Manchmal klagten sie auch noch nach dem Ableben von jemandem weiter, aber das klang dann anders, eher wie ein »Ich-hab's-dir-gesagt«-Greinen. Wenn sie jetzt mit ihren zu-sammenhanglosen Silben einen bevorstehenden Tod ankün-digten, stellte sich die Frage, warum sie keine verständlichen Namen rufen konnten. Die Antwort darauf fiel mir ein, als ich gerade einen Montblanc-Füller mit der frischen Tinte aufzog. Erschrocken stand ich auf, weil sich die Lösung präsentierte wie ein Turner zu Beginn einer Bodenübung.

»Sie können den Todgeweihten nicht nennen, weil er seinen Namen geändert hat und sie den neuen nicht kennen«, entfuhr es mir. Und ich wusste nur von *einem* Feenwesen, das in jüngster Zeit den Namen gewechselt hatte. »O nein, Buck!«

Hastig griff ich nach meinem Telefon, das noch im Mantel steckte, und schickte Buck eine Nachricht. *Alles in Ordnung bei dir? Bist du in der Wohnung?*

Eine halbe Minute lang wartete ich angespannt auf eine Antwort.

Aye.

Geh auf keinen Fall raus. Bleib drinnen.

So war es ausgemacht, Alter.

Meine Erleichterung währte nur so lange, bis ich erkannte, dass Buck auch durch ein zufälliges Herumhantieren mit menschlichen Sachen in der Wohnung sterben konnte.

Bleib angezogen. Pass auf, dass du kein Eisen anfasst. Und iss Obst. Einen Apfel oder eine Orange.

Warum bist du denn so ängstlich? Und was soll das mit dem Obst?

Reine Vorsicht. Du brauchst Vitamine, Skorbut ist was Schreckliches.

Du bist ein verdammter Spinner, MacBharrais. Aus seiner Antwort schloss ich, dass es ihm im Moment gut ging.

Bestimmt war es das Klügste, meine Bannzauber zu erneuern, sowohl zu Hause als auch im Büro. In einer Situation, in der wir jederzeit angegriffen werden konnten, durfte ich nicht das Risiko eingehen, dass einer von ihnen versagte. Der Bann der Aufgehobenen Geistermacht hatte ziemlich unter dem Angriff der Barghests gelitten.

Das veranlasste mich dazu, nach den chinesischen Tinten zu suchen, die Mei-ling für diese Zwecke zubereitet hatte: feste Tuschestäbe, die ich erst zermahlen und mit Wasser vermischen musste, bevor ich damit auf meine Türen, Fenster und Wände malen konnte. Ich förderte acht verschiedene

Stäbe in kleinen Schachteln zutage, die alle zu Gestalten chinesischer Drachen und anderer mythologischer Geschöpfe geformt waren, und legte sie bereit. Zum Transport musste ich mir erst eine Tüte aus der Druckerei holen.

In diesem Augenblick läutete das Telefon auf meinem Büroschreibtisch. Ich eilte hinaus und schaltete die Freisprecheinrichtung ein. Dann klopfte ich zweimal auf den Schreibtisch, damit *Gladys, die schon viel Scheiße erlebt hat* wusste, dass ich am Apparat war.

»Mr MacBharrais, hier ist ein Herr, der Sie in einer dringenden Agenturangelegenheit sehen will, wie er sagt.«

Ich klopfte wieder zweimal zum Zeichen, dass ich die Nachricht bekommen hatte. *Agenturangelegenheit* war der Begriff, mit dem Besucher signalisierten, dass sie nicht von der Erde kamen und mich nicht als Druckereibesitzer, sondern als Siegelagent zu sprechen wünschten. Sofort bat ich Nadia mit einer SMS, den unbekannten Besucher hinauf ins Büro zu begleiten.

Schon unterwegs, antwortete sie.

Ich hastete ins Tintenzimmer und malte mit dem frisch bestückten Montblanc-Füller für alle Fälle ein Siegel der Agilen Grazie auf eine Karte. Danach flitzte ich wieder zum Schreibtisch und drückte den Knopf unter der obersten Schublade, um das Tintenzimmer zu verbergen.

Kaum war das Bücherregal zurück an seinen Platz geglitten, klopfte auch schon Nadia an die Tür. Ich öffnete und bat sie und den Gast herein.

Der Mann musste sich ducken, damit er sich beim Eintreten nicht den Kopf anschlug. Er ragte vor uns auf in Trenchcoat, breitkrempigem Hut und einem Schal, der einen Großteil seiner Gesichtszüge bedeckte, über einer Weste und einem Rollkragenpulli. Nichts passte zueinander, als wäre das ganze Ensemble aus einem Kleidercontainer zusammengestohlen worden. Das Wenige, was ich von der Haut um die Augen erkennen konnte, hatte einen deutlich grünen Ton.

»Hier sind wir«, sagte Nadia. »Bitte komm rein und nimm den Mantel ab. Möchtest du vielleicht was trinken?«

»Nein.« Die knarzende Stimme des Riesen wurde vom Schal gedämpft. »Ich muss bloß mit MacBharrais reden.«

»Na schön. Al, das ist Durf aus den Feengefilden.«

Durf war vor vierzig Jahren einer der zehn beliebtesten Namen für Oger-Babys gewesen, und das passte zur grünlichen Haut. Nickend zückte ich mein Telefon und warf Nadia einen bedeutsamen Blick zu.

Sie begriff und setzte zu einer Erklärung an. »Durf, Al wird über dieses Gerät mit dir sprechen, weil er momentan Schwierigkeiten mit seiner Stimme hat.«

»Hähm? Na, von mir aus. Hör zu, hier in Glasgow läuft ein Hobgoblin rum. Heißt Gag Badhump. Ich will ihn holen.«

Ich schüttelte den Kopf. [Den Namen kenne ich nicht.]

»Mir hat man gesagt, du kennst ihn. Und dass du weißt, wo er is'.«

[Wer hat dir das gesagt?]

»Geht dich nix an. Is' er dir nich' übern Weg gelaufen? So ein winziger rosa Knirps.«

[Vielleicht ist er mir begegnet.] Anscheinend war Bucks früherer Name Gag Badhump. Selbst für Hobgoblins, die meistens furchtbare Namen hatten, war das eine spektakuläre Entgleisung. Kein Wunder, dass er ihn mir nicht verraten hatte.

Durfs Stimme wurde tiefer und undeutlich. »Also, ea hälsich immegah hieauf.«

[Pardon? Ich hab dich nicht richtig verstanden.]

»Ich … bah.« Er wickelte sich den Schal vom Gesicht, und zum Vorschein kam tatsächlich ein Oger mit Knollennase und einem Mund voller gelber und brauner Zähne, auf denen etwas Moosiges wuchs. Seine Stimme wurde dafür wieder klarer. »Ich hab gesagt, er hält sich illegal hier auf.«

[Mag sein. Dafür bist aber nicht du zuständig, sondern ich. Solange du mir nicht verrätst, wer dich geschickt hat, könnte man auch argumentieren, dass *du* dich illegal hier aufhältst.]

»Hähm? Hör zu, ich bin in offiziellem Auftrag hier.«

Nadia kannte die Verträge ganz genau und schaltete sich sofort ein: »Wenn du nicht sagst, wer dich schickt, ist es kein offizieller Auftrag. Wir müssen den Auftraggeber wissen, verstehst du?«

Der Oger zog ein finsteres Gesicht, und mit wenigen Schritten nach rechts stellte sie sich zwischen ihn und mich.

Durf folgte ihr mit dem Blick und knurrte eine Erwiderung. »Es is' ganz einfach. Gebt mir den Hobgoblin, dann hau ich ab. Wir verschwinden beide, kein Problem.«

»Das richtige Vorgehen in so einem Fall ist, dass man einen Vertrag mit einem Barghest schließt. Wir kennen jetzt den Namen des Hobgoblins, du kannst die Sache also uns überlassen.«

»Nein. Das geht nich'. Barghests wurden schon losgeschickt, und Badhump hat sie alle abgemurkst. Ein richtig fieser Kerl is' das.«

Nadia blickte mich über die Schulter an und spielte die Überraschte. »Hast du was davon gehört, dass jemand Barghests abgemurkst hat, Al?«

Ich nickte.

Sie wandte sich wieder an Durf. »*Dich* schicken sie also, wenn die Barghests versagen? Du bist gemeiner und tödlicher als sie?«

»Stimmt.«

»Wie das?«, stichelte Nadia. »Was hast du drauf, dass du glaubst, du wirst mit einem mörderischen Hobgoblin fertig?«

»Na ja. Ich hab einen Haufen Bannzauber in meine Kleider genäht. Er kann mir nix mit seiner Goblinmagie.«

»Waaaas?« Nadia winkte lachend ab. »Jetzt mach mal 'nen Punkt. Du erzählst mir hier bloß Scheiß.«

»Es is' wahr! Ich sag's dir dreimal. Schau hier.« Der Oger fing an, den Gürtel seines Trenchcoats zu öffnen.

Nadia gebot ihm mit ausgestreckter Hand Einhalt. »Warte. Hast du da drunter überhaupt eine Hose an?«

»Aye.«

»Okay, dann mach weiter. Zeig mir deine Bannzauber.«

Er sagte die Wahrheit. Er hatte Bannsprüche zur Schwächung von Magie ins Futter seiner Kleidung genäht, und zwar mit Faden, der mit den richtigen Tinten gefärbt war. Sie befanden sich im Trenchcoat, in der Weste und im Rollkragenpulli. An diesem Punkt stoppte Nadia ihn, weil wir sein Unterhemd nicht sehen oder gar riechen wollten. Jedenfalls war mir noch nie ein Oger begegnet, der so viele Schichten trug. Ohne praktische Demonstration konnte ich nicht wissen, wie stark die Bannzauber waren. Allerdings brauchten sie auch nicht lange zu wirken. Sie mussten den Oger nur aufrecht halten, bis er Buck erwischte, und dann war die Sache schnell vorbei. Einen Oger konnte Buck nicht überwältigen, und ich auch nicht. Der Kerl war wie ein Lastwagen aus lauter Muskeln.

Den Namen seines Auftraggebers hatte Durf gewissenhaft verschwiegen, doch sein Verstand reichte offensichtlich nicht so weit, dass er aus seiner Verteidigung ein Geheimnis gemacht hätte. Wir wussten jetzt, dass er auf Bucks Magie vorbereitet war, und konnten uns eine Taktik dagegen überlegen. Für den Anfang war es schon mal eine gute Idee, wenn ich hinter Nadia stehen blieb.

Ich tippte in mein Telefon, während Nadia Durf zu seiner Kampfbereitschaft gegen Hobgoblins gratulierte.

[Der Gesuchte steht inzwischen unter meinem Schutz und

weilt kraft eines von mir aufgesetzten Vertrags legal auf diesem Gefilde. Das kannst du deinem Auftraggeber mitteilen und dich damit zufriedengeben. Ohne offiziellen Grund für deine Anwesenheit hier muss ich dich auffordern, getreu dem Vertrag unverzüglich in die Feengefilde zurückzukehren.]

Der Oger zuckte zusammen, als hätte er einen Schlag einstecken müssen. »Was? Nein, ohne Gag Badhump kann ich hier nich' weg. Wenn du mir nich' hilfst, muss ich ihn eben allein finden.«

[Das kann ich nicht zulassen.]

Durf ließ seine verrotteten Zähne aufblitzen. »Und wie willst du mich aufhalten?«

Nadia zog zu mir gewandt die Braue hoch, und ich erteilte ihr mit einem Nicken die Erlaubnis.

»Nicht er wird dich aufhalten. Das übernehme ich.« Mit diesen Worten zog sie ihr Rasiermesser aus der Jackentasche und klappte es auf.

Der Oger musterte sie zunächst ungläubig, dann erheitert. »Hah! Da hab ich ja Zahnstocher, die sind größer.«

»Fairerweise möchte ich dich was fragen, Durf. Weißt du, warum Al von allen Siegelagenten am meisten gefürchtet ist?«

Das Amüsement des Ogers verging. »Er soll einen Schlachtenseher oder so was haben.«

Nadia zwinkerte. »Genau. Bloß dass es eine Schlachtenseherin ist. Und hast du auch von ihrer Waffe gehört?« Sie drehte die Klinge ins Licht, bis die aufgemalten Siegel blitzten.

»Sie hat angeblich ein Siegel der Eisengalle drauf.« Das war nicht das einzige, doch die Eisengalle war das, was für Feenwesen zählte. Seine Schultern sackten nach unten.

»Schlaues Kerlchen, was? Ich merke, dass du eins und eins zusammenzählst.«

»Niemand hat mir gesagt, dass der Schlachtenseher eine Frau is', die in seinem Büro arbeitet.«

»Aye, ich seh schon, dass man dich nicht richtig informiert hat. Du hast jetzt die Gelegenheit, es dir anders zu überlegen. Geh heim und friss ein paar nette Pixies. Vergiss das Ganze hier.«

Er schüttelte den Kopf. »Ohne den Hobgoblin *kann* ich nich' zurück. Sie haben meine Familie. Da gibt es für den armen Durf keine Hoffnung mehr.«

Ich tippte hektisch, doch meine Frage [Wer sind sie?] ging in Durfs Gebrüll unter, als er sich mit ausgebreiteten Armen auf Nadia stürzte, um sie nicht entrinnen zu lassen. Sie gingen zusammen zu Boden, dann war sie auf einmal weg und rollte nach rechts zur Bürotür. Ich wich zurück, leider nicht weit genug. Mitgerissen von seinem Schwung, rammte mir Durf seine fleischige Schulter gegen die schützend erhobenen Arme. Ich krachte so heftig ins Bücherregal, dass mehrere Bände herabpurzelten. Ich stöhnte, als der Schmerz durch meine bereits geprellten Rippen zuckte. Durf, der das Gleichgewicht verloren hatte, bekam ebenfalls sein Fett weg. Nadia war blitzschnell aufgesprungen und schlitzte ihn durch alle Schichten, swisch, swisch, swisch, dreimal am linken Oberarm. Die Schnitte waren nicht tief, doch das war auch nicht nötig. Die Stahlklinge hatte einen Eisenanteil, der an sich schon tödlich war, und das Siegel der Eisengalle machte es noch zehnmal schlimmer. Es verbrannte ihn wie Säure, und seine Haut warf sofort brodelnde Blasen. Er krümmte sich vor Schmerz und drehte die linke Seite weg von Nadia, damit sie ihn dort nicht mehr attackieren konnte.

Natürlich hatte sie sein Manöver vorhergesehen und wusste, wo sie nachsetzen konnte. Und das tat sie. Durf hatte vorhin seinen Schal heruntergestreift, und sein Gesicht und Hals waren ungeschützt. Nadia huschte nach vorn und zog mit ihrem Rasiermesser eine rote Linie über seine Kehle. Durf gurgelte, seine Augen wurden groß, und zwischen den Fingern der rechten Hand, die er auf die Wunde gepresst hatte, quollen blutige Blasen hervor. Der Kampf war bereits vorbei, und das wusste er. Für ihn gab es kein Zurück mehr, denn solche Schnitte heilten nicht. Die Blutung ließ sich nicht mehr stillen.

Schließlich gab Durf auf und sank in die Knie. Während er auf meinen Teppich triefte, stand Nadia bereit, falls er sich noch ein letztes Mal aufbäumen sollte.

»Tut mir leid, dass es wehtut.« Mitleid lag in ihrer Stimme, jetzt, da die Schlacht gegen den Oger gewonnen war. »Ich hab es so schnell wie möglich gemacht, damit du nicht lang leiden musst.«

Er nickte schwach, und in seinen Augen schimmerten Tränen.

Ich bemühte mich ein letztes Mal, etwas aus ihm herauszubekommen. [Wer hat deine Familie, Durf? Ich kann versuchen, ihnen zu helfen.]

Sein Blick richtete sich auf mich, und er schüttelte zweimal den Kopf. Dann fiel er um, und das Licht in seinen Augen erlosch. Das Eisen des Siegels löste weiter die Magie seines Wesens auf und verbrannte ihn dabei von innen her, bis von seinem gewaltigen Körper nur noch graue Asche in einem Haufen Kleider übrig war.

Nadia seufzte. »Für einen Oger war er ein ziemlich netter Kerl. Echt schade.«

[Sein Auftraggeber ist ein fieser Schweinehund.]

»Das seh ich auch so.« Sie klappte ihr Messer zusammen und steckte es zurück in die Jacke. »Mist. Ich hol einen Staubsauger und ruf die Teppichreinigung an.«

ZWISCHENSPIEL:
WENN DIE GALLE HOCHKOMMT

Der Ire, der mich in der Stadt Aviemore im Nationalpark Cairngorms entdeckte und mich kurz darauf zu seinem Schüler machte, war wie ich auf der Suche nach Galläpfeln.

Außerdem war er auf der Jagd nach dem Hobgoblin Holga Thunderpoot, auch wenn ich das erst viel später erfuhr. Damals waren wir beide einfach nur erstaunt, dass jemand anders das gleiche Hobby hatte.

Galläpfel sind Gewächse an Eichen, die durch abgelegte Eier der Gallwespen in den Knospen entstehen. Diese Äpfel – die natürlich keine Äpfel sind und eher Flaschenkürbissen ähneln – enthalten Gerbsäuren, die seit dem Mittelalter große Bedeutung für die Herstellung schwarzer Tinte haben. Mit dieser Galle wurden viele Tinten gemacht, und die Produktion von Galläpfeln wurde wie die von Seide industrialisiert: Die auf ganze Eichenhaine losgelassenen Insekten verrichteten ihre Arbeit, so wie Seidenraupen Maulbeerblätter in Seide verwandelten. Die Gerbsäure wurde nicht nur für Tinte genutzt, sondern auch für viele andere Dinge.

Doch ich war damals in einer wilden Gegend unterwegs – zumindest so wild, wie ein Ort auf einer seit Jahrtausenden permanent besiedelten Insel sein konnte. Die Galläpfel waren weit verstreut und viel schwerer zu sammeln als in einem Hain.

»Entschuldigung«, rief mir der Unbekannte aus einiger Entfernung durch die Bäume zu. »Du bist nicht zufällig beim Galläpfelpflücken, oder?«

»Doch«, antwortete ich überrascht – und vorsichtig.

Er trug einen feinen weißen Anzug und Hut, was nicht unbedingt typisch war für einen Ausflug in den Wald. Es war eher die Art von Kluft, die man bei Polo- und Cricketspielen trug, wenn man Mint Juleps schlürfte und sich über das alberne Gestrampel der Arbeiterschicht lustig machte.

»Ach, in diesem Fall höre ich auf damit. Ich bin nicht aus der Gegend und kann sie auch woanders finden. Hast du vor, Tinte damit zu machen?«

»Ja.« Meine Überraschung wuchs noch mehr.

»Ah, ausgezeichnet! Könntest du mir vielleicht dein Rezept verraten? Ich bin nämlich ein Enthusiast.«

Das war das merkwürdigste Gespräch, das ich bis dahin je geführt hatte, und ich war mir nicht sicher, ob ich nicht vielleicht halluzinierte. War ich wirklich kurz davor, einem Fremden im weißen Anzug ein Tintenrezept zuzurufen?

»Nimmst du mich auf den Arm?«, fragte ich vorsichtshalber.

Der Ire lachte. »Ich meine es völlig ernst, glaub mir. Aber ich will dich nicht in Verlegenheit bringen und kann auch gerne gehen. Gespräche mit Fremden sind dir vermutlich nicht besonders wichtig, deswegen bin ich auch nicht beleidigt.«

»Was hast *du* denn für ein Rezept? Ich meine, wenn du wirklich wegen den Galläpfeln hier bist, musst du doch ein Rezept kennen und kannst es mir sagen. Sonst muss ich einfach annehmen, dass du irgendwas Fieses im Schilde führst.«

»Schon gut. Also, ich gebe die Galle in ein kaltes Bad statt in kochendes Wasser, dann benutze ich Eisensulfat und Gummiarabikum wie die meisten, dazu noch ein, zwei andere Sachen.« Er listete die Zutaten und Mengen auf.

Bei dem Gedanken, dass wir vielleicht gerade Tintenbrüllen als neues Hobby etabliert hatten, musste ich übers ganze Gesicht grinsen. »Klingt nach einem besseren Rezept als meins«, antwortete ich und rief ihm meine Ingredienzen zu.

»Ah ja, das kenne ich schon. Hör mal, wie heißt du eigentlich?«

»Al.«

»Schön, Al. Ich bin Sean FitzGibbon. Ich lege jetzt eine Visitenkarte hier in die Astgabel und hoffe, dass du mich mal anrufst. Schließlich trifft man heutzutage nicht mehr so oft auf Leute, die sich für die Herstellung von Tinte begeistern. Möglicherweise habe ich eine Arbeit für dich – eine wirklich gute. Am besten, wir trinken bald mal eine Tasse Tee an einem schönen öffentlichen Ort. Du kannst auch gern Freunde mitbringen, damit du dich sicher fühlst. Dann müssen wir nicht mehr durch die Gegend plärren. Was hältst du davon?«

»Aye, klingt gut. Aber das Plärren hat auch Spaß gemacht.«

»Haha. Ausgezeichnet. Dann noch viel Erfolg beim Pflücken. Ich geh jetzt.« Er winkte.

Ich schaute ihm nach, und nach einer Weile holte ich mir die Karte. Zwei Wochen später tranken wir zusammen in Glasgow Tee, und so wurde ich Schüler eines irischen Siegelagenten und erfuhr, dass die TUATHA DÉ DANANN verdammt gefährlich waren.

19

DER SPION,
DER AUS DEM NICHTS KAM

Mein Telefon meldete mir summend eine Nachricht von Saxon Codpiece. *Auf ein Glas? Hab Neuigkeiten.*

Sicher, antwortete ich.

Bier Halle an der Gordon Street um halb eins.

Alles klar. Die Wahl des Treffpunkts brachte mich zum Lächeln. Die Bier Halle war ein Kellerpub, und das passte natürlich zu Saxons Vorliebe für unterirdisches Hausen. Eigentlich hatte ich damit gerechnet, mehrere Wochen lang nichts von ihm zu hören, da er bei unserem Gespräch vor einigen Stunden seine Absicht angedeutet hatte unterzutauchen. Offenkundig hatte sich was Neues ergeben.

Die Bier Halle hatte über hundert Sorten Flaschenbier aus aller Welt im Angebot, dazu eine beeindruckende Liste vom Fass. Das Ganze war eine Art Betonbunker mit Holztischen und klobigen, braun gepolsterten Hockern. Das Lokal servierte Pizzen, Brezeln und andere in Deutschland beliebte Gerichte. Saxon hatte sich einen Ecktisch gesichert und winkte mir zu, als ich am Fuß der Treppe ankam und den Speisesaal betrat.

Nachdem wir uns die Hand geschüttelt hatten, holte ich mein Telefon heraus. [Wolltest du nicht verschwinden?]

»Steht immer noch ganz oben auf meiner Prioritätenliste. Aber erst nach dem Mittagessen. Hast du Lust, ein Bier zu zischen?«

Ich nickte, und als der Kellner kam, deutete ich auf ein Fürstenberg und dann auf die Riesenbrezel mit Senf in der Speisekarte. Saxon bestellte einen Hotdog und ein Krombacher Pils vom Fass.

Dann zog er grinsend sein Notebook heraus. »Bist du bereit für eine Verschwörungstheorie, die sich gewaschen hat? Dann schau dir das mal an.« Er rief eine Datei auf und deutete auf einen Zeitungsartikel mit der Überschrift MONSTERANGRIFF AUF DORF IN DER UKRAINE. »Da macht jemand Baracken und Unterkünfte in der Ukraine platt, in denen nach unseren Erkenntnissen der russische Geheimdienst sitzt. Und mit *uns* meine ich den britischen Geheimdienst.«

[Du hast Zugang zum britischen Geheimdienst?]

Er feixte mich an. »Sagen wir einfach, dass ich inzwischen mehrere Gründe zum Untertauchen habe.«

Ich schüttelte verwundert den Kopf und forderte ihn mit einem Wink zum Fortfahren auf.

»Die Sache ist, sie haben keine Ahnung, wer es war. Augenzeugen behaupten, dass es Monster waren, und eine Person will sogar eine fliegende Fee gesehen haben. Eine kleine humanoide Gestalt mit Flügeln. Das könnte doch deine Pixie sein.«

Ich zuckte die Achseln. Möglich war es.

»Hat mich jedenfalls an die Bilder auf Gordies Handy erinnert. Kann mir gut vorstellen, dass die Leute ausflippen, wenn dieser Haufen anmarschiert. Das Gesicht von diesem Troll ist wie ein Arsch mit Hämorrhoiden und Zähnen, da wäre es keine Überraschung, wenn den jemand für ein Monster hält. Der Kerl *ist* ein Monster.«

[Stimmt], räumte ich ein.

»Und das passt auch zu dem Typen, von dem ich dir heute Vormittag erzählt habe. Wenn der bei der CIA ist und mit seiner feeischen Superbrigade die Muskeln spielen lassen möchte, dann kann es doch gut sein, dass er sich ein Ziel beim alten Erzfeind aussucht.«

[Möglich ist es wohl.]

»Alles ist möglich, klar. Aber ich will darauf hinaus, dass es *wahrscheinlich* ist. Al, ich erklär dir jetzt mal, worum es hier geht: um den Sieg im Spionagespiel. Eine Art Nachtrag zu meinen bisherigen Ausführungen.«

[Da kann ich dir nicht ganz folgen.]

»Ich hab gesagt, dass sie keine Attentate begehen, weil das zu viel Aufsehen erregt. Aber bei Spionen ist das was anderes. Wenn ein Land Spione hat und diese grusligen Gestalten ein paar von ihnen umlegen, wird es sich nicht kreischend an die Presse wenden, Diplomaten rausschmeißen oder mit Krieg drohen. Nein, es wird versuchen, den Verantwortlichen auf die Schliche zu kommen und es ihnen unauffällig heimzuzahlen. Bloß dass Russland in diesem Fall nicht rausfinden kann, wer es war, weil es verdammte Feenwesen sind. Sie sind unbeobachtet gekommen und wieder verschwunden. Keine Reiseaufzeichnungen, keine Gesichtserkennung, keine Fingerabdrücke, nichts. Also bleibt den Russen nichts anderes übrig, als eine Monstergeschichte rauszugeben. Mit diesem Ablenkungsmanöver sind sie immer noch besser dran als mit dem Eingeständnis, dass jemand sie massakriert hat. Dann überlegen die Leute nämlich, woher die Monster stammen, und fragen nicht, was eigentlich in diesen Unterkünften los war.«

Ich nickte, weil er so weit recht hatte. MONSTER in einer Schlagzeile lenkten garantiert von allem anderen ab. Einleuchtend war diese Theorie allerdings nur aus menschlicher Sicht. Aus Feensicht war sie komplett sinnlos. Das war keine Kritik an Saxons Analyse – er kannte einfach nicht alle Fakten. Wer auch immer in Tír na nÓg die Fäden zog, ob nun CLÍODHNA oder jemand anders – die Streitigkeiten mensch-

211

licher Nationen interessierten ihn einen feuchten Dreck. Da ich allerdings dort keine Nachforschungen anstellen konnte, musste ich das Ganze wohl oder übel von der menschlichen Seite her angehen, in der Hoffnung, dadurch letztlich auf irgendetwas bei den Feenwesen zu stoßen. Als unsere Biere kamen, stießen wir an und genossen den ersten kalten Schluck.

Dann fuhr Saxon fort: »Ehrlich, Al, das ist wirklich eine wilde Wahnsinnskacke. Und draufgebracht hat uns bloß dein kleiner Gordie. Ohne ihn wären wir noch immer genauso ahnungslos wie die Russen. Wir würden den Artikel lesen und uns wie alle anderen ratlos am Kopf kratzen. Wetten, dass da irgendwo ein russischer Geheimdienstbeamter mit sprühender Spucke schreit: ›Wer hat in der Gegend Monsterspäher? Wer?‹, während ihm die Schläfenader anschwillt und aus der Kehrseite der Borschtsch rausschwappt? Eigentlich eine amüsante Vorstellung, findest du nicht? Abgesehen von den Toten natürlich.«

[Tote tendieren grundsätzlich dazu, die Freude zu dämpfen.] Mit fragend hochgezogenen Brauen deutete ich auf den Artikel.

Saxon nickte. »Nur zu, Kumpel.« Er drehte das Notebook in meine Richtung.

Ich zog es heran und starrte mit zusammengekniffenen Augen auf den gleißend hellen Monitor.

MONSTERANGRIFF AUF DORF IN DER UKRAINE
Sechs Tote und drei Gebäude in Schutt und Asche sind die traurige Bilanz einer Reihe von Angriffen durch Unbekannte, die von Augenzeugen als »Monster« beschrieben werden. Am frühen Sonntagmorgen wurden die Einwohner von Kertsch auf der Krim durch einen Feueralarm aus dem Schlaf gerissen. An den einzelnen Schauplätzen wurden seltsame humanoide Gestalten

verschiedener Größe gemeldet, und in einem Fall war angeblich sogar ein fliegendes Geschöpf beteiligt.

Die Polizei konnte die Opfer noch nicht identifizieren, ist jedoch sicher, dass sie ermordet und die Gebäude erst danach in Brand gesteckt wurden. Zwei Opfern fehlten Gliedmaßen.

Mehrere Augenzeugenberichte folgten, unter anderem einer, in dem davon die Rede war, dass ein kleines fliegendes Wesen mit den vermummten Angreifern zusammenarbeitete. Daraus schloss ich, dass die Pixie inzwischen tatsächlich an diesen Aktionen beteiligt war.

Der interessanteste Teil des Artikels war die Auflistung der Örtlichkeiten am Ende. [Diese Unterkünfte – kannst du mir zeigen, ob sie in der Nähe irgendwelcher Parks oder Grünflächen liegen?]

Leicht verwirrt zuckte Saxon die Achseln. »Klar. Warum?«

[Wenn die Monster aus dem Artikel Feenwesen waren, sind sie über gebundene Bäume nach Kertsch gekommen und wieder verschwunden.]

»Gebundene Bäume?«

[Die Druiden binden Bäume auf der Erde an Tír na nÓg. So kann man Gefilde wechseln. Wenn wir zwei Druiden oder Feenwesen wären, könnten wir in den Kelvingrove Park gehen, nach Tír na nÓg wechseln und dann über einen anderen gebundenen Baum an jeden beliebigen Ort gelangen. Melbourne, Tokio, Denver, es muss bloß einen gebundenen Baum geben. Eine Art Transitsystem, wenn man so will.]

»Das ist … hammergeil! Wie Teleportieren.«

[Kommt der Sache nahe, ja. Deswegen dachten die Leute früher, die Druiden können teleportieren.]

»Gut, lass mir eine Minute Zeit.« Er fing an, auf seine Tastatur einzuhacken.

Ich überlegte inzwischen, was CLÍODHNA – oder jemand anders in Tír na nÓg – für ein Interesse daran haben konnte, dass die Feenwesen auf diese Weise benutzt wurden. Hatte sie sich in menschlichen Angelegenheiten auf eine Seite gestellt? Mir wollte das nicht in den Sinn; genauso gut hätte sie sich zwischen kriegslüsternen Termitenhaufen entscheiden können.

»Da. Hilft dir das weiter?« Er deutete auf einen Stadtplan von Kertsch mit einem grünen Fleck in der Mitte und drei roten Punkten im Umkreis. »Der Park liegt im Zentrum der Brände. Den Namen kann ich nicht aussprechen. Jedenfalls gibt es dort Bäume.«

[Das müsste es sein. Wenn dort ein gebundener Baum ist und diese Monster tatsächlich Feenwesen waren, dann sind sie so in die Stadt gekommen.]

»Der volle Wahnsinn. Die könnten ja in einer Nacht rund um die Welt mehrmals zuschlagen.« Als ich nickte, griff Saxon nach seinem Bier und lehnte sich zurück. »Heilige Scheiße«, hauchte er und nahm einen deutlich längeren Zug als vorhin.

[Waren das jetzt alle Neuigkeiten?]

»Nein, bloß der erste Teil. Du hast mich um was gebeten, und ich bin schnell fündig geworden. Wollte mich gleich noch drum kümmern, bevor ich untertauche. War mir ein inneres Bedürfnis.«

Unsere Gerichte wurden serviert, und Saxon meinte, wir sollten zuerst essen, um uns nicht den Appetit zu verderben.

Doch schon nach zwei Bissen redete er weiter. »Du weißt ja inzwischen, dass ich nebenberuflich Sexarbeiter bin. Ein Teil von mir, den ich online anbiete.« Er zeigte vielsagend auf seine Bratwurst im Brötchen. »Und ich verdiene nicht schlecht damit. Allerdings bin ich insofern die Ausnahme von der Regel, als ich diesem Gewerbe aus eigenem Antrieb und vollkommen selbstbestimmt nachgehe. Oder die Situation hat sich geändert, und ich bin jetzt Teil der Regel – es gibt ja inzwischen einige, die vor der Kamera Sachen machen und damit ihr Einkommen aufbessern. Eine sichere und rentable Geschichte. Das Dumme ist, dass noch immer die meisten nicht freiwillig dabei sind. Und bloß weil manche gern im Sexgewerbe sind, reden sich die zahlenden Kunden ein, dass das alles einvernehmlich ist und dass niemand ausgebeutet wird. Natürlich stimmt das nicht. Die meisten Opfer von Menschenhandel, die zur Prostitution gezwungen werden, wurden Schritt für Schritt geködert, manipuliert und missbraucht. Und daran hat sich bis heute nichts geändert. Sie haben keine Kontrolle über ihr Leben, und genau so wollen es ihre Zuhälter.« Er schüttelte den Kopf und biss in sein Wurstbrötchen. Mit vollem Mund fügte er hinzu: »Ich hasse Zuhälter, Al.«

[Klar.]

»Ich geb dir jetzt zwei Namen und Adressen, und du kannst damit machen, was du willst. Es sind die Namen von Zuhältern, und ich möchte, dass sie bestraft werden. Unter diesen Adressen wohnen die Opfer, und ich möchte, dass sie wie Menschen behandelt werden, die Hilfe brauchen, nicht wie Leute, die eingesperrt gehören.«

[Einverstanden.]

Er reichte mir einen Umschlag, den ich in die Manteltasche steckte. »Sobald ich wieder da bin, prüfe ich das nach. Wenn die Zuhälter im Knast sind und ihre Opfer nicht, kann ich dir öfter solche Infos geben.«

[Danke, Saxon.]

»Gern. Also, ich hau dann mal ab. Muss schauen, dass ich nicht selber im Knast lande. Übernimmst du die Rechnung?« Er quittierte mein Nicken mit einem strahlenden Lächeln und stopfte sich den Rest seines Gerichts in den Mund.

[Was ist, wenn es eine Razzia bei dir gibt?]

Er schluckte grinsend. »Ich habe einen Plan B. Und weitere

von C bis Z. Backups für meine Backups. Viel Glück, Al.« Er faltete sich vom Hocker und schnappte sich sein Notebook.

[Dir auch.]

»Wenn ich zurück bin, schick ich dir eine SMS von einer neuen Nummer.«

[In Ordnung.]

Er winkte mir zu, ich zupfte an meiner Hutkrempe, dann verschwand er.

Ich überlegte, ob es noch zu früh war, diese Namen an Detective Inspector Munro weiterzugeben. So oder so, ich durfte auf keinen Fall zu lange warten. Da waren Menschen in Not, die verzweifelt auf Rettung hofften, und ich wollte nicht, dass sie unnötig länger litten. Unauffällig ließ ich den Blick durch das Pub gleiten und stellte fest, dass keiner dem alten Mann in der Ecke Beachtung schenkte. An öffentlichen Orten kann man manchmal sagenhaft ungestört sein.

Ich nahm den Umschlag heraus, öffnete ihn und studierte den Inhalt. Eine der zwei Adressen kannte ich: Nadia wohnte in diesem Haus. Bestimmt würde es sie wütend machen, wenn sie erfuhr, dass direkt unter ihrer Nase Opfer von Zwangsprostitution lebten – so wütend wie mich, als ich von Gordies Feenhandel gehört hatte.

Das Phänomen war überall.

Ich zückte einen Retro 51, der mit einer schlichten blauen Tinte ohne magische Kräfte gefüllt und für die normale Korrespondenz bestimmt war. Dann setzte ich einen Brief auf.

Liebe Mrs Munro,

unsere kurze Begegnung heute Morgen hat mich mit großem Stolz erfüllt – mit Ehrfurcht vor Ihrem Einsatz für die öffentliche Sicherheit und Bewunderung für Ihre Professionalität. Sie erwähnten, dass Sie vielleicht bestimmte Informationen an Stellen weiterleiten können, die für die Strafverfolgung von Menschenhändlern zustän-

dig sind. Vielleicht gibt es dafür ja ein eigenes Dezernat. Wie auch immer, es ist mein Wunsch, dass sich Ihre Kollegen auf die Händler konzentrieren und nicht auf deren Opfer, die durch Betrug und Manipulation in eine höchst unglückliche Lage geraten sind. Unten finden Sie die Namen zweier solcher Menschenhändler. Hoffentlich können Ihre Kollegen die kriminellen Machenschaften dieser Personen rasch beweisen und sie verhaften, damit die Opfer endlich aus der Sklaverei freikommen.

Ich werde mich bemühen herauszufinden, wo diese Männer ihre Opfer gefangen halten. Sollte ich Erfolg haben, werde ich diese Informationen unverzüglich an Sie weitergeben.

Die Adressen ließ ich absichtlich weg, weil ich nicht wusste, ob sie meinen Hinweis überhaupt ernst nehmen würde, und ich auf keinen Fall wollte, dass ihre Kollegen bei den Opfern anfingen. Es war ein Test für beide Seiten: die Polizisten mussten verifizieren, dass meine Informationen zutrafen, und ich musste verifizieren, dass sie verantwortungsvoll handelten.

Ein Blick auf ihre Karte zeigte mir, dass Detective Inspector Munro in der Polizeistation Maryhill arbeitete. Ein kleiner Umweg, den ich gern in Kauf nahm, weil die Zugverbindung gut war und ich nichts gegen einen kleinen Spaziergang hatte. Auf jeden Fall konnte ich vor Geschäftsschluss wieder zu Hause sein.

Ich hinterließ den Brief am Eingangsschalter des Reviers und fragte mich, ob da noch immer jemand die Wanze abhörte, die ich in dem Café deponiert hatte, und ob sie sie irgendwann abholen würden. Das Budget, das sie dafür verbraten konnten, war bestimmt nicht unbegrenzt. Wahrscheinlich hatten sie mein Manöver längst bemerkt und meinen Namen verflucht. Vielleicht konnte ich mit meiner Nachricht ein wenig Wiedergutmachung leisten.

WEEGIE GOTH

Als ich nach Hause kam, war Buck ganz aufgelöst und brüllte mir ohne Gruß entgegen: »Warum hast du mich dazu gebracht, mir *Rosenkranz und Güldenstern sind tot* anzuschauen?«

[Ich hab dich zu gar nichts gebracht.]

Er zeigte mit dem Finger auf mich. »J'accuse! Du hast gesagt, das is' 'ne Komödie!«

[Das Stück hat doch witzige Passagen.]

»Es is' einfach zu hart an der Schmerzgrenze, MacBharrais. Sie werden gerufen, und als sie kommen, tappen sie in eine Falle. Es gibt keinen Ausweg für sie außer den endgültigen, und sie finden nie raus, warum das so is'. Und wenn es mir genauso geht wie den beiden?«

[Dir geht es ja nicht so, Buck.]

»Doch! Ich sitze hier in dieser Wohnung fest und kann nich' weg. Ich hab keine Ahnung, warum CLÍODHNA es auf mich abgesehen hat. Und ich weiß nich', was sie vorhat.«

[Daran arbeite ich schon.]

»Die zwei im Film arbeiten auch daran, Alter. Und es bringt ihnen rein gar nix. Is' dir aufgefallen, wie Rosenkranz seiner Zeit voraus ist und immer wieder die tollsten wissenschaftlichen Prinzipien entdeckt? Sachen, für die später Galileo und Newton die Lorbeeren eingeheimst haben?«

[Ja, diese Stellen fand ich besonders amüsant.]

»Von wegen amüsant! Sie sind schrecklich! Wenn er die Zeit hätte, würde er sich zum Genie entwickeln, aber nein, das

Schicksal zerquetscht ihn einfach, und sein ganzes Potenzial wird im Keim erstickt! Denk mal drüber nach, Alter!«

[Ich habe schon viel über verlorenes Potenzial nachgedacht.] Angefangen bei all meinen Schülern. [Krieg, Krankheit, Hungersnot. So viele sind auf diese Weise umgekommen.]

»Ich rede nich' davon, dass jemand einem Unglück zum Opfer fällt. Nein, Rosenkranz und Güldenstern werden gezielt ins Visier genommen und können sich nich' dagegen wehren. Sie spüren, dass da ein großes Rad auf sie zurollt, dem sie nich' ausweichen können. Und das hat verdammt viel Ähnlichkeit mit meiner Situation hier.«

BRIGHID hatte recht. Buck war ein besonderer Hobgoblin. So viel Selbstreflexion besaßen nur die wenigsten seiner Art.

[Der Unterschied ist – und das will ich dir schon die ganze Zeit erklären –, dass du Freunde hast. Wie mich und Nadia. Ich an deiner Stelle würde mich sogar ganz besonders gut zu Nadia stellen.]

Buck wurde blass um die Nase. »Warum?«

[Sie hat heute einen Oger unschädlich gemacht, der dich nach Tír na nÓg zurückbringen sollte.]

Der Hobgoblin erbleichte noch mehr, dann hatte er sich wieder im Griff und lachte. »Oger sind groß, aber nich' besonders taff. Mit denen wird man leicht fertig.«

[Dieser steckte in vielen Kleiderschichten mit Bannsprüchen gegen deine Magie. Ich glaube, mit dem hättest du dich ziemlich schwergetan.]

»Ach. Und sie hat ihn unschädlich gemacht, sagst du?«

[Aye.]

»Muss ich ihr jetzt eine Dankeskarte schreiben oder so?«

[Ein feines Bier und ein persönliches Dankeschön wären tatsächlich nicht schlecht. Apropos, haben wir noch Bier im Haus?]

»Ja. Setz dich ruhig hin und lass mich machen. Hab den ganzen Tag nix anderes getan, als mir den armen Kopf zerbrochen.«

Mit einem Seufzer ließ ich mich an der Kücheninsel nieder. Dann stand ich gleich wieder auf, weil mir einfiel, dass ich zu Hause eine bessere Lösung für meinen Fluch hatte als mein Telefon. Auf meinem Notebook war eine teure Software, die eine akustische Sprachausgabe mit einer schottischen Männerstimme beherrschte. Sie war ausdrucksvoll, klar und fünf Millionen mal sympathischer als die englische Stimme auf dem Handy. Es war kein Glasgower Akzent – es klang eher wie ein Edinburgher mit einer Rolle Küchenpapier im Allerwertesten –, aber im Vergleich wahrer Balsam für die Ohren.

Als mir Buck ein Pint Schwarzbier hinstellte, tippte ich, und die neue Stimme namens Stuart erklang. [Danke, Buck. Wie findest du diese Stimme? Besser?]

Er schenkte mir ein perfekt überkrontes Grinsen. »Das is' total genial, echt! Warum nimmst du das nich' immer her?«

[Das ist nur auf meinem Notebook. Funktioniert nicht auf dem Telefon. Jedenfalls kann ich so schneller tippen und mehr sagen.]

»Gefällt mir. Da kannst du mir doch gleich eine Geschichte erzählen, während ich das Abendessen mache.«

[Klar. Was gibt's denn?]

»Eine Überraschung. Hab 'ne Kochsendung geguckt und festgestellt, dass du alle Zutaten hier hast.« Er holte den Reiskocher heraus. Vielleicht plante er ein Curry.

[Was möchtest du denn hören?]

»Mich würde interessieren, wie du Nadia kennengelernt hast und wie sie zu deiner Managerin geworden ist. Damit ich weiß, warum ich mich mit einer Frau anfreunden soll, die

mir die Nase gebrochen hat. Aber es muss eine richtige Geschichte sein.«

[Gut, das lässt sich machen. Also los.]

Ich hatte Nadia durch Zufall auf der unterirdischen Plattform
der alten, aufgegebenen Bahnstation Botanic Gardens entdeckt. Sie liegt an einer Linie, die schon in den Sechzigern geschlossen wurde, als ich noch klein war. Danach diente das
Bahnhofsgebäude kurz als Nachtclub, bis es 1970 abbrannte.
Die Gleise wurden herausgerissen und anderswo verwendet.
Was man also dort vorfindet, ist ein Betonbahnsteig und daneben eine breite Mulde mit festgetretener Erde. Unter den
Ventilationsschächten, durch die Sonnenlicht und Regen
hereinfällt, wachsen Bäume und andere Pflanzen. Über die
Wände der Plattform ziehen sich Schichten von Algen und
eher langweiligen Graffiti. Es riecht nach Rost, Pisse und
Schimmel.

Eigentlich ist es nicht besonders schwer, da hinunterzu-
gelangen und sich umzuschauen. Man muss sich ein wenig
durch einen Zaun zwängen, klar, und man braucht eine Taschenlampe, damit man sich im Dunkeln zurechtfindet. Außerdem sollte man auf einen Überfall von zwielichtigem Ge-
sindel gefasst sein. Auf Gesetzeshüter wird man dort unten
eher selten stoßen. Deswegen ist die Bahnstation ein idealer
Schauplatz für illegale Pitfights, zumal sie unter der Erde liegt
und mit der Gleismulde als Kampfgrube und dem Bahnsteig
als Zuschauertribüne beste Voraussetzungen bietet.

Niemand steigt in eine verlassene Bahnstation hinunter,
wenn er Angst vor den Gefahren hat, die im Dunkeln lauern
könnten, oder wenn er sich von Zäunen und Verbotsschil-
dern beeindrucken lässt. Da ich nicht mehr der Jüngste war,

brauchte ich einen unerschrockenen Beschützer, und das war der Ort, wo ich nach Hilfe suchte. Wer sich dort herumtrieb, hatte ganz automatisch schon meinen ersten Test bestanden, und wer mehrere Runden in der Kampfgrube durchhielt, kam auf jeden Fall als mein Bodyguard in Frage.

Allerdings machte ich mir keine großen Hoffnungen, weil ich einen äußerst durchsetzungsfähigen Kämpfer benötigte, der *nicht* zugleich ein Scheißkerl war. Also keinen rücksichtslosen Paladin, sondern jemand mit menschlichen Qualitäten.

Unterwegs wollten sich zwei junge Burschen mit mir anlegen und stellten fest, dass mein Stock ziemliche Schmerzen verursachte, wenn er ihnen mit hoher Geschwindigkeit in die Klöten krachte. Ein weiterer Einsatz an ihren Schläfen hielt sie davon ab, ihren Ärger an jemand anderem auszulassen. Nach dem Aufwachen dachten sie vielleicht sogar noch einmal über ihr Leben als Räuber und Diebe nach.

Erregtes Stimmengewirr und schwaches, allmählich heller werdendes Licht lockten mich weiter, bis ich auf die zusammenströmenden Zuschauer stieß. Kleine Grüppchen scharten sich um Buchmacher, die Wetten annahmen, und Promoter, die ihre Kämpfer anpriesen. Schließlich landete ich am Rand des Geschehens in der Nähe von zwei jüngeren Frauen, die anscheinend auf den Beginn der Kämpfe warteten. Sie waren komplett in schwarzes Leder mit Chromnieten gekleidet und führten eine angeregte Diskussion über Joghurt. Alle anderen in Hörweite redeten über diesen oder jenen Kämpfer, der heute Abend einem anderen die Fresse polieren oder Dreck schlucken würde. Da weckte das Gespräch über Molkereiprodukte natürlich meine Neugier, weil es so deplatziert schien.

»Griechischer Joghurt ist der beste – er hat die perfekte Mischung aus Proteinen und Geschmack«, meinte die eine. Sie war die Größere und nicht ganz so schlank wie Nadia. »Und man kriegt ihn auch fettarm.«

»Scheiß aufs Fett, auf den Zucker kommt es an«, entgegnete die andere. »Dieses isländische Zeug ist das reinste Milchgold. Skyr heißt es. Mehr Protein, weniger Zucker. Und ein unglaublich sanftes Mundgefühl.«

»Was soll der Kack mit dem Mundgefühl? Bist du jetzt zur Kaffeesommelière geworden?«

»Das Mundgefühl gehört *immer* dazu, wenn du was isst, blöde Kuh. Es gibt Geschmack und Geruch, klar, aber es gibt auch eine taktile Komponente beim Essen, von der die meisten Leute keine Ahnung haben. Und das ist ein großer Fehler.«

»Dann mach ich also was falsch, wenn ich bei meinem Joghurt nicht ans Mundgefühl denke? Willst du darauf raus?«

»Nicht bloß bei deinem Joghurt. Bei allem, was du dir ins Maul stopfst. Deine beschissenen Sandwiches, deine wässrigen Currys und deinen schwachen Tee.«

Ihre Begleiterin ächzte. »Nadia, das nimmst du sofort zurück, verdammt. Mein Tee *ist* nicht schwach.«

Mir entfuhr ein leises Prusten, und sie wurden auf mich aufmerksam. Als wären sie eins, wandten sie sich um und ließen den Blick von oben nach unten über mich wandern. Offenbar waren sie nicht sonderlich beeindruckt.

Nadia sprach als Erste. »Und was bist du für einer, so fein rausstaffiert mit deinem Kaschmirmantel und dem geschleckten Schnauzer? Ein Bulle vielleicht?«

»Kein Bulle. Ein Investor.«

»Investor? Mit Aktien und so?«

»Eher mit Leuten. Ich suche eine Person mit besonderen Fähigkeiten und dachte, ich könnte sie vielleicht hier finden.«

»Also, Nadia hier ist echt was Besonderes«, meinte die Größere.

»Halt die Klappe.«

»Entschuldigung. Aber du bist wirklich besonders!« Sie wandte sich wieder an mich. »Du willst also investieren? Dann setz dein Geld heute Abend auf Nadia. Sie wird alles gewinnen.«

»Schsch!«

»Sie treten ... du trittst hier an?«, fragte ich.

Nadia seufzte und starrte ihre Freundin böse an, bevor sie antwortete. »Ja. Die Buchmacher glauben, dass ich schon beim ersten Kampf abkratze, doch so wird es nicht laufen.«

»Ah. Dann haben sie bei der Einschätzung deiner Chancen anscheinend was übersehen. Mich würde interessieren, was. Beherrschst du eine spezielle Kampfkunst?«

»Das auch, sicher. Aber ich kann nicht erklären, warum ich gewinnen werde. Es ist einfach so.«

»Obwohl deine Gegner viel größer und stärker sind? Vielleicht sogar geübter im Kampf?«

»Sie wird sie alle fertigmachen«, behauptete die Größere. »Und wir werden bei den Wetten abräumen.« Sie wackelte mit dem Zeigefinger. »Von dem Gewinn werden wir monatelang leben.«

Ich schaute weiter Nadia an. »Du hast Selbstbewusstsein, wie ich sehe. Du setzt Geld und Gesundheit aufs Spiel und zeigst nicht die geringste Nervosität vor dem ersten Kampf. Im Gegenteil, du stehst hier hinten und diskutierst über Joghurt.«

Sie zuckte die Achseln. »Ich bin Vegetarierin und nehme meine Proteine ernst.«

»Wie es sich gehört. Darf ich fragen, welche Wettquote für dich im Moment angegeben wird?«

»Hängt vom Buchmacher ab. Jedenfalls bin ich krasse Außenseiterin.«

»Unter welchem Namen trittst du an?«

Die beiden Frauen tauschten einen Blick aus. »Weegie Goth«, antwortete Nadia.

»Ausgezeichnet. Würdet ihr mich bitte entschuldigen? Ich

muss eine Wette abschließen. Ich hoffe sehr, dass du dich durchsetzt.«

»Wenn es so ist und du mit einer dicken Brieftasche hier rausmarschierst, krieg ich dann einen Anteil an deinem Gewinn?«

»Gern. Unter der Bedingung, dass ich euch beide anschließend zum Tee einladen darf. Oder zu einem Joghurt, falls euch das lieber ist.«

Nadia kniff die Augen zusammen. »Worauf bist du aus? Bist du ein Perverser? Auf so was stehen wir nämlich nicht. Wir stehen überhaupt nicht auf Männer.«

»Nein, um so was geht's mir nicht. Wie gesagt, ich bin Investor. Wenn du deine Gegner heute Abend schlägst, würde ich gern noch mehr investieren. Mein Interesse ist rein geschäftlich.«

»Also gut, von mir aus.«

Ich tippte mir an den Hut und begab mich auf die Suche nach einem Buchmacher. Schließlich stieß ich auf einen unappetitlichen Burschen namens Georgy Orgy, der mir bei einem Einsatz von jeweils tausend Pfund für den Turniersieg von Weegie Goth eine Quote von fünfzehn zu eins und für ihren Sieg im ersten Kampf gegen Hammerfist eine von fünf zu eins bot.

Georgy war ein spindeldürres Knochengestell mit großer Nase und einem keilförmig scharfen Adamsapfel. Unter seinen Augen klebten blutunterlaufene, violette Tränensäcke, und er hatte sich schon mehrere Tage nicht mehr rasiert. Hinter ihm stand ein bergartiger Kerl mit braunem Bart, offenbar sein Bodyguard. Georgy gestikulierte und redete schnell, als hätte er sein Frühstücksbrötchen mit einem Klecks Konfitüre und einem Kilo Kokain bestreut.

»Warum nur fünf zu eins für den ersten Kampf?«, fragte ich.

Der Buchmacher zuckte die Achseln. »Bloß so ein Bauch-gefühl. Ich glaub eigentlich, dass sie verliert. Hab sie allerdings beim Trainieren beobachtet, verstehen Sie. Die hat Schliche und Schlenker drauf, die ich noch nie gesehen hab. Andererseits haut sie nich' besonders fest zu, und da denk ich mir, sie hält sich vielleicht zurück. Keine Ahnung, ob das für einen Sieg reicht, aber ich will mich nich' von einer Anfänge-rin nass machen lassen. Und auch sonst von niemand. Scheiß drauf.«

»Treten in dem Turnier noch andere Frauen an?«

»Ja, eine noch. Paisley Terror. Möchten Sie auf die auch wet-ten?«

»Nein, bin bloß neugierig. Wer ist Favorit?«

»Gallowgate Tate. Hat schon zwei Turniere gewonnen. Vier zu drei für ihn.«

Ich hatte mein Wettgeld separat mitgebracht und auch nicht über den Betrag hinausgehen wollen, den ich zu ver-lieren bereit war. Doch jetzt leerte ich meine Brieftasche und setzte fünfundsiebzig Pfund darauf, dass Gallowgate Tate das Turnier gewann.

»Was, nich' noch mal tausend?«, stichelte Georgy.

»Das ist mehr eine Lektion für mich, falls meine Außensei-terin nichts abwirft.«

»Klar, klar, hab verstanden. Hier Ihr Ticket. Falls Sie was ge-winnen, kommen Sie hinterher zu mir.«

Es waren insgesamt acht Kontrahenten, die einander nach dem Prinzip der Einzelausscheidung in sieben Kämpfen ge-genübertraten. Drei Siege bedeuteten, dass man das Turnier gewonnen hatte. Ohne die anderen Teilnehmer gesehen zu haben, bestand für mich aufgrund meiner Erfahrung mit sol-chen Veranstaltungen kein Zweifel, dass Nadia körperlich die Kleinste und Schwächste im ganzen Feld war.

Inzwischen war das Gedränge stärker geworden, und ich

hatte Schwierigkeiten, sie und ihre Freundin wiederzufinden.

Auf einmal reckte sich eine behandschuhte Hand aus dem Getümmel und winkte mich heran. »Hab gesehen, wie du bei Georgy Wetten abgeschlossen hast.«

»In der Tat. Wenn du deinen ersten Kampf gewinnst, kriegst du meinen Einsatz.«

»Echt jetzt? Und wie viel ist das?«

»Zweitausend.«

Ihre Brauen hüpften nach oben. »Nicht schlecht. Gibt's noch was drauf, wenn ich das ganze Ding gewinne?«

»Ich hab dir ja schon Tee versprochen.« Ihr Gesamtsieg würde mir achtzehntausend einbringen, doch schon mit einem Erfolg im ersten Kampf konnte ich einen Ausflug nach Australien finanzieren. Ich brauchte unter anderem für ein Tintenrezept dringend Quokkamilch, deren Beschaffung unglaublich schwer und zeitraubend war.

»Ha, abgemacht. Ich bin Nadia«, sagte sie, obwohl ich ihren Namen schon gehört hatte.

»Aloysius.« Ich tippte mir an den Hut. »Du kannst mich Al nennen.«

»Ich bin Dhanya«, fügte die Größere hinzu.

»Freut mich, euch beide kennenzulernen. Gehe ich recht in der Annahme, dass das dein erster Pitfight ist, Nadia?«

»Stimmt. Und sicher nicht mein letzter. Aber der letzte, in dem ich solche Außenseiterquoten kriege.«

»Brauchst du das Geld für was Besonderes?«

»Fürs Studium. Eine Wohnung, die keine Besenkammer ist. Ein verdammtes Bett …«

»Futons sind nämlich echt *Scheiße*«, warf Dhanya ein.

Nadia grinste ihr zu und zuckte die Achseln. »Das Übliche halt.«

»Was studierst du?«

»Ich will Bilanzbuchhalterin werden. Ich führe zwei Leben, so wie Thomas Anderson. Zahl meine Steuern und helfe meiner Vermieterin beim Müllraustragen. Aber wenn die Arbeit rum ist, bin ich Metal wie Sau. In ein paar Monaten mach ich meinen Abschluss.«

In diesem Moment wurde Nadia für mich mehr als ein mögliches Gewinnlos. Wenn sie sowohl kämpfen als auch die Finanzen von MacBharrais Printing & Binding betreuen konnte, durfte ich mich auf eine herausragende Mitarbeiterin freuen.

»Und du, Dhanya? Studierst du auch?«

»Nein. Ich programmiere Videospiele und stecke Futons in Brand. Das eine ist eine moralische Verpflichtung, das andere deckt die Miete.«

Ein Mann mit Mikro und tragbarem Verstärker machte lautstark darauf aufmerksam, dass der erste Kampf bevorstand und die Buchmacher keine Wetten mehr annehmen durften. Er rief die Namen der zwei Kämpfer auf, die sich aus dem Gedränge auf dem Bahnsteig lösten und mit dem Zeremonienmeister hinunter in die Grube sprangen.

Das Ganze lief ohne einen Schiedsrichter. Immerhin gab es Georgy Orgys bärtigen Muskelprotz, der die Kontrahenten auf Waffen filzte. Man schlug sich mit bloßen Fäusten, bis ein Kämpfer aufgab oder ausgeknockt wurde. Johlende Rufe feuerten die Kontrahenten an oder verspotteten sie. Der Zeremonienmeister ließ sie zu beiden Seiten antreten und fragte, ob sie bereit waren. Dann griff er nach seinem Verstärker und wich zurück. »Los!«, schrie er, als er sich in Sicherheit glaubte.

Sofort stürzte sich der schlanke, wendige Gunbarrel mit einem Hagel von Hieben und Tritten auf seinen Gegner Pisstaker. Letzterer war ein gedrungener Kerl mit haarigen, muskelbepackten Armen und einer gebrochenen Nase. Er ließ den hektischen Ansturm geduldig über sich ergehen, bis er einen wuchtigen Treffer landen konnte, der Gunbarrel ins Torkeln brachte. Sofort riss Pisstaker ihn zu Boden und beendete das Ganze mit einem Würgegriff, aus dem es kein Entrinnen gab.

Im zweiten Kampf trat der Favorit Gallowgate Tate auf, ein hünenhafter Rambo, der dank einer proteinlastigen Kost und wahrscheinlich auch anabolen Steroiden nur so vor Muskeln strotzte. Vielleicht hatten ihn russische Athletikwissenschaftler aufgepäppelt, nachdem sie Ivan Drago für *Rocky IV* präpariert hatten. Tate beobachtete kühl, wie sein Kontrahent Dirty Clyde ihn umkreiste und ab und zu attackierte. Er selbst griff nicht an, sondern reagierte immer nur. Er blockte Hiebe und Tritte ab und wartete darauf, dass sich in Clydes Deckung eine Lücke auftat. Als er endlich seine Chance erkannte, schlug er brutal zu und schickte Clyde mit drei Körpertreffern zu Boden. Statt die Sache zu beenden, gab er ihm die Gelegenheit, durchzuatmen und sich aufzurappeln. Dirty Clyde tat ihm den Gefallen. Vielleicht wünschte er sich zu der normalen Tracht Prügel noch eine Gehirnerschütterung, und die bekam er sicher auch, als er nach einem Roundhouse-Kick an die Schläfe leblos zusammensackte. Man musste ihn hinausschleifen.

Beide Sieger waren bestimmt doppelt so groß und schwer wie Nadia, die als Nächste aufgerufen wurde. Unter dem lauten Grölen der Menge sprang sie von der Plattform hinunter in die Grube, wo schon ihr grinsender Gegner wartete, ein blonder Poseur mit kantigem Kinn und Pomadefrisur namens Hammerfist.

Georgys Bodyguard forderte Nadia auf, ihre Nietenhandschuhe und Jacke auszuziehen. Darunter kam ein schwarzes Trägerhemd zum Vorschein. Hammerfist wog mit Sicherheit fünfundzwanzig Kilo mehr als sie. Als die beiden einander ge-

genübertraten, bemerkte ich das blutrünstige Glitzern in den Augen des jungen Mannes und bekam Angst um Nadia.

Dhanya dagegen stand feixend neben mir. »Der Wichser hat keine Ahnung, was da auf ihn zukommt.«

So ging es im Grunde allen außer Dhanya. Nach dem »Los!« des Zeremonienmeisters stieß Hammerfist sofort mit einer blitzartigen rechten Geraden gegen Nadias Kopf vor. Ich rechnete mit einem Volltreffer, doch sie duckte sich mit einer Drehung weg und keilte mit dem Fuß nach oben, der Hammerfist beim Nachsetzen voll an der Kehle traf. Taumelnd fiel er auf den Hintern, die Augen groß vor Panik. Nadia wartete, während er keuchend und röchelnd nach Luft schnappte.

Nach fünf Sekunden gab er mit einem Wink auf, und die Zuschauer verstummten kurz, bevor sich ihr Schock in einem Chor von *Heilige Scheiße* und *Das gibt's doch nicht* entlud. Hatte sie nur Glück gehabt? Wenn es Geschick war, warum zum Henker hatte ihr niemand mehr zugetraut? Sie hatte den blonden Bastard mit einem einzigen Tritt gefällt und selber keine Schramme abbekommen. Hammerfist ließ sich von ein paar Freunden hinaushelfen, und ich konnte nur hoffen, dass sie ihn sofort ins Krankenhaus brachten.

Keiner der Buchmacher war erfreut über diese Wendung, ganz zu schweigen von den Wettern, die auf Hammerfist gesetzt hatten.

Ich war schon gespannt auf die Quoten für Nadias nächsten Kampf. Würde sie immer noch als Außenseiterin gelten oder eher als Favoritin nach diesem rekordverdächtig kurzen Kampfeinsatz? Von den Buchmachern drückten ihr bestimmt nur die wenigsten die Daumen für die zweite Runde. Ich hatte keine Ahnung, wie viele Wetten auf Nadia abgeschlossen worden waren – wahrscheinlich nicht viele, doch das war auch gar nicht nötig, um Georgy und seine Kollegen bis aufs Hemd auszunehmen. Für den ersten Kampf schuldete er mir schon fünftausend, und wenn sie das Turnier gewann, kamen noch einmal fünfzehntausend dazu.

Jedenfalls würde Nadia nie mehr unbemerkt im Zuschauergedränge über die Vorzüge verschiedener Joghurtsorten diskutieren können. Alle Anwesenden kannten sie jetzt als Weegie Goth, die Frau, die einen Pitfight in wenigen Sekunden mit einem einzigen Tritt beendet hatte. Selbst wenn sie nach diesem ersten Kampf verlor, würde man sie nicht mehr vergessen. So etwas hatten die Leute noch nie erlebt. Es würde sich schnell herumsprechen, und diejenigen, die an diesem Abend nicht dabei waren, würden beim nächsten Mal nach ihr Ausschau halten. Als sie zum Bahnsteig trat, streckte ihr Dhanya gerade die Hand entgegen und hievte sie hinauf. Sofort waren die beiden von männlichen Gratulanten umringt, die eigentlich nur wissen wollten, ob das alles bloß Zufall gewesen war und ob Nadia schon einen Freund hatte.

Nach der ersten Überraschung hatte sich Dhanya schnell erholt und breitete die Arme vor Nadia aus. »Oi! Weg da, haut ab! Es war kein Zufall, und sie hat eine Freundin. Das ist alles. Und jetzt macht endlich Platz, ihr Hohlköpfe!«

Sie wichen ein wenig zurück, doch das Gequassel ging weiter.

Die zwei Frauen erspähten mich und steuerten durch das Gedränge auf mich zu. »Kannst du uns mal helfen, Al? Wir brauchen eine Garderobe oder so was, damit wir ungestört sein können.«

Zum Glück ließen sich die Zuschauer vom nächsten Kampf ablenken.

Paisley Terror, die zweite Frau im Turnier, war eine Meisterin des Kampfsports und hatte es mit Broomielaw Kid zu tun, der sich als gewiefter Taktiker erwies. Er blieb auf Distanz, sodass ihn Terror, die ungefähr so groß und schwer war wie er, nicht niederschlagen konnte. Er baute darauf, dass ihr irgendwann die Kräfte ausgingen und er einen sauberen Kopftreffer landen konnte. Doch dann erwischte sie ihn auf dem falschen Fuß und versetzte ihm einen ruckartigen Tritt in die Eier. Zwar trug er vernünftigerweise einen Schutz, trotzdem erstarrte er so lange, dass sie herumwirbeln und ihm den Ellbogen ans Kinn rammen konnte. Blut und Zähne spritzten ihm aus dem Mund, und er taumelte zurück. Wahrscheinlich hätte er weitermachen können, aber ihm stand schon jetzt eine beträchtliche Zahnarztrechnung ins Haus, und er wollte sich nicht der Gefahr weiterer Verletzungen aussetzen, zumal seine Strategie letztlich gescheitert war. Er gab auf, und damit standen die Halbfinalpaarungen fest: Pisstaker gegen Gallowgate Tate und Weegie Goth gegen Paisley Terror.

Bis zum Beginn dauerte es noch mindestens eine halbe Stunde, damit die Quoten berechnet und neue Wetten abgeschlossen werden konnten. Nadia hatte das ganze Turnier aufgemischt, und nicht wenige kamen herüber und fragten, ob sie Paisley Terror schlagen konnte oder ob sie in der ersten Runde bloß Glück gehabt hatte. Auch Paisley Terror wurde mit Fragen nach ihrer Strategie gegen die Neue bestürmt. Letztlich einigte man sich auf eine Quote von eins zu eins, weil sich niemand zu weit aus dem Fenster lehnen wollte.

Gallowgate Tate hingegen war Favorit gegen Pisstaker, und es lief wie erwartet, auch wenn es für beide zur Plackerei wurde. Pisstaker konnte sowohl einstecken als auch austeilen, doch Tate war einfach zu groß und schnell für ihn. Geduldig bearbeitete er den Kleineren, bis Pisstaker die Hände nicht mehr hochbrachte, um den Schwinger zu blockieren, der ihn ausknockte.

Auch Tate stieg nicht ungeschoren aus der Grube. Er hatte ein geschwollenes Auge und schonte seine linke Seite, wo Pisstaker mehrere harte Körpertreffer gelandet hatte.

Als der Zeremonienmeister Weegie Goth und Paisley Terror aufrief, brüllten die Zuschauer vor Vorfreude. Alle waren neugierig, ob auch dieser Kampf so schnell enden würde – auch ich.

Paisley Terror war nicht dumm. Statt einfach anzugreifen, umkreiste sie ihre Kontrahentin in defensiver Haltung. Nadia schaute ihr nur mit hängenden Armen zu und drehte sich mit. Terror ließ sich durch die scheinbar fehlende Deckung nicht ködern. Sie wollte nicht in eine Falle tappen.

So ging es eine halbe Minute, und die ersten Buhrufe wurden laut. Die Zuschauer forderten, dass sie endlich anfangen sollten. Terror winkte Goth heran. Nadia schüttelte grinsend den Kopf, immer noch ohne Deckung.

Plötzlich schoss Terror auf die reglos verharrende Nadia zu und wich wieder zurück. Eine Finte, um ihre Gegnerin aus der Reserve zu locken. Goth allerdings lächelte nur, und das brachte die Zuschauer in Rage. Sie wollten Action, kein Starrduell.

Schließlich wagte Terror einen vorsichtigen Stoß mit der Führhand, ohne ihre Deckung zu entblößen. Auch Nadia bewegte sich jetzt und stellte die Füße leicht auseinander. Als ich schon dachte, dass der Schlag sie unweigerlich treffen musste, wich sie im letzten möglichen Moment nach rechts aus, sodass die Faust über ihre linke Schulter rauschte. Sofort packte sie das Handgelenk und versuchte es gleichzeitig mit einem Aufwärtshaken durch die Deckung ihrer Gegnerin. Sie traf nicht, doch als ihr rechter Ellbogen auf Gesichtshöhe war, rammte sie ihn Terror in die Zähne, dicht gefolgt von einem harten Rückhandhieb. Im nächsten Moment gab Nadia das Handgelenk frei und löste sich. Im Zurückfallen holte Terror zu einem geraden Tritt gegen Nadias Rumpf aus, den Goth wegklatschte, sodass er wirkungslos an ihr vorbeisauste. Dann nutzte sie die fehlende Balance ihrer Kontrahentin zum

Gegenangriff. Ihre kurze Gerade mit der Rechten wurde geblockt, aber der folgende Crossschlag nicht mehr. Er krachte voll auf die Nase, und Terror ging zu Boden. Bevor sie sich wegrollen konnte, hatte Nadia den Stiefel auf ihrem Hals, und Paisley Terror gab auf.

Der Kampf hatte länger gedauert, die Entscheidung war jedoch nicht weniger klar. Nadia war nicht nur unbesiegt, sondern hatte bisher auch keinen einzigen Schlag einstecken müssen.

Der Showdown im Finale fand also zwischen Nadia und Gallowgate Tate statt. Ein bekannter Favorit und Champion gegen einen ziemlich furchteinflößenden Neuling.

Mir war ein Rätsel, welche Kampfkunst Nadia praktizierte. Vielleicht etwas in Richtung Krav Maga, obwohl ich keine charakteristischen Bewegungen erkannt hatte. In Sachen Disziplin waren ihr alle überlegen, doch offenbar konnte sie sich auch ohne diese Fähigkeit durchsetzen.

Die nächste halbe Stunde wurde zu einem bemerkenswerten Wettstreit zwischen Augenschein und Voreingenommenheit. Nach Lage der Dinge – zwei Siege ohne den geringsten Kratzer – hätte Weegie Goth die klare Favoritin gegen Gallowgate Tate sein müssen, der seine zwei Erfolge sichtlich ramponiert überstanden hatte. Doch Tate war riesig. Und er war ein Mann. Und er hatte schon oft gewonnen. Alles natürlich Fakten ohne echte Relevanz. Das Gleiche hatte auch für Hammerfist gegolten, bevor Nadias Stiefel ihn an der Kehle traf.

Insgesamt waren es fünf Buchmacher, von denen drei Tate zum Favoriten machten, wenn auch nicht mit großem Abstand. Sie verzeichneten auf beiden Seiten ein lebhaftes Geschäft. Nur Georgy Orgy und ein anderer hatten Nadia als Favoritin und freuten sich über einen riesigen Andrang von Männern, die Außenseiterwetten auf Gallowgate Tate abschlossen.

»Schau dir das an, die wetten alle auf Tate.« Dhanya schüttelte den Kopf.

»Ist doch gut. Dann können die Buchmacher wenigstens zahlen, wenn wir gewinnen«, erwiderte Nadia.

Ein Mann schob sich nach vorn und stellte Nadia die Frage, die mich schon die ganze Zeit beschäftigte. »Welchen Kampfstil praktizierst du eigentlich?«

»Ich kämpfe nach den Geboten Seiner Dunklen Hoheit Lhurnog des Unheiligen und opfere ihm Whisky und Käse, auf dass ich als Siegerin aus dem Gefecht hervorgehe.«

»Was?«

»Sie meint, du sollst dich verdrücken«, erklärte Dhanya.

Ich gluckste, als er sich mit finsterer Miene verzog. »Hab noch nie von diesem Lhurnog gehört.«

»Natürlich nicht«, antwortete Nadia. »Dafür ist er ja auch unheilig. Aber du kannst ihn dir auf meinem Transporter anschauen, wenn wir hinterher Tee trinken.«

»Dein Transporter?«

»Sie hat einen Hexenwagen«, warf Dhanya ein. »Drinnen ein kleiner Schrein für Lhurnog. Kühlschrank voll mit kalten Getränken, Handschuhfach voll mit Kokain. Der reinste Wahnsinn. Die einen glauben, wir kommen in die Hölle, die anderen wünschen sich in ihrem zaghaften Herzen, sie hätten auch so einen tollen Hexenwagen.«

Ich grinste sie bloß an – anscheinend genau die richtige Antwort.

»Das mit dem Kokain war bloß ein Witz. Wir haben da drin eine Büchse mit Salz, das aus den Tränen von Männern destilliert ist, die uns belästigen.«

Ich musste lachen. »Hoffentlich kriege ich den Wagen mal zu sehen.«

»Ja, bestimmt.«

»Auf die Seitenwand ist ein Bild gemalt?«

»Auf beide. Auf der Fahrerseite sitzt Lhurnog mit einem Glas Whisky in der einen Hand auf seinem Käsethron, und in der anderen hält er gegrillte Männer, die wie bei einem Kebab kurz vor dem Verzehr auf einer Lanze aufgespießt sind.«

»Hervorragend. Und was ist es für ein Whisky?«

»Was er möchte, schließlich ist er ein Gott. Aber das ist noch nicht alles. Lhurnog bildet nämlich nur den Hintergrund. Im Vordergrund reitet Nadia auf einer Riesenechse und hebt die Nietenfaust zum Himmel. Um sie herum schwirrt schaurige Energie – weil sie die Hexe ist, verstehst du?«

»Klingt nach dem besten Transporter, von dem ich je gehört habe. Wenn es den nicht wirklich gibt, werde ich sehr enttäuscht sein.«

»Es gibt ihn, glaub mir. Sie hat so viel Geld in das Ding gesteckt. Ehrlich gesagt ist das auch der Grund, warum sie heute den Erfolg braucht. Sie ist pleite wegen dem Hexenwagen.«

»Schsch. Das musst du ihm nicht erzählen!«, rief Nadia.

»Aber es stimmt doch, oder nicht?«

»Was für ein Bild ist auf der anderen Wagenseite?«, fragte ich, bevor sie wieder zu streiten begannen.

»Das musst du dir schon selber anschauen«, antwortete Nadia.

Ich nickte freundlich und ließ andere Leute heran, die Nadia Fragen stellen oder ihr Glück wünschen wollten. Der Name Lhurnog ging mir nicht mehr aus dem Kopf. Ich hatte Verträge für die meisten Pantheons der Welt geschrieben oder gelesen und konnte mich nicht erinnern, dass dieser Gott irgendwo erwähnt worden wäre.

Vielleicht hatten sich die beiden bloß ein bisschen über mich lustig gemacht – dagegen hatte ich nichts. Nur wenn nicht, wer war dann dieser Lhurnog? Ein Dämon aus einer der zahllosen Höllen, der sich als Gott ausgab? Das hätte Ärger bedeutet. Und es hätte erklärt, warum Nadia so infernalisch gut kämpfte. Vielleicht war es doch keine gute Idee, eine extrem gefährliche Pitfighterin zu ihrem fensterlosen Transporter zu begleiten.

Als in dem Geplauder eine kleine Pause entstand, fragte ich Dhanya: »Diese Opfer, die Lhurnog bekommt. Da geht's nur um Whisky und Käse, oder? Nicht noch um was anderes vielleicht?« Ich bemerkte, dass sie kurz Nadias Blick suchte.

Mit ernstem Gesicht wandte sie sich wieder an mich. »Aye, ich meine … du wirkst auf einmal so bestürzt, Al. Macht dir irgendwas Sorgen?«

»Die Sache, die du vorhin erwähnt hast. Lhurnog, der aufgespießte Männer wie einen Kebab verspeisen will. Mit so was habt ihr nichts am Hut, oder?«

»Was meinst du? Männer aufspießen? Oder Kebabs essen?«

»Na ja, Seiner Dunklen Hoheit Opfer darbringen.«

»Ach so! Nein, darum kümmert sich Lhurnog schon selbst. Aber gegen einen guten Kebab haben wir nichts einzuwenden. Vegetarisch natürlich.«

Diese Antwort konnte mich nicht ganz beruhigen, und das war mir wohl anzumerken. Jetzt zuckte es um Dhanyas und Nadias Lippen, auch wenn sie ihr Grinsen zu unterdrücken versuchten. Also machten sie sich wirklich über mich lustig. Das erleichterte mich. Andernfalls hätte ich nämlich einiges an Arbeit vor mir gehabt.

Der Zeremonienmeister machte viel Wind um das bevorstehende Hauptereignis. Nacheinander rief er die Kämpfer auf und belegte sie mit schmückenden Beinamen. Zuerst kam die Lobeshymne auf Gallowgate Tate, dann legte er sich für Weegie Goth ins Zeug.

»Unbesiegt! Ungeschoren! Und bis heute unbekannt! Was hat das Geschick für sie im Blick? Einen Trick oder einen

Kick? O Gott, damit habe ich mein Reimpensum für dieses Jahr erschöpft!«

Alle rechneten mit einem zähen Beginn, doch Weegie Goth attackierte sofort, und das überraschte Tate noch mehr als die völlig verdutzten Zuschauer.

Um sie auf Abstand zu halten, holte er mit dem rechten Bein zu einem geraden Tritt gegen ihren Rumpf aus. Nach einer fließenden Ausweichbewegung klemmte sie sich sein Fußgelenk unter den linken Arm und schaute ihm direkt in die Augen, als sie den rechten Ellbogen voll auf seine Kniescheibe krachen ließ. Mit einem scharfen Knacken barsten alle Bänder, und Tate, der normalerweise ein stoischer Kämpfer war, heulte vor Schmerz auf. Sie ließ ihn los und fegte ihm mit einer geduckten Drehung das Standbein weg. Er landete auf dem Hintern, und es war klar, dass er ohne Hilfe nicht mehr hochkommen würde. Nadia stellte sich vor ihn und sagte etwas zu ihm, das nur er hören konnte, weil einige vor Verblüffung über das schnelle Ende kreischten.

Sekunden später gab Gallowgate Tate auf, und alle, die sich bis jetzt noch zusammengerissen hatten, rasteten komplett aus.

Georgy Orgy war nicht der einzige Buchmacher, der das Geld für Nadias Außenseitersieg nicht ausspucken wollte. Er und die anderen behaupteten, dass Weegie Goth garantiert irgendwie betrogen hatte. Nadja musste zwei Bodyguards zusammenschlagen und jemandem eine Pistole aus der Hand klatschen, um sie davon zu überzeugen, dass sie einfach eine fantastische Kämpferin war und dass sie lieber zahlen sollten, bevor sie richtig ungemütlich wurde.

Nachdem wir unseren Gewinn kassiert hatten, brachen wir gemeinsam auf. Wir hielten nach allen Richtungen Ausschau, falls jemand den Wunsch verspürte, uns auszurauben. Doch die Zuschauer hatten begriffen, dass mit Weegie Goth nicht gut Kirschen essen war. Und so habe ich Nadia kennengelernt.

»Warte mal, warte mal. Du kannst nicht einfach aufhören, bloß weil ich mit dem Kochen fertig bin.«

[Machen wir doch einfach eine Pause], schlug ich vor.

»Ich muss alles wissen, MacBharrais.«

[Ich auch. Was essen wir da eigentlich?]

»Philippinisches Adobo-Hähnchen. Sojasoße, Essig, Wasser, gehackter Knoblauch und ganze Pfefferkörner. Und Huhn natürlich. Serviert auf Reis und mit einem Glas gestohlenem Bier zum Runterspülen. Das is' sowieso immer die beste Art von Bier.«

[Sieht gut aus und riecht auch gut. Was möchtest du wissen?]

»Wie ist sie zur Schlachtenseherin geworden? Können wir ein paar von Dhanyas Videospielen spielen? Und hat Nadia wirklich ihr Bild auf einen Lieferwagen gemalt?«

[Keine Videospiele, Punkt. Den Rest kann ich dir nach dem Essen erzählen.]

»Was jetzt, kannst du dir etwa das Adobo nich' in den Mund schaufeln und nebenher tippen?«

[Nein, verdammt. Ich möchte bitte in Ruhe essen.]

Bleibt nur noch zu erwähnen, dass Adobo von Hobgoblinhand köstlich ist und dass gestohlenes Bier tatsächlich besser schmeckt als regulär bezahltes.

DIE HEXE AUF DER ECHSE

Nadias Hexenwagen parkte unter einer Straßenlampe und war keine Enttäuschung. Es war einer von diesen überall anzutreffenden schwarzen Transportern mit dem Logo eines Installateurs, einer Baufirma oder eines Blumenlieferanten, bloß dass der hier mit dieser herrlichen Szenerie bemalt war, die Dhanya beschrieben hatte. Die Hexengestalt auf einem riesigen Leguan – offenkundig Nadia, da die Lederjacke und der Irokesenschnitt unverkennbar waren – befand sich im Vordergrund in der Nähe des Fahrerfensters. Ihre in die Luft gereckte Faust rief schaurige Energien vom Himmel herab. Über den Kopf ihres Reittiers hinweg blickte sie in die Ferne, wo ein Riese von der Größe eines vierstöckigen Wohnhauses auf einem Thron aus altem Cheddar oder vielleicht auch Red Leicester saß. Die lässig von der Lehne baumelnde rechte Hand umfasste ein Glas Whisky, den er sich wohl gerade aus einer gigantischen Karaffe eingeschenkt hatte. Sie enthielt ungefähr so viel Flüssigkeit wie ein mittlerer Swimmingpool.

An dem Spieß in seiner linken Hand wurden tatsächlich zappelnde Männer gegrillt, bis sie knusprig und bereit zum Verzehr waren. Lhurnog selbst war ein großer, humanoider Pseudolurch mit blassgrüner Haut, gelben Augen und lamellenartigen Zähnen wie bei einem Seeteufel. Er trug wallende weiße Gewänder mit mystischen Zeichen darauf, die mir fremd waren. Humbug, wie man ihn aus Fantasyspielen und -illustrationen kannte. Auch Lhurnog schien vor allem ein Wunder der Imagination zu sein. Zwischen dem Gott und der Hexe auf der Echse lag ein Feld voller gefallener Soldaten, deren Leichen von einer großen Schlacht zeugten und die Dimensionen der Protagonisten deutlich machten.

Für mich war die Szenerie zugleich eine Erleichterung und ein Rätsel. Lhurnog war nicht real, sondern eine Ausgeburt der Fantasie. Doch wenn Nadia ihre außerordentlichen Kräfte nicht aus einem dämonischen Pakt bezog – woher hatte sie sie dann?

»Erzähl mir von Lhurnog«, bat ich. »Wer ist er?«

Nadia zuckte die Achseln. »Er ist bloß erfunden. Man kann ihn anschauen und sagen, ach, nett, ein Zahnmonster mit Froschmaul, oder man kann ihn anschauen, wie man es bei Fantasymonstern eben macht, und sich überlegen, worum es da geht. Und dann sieht man eine Gestalt, die für das weiße Patriarchat steht, für die reiche Elite und für Exzesse. Andererseits ist er auch der Typ, der dich frisst, bevor du ihn fressen kannst. Und das mag ich an ihm. Er ist ein Killer, weil er's sein muss. Er schwimmt mit den Haien.«

»Wirklich fabelhaft. Wer hat es gemalt?«

»Eine Freundin aus Australien. Ihre Eltern sind bescheuert und haben sie tatsächlich Sheila genannt wie die bekannte Witzfigur dort. Sie hasst diese Späße und hat sich den Namen Ozzy Peach gegeben. Aus meiner Sicht nicht unbedingt eine Verbesserung, aber wenn es ihr hilft, was soll's? Sie macht jetzt Buchcover und so. Illustrationen für ein Spiel mit dem Titel *Magic: The Gathering*.«

»Ach, davon hab ich schon gehört.«

»Echt?«

»Ich kann es bestimmt nicht besonders gut spielen, aber ich mag Fantasykunst. Vor allem wenn es um Feen geht. Darf ich mir mal die andere Seite anschauen?«

»Natürlich.«

Ich ging herum zur Beifahrerseite des Wagens. Dort befand sich ein Porträt Nadias von der Taille aufwärts. In der rechten Hand hielt sie ein Rasiermesser mit der flachen Klinge Richtung Betrachter. Ihr gestreckter Arm deutete zum Führerhaus. Darüber stand in Blockbuchstaben LEBEN und darunter AN DER GRENZE. Ihr Irokesenschnitt war ein wenig nach hinten geneigt, als hätte sie den Fahrtwind des Transporters im Gesicht. Die linke Hand zeigte natürlich den Stinkefinger, damit alle wussten, dass sie sich verpissen konnten, und die Oberlippe hatte sie zu einem höhnischen Grinsen verzogen.

»Echt genial«, entfuhr es mir. »Hast du wirklich ein Rasiermesser?«

»Klar, verdammt. Ist fast so scharf wie ich.«

Dhanya kicherte.

»Also, Al«, sagte Nadia. »Eine Einladung in meinen Wagen kommt auf keinen Fall in Frage, deswegen läuft das nicht. Ich mach es folgendermaßen. Ich öffne die Tür und geh ein Stück die Straße runter, dann kannst du ein bisschen reinschnuppern und sehen, dass ich nicht gelogen habe. Da drinnen ist wirklich ein Schrein für Lhurnog, auf dem wir ihm Whisky und Käse hinstellen. Der Käse wird zu Fondue geschmolzen.«

»Alles klar. Du betest also einen Gott an, den du erfunden hast?«

»Genau. Weil, seien wir mal ehrlich: *Alle* Götter sind erfunden. Die Rituale, die wir praktizieren, sind für *uns* wichtiger als die Gottheiten selbst, nicht wahr? So wie ich das sehe, krümmen die Götter keinen Finger. Aber Rituale und Zeremonien sind mächtig. Sie bewirken was.«

Damit hatte sie nur zur Hälfte recht, doch es war nicht der richtige Zeitpunkt, um ihr das fehlende Wissen zu vermitteln.

Sie entsperrte die Verriegelung und öffnete die Hecktüren. Dann deutete sie mit dem Daumen über den Rücken. »Wir rauchen da drüben eine. Lass dir Zeit und pass auf, dass dir nicht der Schädel platzt.«

Die beiden entfernten sich, und ich hievte mich in den Wagen. Das Interieur war einfach fantastisch. Die Wände waren mit rotem Samt verhängt, und die Decke war die Kopie eines mir unbekannten Teppichs, auf dem Einhörner Männer aufspießten. Ein schmales schwarzes Zweiersofa rechts stand einem kunstvollen Schrein für Lhurnog links gegenüber. Dieser umfasste einen Altar mit einem Triptychon im Stil von Hieronymus Boschs *Der Garten der Lüste*, bloß dass die kleinen menschlichen Gestalten alle Nadias in verschiedener Goth-Kluft waren. Das Ganze war der Inbegriff narzisstischer Übertreibung und zugleich eine vollendete Satire *und* Ehrung. All diese Versionen von Nadia in Zuständen der Qual und Verzückung, der Angst und Begeisterung zum Ruhm von Lhurnog, der hoch in der Mitte auf seinem Thron saß, eine Whiskyflasche in der einen und ein Glas in der anderen Hand. Er genoss seinen Drink pur, wie mir auffiel. Der Altar war ein auf alt gemachtes Schränkchen, unter dessen weißem Anstrich an manchen Stellen durch gekonntes Anschleifen eine blassblaue Schicht durchschimmerte.

Zu beiden Seiten des Altars waren maßgefertigte schmale Metallregale mit jeweils vier Fächern durch den Samt an die Wagenwände geschraubt. Im untersten befanden sich Lautsprecher. Die nächsten zwei waren mit Gummisockeln und -haltern für Whiskyflaschen ausgestattet. Sie waren so gestaltet, dass der Whisky gezeigt und gewürdigt werden konnte, ohne während der Fahrt umzukippen oder zu zerbrechen. Die Sammlung umfasste Flaschen aus Islay, Speyside, den Highlands und den Lowlands.

Die oberen Fächer enthielten eine Sammlung hochwertiger Actionfiguren aus Filmen und Comics – auch sie zweifellos irgendwie befestigt. Ich erkannte Neo und Morpheus aus

Matrix und Storm aus *X-Men* – die mit dem Irokesenschnitt, bei den anderen war ich mir nicht sicher. Jedenfalls wusste Nadia ganz genau, was ihr gefiel, und sie besaß die Fantasie und den Mut, sich ohne Entschuldigung mit dem zu umgeben, was ihr Spaß machte.

Auf dem Altar prangte eine kleine Tafel – so ähnlich wie ein Namensschild auf einem Büroschreibtisch, nur länger und mit exquisiter sepiafarbener Kalligrafie gestaltet –, auf der stand: WHISKY UND KÄSE FÜR DEN SCHLUND VON LHURNOG. Davor stand ein Kristallglas auf einem Sockel und daneben ein kleines Fondueset mit einer Porzellanschüssel über einer Votivkerze. Beide Gefäße waren leer. Wo der Whisky war, wusste ich, auch wenn mir auffiel, dass alle ausgestellten Flaschen noch verschlossen waren. Doch wo bewahrte sie den Käse auf?

Ich entdeckte ihn in einem Schreinfach unter dem Altar. Dort befand sich eine Kühlbox, in der eine versiegelte Plastiktüte mit kleinen Cheddarwürfeln lag. Neben der Kühlbox gab es ein Sortiment von Sexspielzeug, dessen Anblick ganz sicher nicht für meine Augen gedacht war. Ich beschloss sofort, mich lieber nicht auf das Zweiersofa zu setzen.

An die Wand über und neben dem Sofa waren flache, glasbedeckte Kästchen montiert wie in einem Museum, und sie enthielten tatsächlich Stücke, wie man sie in einer Galerie für alte Waffen zu sehen bekam: ein Khukuri-Messer, ein Katana und ein Wakizashi, einen mittelalterlichen Anderthalbhänder, einen Kindschal und einen Gladius. Auch wenn sie beim Pitfight keine bestimmte Kampfkunst praktizierte, wusste sie deren Formen und Geschichte offenbar zu schätzen.

Ein Blick nach vorn zeigte mir, dass das Führerhaus mit schwarzem Leder und erlesenen Stoffen verkleidet war. Sie hatte wirklich eine Menge Geld in dieses Fahrzeug gesteckt und sich damit einen Traum erfüllt.

Mit verwundertem Kopfschütteln stieg ich aus und schloss die Türen, bevor ich mich zu Nadia und Dhanya gesellte, die an der Ecke Nelkenzigaretten pafften. Ach, die Jugend.

»Und, wie findest du es?« Herausfordernd streckte mir Nadia das Kinn entgegen.

»Der Wagen ist absolut durchgeknallt. Der reine Wahnsinn. Ich bin hin und weg.«

»Ha, super. Willst du einen Zug?«

»O nein, danke. Früher hätte ich mitgeraucht, aber im Alter bin ich eitel auf meinen weißen Schnurrbart geworden, und vom Tabak bekäme er gelbe Flecken.«

Nadia nickte und grinste mich an. »Das versteh ich. Ich bin die Letzte, die sich über die Eitelkeit von jemand lustig macht.«

»Habt ihr immer noch Lust auf eine Tasse Tee?«, fragte ich.

»Klar. Tchai-Ovna in einer halben Stunde?«

»Gut, bis dann.«

Eine kleine Kanne am späten Abend konnte nicht schaden. Und die Atmosphäre im Tchai-Ovna förderte die Aufgeschlossenheit. Nicht dass ich Nadia für engstirnig hielt. Trotzdem, wenn es um die Enthüllung der Wahrheit über die Welt ging, hätte eine Sportbar sicher nicht das richtige Ambiente geboten. Denn genau das hatte ich vor.

Als wir jeweils mit einem Kännchen Chai am Kamin einander gegenübersaßen, stellte Dhanya die Frage, auf die ich schon gefasst war. »Und was machst du so, Al, wenn du nicht in deinem Kaschmirmantel bei Pitfight-Veranstaltungen zockst?«

»Ich bin Druckereibesitzer. Ich betreibe MacBharrais Printing & Binding an der High Street.«

Nadia runzelte die Stirn. »Das ist alles?«

»Natürlich nicht. Das ist bloß mein Brotberuf. Die Tarnung. Die Maske, die ich vor der Welt trage, so wie du deine Maske als Buchführungsstudentin, hinter der sich die Grubenkämpfe verbergen.«

Ihr Ausdruck entspannte sich, als sie sich eine Tasse einschenkte. »Ehrlich, Al, das ist jetzt eine große Erleichterung. Ich dachte schon, ich muss mich von dir langweilen lassen.«

»Informationskontrolle heißt das Spiel. Sie *ist* das Spiel. Manche Leute glauben, dass es um Geld geht, doch das stimmt nicht. Geld beschafft man mit Informationen.«

»Super, Al«, erwiderte Nadia. »Wenn du so weitermachst, bin ich direkt interessiert.«

»Also gut, wie wär's damit? Ich glaube nicht, dass du das Turnier gewonnen hast, weil du eine bessere Kämpferin bist. Ich glaube, du hast gewonnen, weil du mehr gewusst hast als deine Gegner.«

Nadia und Dhanya erstarrten beide und richteten ihren Blick auf mich. Nadias Stimme war auf einmal ganz leise. »Und was habe ich deiner Meinung nach über meine Gegner gewusst, Al?«

»Ach, keine Ahnung. Das ist dein Geheimnis, und ich bin nicht beleidigt, wenn du es lieber für dich behalten möchtest. Jedenfalls ist Informationskontrolle der Ansatz, mit dem Menschen ihre Macht wahren. Das gilt für persönliche Beziehungen, für die Wirtschaft und für die Politik. Und der Zugang zu Informationen ist der Schlüssel zur Macht. Stimmst du mir da zu?«

Nadia lehnte sich entspannt zurück und musterte mich über den Rand ihrer Tasse hinweg. »Sicher. Sprich ruhig weiter.«

»Ich habe Zugang zu Informationen, die nur fünf Leuten auf der Welt bekannt sind. Dieses Wissen werde ich euch nicht mitteilen, aber ich kann euch in seine *Existenz* einweihen. Vorausgesetzt, du bist bereit zu einem kleinen Experiment, Nadia.«

»Vielleicht. Worum geht's?«

»Hab einfach ein bisschen Geduld mit mir. Steh auf und versuch, die Couch auf Dhanyas Seite hochzuheben. Samt Dhanya. Leg dich ins Zeug, danach erklär ich dir, was es damit auf sich hat.«

Als Dhanya sah, wie Nadia ihre Tasse auf dem Tisch abstellte, sagte sie: »Pass bloß auf, dass ich meinen Tee nicht verschütte.«

Es war eine schwierige Aufgabe, denn sie musste ungefähr zwei Zentner aus einer denkbar ungünstigen Position hochhieven. Nadia brachte die Couch nur ein winziges Stück in die Höhe, und selbst das war mehr ein Schieben. Sie ächzte angestrengt und bedachte die Couch und die darauf Sitzende mit einem finsteren Blick.

Dhanya starrte Nadia streng an. »Nadia, ich mag Dicke, und ich liebe dich, aber wenn du jetzt behauptest, dass ich dick bin, bloß weil du mit deinen dünnen Ärmchen die Couch nicht hochgebracht hast, dann geh ich raus und suche eine fette Spinne, die ich dir ins Gesicht schmeißen kann.«

Nadia brach in Lachen aus, und auch ich musste grinsen. Ich zog ein verschlossenes Siegel der Gesteigerten Muskelkraft aus dem Mantel und reichte es Nadia. »Das ist eine Information, die du bisher nicht hattest. Wenn du bereit bist, erbrich das Siegel und betrachte das Symbol unter der Lasche. Warte ein paar Sekunden, dann kannst du es noch mal probieren mit der Couch. Dhanya, dir empfehle ich, dass du vorher die Tasse wegstellst.«

Sie starrten mich mit offenem Mund an und schauten sich schließlich um, falls uns jemand gehört hatte. Nein. Bis auf die Angestellten und einige murmelnde Gäste im Nebenzimmer waren wir allein. Es war schon spät.

Achselzuckend setzte Dhanya ihren Tee ab und lehnte sich zurück. »Na, dann mal los.«

»Gut.« Nadia ließ die Karte aufschnappen und hielt sich das Siegel vor die Augen. Der Hack ihres Nervensystems und Gehirns erfüllte sie für kurze Zeit mit der Stärke eines Druiden. Sie erschauerte, als die Kraft sie durchströmte. Diese Wirkung war bei den ersten Malen öfter zu beobachten.

Wieder umfasste sie die Unterseite des Sofas und rechnete mit dem gleichen Widerstand wie vorhin. Doch als sie anhob, merkte sie, dass die Couch leicht wie eine Waffel war, und stemmte sie mit einem überraschten Schrei bis auf Brusthöhe, bevor ihr klar wurde, dass sie aufhören musste, weil Dhanya kurz davor war herunterzupurzeln.

»Ach du Scheiße, tut mir leid! Verdammte Hacke!« Sie stellte die Couch ab, und Dhanya setzte sich fluchend wieder auf.

»Erfrischend, nicht wahr?«, sagte ich. »Informationen haben eine große Macht.«

»Was zum Geier hast du mit mir gemacht?« Nadia starrte ihre Hände an, als wäre darin die Antwort enthalten.

»Ich hab dir eine Information gegeben.«

»Magie, meinst du?«

Ich zuckte die Achseln. »Nenn es Magie, oder nenn es Wissenschaft. Alles bloß Informationen.«

Sie ballte die Hände zu Fäusten und richtete den Blick auf den Steinkamin. »Wenn ich da jetzt reinboxe, gibt es dann eine Beule?«

»Ja. Und außerdem brichst du dir fast alle Knochen in der Hand. Ich rate davon ab.«

»Wie lang hält das vor?«

»Nicht lang. Noch ein paar Minuten, dann bist du wieder ganz normal.«

»Nebenwirkungen?«

»Keine, außer dass du die gesteigerte Kraft wieder verlierst.«

»Heilige Scheiße, Al, das ist echt *viel* besser als Drucken.«

»Und Leute zusammenschlagen, die doppelt so groß sind,

ist viel besser als Buchhalterei. Informationen, verstehst du? Ich kann Sachen bewirken, die an Wunder grenzen. Und dafür muss ich die Informationen kontrollieren, so wie du deine Informationen kontrollierst.«

Nadia ließ die Hände sinken. »Darauf willst du also raus. Ich zeig dir meins, und du zeigst mir deins?«

»Aye.«

»Aber mein Scheiß ist unglaublich.«

»Und meiner nicht? Du hättest doch nie geglaubt, was gerade passiert ist, wenn ich es dir bloß erzählt hätte, oder? Wo das herkommt, ist noch viel mehr. Und jetzt möchte ich wissen, was bei dir Sache ist. Ich hab doch erlebt, wozu du fähig bist. Also raus damit. Ich bin kein durchschnittlicher alter Mann, Nadia.«

Nadia tauschte Blicke mit Dhanya. Zu diesem Zeitpunkt waren sie seit einem Jahr zusammen – und sind es übrigens noch, verheiratet bis auf den Trauschein, weil Nadias Familie konservativ ist.

Dhanya zuckte mit einer Schulter. »Das musst du entscheiden, Liebes.«

Mit einem Seufzen setzte sich Nadia wieder auf ihren Platz und nahm einen langen Schluck Tee aus ihrer Tasse. Ich ließ mir meinen schmecken und wartete geduldig, während sie überlegte.

»Okay, scheiß drauf. Schauen wir einfach mal, Al. Die Wahrheit ist, ich bin eine Halbgöttin. Vielleicht.«

Meine Augenbrauen wanderten nach oben, weil das ihrer Bemerkung von vorhin widersprach, dass die Götter alle erfunden waren. Andererseits war es – zumindest für mich – eine plausible Erklärung für ihre Fähigkeiten.

»Vor zweiundzwanzig Jahren haben meine Eltern Urlaub in Indien gemacht und Verwandte besucht, die sie schon seit Ewigkeiten nicht mehr gesehen hatten. Und … du weißt doch, dass es in der Hindutradition nur so wimmelt von Halbgöttern, oder?«

»Aye.«

»Diese Halbgötter sind Menschen, die zu Göttern geworden sind, also nicht die Kinder von Göttern und Menschen wie in der westlichen Tradition.«

»Genau.«

»In ihrer Zeit als Menschen haben sie sich fortgepflanzt. Kinder gehabt. Und nachdem sie zu Göttern wurden, haben sie ihre Kinder mit diesem oder jenem gesegnet, mit Gesundheit, Glück oder was weiß ich, und einige von diesen Eigenschaften wurden weitergegeben. So konservativ meine Mum auch ist, in ihrem Herzen hatte sie geheime Gelüste, und sie hat sich bei diesem Urlaub in Indien mit einem Mann eingelassen, der der Nachkomme eines Halbgotts war.«

»Das hat sie dir erzählt?«

»Von wegen. Erzählt hat es mir der Mann, der sie geschwängert hat. Er hat mich vor ungefähr vier Jahren gefunden und mir erklärt, warum ich keine Ähnlichkeit mit meinem Dad habe.«

»Ein wildfremder Mann hat behauptet, dein leiblicher Vater zu sein, und du hast ihm geglaubt?«

»Erstens habe ich seine Nase, seine Ohren und sein Kinn. Außerdem hat er mir erklärt, dass ich eine bestimmte Macht besitze. Die Macht vorherzusehen, wie ein Gegner in einem Kampf handeln wird, bevor er handelt. Die Fähigkeit, Schwachstellen zu erkennen und sie auszunutzen. Keine übernatürliche Stärke oder Geschwindigkeit. Kein langes Leben oder wundersame Heilkräfte. Nur … dieses Vorherwissen. *Informationen*, wie du es nennst. Und ich wusste, dass es stimmt, weil ich es schon erlebt hatte. In der siebten Klasse hatte ich auf dem Mädchenklo einen Streit mit Tiffany Tory Macscheißfresse, und ich hab sie total verdroschen. Sie hatte es verdient, glaub mir. Rassistisch bis zum Gehtnichtmehr. Und als mir dieser Fremde die genaue Erklärung für diesen Vorfall geliefert hat, von dem er unmöglich auch nur das Geringste ahnen konnte, wusste ich, dass er die Wahrheit sagt. Zumindest dachte ich das.«

»Es war nicht die Wahrheit?«

»Keine Ahnung. Die Urlaubsdaten hatte er parat, aber das war ja leicht rauszufinden. Dummerweise kann ich mich nicht einfach mit meiner Mum hinsetzen und fragen: *Hey, warum hast du mir eigentlich nicht erzählt, dass du Dad in Indien betrogen hast?* Ich kann jeden in den Arsch treten, der mir blöd kommt, aber offen mit meiner Mum reden geht nicht. Ich weiß bloß, dass ich diese Macht habe und dass mir ein Fremder mit meinen Gesichtszügen einen Grund dafür geliefert hat: Ich stamme von einem Halbgott ab. Leuchtet mir jedenfalls mehr ein, als mir beim Anblick meines Dads immer wieder zu versichern, dass ich seine DNA habe. Mein Bruder sieht aus wie er und hat keine Macht. Das ist alles. Die Macht ist real, nur ihr Ursprung ist ein Rätsel. Ich kann dir nicht mal sagen, welcher Halbgott mein Vorfahr sein soll.«

»Und da hast du beschlossen, Kapital aus deinen Fähigkeiten zu schlagen?«

»Aye. Hat allerdings gedauert, bis ich rausgefunden habe, wie ich das anstellen kann. Pitfights werden nicht unbedingt im Stadtteilcafé auf dem Schwarzen Brett angekündigt. Und so einen Volltreffer wie heute werde ich garantiert nicht mehr landen. Die Sache wird sich schnell rumsprechen. Selbst wenn ich unter einem anderen Namen antrete, werden sie bestimmt nach einer kleinen Inderin mit Irokesenschnitt Ausschau halten. Und was ist deine Geschichte, Al?«

Nun war es an mir, nachdenklich meinen Tee zu schlürfen, bevor ich antwortete. Es war unmöglich vorherzusehen, wie Menschen auf Nachrichten reagierten, die ihr Weltbild zum

Einsturz brachten. Meistens prallten diese Nachrichten einfach von ihnen ab, so wie auch die übelste Scheiße über einen Kandidaten von einem treuen Parteianhänger abprallt, weil er nicht der Tatsache ins Auge blicken kann, dass er ein Monster gewählt hat und vielleicht selber ein Monster ist. Da ist es viel einfacher, alles abzustreiten und als Fakenews abzutun. Dafür braucht man nämlich keine Selbstwahrnehmung.

Doch Nadia hatte einen flexiblen Verstand. Vielleicht war er in der Lage, neue Fakten zu akzeptieren und alte zu verwerfen.

»Was du vorhin über Götter gesagt hast, stimmt zum Teil.« Ich hielt meine Tasse knapp über dem Teller in meiner linken Hand. »Die Götter sind alle erfunden, aber das Erfinden ist kein Witz: Sie sind auch real und haben die Fähigkeit zur Manifestation, sobald sie eine kritische Glaubensmasse erreichen. Sie nehmen Raum ein, wenn auch im Normalfall nicht auf diesem Gefilde. Sie wohnen in den jenseitigen Dimensionen, die sich die Menschen für sie ausgedacht haben. Nenn es Magie oder Quantentheorie oder zu viel Ketamin auf den Cornflakes. Wie bei deinem Vorauswissen spielt es in praktischer Hinsicht keine Rolle, *wie* sie existieren. Wichtig ist bloß, *dass* sie existieren. Das Problem ist allerdings, wenn sich all die verschiedenen Götter der Menschheit auf der Erde rumtreiben, führt das ganz schnell zu einem Albtraum.«

Dhanya prustete. »Kommt mir auch so vor. Ach, übrigens. Ich dachte eigentlich, du erzählst uns, wie du ins Druckereigeschäft eingestiegen bist. Was du uns hier auftischst, ist echt viel besser. Fünf Sterne fürs Unterlaufen von Erwartungen und fürs Verbreiten von gepflegtem Irrsinn.«

Nadia nickte und grinste zustimmend. »Auch von mir fünf Sterne. Das war wirklich eine außergewöhnliche Einladung zum Tee.«

»Danke. Also, all diese Gottheiten haben das Potenzial, uns noch brutaler fertig zu machen, als wir das schon selber tun.

Das heißt, jemand muss sie in die Schranken weisen, damit wir selbst über unser Leben und Sterben entscheiden können. Und da komme ich ins Spiel: Ich sorge dafür, dass sich die Götter aus unserem Revier raushalten. Dafür brauche ich Siegel wie das, das ich dir gerade gegeben habe. Es existieren viele Siegel mit verschiedener Wirkung, und das Wissen wird nie aufgeschrieben, sondern ausschließlich mündlich weitergegeben. Informationskontrolle.«

Nach kurzer Überlegung deutete Nadia auf die Karte, die jetzt nur noch ein Zeichen ohne jede magische Kraft war. »Mit so einem Siegel kannst du Götter verprügeln?«

»Nein, aber manchmal muss ich es mit den Lakaien aufnehmen, die sie herschicken. Monster, Dämonen und so weiter. Mit den Göttern schließe ich Verträge, die bei Verstößen strenge Strafen vorsehen. Sobald sie unterschrieben haben, sind sie gebunden, und sie *müssen* unterschreiben, weil sich sonst die anderen Götter gegen sie zusammentun. Trotzdem versuchen sie immer wieder, die Verträge irgendwie zu umgehen. Und dafür gibt es die Siegel.«

»Woher stammen die eigentlich?«

»Aus zwei Quellen. Ursprünglich wurden sie in China von den Taoisten als Schutzsiegel erfunden – das nennen wir heute einfach Bannzauber. Erst Anfang des neunzehnten Jahrhunderts hat BRIGHID von den TUATHA DÉ DANANN … sagt euch der Name was?«

»Aye«, antworteten beide gleichzeitig.

»BRIGHID hat die taoistischen Siegel durch eine neue Reihe ergänzt, die eine aktivere Wirkung haben und auf druidischen Bindungen beruhen. Wie ein Erweiterungssatz bei einem Videospiel, wenn ich mir diesen Vergleich erlauben darf. Sie hat neue Funktionen eingeführt, ohne die taoistische Tradition außer Kraft zu setzen. Die Chinesen können mit den neuen Siegeln arbeiten, und wir können weiter die alten benutzen.

Zusammengenommen ergibt sich daraus ein Wissenssystem, das den wenigen Anwendern außerordentliche Macht verleiht. Diese Anwender heißen Siegelagenten.«

»Dann bist du also ein Siegelagent?«, fragte Nadia.

»Genau.«

»Genial. Du Glückspilz«, fügte Dhanya hinzu.

Ich musste nachhaken. »So weit alles klar?«

Nadia deutete ein Achselzucken an. »Na ja, ich hab natürlich Fragen, und ich weiß nicht, ob ich wirklich glauben soll, dass all diese Götter existieren. Das Siegel war jedenfalls real, insofern kann ich meine Zweifel sicher noch ein bisschen zurückstellen.«

»Also gut. Am besten, wir fangen mit deinen Fragen an.«

»Warum hat BRIGHID die neuen Siegel im neunzehnten Jahrhundert gemacht? Warum nicht früher oder später?«

»Ah, ausgezeichnet. Aus zwei Gründen. Erstens gab es damals ein Problem mit den Druiden. Von den alten war bloß noch einer übrig, und der war bis vor Kurzem untergetaucht.«

»Moment. Dieser Druide war Anfang des neunzehnten Jahrhunderts untergetaucht und lebt noch? Das heißt, er ist zweihundert Jahre alt?«

»Eher zweitausend. Jedenfalls hat er sich fast die ganze Zeit vor einem Gott versteckt. BRIGHID und die TUATHA DÉ DANANN fanden, dass bestimmte Arbeiten hier auf unserem Gefilde nötig waren, und weil sie den Druiden nicht dazu bringen konnten, haben sie als Behelf auf die Idee mit den Siegeln zurückgegriffen. Die Aufgaben konnten von mehreren Menschen übernommen werden, und die Ausbildung dafür war viel kürzer und weniger intensiv als bei einem Druiden – die Lehrzeit eines Druiden dauert zwölf Jahre. Wegen der zeitlich begrenzten Wirkung der Siegel haben Agenten wie ich natürlich auch eine viel geringere Macht, trotzdem wurden damit viele Probleme gelöst.«

»Welche Probleme? Und sind die Druiden jetzt verschwunden?«

»Wie ich höre, gibt es zurzeit insgesamt drei Druiden und sechs weitere in Ausbildung. Zufällig begegnet bin ich nur dem ganz alten mal.«

»Der muss ja eine tierische Arthrose haben«, warf Dhanya ein.

»Im Gegenteil. Er sieht jünger aus als ihr. Was die Probleme angeht, viele haben mit dem Beginn des Industriezeitalters zu tun. Das betrifft vor allem die Feenwesen, für die es auf der Erde nicht mehr sicher war, weil es auf einmal viel mehr Eisen und Stahl gab. Und das bringt uns zum zweiten Grund, aus dem BRIGHID das System eingeführt hat: die Fotografie. Götter wollten keine Beweise für die Existenz anderer Gottheiten oder Pantheons, weil das den Glauben ihrer Anhänger geschwächt hätte. Für alle Beteiligten war es das Beste, wenn die Götter sich von der Erde – oder zumindest von Kameras – fernhielten, damit die Menschen weiter ihren Glauben haben und so den Göttern Leben schenken konnten. BRIGHID war also daran gelegen, dass die Feenwesen auf den Feengefilden bleiben, und für die Götter stand im Vordergrund, dass sie keine Spuren auf der Erde hinterlassen oder erst gar nicht dort erscheinen. Dass das so bleibt, dafür sorgen die Siegelagenten.«

»Und wie genau sorgen sie dafür?«

»Die Verträge, die ich vorhin erwähnt habe, sehen vor, dass die Götter die Erde nur unter ganz bestimmten Voraussetzungen besuchen dürfen. Bei Verstößen werden sie durch die darin enthaltenen Siegel der Bösen Folgen bestraft. Was die Götter da genau empfinden, weiß ich nicht – angenehm ist es sicher nicht. Sie sollen auch ihre Diener von Besuchen abhalten, allerdings sind die Strafen für derartige Vergehen bei Weitem nicht so hart. Deshalb wird von Siegelagenten in

255

solchen Fällen erwartet, dass sie die Verträge auf andere Weise durchsetzen.«

»Also, da bräuchte ich jetzt mal ein Beispiel.«

»Angenommen, ein Dämon entwischt aus der Hölle und möchte der Erde ein bisschen Feuer unterm Hintern machen. Luzifer – egal, welchen von seinen vielen Namen man bevorzugt – ist vertraglich gebunden, sich nicht auf der Erde zu zeigen. Für die zahllosen Dämonen der Hölle hingegen gilt das nicht.«

»Warum nicht?«

»Weil die Verträge ausgehandelt werden, und für die Taten von Dämonen möchte Luzifer keine Verantwortung übernehmen. Das ist für die Götter ein beliebtes Schlupfloch. Sie wollen alle, dass sie das Gefilde zumindest über einen Stellvertreter besuchen können. Sie verzichten auf ihr persönliches Erscheinen, weigern sich aber beharrlich, für ihre Untergebenen geradezustehen. Wenn also ihre Dämonen, Engel, Kobolde oder Feen in ihrem Auftrag erscheinen, können sie es einfach abstreiten. Und wir können die Götter nicht für die Handlungen ihrer Diener zur Rechenschaft ziehen, weil sie jede Verantwortung ablehnen. Doch das gilt auch andersherum: Es steht uns frei, diese Untergebenen bei ihrem Erscheinen zu fangen, zu vernichten und ihre Habe zu beschlagnahmen, ohne dass wir Vergeltung fürchten müssen. Denn wenn uns die Gottheiten zürnen würden, weil wir unser Territorium verteidigen, würden sie damit die Verantwortung für das Handeln eines Dieners übernehmen und begingen damit einen Vertragsbruch. Kommen wir noch mal auf unser Beispiel zurück. Sollte sich ein Dämon auf unserem Gefilde blicken lassen, können wir ihn mit einem Siegel des Kalten Feuers beseitigen. Das ist eine druidische Bindung, und es ist am sichersten, wenn sie von einem Druiden angewandt wird. Trotzdem verfügen auch wir über diese Möglichkeit.«

»Du hast … *Dämonen* getötet?«

»Zwei. Kommt nur selten vor. Meistens habe ich es mit unterschiedlichen Feenwesen zu tun. Die irische, schottische und englische Art fallen alle in mein Gebiet, und sie warten jeweils mit besonderen Herausforderungen auf. Die Deutschen haben ziemlich interessante Exemplare, und bei den Polen gibt es sogar Nachtmahre, ob ihr's glaubt oder nicht.«

»Wie weit erstreckt sich dein Territorium?«

»Auf den europäischen Kontinent, den Nahen Osten und die nordafrikanischen Länder.«

»Heilige Scheiße! Wie kannst du dich von deiner Druckerei aus um so viele Gegenden kümmern?«

»Nicht besonders gut, fürchte ich. Ich komme kaum nach. Deswegen könnte ich eine Managerin wie dich brauchen, die Steuergesetze umschiffen und sich im Notfall auch in einem Kampf behaupten kann.«

»*Waaaas?*«

»Nur die Ruhe. Im Moment bitte ich dich bloß, dir mehr erzählen und dir ein lukratives Angebot machen zu dürfen.«

»Du willst mir ein lukratives Angebot machen? Ich hab gerade einen Haufen Kohle abgeräumt.«

»Genau wie ich. Aber hast du vorhin nicht gesagt, dass du so einen Volltreffer nicht mehr landen kannst? Ein Gehalt, das deinen Fähigkeiten angemessen ist, wäre doch nett. Drucken ist ein florierendes Geschäft, wenn man alle möglichen anderen Einnahmen über die Bücher laufen lassen kann.«

»Was … du betreibst *Geldwäsche*?«

»Ja. Leider ziemlich ineffizient und inkompetent. Dabei habe ich einigermaßen umfangreiche Erträge aus anderen Gefilden.«

»Ich soll also die Bücher für dich frisieren?«

»Genau. Und dich ab und zu mit einem Monster prügeln. Das Ganze gegen ein Gehalt deutlich über dem Durchschnitt einer gewöhnlichen Bilanzbuchhalterin. Dich erwartet eine spannende, herausfordernde und lohnende Tätigkeit. Buchstäblich ein Job wie kein anderer.«

Nadia suchte Dhanyas Blick, die ihr mit einem Achselzucken die Entscheidung überließ.

»Also gut. Ich lass es mir durch den Kopf gehen. Versprechen kann ich nichts.«

»Einverstanden. Seid ihr beide zufällig ein Paar?«

»Ja.«

»Ausgezeichnet. Also dann.« Ich zückte eine völlig normale Visitenkarte und reichte sie Nadia. »Bitte ruf mich so bald wie möglich an, damit wir einen Termin in meinem Büro ausmachen können. Jetzt hätte ich zum Abschied noch ein kleines Geschenk für euch.« Ich zog die passenden Füllfedern, zwei Karten und meinen Stempel heraus. Ich zeichnete zwei Siegel der Sexuellen Spannkraft zum späteren Gebrauch und schob sie ihnen über die Tischplatte zu. »Wenn ihr das nächste Mal Lust auf ein intimes Zusammensein habt, öffnet ihr vorher diese Siegel und schaut sie an. Ich garantiere ein wunderbares Erlebnis.«

Dhanya schnaubte. »Was ist das für ein Scheiß? Eine Art Sexzauber?«

»Ja. Macht sie bloß nicht in der Öffentlichkeit auf. Vertraut mir.«

Ich wusste, dass sie der Versuchung nicht lange würden widerstehen können. Schon am nächsten Tag kurz nach Mittag rief mich Nadia an. Es brauchte mehrere Besuche, bis die Abmachung unter Dach und Fach war, doch zu guter Letzt konnte ich sie als meine Managerin begrüßen.

»Eine tolle Geschichte, MacBharrais. Aber eins würde mich interessieren: Hat sie den Hexenwagen noch?«

[Ja, und sie fährt auch damit rum. Vor ungefähr drei Jahren hat sie den Motor und die komplette Elektronik ausgetauscht und andere Verbesserungen vorgenommen. Die Malereien innen und außen sind noch genauso herrlich wie am Abend unserer ersten Begegnung.]

»Kann ich ihn mal sehen?«

[Auf jeden Fall, sobald du die Wohnung ohne Gefahr verlassen kannst.]

»Aha. Und wann wird es so weit sein?«

Mein Telefon meldete summend den Eingang einer Nachricht von Eli Robicheaux in Philadelphia.

Kann bestätigen, dass S. Hatcher Bastille ist. Am besten, du kommst möglichst bald rüber und wir erledigen das.

[Wir fangen gleich morgen damit an. Hast du Lust auf einen Flug nach Amerika?]

»Hab gehört, dass Fliegen schrecklich ist. Vor allem, wenn man abstürzt.«

[Stimmt. Dafür geht es viel schneller als mit dem Schiff.]

»Wollen die beim Fliegen nich' einen Ausweis von mir?«

[Überlass das mir. Du kannst dir inzwischen überlegen, wie du in einer Metallröhre und an einem Gurt mit einer Stahlspange klarkommst.]

»Scheiße! Vergiss es, MacBharrais.«

[Ich brauch dich dort, Buck.]

»Kann ich nich' einfach hierbleiben und fernsehen?«

[Ich brauch dich], wiederholte ich.

»Gibt's wenigstens Snacks?«

[Ja. Ganz miserable.]

DAS GEHEIMNIS DER SALSA

Mit Gordies Pass kaufte ich Buck ein Ticket nach Philadelphia. Um ihn durch den Sicherheitscheck zu schleusen, brauchte ich allerdings mindestens zwei Siegel, weil es praktisch ausgeschlossen war, dass die Kontrolleure nach einem Blick in den Pass Buck als winzigen, sonnenverbrannten Gordie akzeptieren würden. Zum Glück hatte sich BRIGHID etwas einfallen lassen. Wir Siegelagenten mussten schließlich alle gelegentlich mit Wesen durch die Gegend fliegen, die keine gültigen Papiere besaßen und nach amtlicher Überzeugung gar nicht existierten.

Ich trug einen mit dem Siegel der Scheinbaren Abwesenheit bestückten Hut und gab auch Buck einen, mit der strikten Anweisung, ihn unter keinen Umständen abzunehmen. Der Effekt war anders als beim Siegel des Verschluckten Lichts. Wir tauchten auf Kameras und kurz im Blickfeld von Leuten vor uns auf, um sogleich wieder zu verschwinden, sobald das Siegel seine Wirkung auf ihren Verstand entfaltete. Wir hinterließen keine Spuren in ihrer Erinnerung, und so machten sie uns Platz, ohne richtig zu registrieren, dass wir tatsächlich da waren. Nach einem Blinzeln nahmen sie bloß noch die Umgebung hinter uns wahr; das Gehirn ist einfach fantastisch darauf geeicht, Lücken zu schließen. Wir nahmen nur Handgepäck mit, und ich druckte die Bordkarten im Voraus aus. Außerdem hatte ich ein vorbereitetes Siegel des Verschluckten Lichts in der Größe eines Handys eingesteckt. Schließlich konnte ich nicht einfach reinmarschieren und die Kameras deaktivieren. Wenn die Sicherheitskräfte bemerkt hätten, dass ihr Überwachungssystem nicht funktionierte, hätten sie die Checkpoints geschlossen. Sie mussten so lange offen bleiben, bis wir auf der anderen Seite waren.

Also näherten wir uns dem Kontrollpunkt und erkundeten die Lage. Ich zeigte Buck die Röntgengeräte, die Metalldetektoren und das Sicherheitspersonal, die wir unbemerkt passieren mussten.

[Da sind auch überall Kameras], erklärte ich ihm, [und die Aufnahmen werden wahrscheinlich ständig überwacht. Wenn die Leute hier ihre Arbeit richtig machen, werden sie mitbekommen, wie wir an den Sicherheitskräften vorbeilaufen, ohne dass die uns kontrollieren, und Alarm schlagen. Bleib trotzdem ganz ruhig. Sobald sie den Blick von den Kameras abwenden, sehen sie uns nicht mehr. Geh einfach weiter.]

Das Schöne an der Scheinbaren Abwesenheit war, dass wir nicht nur durch die Kontrolle kamen, ohne Pässe und Bordkarten vorzuzeigen, sondern auch niemanden verärgerten, der bemerkte, wie wir uns in der Schlange nach vorn drängelten. Er musste bloß kurz blinzeln, und schon hatte er uns aus den Augen verloren.

Zur Ehrenrettung des Flughafens sei gesagt, dass tatsächlich jemand die Monitore überwachte: ein Mann Mitte vierzig mit braunen Koteletten und dickem Schnauzer über einem kahlen Kinn.

»Hey, wieso habt ihr die einfach vorbeigelassen?«, rief er dem Wachmann zu, als er sich aus einem Schalter im hinteren Security-Bereich löste, um uns den Weg zu versperren.

Verwirrt fuhr der Wachmann herum. »Wen?«

Der Kotelettenmann blinzelte und deutete auf die Stelle, wo er uns gerade noch gesehen hatte. »Die dort …«

»Wo?«

Buck und ich waren schon an ihm vorbei, und der Kotelettenmann raste zurück zu seinem Schalter. Ich zog die Karte mit dem Siegel des Verschluckten Lichts heraus, und jetzt waren wir auch auf den Kameraaufnahmen nicht mehr zu finden. Da ich keine Panik auslösen wollte, schlüpften wir an unserem Flugsteig schnell in eine Toilette, und ich steckte das Verschluckte Licht weg. Wenn die Kameras wieder normal funktionierten, würden die Angestellten vielleicht ein wenig meckern, aber keine Starts verschieben. Mit unseren Abwesenheitshüten nahmen wir im Wartebereich Platz und entzogen uns dadurch erfolgreich der Aufmerksamkeit von zwei Sicherheitskräften, die alle Gates abklapperten. Als es Zeit zum Einsteigen war, nahmen wir die Hüte ab, und ich benutzte meinen »offiziellen« Ausweis für einen Befehl, der keinen Widerspruch duldete. Das war unumgänglich, denn wenn wir einfach vorbeigeschlichen wären und die Bordkarten an den Scanner gehalten hätten, wäre das Piepen ohne zugehörige Person vielleicht als Systemfehler interpretiert worden.

»Wir müssen unsere Pässe nicht vorzeigen«, erklärte ich der Flugbegleiterin. »Unsere Bordkarten genügen.«

Sie blinzelte und schaffte es fast, meine Worte zu ignorieren. Ich hielt ihr stur die Siegel vor die Nase und wiederholte mein Kommando, bis sie erwiderte: »Sehr wohl, Sir. Genießen Sie Ihren Flug.«

Wir rissen eine Packung mit einer Decke auf und befestigten den Gurt darüber, damit der Stahl Buck nicht berührte. Als wir endlich in der Luft waren, schnallte er sich ab und entspannte sich.

In Philadelphia schmuggelten wir uns auf ähnliche Weise durch den Zoll und steuerten auf die Gepäckausgabe zu, wo wir uns mit Eli Robicheaux verabredet hatten. Kurz bevor wir dort ankamen, nahmen wir die Hüte ab, damit er uns sehen konnte. Er trug einen eleganten grauen Nadelstreifenanzug und eine völlig überflüssige Sonnenbrille. In einem Mundwinkel bewegte sich rhythmisch ein Zahnstocher.

Als er Buck bemerkte, schoben sich seine Augenbrauen ungläubig über den Brillenrand. »Ernsthaft? Du hast einen *Hobgoblin* unter Vertrag genommen?«

[Hallo, Eli. Ja, das habe ich.]

»Sind die nicht …«

»Was? Klein und rosa?«, warf Buck ein.

Ungerührt beendete Eli seinen Satz. »… völlig nutzlos?«

»Oi, ich bin sehr nützlich.«

»Das hoffe ich. Na ja, ihr habt bestimmt Appetit auf richtiges Essen, oder?«

Das stimmte. Eli führte uns in die Tiefgarage und lud unser Handgepäck in seinen Wagen, ein unscheinbares Modell. Dann fuhr er zu einem mexikanischen Restaurant namens El Vez.

»Aus so einem Lokal geht keiner hungrig raus. Da ist man schon von den Chips und der Salsa satt, bevor das Hauptgericht kommt.«

Buck war sofort hellauf begeistert von der Inneneinrichtung. »Wow, was is' das für ein Ding über diesem Ding?« Er deutete zur Bar. »Egal, was es is', kann ich so was haben?«

Aus den Reihen von Tequila- und anderen Schnapsflaschen im Zentrum der runden Bar erhob sich auf einem Sockel in Kopfhöhe ein fantastisches, wie ein Chopper gestaltetes Fahrrad, das in knalligem Gelb und Pink bemalt und mit Sportwimpeln geschmückt war. Möglicherweise war sogar Glitter im Spiel.

[Vielleicht], antwortete ich vorsichtig.

Wir wurden zu einer Nische gegenüber dem Eingang geführt. An der Wand hingen Hunderte von kleinen Dioramas mit Día-de-los-Muertos-Motiven. Winzige Skelette in Kleidern, die sangen und tanzten und Instrumente, Blumen oder andere Gegenstände in den knochigen Fingern hielten. Alle detailliert und kunstvoll gemalt.

»Ich versteh nich', was ich da vor mir habe.« Als wir uns setzten, blieb Buck in der Nische stehen, weil er sonst unter dem Tisch verschwunden wäre. »Wie sind diese winzigen Menschen gestorben?«

»Sie sind nicht real«, erklärte Eli. »Das ist Kunst. Hat was mit der Ehrung der Vorfahren in der mexikanischen Kultur zu tun.«

[Du hast einen Vertrag mit ihnen geschlossen, oder?], fragte ich Eli.

»Du meinst mit Santa Muerte und der Regierung von Mexiko? Ja, den hab ich neulich verlängert.« Elis Territorium erstreckte sich auf ganz Nordamerika mit Ausnahme der Südstaaten. Um diese sowie um die Karibikstaaten, Mittel- und Südamerika kümmerte sich Diego.

Das El Vez hatte drei verschiedene Guacamoles im Angebot, die wir mit Chips und Salsa und einer Runde Margaritas als Vorspeise orderten.

»Was is' das für grünes Zeug?« Buck beäugte das Essen unsicher, weil ihm diese Küche völlig fremd war. »Is' das Erbsenbrei?«

»Zerdrückte Avocados. Nennt sich Guacamole. Lad dir was auf einen Chip und probier es.« Eli führte es ihm vor.

Buck beobachtete ihn argwöhnisch, weil er nicht auf einen Trick hereinfallen wollte. Doch dann kostete er, und seine Augen leuchteten auf. »Hey, gar nich' mal schlecht.«

»Siehst du«, meinte Eli.

»Und was is' das für ein roter Scheiß? Dicke Pastasoße?«

»Nein, das ist Salsa. Auf Tomatenbasis, normalerweise mit Chili, Zwiebeln und Koriander statt mit Basilikum, Knoblauch und Oregano.«

»Klingt langweilig.«

»Ist es aber nicht. Probier's mit einem Chip.«

[Erst mal ganz wenig], tippte ich, weil er Chili wahrscheinlich nicht kannte. Doch es war zu spät. Als ich auf Play drückte, hatte er den Chip schon mit Salsa beladen und ihn sich in den Mund gestopft.

Als der Geschmack nach den ersten beiden knirschenden Bissen auf seine Zunge traf, wirkte Buck erfreut. Dann entfaltete das Capsaicin in den Pfefferschoten seine flammende Wirkung auf Mund und Kehle. Bestimmt hatte er in seinem Leben noch nie etwas Scharfes gegessen.

Hustend griff er nach seinem Glas. Seine kleinen Hände zitterten so stark, dass ihm Wasser über Kinn und Hals lief, als er versuchte, den Brand in seinem Mund zu löschen.

»Götter der Unterwelt«, ächzte er. Er knallte das Glas auf den Tisch und sank mit verdrehten Augen zurück auf das Polster. »Ouh ja. Aye. Das … Das is' der echte Stoff.«

»Heilige Scheiße, was ist denn mit dem los?«, fragte Eli.

Bucks Haut war nicht mehr rosa, sondern tiefrot. Er schwitzte und bebte sogar ein wenig. Er lächelte leise, während er weiter murmelnd seiner Begeisterung Ausdruck verlieh. »Einfach umwerfend. Ihr seid umwerfend. Ich bin umwerfend. Das haut mich voll um.«

[Ich glaube, er hat einen Salsarausch.]

»Genau«, nuschelte Buck. »Ich liebe mexikanisches Essen. Ein Bissen, und man hebt ab.«

Eli deutete auf ihn. »Das ist nicht fair, dass der von dem Zeug high wird.«

»Hey, MacBharrais, kriegen wir diese Salsa auch in Schottland?« Ich nickte.

Er kicherte. »Die reinste Magie, Kumpel. Und diese tanzenden Lichter überall in der Luft. Wo kommen die her? Wie habt ihr das gemacht?«

In der Luft waren keine tanzenden Lichter. Eli schüttelte den Kopf. »Gute Fahrt, Mann. Al und ich besprechen inzwischen was Geschäftliches.«

[Richtig. Hast du was erfahren?]

»Also, ich bin mit einer Maske und einem Stapel Autoritätssiegel bei der CIA anmarschiert und habe die Leute dazu gebracht, dass sie mir mit ihren Magnetstreifenkarten Türen aufmachen, bis ich endlich auf jemand gestoßen bin, der mir verraten hat, wer dieser Simon Hatcher ist. Und ich kann dir sagen, es ist ein echter Nervenkitzel, wenn man so in Langley rumlatscht und sich alle Infos holt, die man braucht. Eigentlich hätte ich bei der Gelegenheit gleich rausfinden sollen, wer Kennedy abgemurkst hat. Jedenfalls, Simon Hatcher führt Spionageabwehroperationen in Europa durch, vor allem in Russland. Er leitet mehrere Einsätze mit Codenamen und verfügt über ein eigenes Budget. Entspricht deinen Kriterien, also ist er wahrscheinlich dein Mann.«

[Weißt du, was das für Einsätze sind?]

»Nein. Für so viele Details hatte ich nicht genug Siegel dabei. Die Namen der Operationen habe ich jedenfalls aufgeschrieben. Sie sind ungefähr so ausgewogen wie eine Wippe mit einem Amboss auf einer Seite.«

[Zum Beispiel?]

»Gequirlte Kacke wie *Sommerschnürsenkel* oder *Delinquenter Maraschino*. Die arbeiten mit Zufallsgeneratoren, verstehst du? Das Wildeste war *Obstinater Roquefort*.«

[Roquefort? Wie der Käse?]

»Vergiss den Käse, Mann. Da hat irgendein Sesselfurzer von der CIA tatsächlich *obstinat* in einen Zufallsgenerator eingegeben. Ich musste das Wort nachschlagen! Weißt *du*, was das heißt, ohne dass du es nachschlägst?«

[Roquefort ist französisch. Ein französischer Käse.]

»Na und?«

[Bastille ist ein französischer Name. Für ein Gefängnis.]

»Ja, das war mir bekannt. Der Sturm auf die Bastille war der Startschuss zur Französischen Revolution. Egal, Mann. Wie gesagt, die Namen der Operationen sind zufällig generiert.«

[Den Namen Bastille hat Simon Hatcher bestimmt nicht zufällig ausgesucht. Und wahrscheinlich hat auch *Obligater Roquefort* eine Bedeutung für ihn.]

»*Obstinat*. Du kennst das Wort also auch nicht, da bin ich ja erleichtert.«

[Doch, ich kenne es. Hab es eingegeben, aber die Autokorrektur ist mir dazwischengekommen.]

Plötzlich kreischte hinter mir jemand auf, und ich fuhr herum. Eine Frau wich ängstlich aus ihrer Sitznische zurück und schlug gleichzeitig nach etwas auf ihrem Tisch. Ein Insekt oder eine Spinne? Erst als sie aufgesprungen war, erkannte ich drei winzige, zwischen Tellern und umgekippten Gläsern verstreute Día-de-los-Muertos-Figuren.

»Sie haben sich bewegt!« Anscheinend war sie der Meinung, dass ich eine Erklärung benötigte. »Sie sind von der Wand auf den Tisch gesprungen. Ich schwöre es!«

Ein leises, unterdrücktes Kichern von hinten sagte mir genau, was passiert war. Mit einem Nicken signalisierte ich der Dame, dass ich verstanden hatte. Dann wandte ich mich wortlos wieder meinem Tisch zu. Buck Foi lag auf dem Polster und hielt sich den Bauch, während ihm vor Lachen die Tränen übers Gesicht liefen.

[Das war nicht nett von dir], bemerkte ich.

»Was? Ach komm. Das war doch ganz harmlos.«

[Die Frau kriegt bestimmt Albträume und muss vielleicht sogar in Therapie.]

»Sie hat sowieso schon Albträume, und wenn es jemanden auf dem Planeten gibt, der nich' in Therapie muss, würde mich sein Geheimnis interessieren. Du ziehst mich echt runter, Alter. Ich brauch noch eine Dosis Salsa.«

Unsicher rappelte sich Buck hoch und griff nach der Salsaschüssel. Mit einem Kopfschütteln klatschte ich seine Hand weg. Daraufhin teleportierte er außerhalb meiner Reichweite auf den Tisch, schnappte sich die Schüssel und schüttete sich etwas davon in die Kehle. »Oahhh! Bei allen Göttern! Bahhh! Uahhh! Ouh. Ah. Jahhh.« Er kippte rücklings herunter und krachte halb besinnungslos auf den Boden.

Wir baten um die Rechnung, und ich musste Buck hinter mir her schleifen, weil er sich nicht mehr auf den Beinen halten konnte. Eli entschuldigte sich wortreich bei den Mitarbeitern des El Vez und hinterließ ihnen ein dickes Trinkgeld. Es war ein Jammer, dass wir so früh gehen mussten, denn das Essen und die Getränke waren wirklich hervorragend.

»Weißt du noch, wie ich vorhin darauf hingewiesen habe, dass Hobgoblins völlig nutzlos sind?«, fragte Eli.

Zerknirscht senkte ich den Blick. Buck hatte mich wieder einmal blamiert.

»Die Wohnadresse von Hatcher in Reston hast du, oder?« Eli fuhr fort, nachdem ich genickt hatte. »Wir können mit dem Zug nach Washington fahren – dauert ungefähr zwei Stunden. Dort nehmen wir uns ein Taxi, dann sind wir eine Stunde später bei ihm.«

[Ein nächtlicher Besuch, meinst du? Oder vielmehr in den frühen Morgenstunden?]

»Ja. Er müsste eigentlich zu Hause sein. Da können wir bestimmt leichter mit ihm reden als an seinem Arbeitsplatz.«

[Dann mal los. Ich meine, sobald mein Hob wieder nüchtern ist.]

»Wir sollten sowieso noch ein paar Siegel vorbereiten, schätze ich.«

DIE BEDINGUNGSLOSE WAHRHEIT

Eli nahm uns mit zu seiner Wohnung im historischen Industriekomplex Dobson Mills.

Es war ein wunderschönes, in hybridem Stil möbliertes Apartment, das moderne Elemente mit toskanischem Flair mischte.

Eigentlich hatte ich darauf gehofft, Elis Schüler Leonard Fort zu treffen, doch er besuchte gerade Kurse am College und wurde frühestens am nächsten Tag erwartet.

Stattdessen traf ich Elis Familie. Patrice war Personal Trainerin und begrüßte mich in Sportkleidung und straff zurückgezurrtem Kraushaar. Ihre beiden Kinder Camille und Pierre winkten scheu und starrten Buck verwundert an, weil sie nicht wussten, was sie da vor sich hatten. Als wir eintraten, setzten sie sich gerade zum Abendessen hin.

»Willkommen, Al«, sagte Patrice. »Hast du schon gegessen?«

[Ja, danke. Bitte mach dir keine Mühe.]

»Wir gehen gleich in mein Büro, weil wir noch ein paar Sachen erledigen müssen«, bemerkte Eli. »Wird wahrscheinlich ziemlich spät.«

»Spät?« Patrice runzelte besorgt die Stirn.

»Ja. Erklär ich dir später. Das hier ist auf jeden Fall Buck. Ist im Moment nicht ganz bei sich. Fasst ihn nicht an und macht keinen Lärm, okay, Kids?«

In diesem Augenblick ließ Buck einen wimmernden Furz fahren. Camille und Pierre nickten, und ihr Gesichtsausdruck ließ darauf schließen, dass sie nicht die Absicht hatten, sich Buck zu nähern.

Wir deponierten den zugedröhnten Hobgoblin auf dem Sofa, wo er sofort wegknackte und auf das Polster sabberte. Elis Hund, eine neugierige englische Bulldogge namens Dumptruck, schwang sich auf die Couch, beschnupperte Buck und machte sich daran, sein Bein zu bespringen. Eli und ich wollten ihn schon zurückpfeifen, doch dann tauschten wir einen Blick und machten mit unseren Handys Fotos zum späteren Gebrauch.

»Möchtest du bloß dastehen und zuschauen?«, fragte Patrice ihren Mann erbost. »Dumptruck! Aus!«

»Wir müssen diesem Hobgoblin etwas über Karma beibringen, und wenn wir diese Bilder nicht aufnehmen, wird er es nie lernen«, erwiderte Eli. »Du hättest mal sehen sollen, wie er sich im Restaurant aufgeführt hat. Hat eine arme Frau fast zu Tode erschreckt. Und den Angestellten einen Saustall hinterlassen.« Seine Stimme wurde samtig leise, als er den Hund anfeuerte. »Guter Junge, Dumptruck! Ja, weiter so!«

Camille und Pierre kicherten.

Patrice seufzte. »Jetzt aber raus mit euch beiden. Wie kannst du den Kindern so ein schlechtes Beispiel geben, Eli.«

Lachend steuerten wir auf Elis Tintenzimmer am Ende des Flurs zu. Ähnlich wie in meinem gab es viele Gläser, Fächer und Regale, bloß die Ästhetik war eher die eines Ausstellungsraums. Eli hatte die Wände blassgelb gestrichen und dunkles Holz für die Borde benutzt, sodass die Ingredienzen und Tintenfässer fast wie Kuriositäten wirkten.

[Hast du die Tinte für ein Siegel der Bedingungslosen Wahrheit bereit?]

»Nein, aber die Zutaten habe ich da. Mir reicht im Normalfall die Unumstrittene Autorität.«

[Das ist bloß leider kein Normalfall.]

»Da hast du recht.«

Eli winkte mich zu einem Hocker, während er die Ingredienzen für die Wahrheitstinte herunterholte, zu denen auch die Flügel der Kometenmotte gehörten.

[Wann hast du den Mottenstaub besorgt?]

»Hab mit Shu-hua getauscht. Ich habe ihr dafür Staub von der Cecropiamotte aus den Rockies geholt. Kleiner Campingausflug mit Patrice und den Kindern. War wirklich nett.«

Während er mit der Zubereitung beschäftigt war, erklärte er mir, wo ich online Zugfahrkarten bestellen konnte. Ich buchte drei Plätze für den Zug um zehn Uhr abends. Ich konnte nur hoffen, dass Buck bis dahin wieder auf dem Damm war. Noch lagen keine Forschungsergebnisse zu der Frage vor, wie lange ein Salsarausch bei einem Hobgoblin dauerte.

Als Eli so weit war, zeichnete er fünf Siegel der Bedingungslosen Wahrheit – deutlich mehr als nötig. Zwei waren für ihn zum späteren Gebrauch, wie er sagte, und zwei waren freundlicherweise für mich bestimmt.

[Weißt du, ob Hatcher Familie hat? Was erwartet uns dort?]

»Das wollte ich dich auch fragen. Ich hab keine Ahnung. Bis jetzt kenne ich ihn bloß von der Arbeit.«

Ich gab die Adresse, die ich von Codpiece hatte, in eine Landkarten-App ein und wechselte auf Satellitenansicht. Von oben wirkte Hatchers Anwesen ziemlich weitläufig und nobel für einen Regierungsangestellten.

[Sieht nach einem Neubau aus. Großes Grundstück. Hat ein Planschbecken mit Wasserfall und Whirlpool.]

»Entweder hat er eine stinkreiche Frau, oder er hat einen Haufen geerbt. Oder … ja. Oder er ist vor Kurzem zu Geld gekommen.«

[Und wir wissen ja schon, dass er was von Nummernkonten versteht, weil er Bastille ist. Kann sein, dass sein Vermögen legal ist. Oder er benutzt gewaschenes Geld für seinen aufwendigen Lebensstil.]

»Jedenfalls sollten wir auf Scherereien gefasst sein, wenn wir da anrollen. Wenn ihm jemand aus Tír na nÓg hilft, hat sein Anwesen vielleicht einen Feenschutz.«

[Druidische Bannsprüche?]

Eli nickte. »Besonders wahrscheinlich ist es nicht. Aber wir sollten vorbereitet sein.«

[Hast du dein Monokel? Ich hab meins nicht dabei.]

BRIGHID hatte allen Siegelagenten ein Monokel gegeben, mit dessen Hilfe sie einen großen Teil des magischen Spektrums wahrnehmen konnten. Trotz seiner Nützlichkeit nahmen wir es nicht gern auf Reisen mit, weil es so leicht zerbrechen oder verloren gehen konnte.

»Ja. Ich setz das Ding nur ungern auf, weil ich so blöd damit aussehe. Zum Glück ist es dunkel. Dir steht es wahrscheinlich ziemlich gut. Da schaut bestimmt niemand zweimal hin. Einfach ein alter Knacker mit Monokel. Am besten, du benutzt es.«

Um halb zehn zerrten wir Buck von der Couch und schütteten ihm Wasser ins Gesicht, nachdem alles Schreien und Schütteln nichts gebracht hatte. Er blinzelte heftig und fluchte benommen, schien aber ansonsten in Ordnung.

[Hast du Kopfweh?]

»Hab ja dich, da brauch ich kein Kopfweh.«

Wir wickelten ihn gut ein, damit er vor Eisen geschützt war, und machten uns auf den Weg zum Bahnhof. Buck blieb einsilbig und kämpfte gegen seine Lethargie an. Nach einigen Minuten erbrach ich ein Siegel der Erfrischenden Stärkung für ihn.

Es dauerte nicht lange, und er fühlte sich wieder viel besser. »Warum hast du das nicht gleich gemacht?«, beschwerte er sich.

[Ich möchte nicht, dass das zur Gewohnheit wird. Konsequenzen müssen sein.]

»Ich hab genug gelitten! Ich hatte einen furchtbaren Traum. Von einer Bulldogge oder so, die sich über mein Bein hergemacht hat.«

Eli gluckste. »Das war kein Traum.« Er holte ein Foto auf sein Handy und zeigte es Buck. »Ich glaube, das wird meine neue Tapete.«

»Ah, ihr zwei verfluchten Dumpfbacken!«, jammerte Buck.

Eli lachte bloß, während ich eine Antwort tippte. [Eine Dumpfbacke ist jemand, der seine Magie so verwendet, dass die Menschen es merken. Das Stehlen von Whisky und Würsten hinterlässt keine solchen Spuren, deswegen ist es erlaubt. Aber deine Aktion im Restaurant war ein Regelverstoß.]

Er senkte den Kopf. »Aye, hab verstanden. Ich glaube, ich sollte in der Öffentlichkeit nicht mehr auf Salsatrip gehen.«

Nachdem das geklärt war, weihten wir ihn in unser Vorhaben ein. Der Taxifahrer in Washington musterte uns unsicher. Erst als ihm Eli einen Hunderter unter die Nase hielt, erklärte er sich bereit, uns nach Reston zu chauffieren und dort auf uns zu warten.

Hatchers Residenz lag tatsächlich weit über seiner CIA-Gehaltsstufe. In der trüben Straßenbeleuchtung konnten wir viel Stein und eine gepflegte Gartenlandschaft erkennen, die bestimmt nicht von Hatcher persönlich in Schuss gehalten wurde. Eigentlich hätten bei so einem Einkauf irgendwo Alarmglocken schrillen müssen. Vielleicht hatte er das Ganze geschickt getarnt. Oder diese Alarmglocken schrillten in der allgemeinen Verkommenheit der Vereinigten Staaten einfach nicht mehr. Was die politische Situation im Land anging, wusste ich nur so viel, dass es ein elender Murks war – also bis auf die Details ganz ähnlich wie in Großbritannien.

Eli gab mir sein Monokel, und ich überprüfte das Grundstück im magischen Spektrum. Der Weg zur Haustür war mit Bannzeichen geschützt, die bestätigten, dass Hatcher von jemandem aus Tír na nÓg unterstützt wurde. Wir konnten uns dort keinen Zutritt verschaffen, ohne ihn auf uns aufmerksam zu machen. Auch beim Hintereingang war mit Bannzaubern zu rechnen, doch wenigstens mussten wir dort nicht unter den Augen des Taxifahrers und der Nachbarn einbrechen.

Gegen einfache Bannsprüche gab es ein Siegel, das Eli im rückwärtigen Garten einsetzte. Allerdings konnte das Siegel nichts gegen den Troll ausrichten, der das Anwesen bewachte.

Er lauerte verborgen im Schatten der Veranda. Mit einem Sprung wich Buck im letzten Moment einer heransausenden Faust aus und schrie »Kacke!«, als sie krachend Holz zersplitterte.

»Du schuldest mir was, Knirps«, knurrte der Troll, der einen surrealen schwarzen XXXL-Trainingsanzug und eine Augenklappe trug. »Und zwar eine ganze Menge. Ein kaputtes Auge vergisst man nicht so leicht.«

Während Eli und ich hastig Agilitätssiegel erbrachen, verschwand Buck mit einem Plopp und tauchte auf der Schulter des Trolls wieder auf. Der Hobgoblin stocherte ihm in das verbliebene Auge und rief: »Jetzt is' das zweite auch kaputt!«, bevor er wieder unsichtbar wurde. Der Troll riss brüllend die Hand vors Gesicht und patschte mit der anderen blind nach uns aus. Wir zogen unsere Waffen. Ich hatte meinen Stock, und Eli brachte zwei kurze Eisendolche zum Vorschein, mit denen er sich auf den Troll stürzte und ihm den Arm aufschlitzte.

Sein Ächzen zeigte, dass er es spürte, doch ansonsten zeigte er keine Reaktion. Seltsam. Wir zogen uns von der Veranda zurück, weil wir dem Troll dort nicht ausweichen konnten.

»Müsste ihm das nicht mehr zusetzen?«, rief mir Eli halblaut zu.

Ich wusste nicht, ob er mein Nicken im Dunkeln erkennen konnte. Allerdings konnte ich schlecht mitten im Kampf innehalten und eine Antwort tippen. Bis es vorbei war, musste er wohl mit meinem Schweigen vorliebnehmen. Jedenfalls hatte Eli recht. Beim Kontakt mit diesen speziellen Eisenklingen hätte der Troll zurückfahren und seine Haut hätte Blasen werfen und platzen müssen wie bei dem Oger Durf. Stattdessen benahm er sich, als wären es bloß ein paar Kratzer.

»Verrecken sollt ihr«, knirschte der Troll. Mit geneigtem Kopf lauschte er und holte witternd Luft. »Weicht nur zurück, das wird euch nichts nützen.« Er tastete nach dem Geländer neben den Stufen und stapfte voran. Wir befanden uns jetzt auf den Steinfliesen neben dem Pool, und der Troll rückte uns mit einem schützend erhobenen Arm immer näher.

»Buck, komm her«, zischte Eli.

Der Troll hatte ihn gehört und stürzte fauchend auf Eli zu, während Buck heranhuschte. Eli tippte sich auf die Schulter. »Hier rauf.« Buck sprang hoch, und Eli machte flüsternd drei Schritte zurück. Brüllend schlug der Troll in die Richtung von Elis Stimme, doch seine Pranke sauste ins Leere. Eli musste noch weiter zurückweichen, um dem zweiten Hieb zu entgehen, und warf mir einen kurzen Blick zu. »Bleib dicht hinter uns, Al.« Er wechselte seinen Griff um die Dolche, sodass die Spitzen nach unten zeigten. Dann nickte er Buck zu.

Gerade als der Troll zum nächsten Schlag ausholte, riss Buck die Dolche samt Eli mit einem Plopp weg. Das ganze Ensemble tauchte direkt über dem Kopf des Trolls wieder auf und zwar so, dass Eli in dieselbe Richtung schaute wie der Troll. Im Fallen bohrte ihm Eli die Eisendolche von beiden Seiten bis zum Schaft in den Hals, und Buck boxte ihm aufs linke Ohr. Eli landete unweigerlich auf dem Rücken des Trolls, versuchte allerdings erst gar nicht, sich daran festzuhalten. Er ließ sich einfach nach hinten abrutschen und rollte dann weg. Auch Buck sauste so schnell wie möglich davon.

Der Troll riss instinktiv die Hände hoch zu den Dolchen, und sein Brustkasten war ungeschützt. Jetzt war ich am Zug. Ich sprang nach vorn und versetzte ihm einen heftigen Tritt in die linke Flanke, der mir nur dank des Siegels der Agilen Grazie möglich war. Der stark blutende Troll geriet ins Wanken und stürzte blindlings in den Pool. Trolle tun sich im Wasser nicht leicht – wegen ihrer dichten Muskulatur schwimmen sie ungefähr so gut wie ein Betonblock. Doch der Pool war nicht besonders tief, und er war auf der flachen Seite hineingefallen. Wenig später stand er schon wieder, nur bis zu den Schenkeln im Wasser, und stieß eine Art mehrschichtiges Brüllen aus, als würden eine kreischende Kreissäge und ein heulender Wombat von einer schnarrenden Tuba untermalt.

»Was zum Henker?« Eli schaute mich an. »Bei so viel Eisen hätte er sich längst auflösen müssen.«

Ratlos schüttelte ich den Kopf und zog ein Siegel der Gesteigerten Muskelkraft heraus. Während der Troll gegen den Widerstand des Wassers zum Beckenrand watete, öffnete ich es und ließ es auf mich wirken. Plötzlich spürte ich, wie die Kraft in meine Gliedmaßen strömte, und packte meinen Stock wie einen Kricketschläger. Mit einem raschen Schritt brachte ich mich seitlich in Position. Da der Troll, der jetzt den Poolrand erreicht hatte, in einem knapp einen Meter tiefen Loch stand, befand sich sein Kopf in einer idealen Position für einen schwungvollen Schlag. Mit einem hörbaren Knacken des Schädelknochens traf ihn der Hieb mit voller Wucht im Gesicht. Seine vokalen Lebensäußerungen brachen abrupt ab, und er fiel rückwärts in den Pool. Er sank und blieb reglos auf dem Grund liegen. Es war nicht zu erwarten, dass er sich wieder erhob.

Ein Kampf gegen einen Troll lässt kein heimliches Vorrücken zu, das nötig ist, um jemanden zu überrumpeln. Als Spezies unterlaufen Trolle jeden Versuch eines lautlosen Heranpirschens, und auch dieser hatte reichlich Lärm geschlagen. Obwohl wir keine Bannzauber ausgelöst hatten, war jemand im Haus – entweder Hatcher oder ein Bodyguard – von dem lauten Gebrüll aufgewacht und fing jetzt an, aus einem Fenster auf uns zu schießen.

Ich hatte keine Ahnung, ob er uns sehen konnte oder uns nur vertreiben wollte. Jedenfalls streifte mich im nächsten Moment eine Kugel an der Schulter.

Ich ließ mich sofort zu Boden fallen und brach mein Schweigen. »Buck! Hol seine Waffe!«

»Wird gemacht, Chef.« Er verschwand in einem Luftwirbel, und kurz darauf kehrte er mit einer halbautomatischen Pistole zurück. Im Haus hörten wir jemanden aufheulen.

»Was hast du mit ihm gemacht?«, fragte Eli.

»Die Nase gebrochen. Keine Sorge, reden kann er noch.«

»Gut.«

Ich rappelte mich hoch und stoppte die Blutung mit einem Siegel der Wundschließung. Gegen den Schmerz half das nicht, und deswegen war ich ganz froh, dass der Kerl ebenfalls sein Fett abgekriegt hatte.

Nachdem wir die Tür aufgebrochen hatten, stellten wir fest, dass tatsächlich Hatcher auf uns geschossen hatte und nicht irgendein Bodyguard. Er war sonnengebräunt mit rotblondem Haar und dem für die mittleren Jahre typischen Umfang unter dem taubenblauen Pyjama. Seine sonnengebleichten Augenbrauen hoben sich leuchtend von dem hochroten Gesicht ab. Auch seine Zähne strahlten abnorm, offenbar von einer Aufhellungsbehandlung. Seine Kampfausbildung lag bestimmt Jahre zurück und sein letzter Außeneinsatz fast genauso lang, daher hatte er keine Chance gegen Eli. Nach zwei Minuten war er mit Kabelbindern gefesselt und blutete auf seinen Wohnzimmerteppich. Wir ließen ihn davon schwafeln, dass wir einen schweren Fehler gemacht und keine Ahnung hatten, mit wem wir uns da anlegten und so weiter. Uns störte das nicht, weil wir vor der Anwendung eines Siegels sowieso erst einmal die Spielregeln vorgeben mussten.

Ich holte mein Telefon heraus und bat Buck, sich im Haus umzusehen. [Such nach allem, was mit Feen zu tun hat, aber vorsichtig. Möglicherweise hat er irgendwo richtig gefährliche Kacke versteckt.]

»Darf ich was stehlen?«

[Vielleicht. Frag mich zuerst.]

»Das is' mal ein Auftrag nach meinem Geschmack.« Er verschwand, und Hatcher protestierte lautstark. Ich wunderte mich, dass er sich die Mühe machte.

Eli sprach meinen Gedanken aus. »Mann, der Troll auf der Veranda und deine Schüsse haben uns nicht aufgehalten. Wie kommst du drauf, dass du uns mit deinem Gelaber einschüchtern kannst, wenn du gefesselt auf dem Boden kniest? Leidest du unter einer Wahrnehmungsstörung, oder was?«

»Leck mich.«

»Dich lecken? Hm. Veranstaltest du hier eine Show? Ist der Raum verwanzt und du musst dich deswegen aufführen, als wärst du nicht kurz davor, dir in die Hose zu kacken?«

»Alles, was ihr hier abzieht, bekommt ihr zigfach zurück.«

»Um dich zu revanchieren, müsstest du dich an alles erinnern können, und das wird nicht der Fall sein. Hör zu, wir wissen, dass du Bastille bist. Wir wissen, dass du mit Feen handelst und etwas mit ihnen machst. Anscheinend hast du es irgendwie geschafft, dass dir deine Vorgesetzten grünes Licht gegeben haben. Uns würde interessieren, was genau du mit den Feen anstellst und warum.«

Offenbar bestürzt, blinzelte Hatcher hektisch. Allerdings war nicht zu erkennen, was ihn so aus der Fassung gebracht hatte. Dass wir ihn als Bastille kannten? Oder dass seine Feen-experimente aufgeflogen waren?

»Aus mir kriegt ihr nichts raus.«

»Komm schon, Mann. Wir wissen von deiner Geheimope-ration, wir haben deinen Schwabbelarsch aufgespürt und deinen Troll abserviert. Wir sind keine normalen Einbrecher. Wir haben Mittel, mit denen wir uns unsere Antworten holen können, bloß wird das nicht ohne Schaden für deinen Kopf abgehen. Das würden wir gern vermeiden. Wenn du freiwillig die Wahrheit ausspuckst, wirst du verwirrt, aber ansonsten mit gesundem Verstand aufwachen. Das ist ein faires Ange-bot, das du annehmen solltest.«

»Wer bist du überhaupt?«

»Wir arbeiten für BRIGHID, die Oberste unter den Feen. Sie weiß von deinen Machenschaften.«

»Quatsch. Du bist Russe.«

Blinzelnd vergewisserte sich Eli, dass sich seit dem Morgen nichts an seinem Erscheinungsbild geändert hatte. »Die Rus-sen haben beeindruckende Scheiße drauf, da geb ich dir recht. Die Wahl manipulieren, einen Hampelmann installieren und damit durchkommen. Solche Scheiße. Aber ich glaube nicht, dass sie viele Brüder auf ihrer Schläferliste haben.« Er wandte sich an mich und zuckte die Achseln. »Ich hab's probiert. Ich denke, es wird Zeit.«

Ich nickte zustimmend und tippte eine Frage. [Du weißt, welche Informationen wir brauchen? Wir müssen uns beei-len.]

»Alles klar, Mann.«

Hatcher fixierte mich mit zusammengekniffenen Augen. »Warum benutzt du eine Sprech-App mit britischem Akzent? Bist du von dort?« Plötzlich riss er die Augen auf. »Du bist das Arschloch, das mich wegen Gordie angerufen hat, oder? Der Quatsch mit der Trauerfeier.«

Ich schenkte mir die Antwort. Eli nahm das vorbereitete Siegel der Bedingungslosen Wahrheit heraus und öffnete es vor Hatchers Nase. Er zuckte kurz zusammen, dann wurde sein Blick glasig und starr.

»Du wirst jetzt alle meine Fragen beantworten, Simon.«

Er schluckte. »Ja.«

Mein Lehrmeister hatte mir erzählt, dass dieses Siegel die Spielart eines Zaubers war, mit dem ein Schwert im Besitz des alten Druiden belegt war, eine sagenumwobene irische Waffe namens Fragarach, der Antwortgeber. Dieses Schwert konnte ohne Einschränkung wahrheitsgemäße Antworten erzwingen. Im Vergleich zu diesem präzisen Skalpell war unser Siegel eher ein Löffel, der nur für eine begrenzte Zeit wirkte.

Also legte Eli sofort los. »Hast du den Feenhandel arrangiert?«

»Nein, ich war bloß beteiligt.«

»Wer war sonst noch beteiligt?«

»Gordie und CLÍODHNA von den TUATHA DÉ DANANN. Und ihre Kuriere.«

»Kannst du CLÍODHNAS Verwicklung beweisen?«

»Nein. Sie hat immer Banshees geschickt.«

»Was macht ihr mit den Feenwesen?«

»Wir beseitigen ihre Schwachstelle. Die Anfälligkeit gegen Eisen. Danach sind sie entstellt und ein bisschen verrückt, aber das ist nicht so schlimm. Hauptsache, es funktioniert.«

Das hatten wir gerade selbst bei der Begegnung mit dem Troll festgestellt, daher war klar, dass Hatchers Angaben stimmten.

»Und das war alles CLÍODHNAS Idee?«, fuhr Eli fort.

»Ja.«

»Hat sie dir ein Tintenrezept für Gordie gegeben?«

»Ja, ein paar.«

Das war interessant. Ich hatte nur eins entdeckt. Wenn da noch irgendwo andere geschriebene Rezepte herumgeisterten, musste ich sie dringend vernichten.

»Warum will sie, dass die Feenwesen immun gegen Eisen sind?«

Hatcher zuckte die Achseln. »Wahrscheinlich hat sie Feinde, die Eisen gegen die Feen verwenden. Mir ist das egal, solange ich diese Kreaturen benutzen kann.«

»Wozu benutzt du sie?«

»Spionageabwehr. Ich greife die Russen mit Monstern an, damit sie nicht zurückschlagen können. Ob es machbar ist, steht noch nicht fest. Bis jetzt läuft es jedenfalls … nicht schlecht.«

Das Zögern verhieß nichts Gutes, und Eli stellte schnell die nächste Frage. »Wo macht ihr die Feen zu Monstern?«

Hatcher blinzelte erst einmal, dann mehrmals in rascher Folge, und meine Schultern sanken nach unten. Mehr würden wir nicht aus ihm herausbringen.

»Hey, was ist hier los?«, ächzte er. »Was wollt ihr von mir?«

»Wo macht ihr die Feen zu Monstern?«, wiederholte Eli.

»Du kannst mich mal, Mann. Mir brummt der Schädel. Verdammt, was habt ihr mit mir angestellt?«

»Scheiße. Komm, hoch mit dir.« Eli stützte ihn am Ellbogen, damit er auf die Füße kam. »Wir bringen dich jetzt ins Bett.«

Sobald er stand, holte Hatcher zu einem Tritt gegen Eli aus. Geistesgegenwärtig blockte der ihn ab und drosch ihm die Faust in den Bauch. Der Agent klappte ächzend nach vorn und sackte zu Boden.

»Du Vollpfosten«, schimpfte Eli. »Ich will dich friedlich hier zurücklassen, und du musst wieder mit deinem Scheiß anfangen. Also noch mal. Du bleibst schön ruhig, dann mach ich es genauso.«

Hatcher stieß einen Schwall von Verwünschungen und

finsteren Drohungen aus, während Eli ihn hinüber ins Schlafzimmer führte. Der Raum war weitläufig und abscheulich
eingerichtet. Neben einem türkisfarbenen Schrank lag ein
jägergrüner Futon. Hatte der Mensch noch nie eine Sendung
über Innenausstattung gesehen? So viel geballte Geschmack-
losigkeit grenzte schon an Vandalismus.

Eli legte ihn flach hin und öffnete vor seinen Augen kurz
nacheinander ein Siegel des Letheflusses, das die Erinnerung
löschte, und ein Siegel des Erholsamen Schlafs. Sobald der
Kerl eingenickt war, schnitt ihm Eli die Kabelbinder ab.

»Wenigstens war es keine komplette Zeitverschwendung«,
resümierte er. »Wir haben keine Beweise, aber wir wissen
mehr als vorher.«

Ich nickte, obwohl es noch viele offene Fragen gab. Zum
Beispiel, wo sich mein Hobgoblin herumtrieb. Ich trat aus
dem Zimmer und machte mich auf die Suche. Hinter einer
Tür im Flur hörte ich Geräusche und schaute nach. Buck
hockte auf einer Glasvitrine und griff gerade hinein.

[Buck, was machst du da? Wir müssen los.]

Die Vitrine war voll mit bemalten Miniaturen, wie sie in
Fantasyspielen wie Dungeons & Dragons und Warmachine
verwendet wurden, und der Schreibtisch war offenkundig
der Arbeitsbereich eines Hobbybastlers. Es gab einen Strahler
und eine Lupe an einem ausziehbaren Arm für Feinarbeiten,
dazu ein Marmeladenglas voller Pinsel und kleine Fläschchen
mit Acrylfarbe.

Buck war gerade dabei, die Miniaturen in einen Stoffbeutel
zu stopfen, den er irgendwo gefunden hatte. »Er hat Feenwesen gestohlen und wissenschaftliche Experimente mit ihnen
gemacht. Ich will die hier stehlen und magische Experimente
mit ihnen machen. Das ist nur gerecht, oder?«

[Ich bin so in Sorge wegen CLÍODHNA, da kann ich jetzt
nicht mit dir über Moral diskutieren. Jedenfalls Glückwunsch

zu deiner annähernd plausiblen Argumentation. Hast du was Feeisches im Haus gefunden?]

»Nein. Bloß die wilde Kacke hier. Der Typ besitzt ein ganzes Heer von Kobolden, nicht zu fassen. Hat ihre Haut grün bemalt und ihnen diese hirnrissigen Tattoos verpasst, der unverschämte Saukerl! Ich werde meinen Spaß mit diesem Zeug haben, und er wird hoffentlich vor Wut schreien.«

[Beeil dich. Wir müssen zum Taxi.]

»Das finde ich unpassend. Wir sollten in einen Transporter steigen. In den Hexenwagen. Ich sag es ungern, aber jetzt hätte ich es wirklich gern, wenn Nadia hier wäre. Können wir uns nicht auch einen Hexenwagen zulegen?«

Ich schüttelte den Kopf. [So was erregt zu viel Aufsehen, und das kann ich nicht brauchen. Deswegen bemühe ich mich immer um ein möglichst langweiliges Erscheinungsbild.]

»Bis auf den Schnurrbart, MacBharrais. Der is' genauso gepflegt und unvergesslich wie deine Ma.«

Ich trat aus der Tür, und sein Gackern folgte mir.

Eli war in der Küche und wischte Fingerabdrücke von Hatchers Pistole. »Die Türklinken hab ich schon. Hast du was anderes angefasst?«

Ich verneinte stumm.

Er wühlte in den Schubladen, bis er auf Plastikbeutel stieß. Er stopfte die Waffe in einen und warf ihn mir zu. »Versteck das in deinem Angebermantel und wirf es am Bahnhof weg. Mit ein bisschen Glück ist das seine Dienstwaffe, und er kriegt Scherereien, weil er sie verloren hat.«

Hatcher stand ein böses Erwachen bevor. Wir hatten ihn mit einer gebrochenen Nase schlafen geschickt und die Erinnerung daran getilgt, wer sie ihm eingeschlagen hatte. Auch das zersplitterte Fenster, durch das er geschossen hatte, den toten Troll im Swimmingpool und das Verschwinden seiner Pistole würde er sich nicht erklären können. Für uns war das

Entscheidende, dass er uns verraten hatte, was er trieb und wer beteiligt war. Auf der Taxifahrt zum Bahnhof redeten wir nicht und beantworteten nur hin und wieder eine Frage von Buck nach den Dingen, die er durchs Fenster wahrnahm. Wir gaben dem Chauffeur ein Trinkgeld und erbrachen vor seiner Nase ein Siegel des Letheflusses, damit er die letzte Stunde vergaß. Vermutlich würde er sich erinnern, wie wir ganz am Anfang in sein Taxi gestiegen waren, aber nicht an das Fahrtziel, unsere Spritztour in Hatchers Garten, unser späteres Erscheinen an der Eingangstür und den verdächtig prall gefüllten Stoffbeutel in der Hand des kleinen rosa Kerls.

Eigentlich hatten Eli und ich vorgehabt, uns am Bahnhof noch zu unterhalten, doch da hatten wir die Rechnung ohne Buck gemacht. Der Hob war der Meinung, dass man die kurze Wartezeit am besten dafür nutzen sollte, im Minimarkt Donuts zu stibitzen und dann Wachleute damit zu bewerfen, weil der Puderzucker so schöne weiße Flecken auf ihrer dunklen Uniform hinterließ.

»Verdammte Scheiße, Al«, knurrte Eli. »Kannst du diesen Wicht nicht bändigen?«

[Denk daran, er hat den Troll geblendet und Hatcher die Pistole weggenommen.] Im Vorbeigehen steckte ich die Waffe unauffällig in einen Mülleimer. Niemand achtete auf uns, weil alle abgelenkt waren von den Wachleuten, die aufgeregt hin und her liefen und nicht erkennen konnten, woher die pudrigen Geschosse und das schallende Gelächter kamen. [Man muss das Schlechte mit dem Guten nehmen.]

»Du vielleicht. Ich nicht. Der Knirps wird dir deinen Blutdruck ruinieren, Mann.«

Da war was dran. Als Siegelagenten mussten wir dafür sorgen, dass möglichst wenig von der magischen Welt zum Vorschein kam, dass möglichst wenig von ihr aufgezeichnet wurde, falls das Erste nicht klappte, und dass möglichst wenig in der Erinnerung hängen blieb. Bucks Neigung zu Streichen machte mir diese Aufgaben nicht unbedingt leichter.

24

DAS GEHEIMLABOR

Wir verfrachteten Buck in den Zug und belegten zusammen mit dem Beutel voller Diebesgut ein Viererabteil. Nach den Faxen auf dem Bahnhof und dem Kampf mit dem Troll war er müde und vertiefte sich still in den Anblick von Hatchers bemalten Miniaturen. Für Eli und mich eine große Erleichterung. Wir holten unsere Telefone heraus und begannen eine Signal-Unterhaltung, damit uns niemand zuhören konnte.

Irgendwelche Ideen, wie wir uns CLÍODHNA entgegenstellen sollen, ohne dass wir dabei ins Gras beißen?, fragte Eli.

Wir können sie nicht aufhalten, erwiderte ich. *Die Behauptung eines Menschen oder eines Hobgoblins reicht nicht, damit BRIGHID eingreift.*

Handfeste Beweise werden wir kaum kriegen, Al.

Stimmt. Die Frage, wie wir CLÍODHNA auf den Zahn fühlen, müssen wir uns für später aufheben. Im Moment können wir nur zusehen, dass wir das Ganze auf unserer Seite abwürgen.

Dieses Ziel haben wir im Grunde schon erreicht, meinte Eli. *Das hat dein Schüler mit seinem Tod erledigt. Er war die Verbindung.*

Ja. Aber warum? Warum sind sie über Glasgow gekommen und nicht von hier aus?

Weil dein kleiner Gordie bereit war, die Siegel einzusetzen. Auf andere Weise hat ein Mensch doch keine Chance, eine Pixie, einen Leprechaun oder ein anderes Feenwesen zu fangen. Und noch was. Er schickte die erste Nachricht ab und tippte mit fliegenden Dau-

men die nächste. *Das mit Glasgow war schlau, weil die anderen Sie-*
gelagenten davon ausgehen konnten, dass du dort alles im Griff hast.
Selbst wenn wir erfahren hätten, dass dort Feenwesen rüberkommen,
hätten wir uns nicht eingemischt, weil es dein Territorium ist.

Ich nickte und grübelte über die Frage nach, wo das Labor
sein mochte. Dann sandte ich eine Nachricht an Buck.

Er schielte auf sein Handy, als es summte, und wandte sich
mir zu. »Bin direkt neben dir, MacBharrais.«

Wortlos deutete ich mit dem Kinn auf die Nachricht. Sie
lautete: *Diese Pixie, die mit dir gefangen war: Hast du vielleicht mit*
ihr geredet?

Buck las sie und antwortete, zum Glück mit gesenkter
Stimme: »Nein, Gordie hat dafür gesorgt, dass sie die ganze
Zeit k.o. war. Und ich hatte ständig die Augen geschlossen,
nachdem ich seine Tour mit den Siegeln durchschaut hatte,
und habe ihn bloß noch beschimpft, bis er mich in dem Zimmer allein gelassen hat.«

Hat er erwähnt, wohin sie dich schaffen wollten? Hast du eine Ah-
nung, ob du im Land bleiben oder hierherkommen solltest?

»Ich hatte so 'n Gefühl, dass ich in der Nähe bleibe, aber ob
das wirklich stimmt, weiß ich nich'.«

»Also schön«, sagte Eli laut, »lassen wir uns das mal durch
den Kopf gehen.« Er tippte, und kurz darauf pingte mein Telefon.

Einerseits wäre es naheliegend, die Feenwesen zur Umwandlung
nach Amerika zu schicken, damit Hatcher die Fortschritte aus der
Nähe überwachen kann. Andererseits ist es unpraktisch, wenn sie in
Glasgow auf dieses Gefilde kommen müssen. Wir wissen, dass Gordie
sie mit Siegeln gefangen gehalten hat. Das heißt, er hätte sie bei einer
längeren Reise wahrscheinlich begleiten müssen. Hat er während seiner
Lehrzeit je das Land verlassen?

Mit einem nachdenklichen Kopfschütteln deutete ich an,
dass er einen wichtigen Punkt angesprochen hatte. Dann griff

ich den Faden auf. *Natürlich hätten sie über das Netz gebundener Bäume das Gefilde wechseln können. Aber das konnte Hatcher natürlich nur zulassen, solange er sie sicher unter Kontrolle hatte. Ansonsten musste er befürchten, dass sie einfach nach Tír na nÓg ausbüchsen und nicht mehr zurückkommen.*

Eli nickte. *Genau. Wir können also davon ausgehen, dass diese Umwandlung in Schottland passiert oder vielleicht auch in England.*

Das heißt, Buck und ich nehmen die erste Maschine zurück und machen uns auf die Suche nach dem Labor. Wir fahren vom Bahnhof gleich weiter zum Flughafen. Vielen Dank für deine Hilfe, Eli.

Gern geschehen. Ich werde für alle Fälle die Gefildewechsel in der Gegend von Washington überwachen. Mal schauen, ob ich jemanden erwische. Auch wenn der Troll außer Gefecht ist, die anderen Feenwesen müssen wir erst noch finden.

Vielleicht bietet der Clurichaun einen Ansatz für die Suche. Schau nach, ob es in der Gegend von Washington und Reston einen Schnapsraub gegeben hat. Vor allem in Flussnähe. Sie brauchen einen Ort, wo sich die Undine aufhalten kann.

»Oi, hab ich das richtig gelesen, MacBharrais, dass du gerade ›Schnapsraub‹ getippt hast?«, flüsterte Buck. »Da bin ich dabei. Ich will nämlich unbedingt Buck Foi's Best Boosted Spirits rausbringen, so wie du's vorgeschlagen hast. Am besten, wir legen uns so ein Motorrad mit Beiwagen zu und machen eine Hexenmaschine draus.«

Zu viel Aufsehen, Buck. Und diese Beiwagenmaschinen sind so selten, dass man sie leicht aufspüren kann.

Der Hobgoblin blinzelte mich verständnislos an. »Wie denn?«

Wenn ich ein Fahrzeug kaufe, wird es auf meinen Namen eingetragen, und die Polizei kann es auf diese Weise jederzeit ausfindig machen.

»Kaufen?«, spottete er. »Wir werden die Beiwagenmaschine doch nicht kaufen, du blöder Hammel. Wir stehlen sie natürlich.«

Eli quittierte meinen verzweifelten Seufzer mit einem Glucksen. »Siehst du? Ich hab dir ja gesagt, du kriegst Probleme mit deinem Blutdruck.«

ZWISCHENSPIEL:
EIN BRAVER HUND

Dem Druiden, der Siegelagenten notwendig machte, bin ich nur einmal rein zufällig begegnet. Das ist schon eine Weile her. Ich war zu Gesprächen mit dem neuen Anführer der vampirischen Unterwelt nach Rom gekommen, weil ich ihm Ratschläge erteilen sollte, wie er am besten Konfrontationen mit den Pantheons der Welt vermied. Ich saß in einem Straßencafé in der Nähe der Spanischen Treppe bei Käse und gutem Wein und war auf der Hut vor Tauben und Taschendieben, die es auf Touristen abgesehen hatten. Ein Mann mit einem Riesenköter – ein irischer Wolfshund, glaube ich – setzte sich an den kleinen Nachbartisch, und sein Hund nahm ohne besondere Aufforderung neben ihm Platz. Der Mann war ungefähr Anfang zwanzig und hatte welliges, rotes Haar und blaue Augen.

»Prächtiger Hund«, sagte ich zu ihm für den Fall, dass er Englisch sprach.

»Grazie.« Er griff nach der Speisekarte, die zwischen Salz- und Pfefferstreuer klemmte. Normalerweise hätte ich jetzt den Blick abgewandt, um ihn nicht zu belästigen. Doch mir war aufgefallen, dass die Tattoos an seinem rechten Arm genau denen der TUATHA DÉ DANANN entsprachen. Er hatte die Heiltriskele am rechten Handrücken, und das typische Band lief über seinen Unterarm, bevor es sich um den Bizeps schlang und unter dem Ärmel verschwand. Entweder saß ich neben einem Gott – das konnte passieren, weil sie manchmal direkt auf mich zukamen – oder neben dem legendären Eisernen Druiden. Ein kurzer Blick auf das kalte Eisenmedaillon an seinem Hals bestätigte meine Vermutung.

»Verzeihung«, sprach ich ihn an, »Sie heißen nicht zufällig O'Sullivan?«

Nun war es vorbei mit der höflichen Distanz. Er und sein Hund musterten mich aufmerksam, und auch ich betrachtete ihn voller Interesse. Er hatte ein Schwert auf den Rücken geschnallt, ein kürzeres Modell wie ein alter römischer Gladius. Ich vermutete, dass es sich um Fragarach, den Antwortgeber handelte, das Schwert der Wahrheit, das durch jede Rüstung drang. Angeblich war der Diebstahl dieser Waffe die Ursache für die Bedrängnis, in die er vor vielen Jahrhunderten geraten war.

Auf jeden Fall sah er nicht aus, als wäre er zweitausend Jahre alt, und in mir flackerte leiser Neid auf, weil er es im Gegensatz zu mir irgendwie geschafft hatte, den Schrecken des Altwerdens zu entgehen.

»Mit wem habe ich das Vergnügen?«, fragte er mit amerikanischem Akzent.

»Al MacBharrais aus Glasgow. Ich arbeite für BRIGHID, die Oberste unter den Feen.«

Blinzelnd wechselte er einen Blick mit seinem Hund und lehnte sich zurück. Ich wusste nicht, ob er sich entspannte oder gleich aufspringen und wegrennen wollte.

»Wirklich? Und was machen Sie da?«

»Viel von dem, was früher Ihre Aufgabe war. Ich muss nicht selten Ihren Pfusch wieder geradebiegen, wenn ich das mal so formulieren darf. Ich bin Siegelagent.«

Er musterte mich eine Weile sinnierend. »Ein Siegelagent. Davon habe ich schon gehört.«

»Tatsächlich?«

»Ja. Und bitte keine Seitenhiebe in meine Richtung. So was mag ich nicht.«

»War gar nicht so gemeint. Im Gegenteil, es ist mir eine Ehre, Sie kennenzulernen, Sir. Mehr wollte ich nicht sagen. Und jetzt möchte ich Sie nicht weiter belästigen.«

»Schon gut, Al. Ich bin bloß vorsichtig bei Fremden. Vielleicht sogar ein bisschen paranoid. Also, noch mal von vorn. Ich bin Atticus O'Sullivan, und wir können uns gern duzen. Das hier ist mein Freund Oberon.«

Ich gluckste. »Für Vorsicht muss man sich nicht entschuldigen. Wenn Sie … wenn du nur halb so alt bist, wie ich gehört habe, dann haben diese Augen sicher schon ziemlich viel Scheiße gesehen.«

»Das haben sie in der Tat. Und bei dir wird das kaum anders sein, wenn du für BRIGHID arbeitest.«

»Stimmt. Immerhin ist es nicht ganz so extrem wie bei meiner Rezeptionistin Gladys.«

Der Blick des Druiden glitt zu seinem Hund, und er knurrte amüsiert. »Oberon gefällt dein Schnurrbart. Er meint, ich soll mir auch so einen stehen lassen.«

Ich hatte schon gehört, dass Druiden mit Tieren sprechen konnten, trotzdem war es wie ein Wunder, das bestätigt zu finden. Jedenfalls fand ich das Verhalten des Hundes auf einmal viel begreiflicher; er verstand jedes Wort, das geredet wurde.

»Herzlichen Dank, Oberon«, antwortete ich. »Du hast unter deiner Nase auch einen schönen Pelz. Hast du Atticus schon mal gebeten, ihn für dich mit Wachs zu behandeln?«

»Er ist dagegen«, gab Atticus kurz darauf wieder. »Er schätzt die Rolle eines Schnurrbarts als Geschmacksdepot. Ihm würde das Lecken der Lefzen und das Wiederaufleben des köstlichen Aromas von Würsten fehlen.«

»Hervorragendes Argument! Daran hatte ich nicht gedacht.«

Ein Kellner kam und fragte den Druiden, was er trinken

wollte. Der alte Mann – es fiel mir schwer, mich daran zu erinnern, wie unglaublich alt er war – wandte sich an mich. »Falls du gerade nichts Dringendes vorhast, Al, möchtest du uns beim Abendessen Gesellschaft leisten?«

»Es wäre mir ein Vergnügen.«

Er bestellte eine Flasche edlen Wein und hob das Glas auf mich, nachdem der Kellner uns beiden eingeschenkt hatte. »Ich finde es erfrischend, mit jemandem zusammenzusitzen, der mich nicht umbringen oder mich um einen Gefallen bitten will. Kommt eigentlich nur selten vor. Ich bin froh über diese ungeplante Begegnung.« Er unterbrach sich nachdenklich. »Sie ist doch ungeplant?«

»Ja, sicher. Ein glücklicher Zufall, der etwas mit dem neuen Vampir zu tun hat, der jetzt am Drücker ist. Du hast vielleicht davon gehört.«

Oberon schnaubte, und Atticus nickte. »Leif Helgarson. Sei auf der Hut. Er folgt nicht dem Geist, sondern nur dem Buchstaben des Gesetzes. Du musst den Vertrag sehr präzise formulieren.«

»Ist ihm nicht zu trauen?«

»Er wird versuchen, dich zu überlisten und das Gesetz nach seinen Vorstellungen auszulegen. Aber er wird auch sein Wort halten, wenn er es einmal gegeben hat.«

»Also wie die Feen.«

»Ja, wie die Feen.«

Wir verbrachten einen angenehmen Abend mit Gesprächen über besonders gelungene Gerichte, die wir gegessen hatten, und erfreuten uns dabei an unserer Mahlzeit. Atticus wandte sich immer wieder seinem Hund zu und bestellte ihm sogar ein eigenes Dinner. Sie waren echte Freunde und gar nicht wie Haustier und Besitzer.

Mit voranschreitendem Abend wurde mir allmählich klar, dass dieser Hund für Atticus tatsächlich ein Rettungsanker war. Bei allen Göttern: zweitausend Jahre, das musste man sich mal vor Augen führen! Was konnte ihn denn noch an diese Welt binden, wenn alle, die er je gekannt und geliebt hatte, längst gestorben waren? Bestimmt war er der einsamste Mensch auf dem Planeten. Im relativ zarten Alter von dreiundsechzig fragte ich mich manchmal, warum ich noch da war, obwohl mich mein Sohn hasste und mir meine Frau vorangegangen war, genau wie eine niederschmetternde Zahl von Freunden, mit denen ich aufgewachsen war. Wie viel schlimmer musste es erst für ihn sein! Wie konnte er das nur ertragen?

Die Antwort saß vor mir und wedelte mit dem Schwanz. Atticus hatte sein Überleben einem braven Hund namens Oberon zu verdanken. Hunde sind Geschöpfe reiner Liebe und Hingabe und schenken denjenigen Hoffnung, die so etwas nur aus der Erinnerung kennen, denn sie beweisen durch ihre Existenz, dass Liebe und Hingabe noch zu finden sind und dass es sich daher lohnt, auf der Welt zu sein.

Am Ende gab ich dem Eisernen Druiden meine Karte, doch ich habe nie mehr von ihm gehört. Dieser entspannte Abend war für ihn wie das Auge des Sturms, eine kurze Verschnaufpause im Chaos seines Lebens.

Wie ich höre, hat sich für ihn viel verändert, und in den entscheidenden Fragen zum Besseren. Er ging durch die Feuerprobe des Endkampfs Ragnarök und kam nicht ungeschoren davon, aber dafür ist er jetzt endlich frei und nicht mehr auf der Flucht vor den Göttern. Außerdem hat er die Gesellschaft von gleich zwei feinen Hunden.

Würde mich ein Hund irgendwann hassen, wenn ich ihm unter dem Bann meines Fluchs zu oft versichert hatte, was für ein guter Junge er war? Konnte ein Hund einen Menschen hassen, der ihn liebte?

Ich wollte es lieber nicht herausfinden.

25

DROHUNGEN UND WAFFELN

Für den Flug zurück über den Atlantik akzeptierte Buck bereitwillig ein Schlafsiegel. Zum einen war er erschöpft, zum anderen wollte er nicht allzu deutlich mitbekommen, dass er von so viel Stahl umgeben war. Ich nutzte die Ruhe, um das Buch aus der Bibliothek zu lesen. Es machte mich wütend, wie Menschen zu einem Leben in Zwangsarbeit genötigt wurden.

Nach der Landung pingten auf meinem Handy Nachrichten. Allerdings war nichts von Eli dabei. Sie stammten von Nadia und Detective Inspector Munro.

Munro verlor kein Wort darüber, dass sie mir eine Wanze untergejubelt hatte. Dass ich gern eine Entschuldigung gehört hätte, merkte ich erst an meiner leisen Enttäuschung. Immerhin hatte sie relativ gute Neuigkeiten.

Meine Kollegen vom Dezernat für Menschenhandel haben mir mitgeteilt, dass die von Ihnen genannten Personen ausgehend von ihren Finanzdaten mit hoher Wahrscheinlichkeit in Menschenhandel verwickelt sind. Man ist dankbar für Ihren Tipp. Allerdings waren die Opfer bisher nicht ausfindig zu machen, weil der Kontakt wahrscheinlich per Telefon gehalten wird. Eine Überwachung der Verdächtigen könnte erst nach einigen Tagen anlaufen, daher fragen sich die Kollegen, ob Sie vielleicht Informationen über den Aufenthalt der Opfer haben. Und mich würde interessieren, wie Sie von Personen erfahren haben, von denen das Dezernat für Menschenhandel nichts wusste.

Ich nahm mir vor, sie nach dem Verlassen des Flughafens anzurufen und ihr die bisher zurückgehaltenen Adressen zu geben.

Nadias Nachricht war dringender. *Al, ruf mich zurück, sobald du kannst. Eine gewisse* CLÍODHNA *von den* TUATHA DÉ DANANN *möchte sich mit dir treffen.*

»Scheiße«, flüsterte ich hörbar.

»Was is'n los?« Buck tanzte vor Ungeduld fast auf dem Sitz, weil er so schnell wie möglich aus dem Flugzeug aussteigen wollte.

Ich tippte meine Antwort. [CLÍODHNA hat um ein Treffen gebeten.]

Dem Hobgoblin quollen fast die Augen aus den Höhlen. »Wartet sie etwa da draußen auf mich? Die will mich garantiert abmurksen!«

[Ich weiß. Keine Sorge, du wirst bei dem Treffen nicht dabei sein.]

»Aber ich werde das Thema der Unterhaltung sein, oder? Was willst du ihr sagen, wenn sie meine Auslieferung verlangt?«

[Dass du bei mir unter Vertrag stehst.]

»Dann setzt sie dich unter Druck! Zuerst wird sie dir Gold anbieten. Dann wird sie Drohungen gegen deine Freunde und Verwandten ausstoßen, um ihren Willen durchzusetzen. So läuft das bei denen!«

Da hatte er recht. Ich dachte an den Oger Durf, der sich auf Nadia gestürzt hatte, weil jemand seine Familie als Geiseln genommen hatte.

[Ich habe auch meine Druckmittel. Darüber können wir später sprechen.] Den letzten Satz fügte ich hinzu, weil sich die Leute im Flieger schon nach uns umdrehten.

Schweigend setzte Buck seinen nervösen Tanz auf dem Sitz fort. Er wusste, dass er sich nicht einfach mit einem Plopp davonmachen konnte, ohne Alarm auszulösen. Er musste warten wie alle Menschen an Bord.

Das Aussteigen aus einem Flugzeug bringt die schlechtesten Seiten aller zum Vorschein. Nichteinhalten persönlicher Distanz und Drängeln, grobes Gebaren und Unhöflichkeit, mitunter begleitet von bissigen Bemerkungen. Doch seit ich in diesem Verhalten die Folge eines dringenden Bedürfnisses erkannt habe, kann ich mit den Menschen fühlen, statt mich über sie aufzuregen, wenn sie mir keuchend und jammernd zu nahe kommen. Ich konnte mich so mancher Gelegenheiten entsinnen, bei denen ich keine Rücksicht auf andere nahm, weil ich mich nicht beschmutzen wollte, und die Erinnerung an solche Erlebnisse auf Flughäfen oder im Straßenverkehr hat jede Aggressivität in mir versiegen lassen. Wenn sich jemand an mir vorbeidrängt oder mir den Weg versperrt, gerate ich nicht in Rage, sondern fiebere eher mit in der Hoffnung, dass er es vor dem Eintreten der Katastrophe noch zur Toilette schafft. Ich drücke die Daumen, dass der Schließmuskel durchhält. Die Leute halten mich für geduldig, doch es ist einfach so, dass ich etwas Entscheidendes begriffen habe: Wir werden von Blase und Darm beherrscht.

Draußen vor der Maschine wartete niemand auf uns, und Buck beruhigte sich ein wenig. Trotzdem wollte er so schnell wie möglich nach Hause in den Schutz der Bannsprüche.

Ich schickte die Adressen der Opfer an Detective Inspector Munro und verlinkte sie mit dem jeweiligen Zuhälter. Zugleich erinnerte ich sie daran, dass die Opfer keine Vorstrafe brauchten, sondern Hilfe und Beratung. Für den Fall, dass alles gut lief und der lange Arm des Gesetzes nicht die Ausgebeuteten ereilte, sondern die Ausbeuter, stellte ich ihr weitere einschlägige Informationen in Aussicht.

Die Antwort an Nadia schickte ich erst, als Buck in unseren vier Wänden sicher vor jedem feeischen Zugriff war.

Wieder in Schottland, auf dem Weg ins Gin 71. Stelle den Kontakt von dort aus her. Du weißt also, wo du mit der Suche beginnen musst, falls ich verschwinde.

Falls du verschwindest? Kann das passieren, Al?

Die Königin der Bean Sídhe hat sich ziemlich üble Machenschaften geleistet und weiß, dass ich im Bild bin. Falls ich mich also wirklich in Luft auflöse und du eine echte Herausforderung brauchst, kannst du versuchen, mich zu rächen.

Bei Lhurnog, du darfst einfach nicht sterben!

Opferst du ihm ein bisschen Whisky für mich?

Wird gemacht.

Ich aktivierte die Sprech-App für Buck. [Würde mich nicht überraschen, wenn dir CLÍODHNA während unserem Treffen die nächsten Angreifer auf den Hals hetzt.]

»Verstanden, MacBharrais. Ich bleib hier.«

[Könnte bloß sein, dass es diesmal keine Feenwesen sind, die dir an den Kragen wollen. Sie hat die Möglichkeit, auch andere Parteien loszuschicken.]

»Was für andere Parteien?«

[Wahrscheinlich kann sie so ziemlich jeden mit dem Mord an dir beauftragen. Einen Menschen mit einer Schusswaffe oder einen Dämon mit einer eineinhalb Meter langen Stachelzunge.]

»Oi, das klingt ungefähr so aufmunternd wie gebratene Hoden auf Waffeln. Danke, MacBharrais.«

[Du gehst nicht an die Tür.]

»Okay.«

[Damit meine ich, du fragst nicht, wer da ist, und lässt auch nicht den Fernseher laufen. Kein Mucks, damit sie nicht merken, dass du hier bist.]

»Was? Ich darf nich' fernsehen? Was soll ich denn die ganze Zeit machen?«

[Lesen.]

»Zur Unterhaltung? Aye, davon hab ich schon mal gehört.«
Er wackelte mit dem Finger und grinste mich wissend an.
»Ziemlich schräg, wenn du mich fragst. Was hast du zu bieten?«

Ich gab ihm eine Ausgabe von Terry Pratchetts *Kleine freie Männer* in der Hoffnung, dass es ihm gefallen würde. Ich verließ die Wohnung und wartete, bis er hinter mir abgesperrt hatte. Dann brach ich auf zum Gin 71.

Als ich eintrat, lächelte mir Harrowbean zu und machte eine knappe Kopfbewegung nach rechts. Ich blickte hinüber und bemerkte einen Mann, der mit offenem Mund an der Bar saß und sie völlig hingerissen angaffte.

»Der würde eine Bank für mich ausrauben, wenn ich ihn um ein paar Pfund bitten müsste«, sagte sie.

»Und ob«, meinte der Mann.

»Freut mich, dich zu sehen, Al«, fuhr sie fort. »Such dir einen Platz, ich komme gleich und nehm deine Bestellung auf.«

Ich nickte und setzte mich an einen Tisch fern von der Bar. Da der vernarrte Kerl sie nicht aus den Augen lassen wollte, hatte sie dafür gesorgt, dass sie außerhalb seiner Hörweite mit mir reden konnte. Ich war dankbar für ihre Geistesgegenwart.

Sie kam herüber, und ich erklärte ihr, was ich brauchte. Allerdings ließ ich nicht die Sprech-App laufen, sondern hielt ihr einfach das Telefon hin.

CLÍODHNA hat über mein Büro ein Treffen gefordert. Bitte sag ihr, dass sie hier erwartet wird, und begleite sie, wenn sie es wünscht. Vorher wendest du dich an Coriander und bittest ihn als Zeugen dazu, damit CLÍODHNA nicht auf die Idee kommt, Gewalt anzuwenden.

Harrowbean nickte und schaute sich nach dem Mann an der Bar um, dessen Blick wie festgenagelt an ihrem Hintern hing. Wenn sie hinaus auf den Virginia Court trat und die alte Tür nach Tír na nÓg nahm, würde er unweigerlich beobachten, wie sie verschwand. Das konnten wir nicht zulassen.

Geh ruhig, schrieb ich. *Ich kümmere mich um ihn.*

Sie verließ das Lokal, und ich steuerte auf den Gaffer zu. Ich hielt ihm meinen »offiziellen« Ausweis vor die Augen, bis sich sein Blick von Harrowbean löste, und befahl ihm: »Geh heim und wichse, bis dein Schwanz Blasen kriegt.«

»Super Idee«, nuschelte er und fiel von seinem Hocker, weil er es auf einmal so eilig hatte. Er hastete durch die Seitentür, ohne weiter auf Harrowbean zu achten. Mehr war nicht nötig. Seine Rechnung konnte ich später begleichen.

Nach zehn Minuten kehrte Harrowbean zurück und wirkte erleichtert, weil der Mann weg war.

[Setz es mir auf die Rechnung], tippte ich, und kurz darauf brachte sie mir den gewohnten Pilgrim's und dazu Corianders Lieblingsdrink.

Kaum eine Minute später setzte sich der Herold selbst zu mir an den Tisch und stieß mit mir an. »Sláinte. Was gibt es Neues? Ich vermute, wir haben wenig Zeit.«

[Die Feenwesen, die CLÍODHNA hierhergelockt hat, werden so umgekrempelt, dass sie nicht mehr empfindlich gegen Eisen sind. Sie sind in der Gewalt von einem Mann namens Simon Hatcher in den USA. Er hat bestätigt, dass CLÍODHNA dahintersteckt, hatte aber selbst nur mit Banshee-Kurieren zu tun. Jedenfalls ist das schon der zweite Zeuge, der sie als Drahtzieherin nennt.]

»BRIGHID wird nicht begeistert sein, wenn sie von Feenwesen hört, die gegen Eisen gefeit sind. Wie machen sie das?«

[Das wissen wir nicht. Auch nicht, wo es passiert. Allerdings vermuten wir, dass es irgendwo hier oder in England ist, weil Gordie sie ja überwachen musste. Der Amerikaner benutzt sie für Angriffe auf russische Ziele. Den Troll in Virginia haben wir getötet, aber es bleiben noch immer ein Leprechaun, ein Clurichaun, ein Fir Darrig, eine Undine und eine Pixie, die alle auf die gleiche Weise verändert wurden.]

Als Coriander den Mund zu einer Erwiderung öffnete, schüttelte ich den Kopf, denn genau in diesem Moment war CLÍODHNA durch die alte Tür auf den Virginia Court getreten und näherte sich dem Eingang des Gin 71.

Obwohl ich ihr nie begegnet war, wusste ich, dass das niemand anders sein konnte. Gottheiten haben meist ein göttliches Aussehen. Außerdem trug sie – ähnlich wie Harrowbean und Coriander – Kleider, die eher viktorianisch als modern anmuteten: ein Wams über einem langärmeligen Hemd mit einer grauen Schnürsenkelkrawatte unter dem hohen Kragen. In das weiße Wams war ein silbernes Paisleymuster eingestickt, das mit jeder ihrer Bewegungen schimmernd das Licht einfing – was nahelegte, dass die Rückseite ganz aus Silber war. Ihre Hose leuchtete so hell, dass ich fast schneeblind wurde, und auch ihre hochhackigen Stiefel waren von makellosem Weiß. Der Eindruck, dass sie gerade von einem Laufsteg in Mailand gestiegen war, wurde unterstrichen von dem hochmütigen Ausdruck und den gewölbten Augenbrauen. An der rechten prangten drei silberne Piercingringe.

Beim Eintreten nickte sie Harrowbean kurz zu. Die Barfrau nickte zurück und deutete auf unseren Tisch. CLÍODHNA wandte sich um und bemerkte uns. Als wir uns zur Begrüßung erhoben, war ihr Blick scheinbar ungerührt, blieb allerdings an Coriander hängen. Offenkundig hatte sie nicht mit ihm gerechnet.

Sie machte mehrere elegante Schritte in unsere Richtung und sprach mit einem angenehmen irischen Singsang. »Aloysius MacBharrais, wie ich annehme? Und Coriander, der außerordentliche Herold. Was für eine Überraschung.«

Wir begrüßten sie beide mit einer Verneigung und baten sie, sich zu uns zu setzen.

»Ich hatte die Hoffnung auf ein Gespräch unter vier Augen

mit Aloysius«, erklärte sie. »Meine Worte sind nur für seine Ohren bestimmt.«

Coriander griff nach seinem Drink und trank ihn voller Anmut leer. Wäre die Szene gefilmt und gesendet worden, hätte man damit klare Flüssigkeiten zu Höchstpreisen verkaufen können. Egal ob Wasser, Wodka oder Terpentin. Der Anblick erzeugte und stillte den Durst gleichermaßen. Schließlich stellte er das Glas ab. »Sehr wohl. Aber nimm zur Kenntnis, dass ich später nach Aloysius sehen werde. BRIGHID wünscht, dass er bei guter Gesundheit bleibt und keinen noch so versteckten Drohungen ausgesetzt ist. Das Gleiche gilt für seinen Hobgoblin. Ich darf dir respektvoll empfehlen, dass du ihn offen mit dir sprechen lässt. Auch du solltest offen mit ihm sprechen und dir dein Handeln sorgfältig überlegen. Ich bezweifle sehr, dass du dir eine ähnlich offene Unterhaltung mit BRIGHID vor dem Feenhof wünschst.«

»Worum genau soll es bei dieser Unterhaltung denn gehen?«

»Um den Kontakt zu dem Amerikaner Simon Hatcher. Um die Korrumpierung von Gordon Graham. Um die verbotene Verteilung von Tintenrezepten und Siegeln. Und um Bemühungen, den Feen Immunität gegen Eisen zu verleihen.« Als sie zu einer Erwiderung ansetzte, hob Coriander die Hand. »Am besten, du antwortest nicht. Ich müsste dich auffordern, es mir dreimal zu sagen, und eine Weigerung, die Wahrheit zu sprechen, könnte verhängnisvolle Folgen haben.«

CLÍODHNA begnügte sich mit einem schmallippigen Lächeln. »Dein Freimut ist sehr rücksichtsvoll, Herold. Ich wünsche dir einen guten Tag.«

Er verneigte sich erneut und verabschiedete sich.

Die Königin der Bean Sídhe schaute ihm nach, bis er durch die alte Tür nach Tír na nÓg verschwunden war. Erst dann nahm sie Platz. »Mir scheint, wir haben tatsächlich viel zu besprechen. Angefangen mit diesem Hinterhalt. Ich habe nicht erwartet, bei meiner Ankunft mit solchen Anschuldigungen konfrontiert zu werden.«

»Ich habe auch nicht erwartet, dass du hinter diesen Machenschaften steckst. Übrigens, falls unsere Unterredung länger dauert, muss ich dafür eine Anwendung auf meinem Telefon benutzen, weil ich vor Jahren mit einem Fluch belegt wurde.«

»Ja, davon habe ich gehört. Nachdem ich gerade deinen Empfang erlebt habe, bin ich darüber nicht weiter verwundert.«

Ich schaltete mein Handy ein. [Hast du etwas mit dem Fluch zu tun, der auf mir lastet, oder hast du eine Ahnung, wer ihn verhängt hat?] Gegenüber den TUATHA DÉ DANANN musste man Fragen sehr sorgfältig formulieren, weil sie jedes Schlupfloch nutzten, um eine klare Auskunft zu vermeiden.

Doch in diesem Fall war die Antwort völlig unzweideutig. »Nein. Ich trage keine Verantwortung für deine Flüche und weiß nichts über ihren Urheber. Ich sag's dir dreimal. Falls du dir in Zukunft weitere Flüche zuziehen möchtest, können wir gern darüber reden.«

Harrowbean kam und fragte CLÍODHNA, ob sie etwas trinken wollte. Während die Fee die Göttin zu Geschmacksnuancen beriet, die ihr vielleicht zusagten, nutzte ich die Zeit für die Formulierung meiner nächsten Frage.

[Warum hast du diesen Plan ausgebrütet, Feen immun gegen Eisen zu machen?]

CLÍODHNA schnaubte. »Ich habe gar nichts ausgebrütet.« So eine Antwort hatte ich erwartet. Ein typisches Ausweichmanöver, das sich auf ein einzelnes Wort bezog, ohne auf den Geist der Frage einzugehen. Der Gegensatz zu dem Wahrheitsschwur als Reaktion auf meine Frage nach den Flüchen hätte nicht deutlicher sein können. Sie richtete sich ein wenig auf. »Vielleicht können wir noch mal ein Stück weiter vorn ansetzen, weil mir da anscheinend einiges entgangen ist. Wie kommst du eigentlich darauf, dass ich mir diese Fülle von Verbrechen habe zuschulden kommen lassen, die mir Coriander vorgeworfen hat?«

Sie lehnte sich zurück und ließ den Blick durch den Raum schweifen, in dem außer unserem nur zwei Tische besetzt waren. Bis zum Abendbetrieb waren es noch mehrere Stunden. Harrowbean kam mit dem Drink, und CLÍODHNA schenkte ihr ein wohlwollendes Lächeln, das sofort wieder verschwand, als sie mir sarkastisch zuprostete und einen kleinen Schluck nahm.

[Angefangen hat es mit einem Hobgoblin namens Gag Badhump, der behauptet, dass du ihm einen betrügerischen Dienstvertrag angeboten hast, den ich angeblich unterschreiben sollte.]

»Pah. Es hat seinen Grund, wenn den Hobgoblins niemand traut.«

[Das liegt daran, dass sie unverbesserliche Diebe sind. Wenn es darum geht, zu lügen oder eine Lüge zu erkennen, sind sie weniger geschickt. Und das ist noch nicht alles. Simon Hatcher hat unter einem Siegel der Bedingungslosen Wahrheit deinen Namen genannt, das kann ich zusammen mit einem anderen Siegelagenten bezeugen. Warum sollte ein Amerikaner den Namen CLÍODHNA aus dem Ärmel schütteln, wenn es nicht stimmt? Immerhin ist er in einem Bildungssystem aufgewachsen, das außer Shakespeares Oberon und Titania keine Feenwesen kennt.]

Die Göttin zuckte die Achseln. »Auch Amerikanern kann man nicht trauen. Da muss man sich bloß den Planeten anschauen. Bis zur Unkenntlichkeit vermurkst. *Von Amerikanern.* Offenbar weil sie alle auf Drogen sind und ungefähr ein Drittel von ihnen Angst vor Melanin hat.«

Ich seufzte aufgebracht. Wieder eine Nebelkerze. [Hatcher hat von einer Banshee ein geschriebenes Tintenrezept erhalten und es an meinen Schüler weitergegeben. Ohne deine Instruktionen wäre es nie dazu gekommen – ganz zu schweigen von dem Plan, mit Feen zu handeln.]

»Ich kenne diesen Plan nicht. Und ich bin nicht für alles verantwortlich, was die Bean Sídhe tun.«

[Wir können ja die Bean Sídhe fragen, wofür genau du verantwortlich bist.]

Ein mildes Lächeln spielte um ihre Mundwinkel. »Du wirst bestimmt keine einzige Bean Sídhe finden, die deine wilden Theorien bestätigt, Aloysius. Das gilt auch für BRIGHID. Und da du absolut keinen Beweis für ein Fehlverhalten meinerseits hast und auch keinen entdecken wirst, möchte ich bei allem Respekt anregen, dass du endlich mit deinen Anschuldigungen aufhörst.«

Mit so etwas hatte ich gerechnet. Letztlich konnte ich gegen eine Göttin nichts ausrichten. Wenn sie sich zu stark bedroht fühlte, musste sie mich bloß töten und meine Leiche verschwinden lassen. Das würde nicht ohne Unannehmlichkeiten für sie abgehen, aber eine ernste Herausforderung war es nicht. Der einzige Weg zum Erfolg bestand für mich darin, ihr eine bequeme Alternative aufzuzeigen.

[Das könnte ich natürlich. Allerdings möchte ich zu bedenken geben, dass ein Hobgoblin in meinen Diensten mehrfach Anschlägen auf sein Leben ausgesetzt war. Zuerst durch Barghests und dann durch einen Oger namens Durf. Wenn keine Beweise für ein Fehlverhalten zu finden sind, wie du sagst, dann sollte auch mein Hobgoblin ohne Furcht leben können, meinst du nicht?]

»Ha!« Sie fasste nach ihrem Ginkelch und ließ das Eis darin kreisen, während sie mit geneigtem Kopf nachdachte. Ich wartete geduldig, bis sie das Glas leerte und es abstellte.

Schließlich klatschte sie in die Hände und rieb sie aneinander. Offenbar hatte sie eine Entscheidung getroffen. »Nun gut. Um ganz sicher zu sein, dass ich das richtig verstanden habe, spreche ich jetzt rein hypothetisch.«

Mit einem Nicken forderte ich sie auf fortzufahren.

»Wenn die Person, die hinter all dem steckt – Feenhandel, Weitergabe geheimer Tintenrezepte und so fort –, einfach damit aufhören und nicht mehr versuchen würde, einen diebischen Hobgoblin zu töten, was würdest du dann tun? Deine Nachforschungen einstellen? Deine Anschuldigungen zurückziehen?«

[So ungefähr. Diese hypothetische Person hat BRIGHIDS Aufmerksamkeit erregt, verstehst du. Die Oberste unter den Feen weiß von den Ermittlungen und wartet gespannt, ob sie eingreifen muss. Wahrscheinlich wäre sie nicht sonderlich erfreut, wenn die Feenwesen immun gegen Eisen werden.]

»Meinst du wirklich?« CLÍODHNA furchte die Stirn, dann platzte ein Lachen aus ihr heraus. »Natürlich wäre sie nicht erfreut. Schließlich wäre damit ein entscheidender Pfeiler ihrer Macht bedroht.« Sie beruhigte sich und fuhr mit dem Finger über den Rand ihres leeren Glases. »Da wäre ein strategischer Rückzug wohl das Beste. Rein hypothetisch gesprochen.«

[Ich stimme dir zu. Niemand verliert das Gesicht. Der hypothetische Drahtzieher merkt, dass er eine Linie überschritten hat, und macht vorsichtshalber einen Schritt zurück, bevor etwas wirklich Unangenehmes geschieht. Und mein Hobgoblin, der auf meine Anweisung hin Stillschweigen gelobt, kann mir auf der Erde und auf allen Feengefilden dienen, ohne ständig über die Schulter schielen zu müssen.]

Die Königin der Bean Sídhe nickte. »Weißt du was, Aloysius? Ich habe eine starke Ahnung, dass alles genauso eintreffen wird, wie du es beschrieben hast. Die hypothetische Person wird sich aus dieser Geschichte mit dem Feenhandel zurückziehen, und dein Hobgoblin wird in Sicherheit sein.«

[In hypothetischer Sicherheit?]

»Nein, wirklich und wahrhaftig in Sicherheit. Natürlich nur, solange die hypothetische Person ebenfalls nicht bedroht wird. Wie gesagt, ich ahne, dass es so kommen wird, und das ist die Wahrheit. Das sage ich dir dreimal. Mehr kann ich nicht tun.«

[In diesem Fall fühle auch ich, dass es so geschehen wird.]

»Gut. Dann werde ich mich jetzt verabschieden und mich an deine freundliche Einladung zu einem Drink erinnern. Natürlich werde ich mich auch an alles andere erinnern. Das ist keine Drohung, wie du sicher begreifst, sondern eine schlichte Tatsache. Wegen deiner Umtriebe wird BRIGHID viele Jahre lang ein Auge auf mich haben. Deshalb werde ich meinerseits ein Auge auf dich haben.« Sie erhob sich vom Tisch.

Hastig tippte ich die nächste Frage. [Was ist mit Hatcher und den mutierten Feenwesen?]

»Ich dachte, wir haben uns darauf geeinigt, dass ich nichts damit zu tun habe?« Sie gluckste über die Bestürzung in meinem Gesicht. »Ach komm, Aloysius. Man kann nur eine begrenzte Zahl von Problemen bei einem Drink lösen. Ich meine, gut gemacht, mein Bester. Du hast an einem Faden gezogen und dabei eine Menge entwirrt, und du bist so klug, dass du erst einmal mit mir plauderst, bevor du etwas Unverzeihliches tust. Damit allein unterscheidest du dich von den meisten Menschen. Du hast meinen Respekt, und ich kann mir vorstellen, dass du ein geschickter Schachspieler bist. Doch mit allem anderen wirst du dich außerhalb einer Ginbar auseinandersetzen müssen. Und Tír na nÓg wird sich eines Tages mit der Tatsache auseinandersetzen müssen, dass die Feenwesen nicht gegen ihren Willen in Angst vor Eisen leben wollen.« Sie hob die Hand und winkte mir zu. »Slán agat.«

Bei mir machte etwas klick – weniger ein Mosaiksteinchen als eine vehemente Dosis Empathie, die Erkenntnis, dass CLÍODHNA und ich zumindest in einer Hinsicht völlig gleich waren.

»Ist das alles wegen ...«, entfuhr es mir, bevor ich merkte, dass ich vergessen hatte, die App zu verwenden. Und vielleicht auch meinen gesunden Menschenverstand. Es war nicht nötig, der Frage nachzugehen.

Bloß dass ich es wissen wollte.

»Weswegen?« CLÍODHNA wartete.

Ich schaute mich um und stand auf. Außer Harrowbean und den Köchen waren nur zwei Gäste anwesend. Doch was ich zu sagen hatte, war nur für CLÍODHNAS Ohren bestimmt. Solange andere mithören konnten, war von ihr keine Antwort zu erwarten.

Ich deutete auf die leeren Pflastersteine des Virginia Court. »Darf ich dir draußen noch eine letzte Frage stellen?«

Nach kurzer Überlegung nickte sie knapp und schlüpfte vor mir durch den Ausgang. Als ich ihr folgte, trat sie beiseite und wartete, bis die Tür geschlossen war. »Worum geht es?« Mit verschränkten Armen starrte sie auf die Wand eines Gebäudes auf der gegenüberliegenden Seite. Ich ahmte ihre Pose nach. Blickkontakt kam für diesen Austausch nicht in Frage. Es war sicherer so, und irgendwie wussten wir das beide.

»Meine Frau kam vor einigen Jahren bei einem Verkehrsunfall ums Leben«, begann ich. »Und seitdem war kein einziger Tag so schön wie der schlimmste Tag, als sie noch gelebt hat und bei mir war. Wenn ich sie auf irgendeine Weise zurückholen könnte, egal, auf welchen Irrsinn ich mich dafür einlassen müsste, egal, wie lang es dauern würde – ich würde es tun. Sogar in den Hades würde ich hinabsteigen wie Orpheus, der Eurydike wiederhaben wollte. Dieser Wille wohnt in meiner Brust. Denn das Licht ihres Lächelns hat mich mehr erwärmt als die Sonne, das schwöre ich. Sogar die Erinnerung daran ist vor der Kälte gefeit. Und deshalb frage ich mich, CLÍODHNA ...«

»Ja?«

»Rein hypothetisch: Glaubst du, jemand möchte die Feenwesen gefeit vor dem Eisen sehen, weil er sich nach den alten Tagen sehnt? Ich meine die Tage der Bronzezeit, als das Eisen noch keine Macht hatte, und die TUATHA DÉ DANANN zusammen mit den Feen so frei über die Erde streiften wie heute die Menschen? Und denkt er vielleicht, wenn er die Feen immun gegen Eisen machen kann, dann ist es, als würde sich die Uhr zurückdrehen? Als würde das Schlimmste rückgängig gemacht, das je auf der Welt passiert ist? Denn dafür hätte ich Verständnis. Auch ich möchte das Schlimmste auf der Welt rückgängig machen.«

CLÍODHNA antwortete nicht gleich. Mit einem Seufzen brachte sie zum Ausdruck, dass sie erst ein wenig überlegen musste. Ein Paar schlenderte über den Platz, dann noch eins, unterwegs von hier nach dort.

»Ich glaube, von der Seite des Herzens hast du die Sache gut erfasst, wenn auch nicht von der des Verstandes. Hypothetisch.«

»Wie das?«

»Den alten Tagen wird oft nachgetrauert. Damals waren wir freier. Die Luft war frischer, das Gras grüner und so weiter. Du hast insofern recht, als es kein einziges Feenwesen gibt, das sich nicht wünscht, diesen Zustand wiederherzustellen. Aber wir wissen alle, dass wir nicht zurückkönnen. Das hat FAND mit ihrem Aufstand gegen BRIGHID bewiesen. Einen Fortschritt kann es nur geben, wenn wir uns nach vorn bewegen.«

»Feenhandel ist also ein Fortschritt?«

»Immunität gegen Eisen ist ein Fortschritt.«

»Aber diese Feenwesen haben Menschen angegriffen. Sie

getötet. Das ist ein unverzeihlicher Verstoß gegen den Vertrag!«

»Ah, hier führt dich dein Mitgefühl in die Irre, Aloysius. Ich habe schon gelebt, als es auf dem ganzen Planeten nur einige Millionen Leute gab. Wie viele sind es jetzt? Fünf Milliarden?«

»Fast acht.«

»Tatsächlich! Nun. Wenn ich wirklich die alten Tage wiederhaben wollte, müsste ich Milliarden von Menschen umbringen, nicht wahr? Du weißt, dass das nicht geschieht. Aber es kümmert mich auch keinen feuchten Selkiedreck, wenn ein paar Menschen eher abtreten. Ihr seid doch alle ein giftiges Gebräu – vielleicht mit Ausnahme deiner verstorbenen Frau.«

»Sehr freundlich, dass du das sagst«, antwortete ich, obwohl ich nicht sicher war, ob das wirklich zutraf.

»Nun, von Freundlichkeit weiß ich nichts. Aber ich weiß, dass ich schon viele Jahre nicht mehr so lang mit einem Sterblichen gesprochen habe. Und ich kann nicht behaupten, dass es angenehm war. Immerhin war es interessant. Leb wohl.«

Ich nickte ihr zum Abschied zu, und sie machte sich auf die Reise nach Tír na nÓg.

»Mist«, knurrte ich. Das Geheimlabor war immer noch geheim. Wo lag es versteckt, und wer bei allen Höllen hatte einen Weg gefunden, den Feenwesen Immunität gegen Eisen zu verleihen?

»Kann ich dir noch was bringen, Al?«, fragte Harrowbean, als ich mich wieder an meinen Tisch setzte.

[Noch einen Pilgrim's. Dazu eine Serviette und die Rechnung. Und vergiss nicht die Zeche von dem Armleuchter.]

»Kommt sofort. Vielen Dank, dass du ihn mir vom Hals geschafft hast.«

Ich zückte meine Füllfeder und zappelte herum, bis Harrowbean wiederkam. Nachdem die Rechnung beglichen war, nahm ich einen Schluck von meinem Drink. Dann schrieb ich eine Liste.

MUTIERTE FEENWESEN
1. ~~Troll~~
2. Clurichaun
3. Leprechaun
4. Fir Darrig
5. Undine
6. Pixie

Den Göttern sei Dank war der Troll aus dem Weg geräumt. Bisher war Eli offenbar auf keine weiteren Anhaltspunkte gestoßen, sonst hätte er längst von sich hören lassen. Das Problem der mutierten Feenwesen musste ich also selber lösen.

Die Undine war nach meiner Auffassung der seltsamste Punkt auf der Liste. Was für ein Angebot hatten sie ihr gemacht, das verlockender war als ihr Wasserreich? Oder hatten sie sie bedroht?

Ich starrte auf die Liste, bis meine Augen glasig wurden. Um meine Gedanken aus dem sinnlosen Zirkel zu befreien, in dem sie gefangen waren, hob ich den Gin an die Nase und atmete die Botanicals ein.

Manche Leute verachten Gin und verkünden, dass sie nur Medizin und Reinigungsalkohol riechen. Obwohl ich nie Widerspruch erhebe, weil jeder seine Vorlieben haben darf, bin ich insgeheim der Meinung, dass sie es nicht mit miesem Gin hätten probieren sollen. Die Schotten haben entdeckt, dass Gin wie Whisky der Nase und dem Mund großartige Geschichten zu erzählen hat, wenn man nur bereit ist, ihn zu erkunden. Ich persönlich finde die unterschiedlichen Aromen erfrischend – sie öffnen den Geist für neue Möglichkeiten. Diesen Zustand kann ich auch durch Meditation erreichen, doch eine Nase voller Brennmeisterstoff hat sich für mich als Abkürzung erwiesen.

Mit geschlossenen Augen holte ich zweimal tief Atem, ohne zu kosten – und erkannte plötzlich, dass ich eine wesentliche Tatsache vergessen hatte. Ich riss die Augen auf und stellte das Glas ab, dann umkringelte ich die Nummer sechs auf der Liste.

Ich schaute auf die Uhr: kurz vor vier Uhr nachmittags.

Sofort schrieb ich an Nadia: *Hast du heute Abend Zeit für eine kleine Keilerei? Die Schlachtenseherin ist gefragt.*

Wie spät? Ich wollte mir mit Dhanya einen Film ansehen.

Kannst du umdisponieren? Ich brauche den Wagen. Whisky und Käse für Lhurnog. Das ganze Drum und Dran.

Du möchtest mit mir zu Lhurnog beten?

Aye. Hab mir so einen richtig schönen Rammy vorgestellt.

Ja, verdammt! Dann sag ich den Filmabend gleich ab.

Bin in ungefähr einer Stunde im Büro.

Die nächste SMS schickte ich Buck. *Alles klar, kleiner Mann. Du kannst ohne Gefahr rausgehen. Komm rüber nach Maryhill, wo wir uns kennengelernt haben. Du musst was für mich klauen.*

Das is' die schönste Nachricht, die ich je gekriegt habe, erwiderte er.

Nachdem das geregelt war, leerte ich mein Glas. Dann stand ich auf und winkte Harrowbean zu mir. [Ich brauche einen braven Hund für einen neuen Vertrag. In meinem Büro. In ungefähr einer Stunde sollte ich dort sein.]

»Ich arrangiere es, Al.«

Ich tippte mir an den Hut und hoffte, dass ich sie wiedersehen würde. Falls ich das Labor tatsächlich fand, war das eine Sache. Es hochzunehmen war eine ganz andere.

26

WHISKY UND KÄSE FÜR LHURNOG

Für Buck war es kein Problem, in Gordies Wohnung zu teleportieren und den Pixiekäfig zu holen, den ich dort zurückgelassen hatte. Ich blieb dem Gebäude fern, weil ich meine Melone nicht aufgesetzt hatte. Schließlich wollte ich nicht von einer Kamera beim Betreten des Anwesens erfasst werden. Danach nahmen wir den Zug zu meinem Büro, wo bereits ein Hundeführer mit einem Barghest zum Mieten auf uns wartete. Er saß am Whiskytisch gegenüber von Nadia, die in meiner Abwesenheit die Gastgeberin spielte.

Buck blieb ein wenig zurück, weil er sich nach dem Angriff, den er nur knapp überlebt hatte, in Gegenwart eines Barghests nicht unbedingt wohl fühlte. Mir ging es eigentlich ganz ähnlich. Doch der Geisterhund bot uns die beste Chance, das Labor ausfindig zu machen. Ich vermutete nämlich, dass dieses Labor den mutierten Feenwesen auch als Unterkunft diente.

[Wir brauchen deinen GPS-Tracker], sagte ich zu Nadia. Der Barghest sollte für uns die Witterung der Pixie aufnehmen, dann konnten wir ihn mit dem Hexenwagen verfolgen – vorausgesetzt, er blieb im Land. Falls die Pixie in Schottland oder in Nordengland war, benötigten wir dafür nicht einmal eine zweite Tankfüllung.

Während Nadia das Ortungsgerät holte, schrieb ich den Vertrag und bezahlte den Hundeführer mit einem Dokument, das ihm für später einen Lohn in Form eines einstündigen Agenturdienstes in Aussicht stellte. Diese Vorgehensweise war viel einfacher, als eine legale Gegenleistung zwischen den Gefilden auszuhandeln, und viel sicherer als der Austausch vager Gefälligkeiten.

[Bitte erklär dem Barghest, dass dies ein reiner Suchauftrag ist. Er muss einen GPS-Tracker tragen und so viel wie möglich körperlich bleiben, damit wir das Signal nicht verlieren. Hundert Meter vor der Zielperson soll er warten, bis wir kommen. Damit ist der Vertrag erfüllt.]

Der Hundeführer, ein ernster Feenmann mit gütigen braunen Augen, kniete sich neben den Barghest und murmelte ihm etwas auf Altirisch zu. Als Nadia kam, befestigte er den Tracker an einem Band, das er dem Barghest um den Hals schlang. Dann hielt er ihm den Käfig der Pixie vor die Schnauze, und der Barghest nahm schnuppernd die Witterung auf. Als er fertig war, blickte er zu dem Feenmann auf und bellte leise.

»Er ist bereit«, sagte der Führer. »Soll er gleich anfangen?«

[Lieber noch nicht. Hat er eine Ahnung, in welche Richtung wir uns orientieren?]

Der Feenmann fragte den Hund etwas auf Altirisch, und dieser drehte sich mehrere Male mit der Nase in der Luft um die eigene Achse. Dann setzte er sich und rief: »Awuff.«

»Norden, sagt er.«

[Dann bleiben wir also in Schottland.]

»Aye, übers Meer kann er keine Spur verfolgen.«

[Warten wir noch eine halbe Stunde. Ich muss einige Vorkehrungen treffen.]

Der Führer erklärte das dem Hund, der sich friedlich auf dem Teppich ausstreckte und geduldig wartete. Ich fragte, ob ich ihm ein Lendenstück geben durfte. Der Feenmann erteilte mir die Erlaubnis und verließ das Zimmer, als ich dem Barghest das Fleisch zuwarf.

[Ich habe noch mehrere Siegel vorzubereiten], erklärte ich

Nadia. [Und ich muss dich warnen, dass das Siegel der Eisengalle an deinem Rasiermesser nichts bringt bei den Feenwesen, gegen die wir kämpfen werden. Sie sind immun gegen Eisen und stärker als üblich.]

»Immun gegen Eisen? Ich wusste gar nicht, dass das möglich ist.«

[Ich weiß es auch erst seit Kurzem. Am besten, du suchst dir eine Waffe mit mehr Durchschlagskraft aus.]

»Etwas Tödliches, meinst du?«

Ich nickte grimmig. [Diese Feenwesen haben Menschen auf diesem Gefilde umgebracht. Das ist ein Verstoß gegen unseren Vertrag, und darauf steht die Todesstrafe.]

»Dann lauf ich zu mir rüber und hol mein Schwert.« Sie verschwand.

»Kann ich auch schnell zu Hause ein paar Sachen holen?«, fragte Buck.

[Was denn?]

Buck strahlte mich mit seinen perfekten Zähnen an. »Ich hab da so eine Idee.«

[In spätestens einer halben Stunde bist du wieder hier. Und bring meine Melone mit.]

Als ich allein war, drückte ich am Schreibtisch den Knopf, der meine Tintenbibliothek öffnete, und schloss die Bürotür ab. Dann schlüpfte ich aus meinem Mantel und entfernte alle Siegel aus den vielen Innentaschen, die ich nicht benötigte – Siegel für Verträge und Ähnliches. Für bestimmte Situationen hielt ich andere Sets bereit. Die vor mir liegende Begegnung erforderte einige besonders destruktive Siegel, die ich nur selten verwendete. Eins davon, das Siegel der Entfesselten Zerstörung, hatte ich nur einmal beim Bestehen meiner Abschlussprüfung benutzt, um zu beweisen, dass ich damit umgehen konnte. Es war das letzte Siegel, das ein Schüler vor der Erlangung der Meisterschaft erlernte. Mir selbst war es ja nie gelungen, einen meiner Schüler zur Meisterschaft zu führen. Dieses eine vorbereitete Siegel in meinem Besitz wartete daher seit gut vierzig Jahren auf seinen Einsatz. Ich war nicht einmal sicher, dass es noch funktionierte. Vielleicht hatte seine Kraft nach so langer Zeit nachgelassen wie bei einer Batterie, die man jahrelang unbenutzt in einer Taschenlampe gelassen hat. Ich hoffte, dass ich es nicht herausfinden musste.

Gerade als ich mit den Vorbereitungen fertig war, summte mein Telefon.

Es war Detective Inspector Munro. »Mr MacBharrais, ich hoffe, Sie sind bei der Arbeit und noch nicht nach Hause gegangen?«

»Ja.«

»Gut. Ich bin nämlich in Ihrem Foyer und komme gleich rauf.« Sie unterbrach die Verbindung.

Fluchend holte ich mir ein Fläschchen marineblaue Tinte, das bald nachgefüllt werden musste. Eilig machte ich mich daran, drei Siegel zu zeichnen, doch D. I. Munro pochte schon an die Tür, bevor ich fertig war. Egal, ich hatte mich eingeschlossen, da musste sie eben ein bisschen warten. Ihr plötzliches Auftauchen ließ nichts Gutes erahnen. Bei Überraschungsbesuchen von der Polizei geht es nie um einen netten kleinen Plausch. Wahrscheinlich hatte sie sogar Verstärkung dabei, falls sie es aus irgendeinem Grund darauf abgesehen hatte, mich zu verhaften. Genau dafür wollte ich mit den zusätzlichen Siegeln gewappnet sein.

Ich konnte sie nicht mit einem Ruf um ein wenig Geduld bitten, weil das Büro schalldicht war. Ich musste also in Kauf nehmen, dass sie wütend wurde. Und vor allem musste ich unbedingt herausfinden, warum sie gekommen war.

Als ich mit den frischen Siegeln aus der Bibliothek trat und in meinen Mantel schlüpfte, fiel mein Blick auf den Pixiekäfig und den Barghest beim Whiskytisch. Beides konnte ich Detective Inspector Munro nur schlecht erklären.

»Komm, Kläffer.« Ich packte den Käfig und lief zurück ins Tintenzimmer. »Kannst du bitte ein Weilchen hier drin warten?«

Ein Barghest ist intelligenter als ein irdischer Hund. Auch wenn er mein Englisch nicht so gut verstand wie Altirisch, konnte er meiner Körpersprache und Intonation folgen. Da er unter Vertrag stand, war ich fürs Erste derjenige, dem er gehorchen musste. Der riesige Hund tapste in die Bibliothek und ließ sich an dem Platz nieder, den ich ihm zeigte. Ich dankte ihm. Dann stellte ich den Käfig auf meine Werkbank und eilte zum Schreibtisch, um das Bücherregal zu schließen.

Erst als keine Lücke mehr zu sehen war und ich meine Begrüßung getippt hatte, öffnete ich die Tür und bat D. I. Munro herein. [Entschuldigen Sie bitte, ich musste vor Ende des Geschäftstags noch eine äußerst wichtige E-Mail zu Ende schreiben.]

Wie befürchtet, traten hinter ihr zwei Constables ein. Das war kein freundlicher Versuchsballon wie neulich im Café.

»Wie wichtig kann etwas in Ihrem Metier schon sein, Mr MacBharrais? Sie bringen Tinte auf Papier, das ist alles.«

[In der Tat.]

Ihr Blick wanderte durchs Büro, ohne mich zu beachten. »Vielleicht ging es gar nicht um eine E-Mail, sondern um was anderes. Offen gestanden würde ich sogar darauf wetten.«

[Was kann ich für Sie tun, D. I. Munro? Möchten Sie mir mitteilen, dass die Opfer der Menschenhändler gerettet sind?]

»Nein. Ich meine, ja, sie sind gerettet. Die Kollegen haben sie erwischt, als sie für den Abend aufgewacht sind, und die meisten waren bereit, ihre Zuhälter hochgehen zu lassen.

Also alles in Butter, vielen Dank, die Ärmsten werden heute nicht auf der Straße sein, und das Dezernat Menschenhandel ist sehr zufrieden mit Ihnen. Aber ich bin es nicht.«

Sie schaute sich noch immer um und zog sogar den Stuhl weg, um unter den Schreibtisch zu spähen. Danach fixierte sie mich mit finsterer Miene.

Mit gespielt betroffenem Ausdruck zog ich die Brauen hoch und tippte: [Oje.] Inzwischen ahnte ich, wonach sie suchte.

»Haben Sie gewusst, Mr MacBharrais, dass in diesem komplett versifften Zimmer Ihres verstorbenen Mitarbeiters Gordon Graham ein stinkender Käfig stand?«

[Nein, das wusste ich nicht. Ich habe Ihnen und D. I. Macleod doch bereits erklärt, dass ich nie dort war.]

»Richtig. Bloß dass ich Ihnen das nicht abnehme. Ich erinnere mich daran, Sie dort gesehen zu haben. Und vor Ihrem Auftauchen dort hatte ich mir überlegt, dass in diesem Zimmer voller Gläser ein Haufen Zeug ist, das die Jungs im Labor bestimmt begeistern wird. Nur den Käfig habe ich irgendwie nicht wahrgenommen. Im Schlafzimmer jedenfalls waren persönliche Sachen von Gordon und ein Notebook, das ich später untersuchen lassen wollte. Dann folgt diese seltsame Lücke in meinem Gedächtnis. Trotzdem bin ich sicher, dass ich Sie zusammen mit einem winzigen Kerl in der Wohnung bemerkt habe. Und wissen Sie, was ich später dort entdeckt habe? Diesen stinkenden Käfig, der mir vorher gar nicht aufgefallen war. Dafür fehlten ein Haufen Dinge, unter anderem das Notebook und die vielen Gläser und Töpfe. Aber ich konnte nicht nachweisen, dass Sie dort waren. Die Kameras im Haus haben nicht richtig funktioniert, auch das ist eigenartig. So eigenartig, dass ich Maßnahmen getroffen habe. Ich habe einen Peilsender in den stinkenden Käfig gesteckt, und siehe da, gerade meldet er, dass der Käfig hier ist. Also, wo ist er?«

Verdammte Hacke, die Frau verstand etwas von ihrer Arbeit. Deutlich mehr als Macleod. [Er ist nicht hier. Sie haben sich doch gerade umgeschaut.]

»Vielleicht ist er irgendwo in der Druckerei. Wo haben Sie ihn versteckt? Wir *wissen*, dass er hier im Haus ist.«

[Darf ich es erklären? Dafür muss ich ein Stück Papier aus der Tasche ziehen. Ganz langsam. Ich kann Ihnen versichern, dass ich unbewaffnet bin.]

Sie forderte einen Constable auf, hinter mich zu treten, und er zückte für alle Fälle seinen Schlagstock. Ich holte meinen »offiziellen« Ausweis heraus und zeigte ihn ihr. Sie blinzelte, gebannt von drei Siegeln. Auch den Constables hielt ich ihn vor die Nase, und als sie alle offen für Anregungen waren, reichte ich ihnen die gerade hergestellten Siegel. »Öffnen Sie diese Karten und schauen Sie die Zeichnungen darin an. Dann geben Sie sie mir zurück.«

Unter dem Einfluss der Unumstrittenen Autorität gehorchten sie dem Befehl und setzten ihren Verstand dem Siegel des Letheflusses aus. Sofort vergaßen sie die letzte Stunde, einschließlich der Tatsache, dass ich gerade mit meiner eigenen Stimme gesprochen hatte. Vor allem aber vergaßen sie, warum sie überhaupt in meinem Büro erschienen waren. Weil sie noch immer dem Siegel des Durchlässigen Verstandes ausgesetzt waren, konnte ich die Karten wieder an mich nehmen und zusammen mit meinem »offiziellen« Ausweis einstecken, ohne dass sie es wahrnahmen.

Lächelnd fing ich wieder an zu tippen. [Vielen Dank für den Besuch. Ich stelle gleich einen Scheck für die Hilfskasse der schottischen Polizei aus.]

D. I. Munro drückte angestrengt die Augen zu und schüttelte den Kopf. »Was? Bitte um Verzeihung, aber … ich glaube, ich hatte irgendwie einen Aussetzer. Wie komme ich hierher?«

[In Gesellschaft dieser beiden Constables. Bestimmt wartet draußen ein Auto auf Sie.]

»Ja, aber … warum bin ich hier?«

[Sie wollten mich informieren, dass die Zwangsprostituierten mit den Behörden gegen ihre Zuhälter kooperieren und im Gegenzug Hilfe erhalten, damit sie sich eine neue Existenz aufbauen können.]

»Tatsächlich? Das ist doch sinnlos. Da hätte ich Sie einfach anrufen können. Außerdem hätte ich dafür keine Constables mitnehmen müssen.«

[Wahrscheinlich waren sie auf dem Weg woandershin und haben bloß schnell vorbeigeschaut. Jedenfalls hat es mich sehr gefreut, Sie zu sehen, D. I. Munro. Ich hoffe, ich kann der Polizei auch in Zukunft behilflich sein.]

»Genau. Ja.« Blinzelnd stand sie da und versuchte, sich an irgendetwas zu erinnern. Doch alle Verbindungen waren weg. Weil ihr nichts anderes einfiel, murmelte sie schließlich »Auf Wiedersehen« und verschwand mit den Constables.

Ich sperrte sofort die Bürotür ab und schrieb Buck eine Nachricht. *Bist du bald fertig? Ich brauche dich hier.*

Schon unterwegs, Alter, erwiderte er nach einigen Sekunden. Und tatsächlich klopfte er wenig später an die Tür, und ich ließ ihn herein. Er hatte den großen Beutel aus Hatchers Haus und meinen Hut dabei. Außerdem schwitzte er und schnaufte schwer. »Bisschen erschöpft, weil ich so schnell und so weit geploppt bin. Hast du vielleicht was Nahrhaftes da? Marshmallows mit Schokoüberzug zum Beispiel?«

[Nein, die sind ungesund.]

»Aber wichtig.«

[Also gut. Ich besorg dir welche oder was Ähnliches. Zuerst musst du aber den Käfig zurück in Gordies Wohnung bringen.]

»Jetzt gleich?«

[Sofort. Er hat irgendwo einen Peilsender dran, und die Polizei hat gerade danach gefragt. Wenn sie noch mal nachschauen, möchte ich, dass er wieder in Maryhill ist.]

»Ich dachte, wir suchen nach der Pixie.«

[Stimmt. Sobald du zurück bist und deine Marshmallows mampfst.]

»Bei den Klöten von Boff Bogdump, da bin ich ja schon kaputt, bevor es richtig losgeht.«

Mich hätte interessiert, wer Boff Bogdump war – wahrscheinlich eine berüchtigte Gestalt aus der Hobgoblinsage –, doch ich wollte nicht, dass mich Buck mit langen Erklärungen aufhielt. Also begnügte ich mich mit: [Daran lässt sich nichts ändern. Ich besorg dir inzwischen was zum Futtern. Ab mit dir.]

»Gut. Wo hast du den Käfig?«

Ich öffnete die Bibliothek, um ihn zu holen, und sagte dem Barghest, dass er wieder zu uns ins Büro kommen konnte. Buck ploppte mit dem Käfig davon. Ich bat den Hund, kurz zu warten, weil ich noch schnell in den Supermarkt an der Ecke musste. Dort gab es zwar keine Marshmallows mit Schokoüberzug, aber beides in separaten Packungen. Das musste reichen.

Eine Viertelstunde danach, als schon die Mitarbeiter der Spätschicht hereintröpfelten, waren wir alle in meinem Büro versammelt und startklar. Ich schickte Nadia und Buck voraus zum Parkplatz an der George Street, damit ich laut mit dem Barghest reden konnte, ohne mir Sorgen wegen meines Fluchs machen zu müssen.

»Fang jetzt mit der Suche an. Denk daran, hundert Meter Abstand von der Zielperson zu halten. Sobald du sie gefunden hast, wartest du, bis wir zu dir stoßen. Wir folgen dir auf Straßen und orten dich mit dem Tracker.«

»Wuff«, machte der Barghest.

Ehrlich gesagt wusste ich nicht, wie viel er verstanden hatte. »Guter Junge. Such die Pixie. Los.«

Witternd orientierte er sich nach Norden, und seine Substanz zerrann, als er als Geisterhund die Spur aufnahm. Mit meinem Stock stieg ich nach unten zu Nadia und Buck auf dem Parkplatz. Sie erklärte ihm gerade die Regeln, die darauf hinausliefen, dass er ihren fahrbaren Untersatz nicht versauen und nichts daraus stehlen durfte.

»Ich schwöre beim heiligen Lammragout meiner Ma«, beteuerte Buck, »dass ich ein vorbildlicher Fahrgast bin. Ich werde nix zerschlagen und auch nix klauen. Es is' mir einfach eine Ehre, dass ich in deinem Hexenwagen mitfahren darf. Der is' so was von gallus.«

»Keine Streiche?« Nadia zeigte mit dem Finger auf ihn.

»Nein.«

»Also schön. Möchtest du mit mir zu Lhurnog beten?«

»Natürlich!«

»Gut.« Sie wuchtete die Hecktür des Transporters auf. »Rein mit dir.«

»Scheiß mich an!« Buck hüpfte hinein und machte es sich sofort auf dem Zweiersofa vor dem Altar bequem. Seinen Beutel stellte er daneben.

Nadia wandte sich zu mir um. »Willst du auch mitmachen? Dauert bloß eine Minute.«

[Wird vielleicht ein bisschen eng. Ich richte mich lieber gleich mal auf dem Beifahrersitz ein. Der Hund ist schon unterwegs.]

»Okay, wir beeilen uns.« Sie nahm eine Flasche Macallan herunter und reichte sie Buck. »Du schenkst den Whisky ein, ich schmelze den Käse.«

Dass ich nicht an dem Ritual teilnahm, hatte einen guten Grund. Bei einer ausreichenden Zahl von Anbetern konnte Lhurnog unter Umständen so viel übersinnliche Energie sammeln, dass er sich manifestierte. Und dann hätte ich sofort einen Vertrag aufsetzen müssen, der ihm jeden Aufenthalt auf der Erde verbot. Einen Gott, der Menschen fraß und Hexen zum Reiten von Echsen ermunterte, brauchten wir bestimmt nicht.

Oder vielleicht *war* er genau das, was wir brauchten für ein besseres Leben, keine Ahnung. Allerdings war mir viel wohler, wenn Lhurnog eine vage Vorstellung im Äther mit nur einer einzigen Kultstätte und einer Reliquie zu seinen Ehren in einem Transporter blieb. Aus diesem Grund hielt ich Nadia ständig auf Trab, damit sie erst gar nicht auf die Idee kam, ein Schriftwerk zu verfassen, das dem Unheiligen einen Heiligenschein verlieh.

Ich glitt auf den Beifahrersitz und achtete so wenig wie möglich auf die hinten erklingenden blutigen Gebete. Ich schaltete den GPS-Empfänger am Armaturenbrett ein und wartete auf das Signal. Nach einigen Sekunden erschien ein leuchtend roter Punkt, der sich in nördlicher Richtung in etwa auf Stirling zubewegte. Sobald wir den Stadtverkehr hinter uns hatten, konnten wir ihn mühelos einholen.

Nach dem Ende der Gebete setzte sich Nadia ans Steuer und fuhr los. Die Sonne kroch orange gen Westen.

Buck meldete sich von hinten. »Okay, der Käse ist geschmolzen!«

»Gut«, rief Nadia nach hinten. »Jetzt kannst du ihn vorsichtig mit der Tüte Cracker essen, die ich dir gegeben habe. Klecks nichts voll!«

»Der volle Wahnsinn.« Bucks Stimme drang nur mühsam durch das Rascheln einer Plastiktüte. »Die einzige Verbesserung wäre noch ein Schuss Salsa.«

[Gib ihm nie Salsa], warnte ich Nadia. [Er wird high davon.]

»Echt? Das ist nicht fair.«

[Das hat Eli auch gesagt.]

Der rote Punkt auf dem GPS-Display stoppte wenige Kilometer westlich von Stirling. Als ich das Bild vergrößerte, zeigte sich, dass er in der Nähe eines Dorfs namens Gargunnock war.

Ich schlug den Ort auf meinem Telefon nach, weil ich wissen wollte, ob es zufällig einen Artikel über ein geheimnisumwittertes Forschungslabor in der Gegend gab. Fehlanzeige. Das Dorf hatte ein Inn, einen Gemischtwarenladen und eine alte Kirche zu bieten. Es war umgeben von Schafweiden, Heufeldern und ländlichem Charme. Auf der Südseite ragte ein Felstableau auf, das in früheren Zeiten wohl als gute Verteidigungsstellung fungiert hatte. Am Fuß der Formation erstreckte sich angeblich ein alter Wall aus der Bronzezeit.

Als wir ankamen, ging es bereits auf den Abend zu. Auf dem Weg zu dem roten Punkt mussten wir den Ort durchqueren. Eine Straße führte vorbei an der Kirche und hinauf Richtung Tableau, endete aber ein gutes Stück vor dem Gipfel. Der Tracker war ganz in der Nähe.

Die Felsstützmauern zu beiden Seiten der Straßen waren weich und pelzig mit Moos und Flechten überzogen. Einige Einheimische starrten schockiert und missbilligend auf Nadias Hexenwagen.

Sie winkte ihnen lächelnd zu. »Wenn man mit dieser Karre vorbeikommt, weiß man einfach, dass sie gleich kopfschüttelnd so was sagen werden wie: ›Die Jugend von heute!‹«

[Oder sie rufen die Polizei, weil du verdächtig bist und vielleicht irgendwas Zwielichtiges vorhast.]

»Stimmt, das kommt leider auch manchmal vor.«

Für solche Gelegenheiten hatte Nadia einen »offiziellen« Ausweis wie meinen in ihrem Handschuhfach, damit sie die Constables auffordern konnte, sie in Ruhe zu lassen. Es ging nicht, dass sie den Wagen durchsuchten und dabei auf offene Whiskyflaschen stießen.

Wir bogen von der Straße ab auf einen Feldweg, der sich hinauf in die Hügel wand. Zwei Schafe auf einer welligen Weide starrten uns zitternd vor Angst an, gebannt vom Anblick Lhurnogs und der Hexe auf der Echse.

Bald verschwanden die letzten Häuser, und es zeigte sich, dass der Weg nur als Zugang zu den höher gelegenen Wiesen diente. Als er sich mit einer Rechtskurve von dem roten Punkt auf dem GPS-Display entfernte, schlug ich Nadia vor, zu parken und das restliche Stück zu Fuß zu laufen.

»Boah, hoffentlich bleiben wir da nicht stecken«, erwiderte sie, weil das Gras zu beiden Seiten ziemlich weich und schlammig war. Auch wenn hier kaum Verkehr herrschte, wäre es rücksichtslos gewesen, mitten auf dem Feldweg zu parken. Als Nadia den Wagen abgestellt hatte, stiegen wir aus und landeten platschend im Morast. Nadia holte ihr Schwert und suchte mit kritischem Blick nach Spuren eines hobgoblinschen Fehlverhaltens.

Buck grinste sie an und hängte sich den Beutel über die Schulter. »Absolut null Schaden! So schonend gehen bestimmt nur die wenigsten Gäste mit deinem Gefährt um. Machen wir uns auf den Weg?«

Nadia bat ihn, eine unter dem Altar verborgene Taschenlampe mitzunehmen, bevor er hinunter in den Schlamm hüpfte. Wahrscheinlich würden wir sie brauchen, da inzwischen Dämmerung herrschte.

Nach fast hundert Metern bergauf stießen wir auf den Barghest. Er blickte in Richtung eines kleinen Hains, den man offenbar als Windfang und Lebensraum für verschiedene Vögel und andere Geschöpfe hatte stehen lassen.

Ich bat Nadia und Buck zurückzubleiben, damit ich mich dem Barghest nähern und ohne Sorge wegen meines Fluchs mit ihm reden konnte.

»Ist die Pixie in den Bäumen?«, fragte ich ihn.

»Wuff.«

»Führ mich bitte zu ihr, aber schön langsam.«

Er setzte sich in Bewegung, und ich winkte Nadia und Buck heran. Vor uns erhob sich eine Wand aus Bäumen, und ich fragte mich, wie wir die Pixie im Dunkeln unter den Kronen ausfindig machen sollten. Einem Wesen wie ihr boten sich in so einem Hain viele Verstecke. Dann hielt der Barghest gleich vor dem ersten Baum und reckte die Schnauze mit einem leisen Bellen zu einem Ast.

Weil ich nichts sehen konnte, zog ich mein Handy heraus. [Buck, sprich sie bitte an. Vielleicht ist sie bereit zu reden.]

»Oi, Pixie!«, rief er. »Ich bin der Hobgoblin aus dem Käfig neben deinem in Gordies Scheißbude. Können wir uns unterhalten? Alles in Ordnung mit dir? Wir wollen dir helfen, wenn es geht.«

Ungefähr aus halber Baumhöhe antwortete eine zarte Stimme mit irischem Akzent. Ihre Besitzerin konnte ich noch immer nicht erkennen. Ich beglückwünschte mich schon einmal dazu, sie ohne Unterstützung von CLÍODHNA oder Hatcher aufgespürt zu haben.

»Ach, der kleine rosa Mann. Ich weiß noch, dass du bewusstlos warst. Bist du irgendwie entkommen?«

»Allerdings. Ich stehe jetzt legal in Diensten des Siegelagenten Al MacBharrais. Und Gordie is' tot. Zur Freude der ganzen Welt hat er seine gerechte Strafe bekommen.«

»Ich glaube nicht, dass es für mich noch viel Freude und Gerechtigkeit geben wird, Hob. Wie heißt du überhaupt? Wir konnten uns nie unterhalten.«

»Ich bin Buck Foi. Das da is' Nadia, und der alte Herr is' Al MacBharrais.«

»Sehr erfreut. Oder eigentlich furchtsam. Ich bin Cowslip. Werdet ihr mich jetzt umbringen?«

DER FELS VON GARGUNNOCK

Buck und Nadia wandten sich mir zu. Genau wie die Pixie, die, wie ich jetzt sehen konnte, auf einem Ast ungefähr einen Meter über unseren Köpfen saß. Unerreichbar für Nadia und mich, wenn auch nicht für Buck mit seinen besonderen Kräften. Aber ich wollte ihr sowieso nicht ans Leder.

Sie war nicht einmal einen Fuß hoch. Eher fünfundzwanzig Zentimeter. Sie hatte spinnwebfeine Flügel, und ihr Feenstaub rieselte wie schwaches Schneegestöber. Auf den ersten Blick reine Magie, bis man sich erinnerte, dass dieser Staub bloß aus toten Hautfetzen bestand. Wenn überhaupt waren es also magische Flügelschuppen. Ihre unscheinbare graue Kleidung, die sie neben der Baumrinde tarnte, und die winzigen grauen Stiefelchen unterstrichen ihre außerordentliche Blässe. Der dunkle Haarschopf – im typischen Kurzhaarschnitt der Pixies – war zerzaust. Ihre Augen waren verquollen und rot vom Weinen.

Ich tippte eine Antwort auf ihre Frage und hielt mein Handy hoch in der Hoffnung, dass sie es hören konnte. [Der Vertrag wurde verletzt, doch das ist nicht unbedingt deine Schuld. Bei der Durchsetzung habe ich einen großen Ermessensspielraum. Unterhalten wir uns also zuerst mal. Ich bin nicht scharf auf einen Kampf.]

»Trotzdem wirst du ihn bekommen. Nicht von mir, sondern von den anderen.«

[Sind die anderen in der Nähe?]

»Sicher. Das Labor ist gleich da drüben hinter der Felswand.« Sie deutete hinter mich.

Aus dem Augenwinkel bemerkte ich, wie sich Nadia und Buck umwandten. Ich behielt die Pixie lieber im Blick, für den Fall, dass es ein Trick war. Möglicherweise war das Ganze eine Falle und sie nur der Köder. Vielleicht boten wir gerade einem Scharfschützen ein erfreulich regloses Ziel.

[Und warum bist du nicht bei ihnen? Sollst du uns ablenken? Oder gar in einen Hinterhalt locken?]

»Nein.« Sie klang gekränkt. »Ich bin hier draußen, weil ich sie nicht mag. Ich bin nicht wie sie. Sie sabbern und saufen Wein und fressen Menschen.«

[Sie fressen Menschen?]

Cowslip nickte. »Menschen, die sie in anderen Ländern getötet haben. Sie bringen einen Arm oder ein Bein mit, dann wird das Fleisch gebraten, und sie knabbern daran herum. Sie haben sogar den Hintern von einem Mann verspeist, und ich hab gefragt, seid ihr plemplem, warum habt ihr plötzlich Appetit auf einen Hintern? Da haben sie geantwortet, dass er würzig ist. Nicht zu fassen. Würzig!«

[Widerlich!]

»Genau meine Meinung. *Widerlich*, hab ich sie angefahren und mich mit einem netten Blumensalat begnügt, das ist nämlich ein Salat mit … Blumen drin.«

[Sag's mir dreimal, Cowslip: Willst du uns hier in einen Hinterhalt locken?]

»Nein. Ich sag's dir dreimal. Ich sitze hier ganz einsam, weil ich allein sein möchte.«

[Schön. Was haben diese Leute mit dir gemacht, und wer sind sie?]

»Das sind keine Iren oder Schotten. Einer hat erwähnt, dass sie Amerikaner sind, glaub ich. So ein Verein, der sich Sie Ai Hey nennt oder so.«

[CIA, verstehe. Und was haben sie getan, nachdem sie dich hierher gebracht hatten?]

»Haben mich mit Nadeln gepiekst, aber nicht aus Stahl. Aus was anderem. Spezialnadeln, haben sie gesagt. Sie haben mir irgendwelches Zeug gespritzt, und es hat wehgetan. Ich hatte Schweißausbrüche und Fieber, und ich hab mir mehr als einmal in mein Bettchen gekackt. Keine Sorge, haben sie gemeint, das ist normal, und ich hab geschimpft, nein, ihr Schweine, sprecht von mir aus für euch selbst, aber für *mich* ist es nicht normal, wenn ich mir ins Bett kacke, also steckt euch euer Scheißzeug in eure eigenen triefenden Löcher! Und seit sie mit mir fertig sind, schaue ich gröber und älter aus, und Eisen bringt mich nicht mehr um. Außerdem bin ich die ganze Zeit wütend.« Frische Tränen strömten ihr über die Wangen, und ihre winzigen Hände ballten sich zu Fäusten.

[Das tut mir leid, Cowslip. Welche Macht haben sie über dich? Warum gehst du nicht einfach nach Hause?]

»Ach ja, warum geh ich nicht einfach heim! Du redest dich leicht, aber du hast ja auch keine Ahnung, oder?«

[Nein. Deswegen frage ich.]

»Es ist eine Sucht. Eine verdammte Sucht. Ich brauche die Injektionen und muss tun, was sie verlangen, sonst sterbe ich.«

[Woher weißt du das?]

»Eine Zeit lang habe ich mich gegen die Spritzen gewehrt, und dann bin ich krank geworden. Es hat so wehgetan. Schlimmer als alles. Also hab ich mir wieder eine Spritze geben lassen, und der Schmerz war vorbei. Und deswegen stecke ich voll in der Klemme. Ich muss tun, was sie verlangen.«

[Und was verlangen sie?]

»Ich muss mit den anderen in der Gegend rumfahren. Wir spüren Menschen auf und bringen sie um. Verbrennen alle Papiere, die wir finden, damit es keine Beweise gibt. Niemand soll uns sehen, und wir dürfen keine Fotos mit so einem Telefon wie deinem von uns machen lassen.«

[Hast du persönlich jemanden getötet, Cowslip?]

»Nein.«

[Ganz sicher?]

»Ich sag's dir dreimal. Meistens schicken sie mich los, damit ich von oben die Kameras lahmlege.«

[Aber die anderen haben Menschen getötet?]

»O ja. Sie haben einen richtigen Appetit auf euch entwickelt, und der Clurichaun bringt zu den Aufträgen jetzt immer ein Tranchiermesser, Cracker und ein Gläschen Aioli mit. Ich mag lieber einen Bissen von so einem vegetarischen Burger, du weißt schon, dieses Zeug, das gar nicht mal so schlecht schmeckt. Da bin ich dann schon pappsatt.«

[Faszinierend. Und wo genau ist dieses Labor?]

Sie deutete wieder hinter mich. »Wenn du da hochsteigst, kommst du vor dem Gipfeltableau zu einer Felswand. Ganz aus natürlichem Stein, nicht von Menschen gemacht. Wie eine winzige Klippe. Bloß dass da jetzt eine Tür reinführt, gut verborgen. Dahinter ist das Labor, direkt in die Erde gebaut. Da verstecken sie sich.«

[Wer genau?]

»Die anderen eben. Der Fir Darrig, der ist ein echter Drecksack. Der Clurichaun und der Leprechaun haben ein gemeinsames Zimmer und besaufen sich mit Whisky und Wein. Die Undine hat ihren eigenen unterirdischen See, und sie ist richtig gruselig. Und dann noch die Menschen.«

[Wie viele?]

»Weiß ich nicht genau. Ich kann sie nicht unterscheiden. Sehen alle blöd aus für mich, so wie du. Bloß dass du einen lustigen Hut und einen Schnurrbart hast.«

Buck gackerte leise, und Nadia knurrte missbilligend.

[Wie kommen wir da rein?]

»Überhaupt nicht, glaube ich.«

Mit einem Blick über die Schulter vergewisserte ich mich, dass sich niemand heimlich heranschlich.

Nadia sprach aus, was ich dachte. »Hör mal, Cowslip. Wenn Al über deinen Verstoß gegen den Vertrag zwischen dem Feenreich und der Menschheit hinwegsehen soll, musst du uns da irgendwie reinschleusen.«

»Das geht nicht. Ich darf rein, aber ihr nicht. Das ist alles doppelt und dreifach gesichert. Übrigens werdet ihr gerade von einer Kamera aufgenommen. Das hier ist der gebundene Baum, mit dem wir nach Tír na nÓg wechseln. Deswegen überwachen sie ihn. Sie wissen also, dass ihr hier seid.«

Das stimmte nicht. Im Moment wussten sie höchstens, dass die Kamera ausgefallen war. Dafür sorgte das Siegel des Verschluckten Lichts. Wenn die CIA-Leute etwas über uns erfahren oder mit Waffen auf uns zielen wollten, mussten sie schon ihre eigenen Augen benutzen. Ihre Drohnen oder Satelliten konnten sie vergessen.

[Darf ich dich mit einem Siegel der Bedingungslosen Wahrheit befragen?]

»Nein, ich hab gehört, dass das Schäden hinterlässt. Aber ich hab keine einzige Lüge erzählt. Das sage ich dir dreimal. Und ich beantworte jede Frage. Ich kann diesen Schweinen nicht heimzahlen, was sie mir angetan haben, deswegen bin ich darauf angewiesen, dass ihr das für mich übernehmt.«

Ihre Mitteilsamkeit überzeugte mich. Und offenbar hatte sie auch nicht vor, den gebundenen Baum zur Flucht zu benutzen. Nach kurzer Überlegung kniete ich mich neben den Barghest und nahm ihm den GPS-Tracker ab. Dann dankte ich ihm für seine Dienste und entließ ihn. Mit einem sanften Abschiedsbellen löste er sich in Luft auf.

Ich wandte mich wieder an Cowslip. [Haben die Menschen Waffen?]

»Aye.«

[Sind es mehr als zehn?]

»Zwischen fünf und zehn, wenn ich raten muss.«

[Wir haben es also mit vier gegen Eisen gefeiten Feenwesen und fünf bis zehn bewaffneten Menschen in einem befestigten Bunker zu tun.]

»Genau.«

[Gibt es einen anderen Eingang?]

»Vielleicht … Ich kenne nur den in der Felswand.«

[Und dort haben sie dich gefangen gehalten, seit du Gordies Wohnung verlassen hast?]

»Ja.«

[Wurdest du mit dem Versprechen auf einen Dienstvertrag von CLÍODHNA oder einer Bean Sídhe auf dieses Gefilde gelockt?]

Schniefend wischte sie sich über die Nase. »Von CLÍODHNA persönlich.«

Traurig schüttelte ich den Kopf. Die Ärmste war so unglücklich. CLÍODHNA hatte ihre Hoffnungen ausgenutzt, und dann hatten sich Hatchers Leute an ihr vergangen. Hereingelegt, herumgestoßen und dann zum Gehorsam genötigt – genau wie Menschen, die ohne Hoffnung auf ein Entrinnen von ihresgleichen für Sex oder andere Dienste ausgebeutet werden.

»Tut mir echt leid, was mit dir passiert is'«, sagte Buck. »Ich bin auch drauf reingefallen. Und ich wär jetzt mit den anderen da drin und würde mein Leben hassen, wenn Gordie nich' an einem Rosinenscone erstickt wär.«

Gerade als ich die nächste Frage in mein Telefon tippen wollte, riss mich Nadia zu Boden und brüllte: »Runter!«

Durch die Luft peitschten Schüsse. Offenbar auf uns und vor allem auf die Äste des Baums gezielt, in dem Cowslip saß. Kugeln zerfetzten und zersplitterten Holz, während Buck die ganze Zeit kreative Verwünschungen ausstieß. Als die Schützen ihre Magazine geleert hatten, wurde es wieder still.

Nadia sorgte sich um die Pixie. »Cowslip?«

»Alles in Ordnung!«, quiekte sie. Sie war nicht mehr zu sehen. Offenbar war sie hinter dem Baumstamm oder einem dicken Ast in Deckung gegangen. Zum Glück bot eine Pixie nur ein sehr kleines Ziel.

[Wie viele Angreifer?] Meine Frage war an niemand Bestimmtes gerichtet, ich wollte nur eine Antwort. In der zunehmenden Dunkelheit konnte ich nichts mehr erkennen. Um das zu ändern, brauchte ich ein Siegel.

»Ich schau mal nach.« Buck ließ seinen Beutel stehen und ploppte davon. Wenig später war er wieder zurück. »Zwei. Da oben bei der Felswand, von der Cowslip erzählt hat. Kannst du es sehen, ohne dass sie dir die Birne wegschießen?«

»Unten bleiben!«, schrie Nadia, kurz bevor die Kerle auf der Anhöhe mit frisch gefüllten Magazinen erneut das Feuer eröffneten.

Ich war beunruhigt. Anscheinend war es die Fehlfunktion der Überwachungskamera, die die CIA-Leute auf den Plan gerufen hatte. Aber warum hatten sie mit ihren Schüssen vor allem auf Cowslip gezielt? Wollten sie sie jetzt auf einmal beseitigen, nachdem sie sie mit viel Aufwand und Kosten umgepolt hatten?

Die einzig schlüssige Antwort war, dass sie nicht nur Kameras, sondern auch Mikros installiert und deshalb gehört hatten, wie sie uns alles verriet. Sie hatten Cowslip gleich beim ersten Angriff ins Visier genommen, weil da die Wahrscheinlichkeit, sie zu erwischen, am größten war. Natürlich konnten sie auch uns nicht am Leben lassen. Wir wussten zu viel.

Überall um uns herum schlugen nun die Kugeln in den Hügel ein, während wir versuchten, den Schützen eine möglichst kleine Zielsilhouette zu bieten. So konnten sie uns festhalten, wenn es ihnen auch nicht gelang, uns zu durchsieben.

Plötzlich stand mein Entschluss fest. Bei Geschöpfen, die ohne Erlaubnis auf der Erde weilten, hatte ich das uneingeschränkte Recht zum Töten. Bei Menschen war das nicht der Fall.

Manchmal geriet ich allerdings in eine Zwangslage. So wie jetzt. Mein Leben stand auf dem Spiel, und es gab keinen Spielraum für Verhandlungen. Eine schmale Silhouette und die sprichwörtliche Ungenauigkeit automatischer Waffen konnten uns nicht dauerhaft vor dem Tod bewahren. Wenn wir nicht selbst dran glauben wollten, mussten wir diese Kerle aus dem Weg räumen.

Und ganz selten war es mir tatsächlich ein Bedürfnis, jemanden umzubringen. Bisher hatte ich diesem Wunsch nie nachgegeben, weil sich andere Lösungen anboten, die es mir erlaubten, am nächsten Morgen in den Spiegel zu sehen. So hatte ich mich nie über mein Schamgefühl hinwegsetzen müssen, das mich als schwache moralische Leitlinie zu der Frage veranlasste: *Werde ich morgen und alle Tage danach ohne Selbstverachtung mit dieser Scheiße leben können?*

Aber das hier war eine außergewöhnliche Situation, in der sich meine Wünsche und Bedürfnisse kreuzten. Um zu überleben und in dieses Labor zu gelangen, musste ich ein gewisses Quantum an tödlicher Gewalt anwenden. Außerdem wollte ich, dass diese Leute, die andere versklavten und dabei vom Land der Freiheit sangen, für ihre unverzeihliche Grausamkeit und Heuchelei bezahlten. Sie hatten buchstäblich menschenfressende Monster erschaffen, und doch waren sie die eigentlichen Monster.

Als sie wieder nachluden, sprang ich auf – so rasch es die Kräfte eines über Sechzigjährigen zuließen – und zog das uralte Siegel der Entfesselten Zerstörung heraus. Die Bewaffneten selbst konnte ich nicht ausmachen, nur die kleine Fels-klippe in der Bergwand, die den geheimen Eingang zum La-bor verbarg.

So ruhig wie möglich richtete ich das Siegel mit einer Hand aus, bereit, es mit der anderen zu öffnen. Ich konnte nur hof-fen, dass es nach so langer Zeit noch funktionierte. Wenn nicht, würde mich Nadia wohl gleich wieder auffordern, nach unten zu tauchen, bevor mich eine Kugel durchbohren konnte. Ich erbrach das Siegel und drückte die Lasche nach oben, damit es freie Bahn hatte. Dann zählte ich:

Eins Ecclefechan.

Zwei Ecclefechan.

Drei –

28

DIE FEENMONSTER

Das Siegel der Entfesselten Zerstörung war sicher nicht ganz so verheerend wie ein Atombombenabwurf aus dem Orbit. Aber viel fehlte nicht. Es war weniger beliebig, gezielter und zugleich unwiderstehlich. Die Wirkung glich den Luftaufnahmen, die den Weg eines Tornados durch eine Wohnwagensiedlung nachzeichneten. Eine rohe kinetische Kraft verwüstete alles auf einer Strecke von ungefähr zweihundert Metern – bevor sie sich überlegte, dass sie es jetzt wieder gut sein lassen konnte.

Diese Kraft dehnte sich kegelförmig aus. Zielte man damit so wie ich jetzt zentral auf einen Punkt knapp über dem Boden, wurde unweigerlich die Erde aufgerissen und herausgeschleudert.

Der Aufprall erzeugte einen heftigen Knall, und von der Druckwelle schoss tonnenweise Erde himmelwärts. Ich wurde umgeworfen und fiel auf den Hintern. Über kurz oder lang war damit zu rechnen, dass hier Leute auftauchten, die der Sache auf den Grund gehen wollten. Uns blieb also nicht mehr viel Zeit.

Ich suchte Nadias Blick und hob fragend die Augenbraue. Konnten wir loslegen? Sie spähte hinauf zu der immer größer werdenden Schuttwolke. Dann rappelte sie sich auf und klopfte sich den Dreck von den Kleidern. »Ich könnte natürlich falschliegen, Al, aber ich glaube, du hast sie erwischt.«

»So is' es! Verdammte Höllenbrut!«, rief Buck.

»Hast du sie alle umgebracht?«, fragte Cowslip mit leiser Stimme.

[Die zwei Bewaffneten auf jeden Fall. Wie groß der Schaden in der Anlage ist, weiß ich nicht.]

»Könnt ihr euch vorstellen, was abgegangen wäre, wenn Sir William Wallace so ein Ding dabeigehabt hätte?« Der Hobgoblin breitete ehrfürchtig die Arme aus.

Ein hohes Wimmern ließ mich befürchten, dass ich von der Detonation einen Gehörschaden erlitten hatte. Dann merkte ich, dass das Geräusch nicht in mir war. Es kam von hinten und schwoll zu einem Chor an.

Cowslip quiekte bestürzt und flog zu uns herunter. »Die Bean Sídhe sind hier!«

In der Tat, so war es. Sie waren über den gebundenen Baum herübergewechselt und zogen jetzt langsame Kreise um den Stamm. Ihre leuchtenden, leeren Augen starrten ins Nichts, die offenen Münder heulten Unsinn, der sich zu immer lauteren Klagewellen auftürmte. Dabei riefen sie keine erkennbaren Namen. Trotzdem warf ich Buck einen besorgten Blick zu. Er hatte die Hände auf den Ohren und ein Zucken im Gesicht.

Ich trat auf ihn zu und gab ihm zwei Siegel. [Agilität und Muskelkraft. Pass auf dich auf.]

»Meinst du, die wollen uns ans Leder?«

Ich schüttelte den Kopf. Nach unserer gütlichen Einigung konnte ich mir nicht vorstellen, dass CLÍODHNA die Banshees in die Schlacht geschickt hatte. Sie waren einfach erschienen, um gemäß ihrem Auftrag den Tod von Feenwesen zu verkünden. [Nein. Sie teilen uns nur mit, dass jemand sterben wird.]

»Da im Einschlagskrater tut sich was«, meldete Nadia.

Eilig reichte ich ihr die gleichen Siegel und erbrach das letzte Paar für mich, dazu ein Siegel der Katzensicht, damit ich in der zunehmenden Dunkelheit etwas erkennen konnte. Dann rückte ich nach rechts, sodass Nadia die Mitte unseres

Trios bildete. Vor der Schuttwolke hoben sich drei Silhouetten ab, und nach einer Weile konnte ich zwei von ihnen erkennen. Die kleine Gestalt des Leprechauns war unverwechselbar, und das Torkeln des Clurichauns fungierte praktisch als seine Visitenkarte. Der Dritte war von der Größe her zwischen den beiden, vielleicht einen Meter zwanzig groß. Sehr wahrscheinlich handelte es sich um den Fir Darrig. Alle zusammen Zweibeiner mit dem Äußeren einer Ratte. Sie trugen rote Jacken und stanken nach heißem Müllsaft. Vom Temperament her ähnelten sie Hooligans, denen der kleinste Vorwand für eine Schlägerei reicht. Sie hatten eine beeindruckende senkrechte Sprungkraft und keilten offenbar gern mit einem Shillelagh-Knüppel um sich.

Als die Wirkung der Katzenaugen einsetzte, wurden die Gestalten schärfer und heller. Der Leprechaun warf sich auf mich, der Fir Darrig auf Buck und der torkelnde Clurichaun auf Nadia in der Mitte. Ich bemerkte, dass er diesmal nicht mit einer Pistole bewaffnet war, sondern mit einem Beil in der rechten und einem Dolch in der linken Hand. Sowohl der Fir Darrig als auch der Leprechaun hatten mit einem Shillelagh ausgeholt, den sie jetzt zum ersten Schlag niedersausen ließen. Während Buck und Nadia dem Angriff problemlos auswichen, war das bei mir nicht der Fall. Der Wurzelknoten am Ende des Knüppels krachte in meine linke Wange, die erst vor einigen Tagen von dem Barghest zerkratzt worden war. Aus Angst um meine Begleiter hatte ich wohl nicht genügend aufgepasst.

Jetzt war ich auf einmal hellwach.

Unter meinem Auge explodierte der Schmerz, und ich brach fast zusammen. Ich stolperte zurück und konnte mich nur mühsam auf den Beinen halten.

Der Leprechaun landete im matschigen Gras und ließ mit einem manischen Grinsen im Gesicht seinen Shillelagh kreisen. »Schönen Abend, der Herr! Hihihi! Hast du Lust auf mehr?« Noch einmal ging er von der gleichen Seite auf mich los, weil er bestimmt bemerkt hatte, dass ich mein linkes Auge geschlossen hatte und dass es wahrscheinlich sowieso bald zuschwellen würde. Ich wandte mich mit dem rechten Fuß nach vorne und hob abwehrend den Stock. Als er zuschlug, wich ich ihm mit einer Drehung auf diesem Fuß aus und erwischte ihn mit einem peitschenden Stockhieb an der linken Wange. Auge um Auge.

Auf einmal war ihm die Lust auf fröhliche Scherze vergangen, und er knurrte böse. »Oho. Das war dumm von dir, Alter. In ein paar Minuten esse ich deine Leber und verfüttere den Rest von dir an die Dorfköter.«

Nach Cowslips Beschreibung seiner neuen kulinarischen Vorlieben zu urteilen, hatte er das ohnehin vor, egal, ob ich mich wehrte oder nicht. Falls ich diesem irischen Wichtel tatsächlich unterliegen musste, wollte ich ihn wenigstens mit aller Kraft bekämpft haben.

Kurz streifte mich die Frage, wo Cowslip abgeblieben war, doch ich wagte es nicht mehr, den Leprechaun auch nur eine Sekunde aus den Augen zu lassen. Wie es Nadia und Buck erging, wusste ich ebenfalls nicht. Ich hörte bloß Ächzen und Schmerzensschreie, die ich nicht zuordnen konnte.

Der Leprechaun beobachtete mich und lauerte darauf, dass ich mir eine Blöße gab. Vor allem hatte er es auf meine linke Seite abgesehen, wo er seinen ersten Treffer gelandet hatte. Also kehrte ich ihm die rechte Seite zu und blieb in wachsamer Abwehrhaltung. Aus der Scharte an der Wange, die ich ihm beigebracht hatte, strömte Blut, doch seine Sehkraft war nicht beeinträchtigt.

Mein langer Mantel bot den Vorteil, dass er Hüften und Beine verbarg. Daher konnte der Leprechaun die Richtung meiner Bewegungen nicht erraten. Dafür war er flink. Selbst mit meiner gesteigerten Agilität und Kraft fiel es mir schwer, seinen nächsten Angriff abzufangen. Er schnellte auf mein Gesicht zu und hackte mitten im Sprung mit dem Shillelagh abwärts, um meinen Arm samt Stock zu blockieren.

Tatsächlich konnte ich nicht behaupten, dass ich seinen Angriff abfing, denn er krallte sich an meinem Arm fest und rammte mir dann seinen dreckigen Mopsfuß ans Kinn. Meine Zähne knallten auf die Zunge, und ich schmeckte Blut. Der kleine Scheißer gackerte vergnügt. Statt ihn abzuschütteln, tauchte ich nach unten und ließ mich einfach auf ihn fallen. Als ihn mein volles Gewicht in den Matsch drückte, wich ihm die Luft aus der Lunge. Mein Stock bohrte sich in sein Zwerchfell. Damit er nicht mehr atmen konnte, verlagerte ich das Gewicht, zerrte den Stock über seine Kehle und drückte fest zu.

Der Leprechaun kickte mir so heftig in die Rippen, dass ich mich beinah weggewälzt hätte. Außerdem boxte er mir mehrmals aufs Ohr, sodass ich wahrscheinlich doch noch einen Gehörschaden abbekam. Trotzdem hielt ich durch, weil es meine beste Chance war, und drückte immer weiter, bis das wahnsinnige Licht in seinen Augen erlosch.

Mit seinem Tod veränderte sich das Heulen der Banshees. Ohne abzubrechen, bekam das sinnlose Geschnatter doch eine neue Klangfarbe. Und es veränderte sich erneut, als Buck Foi über einer reglosen Gestalt triumphierend die Arme hochriss. »Das war's, du Saukerl!«

Nur Nadia steckte noch mitten im Nahkampf mit dem Clurichaun und hatte ernste Probleme mit ihm. Von einer Stichwunde hatte sie Blut an ihrem Shirt – soweit ich wusste, die erste Verletzung überhaupt, die ihr jemand beigebracht hatte. Wie hatte er das geschafft? Ich traute meinen Augen nicht.

»Brauchst du Hilfe?« Buck nahm mir die Worte aus dem Mund.

»Nein, haltet euch bloß raus, ihr zwei!«, fauchte Nadia. »Dem Arsch zieh ich die Hammelbeine lang.«

Mit einem schweifenden Blick über den Hügel, das Wäldchen und den Himmel vergewisserte ich mich, dass keine Verstärkung nachrückte. Auch Cowslip beobachtete furchtsam den Berg und blieb hoch in der Luft schwebend auf Abstand zu den Bean Sídhe, die noch immer kreischend um den gebundenen Baum kreisten.

Obwohl sich der kichernde Clurichaun kaum auf den Beinen halten konnte, brachte er Nadia mit wilden Schwingern seines Beils und Dolchs weiter in Bedrängnis. Immer wieder wich sie seinen Schlägen aus und ließ Gelegenheiten zu einem Gegenangriff ungenutzt, wenn er sich bei seinem betrunkenen Ansturm eine Blöße gab. Hatte sie auf einmal ihre Gabe verloren? Wenn ja, war sie in ernster Gefahr, weil sie an sich keine besonders gut geschulte Kämpferin war.

Ich machte ein paar Schritte auf sie zu und fischte aus einer Innentasche ein Siegel der Wundschließung für ihre Stichverletzung. Auch wenn mir das Gesicht brannte und ich mit dem zugeschwollenen Auge nichts mehr sah, musste mein eigenes Wohlbefinden fürs Erste noch zurückstehen.

»Irgendwann … börp! … krieg ich dich.« Der Clurichaun machte eine Finte mit dem Messer und ließ das Beil herabsausen, dem Nadia auswich. »Du siehst wirklich lecker aus.«

Mit der Rückhand riss er das Beil wieder nach oben und hob den Dolch, um den erwarteten Hieb von Nadias Schwert gegen seinen Oberkörper zu parieren. Tatsächlich setzte sie zu einem Schlag an, den der Dolch pariert hätte, bloß dass sie plötzlich den Arm fallen ließ und ihm mit der nach oben gekehrten Spitze ihrer Waffe den Bauch bis hinauf zum Schlüsselbein aufschlitzte. Als ihn die nach oben fahrende Klinge am Kinn streifte, rollte er sich instinktiv ein und entblößte damit seine Flanken.

Nadia riss das Schwert hoch in die Luft und traf ihn mit voller Wucht seitlich am Hals. Es blieb stecken, und sie ließ los.

»Hörrk.« Der Clurichaun sank in die Knie. Er ließ den Dolch fallen und versuchte verzweifelt, die Klinge aus der Wunde zu zerren.

»Anscheinend hab *ich dich* gekriegt, du Arschloch«, knurrte Nadia. Mit einem kleinen Schritt wich sie dem Beil aus, das er mit seinen letzten schwachen Kräften nach ihr warf. Sie zog einen netten Schleimklumpen hoch und spuckte ihm ins Gesicht, als er seitlich ins Gras sackte. »Möge Lhurnog im Jenseits deine versiffte Leiche fressen.«

Ich reichte ihr das Siegel. Sie erbrach es und wartete darauf, dass sich die Stichwunde schloss.

[Wie hat er dich erwischt? Ich hab es nicht mitbekommen.]

»Er war so betrunken, dass ich seine Bewegungen nicht vorhersehen konnte. Er wusste einfach selbst nicht, was er als Nächstes macht. Die gesteigerte Agilität hat mich gerettet. Danke dafür.«

Der Clurichaun hauchte ächzend sein Leben aus, und abermals erhob sich das Heulen der Banshees. In einem synchronen Chor des Irrsinns sangen sie nun die gleichen unverständlichen Silben.

»Kannst du das nicht irgendwie stoppen?«, fragte Buck. »Das geht mir wirklich auf die Nerven.«

Ich schüttelte den Kopf. [Wenn ich ihr Gebaren richtig deute, muss noch ein weiteres Feenwesen sterben. Das bist entweder du, Cowslip oder die Undine, die sich irgendwo dort im Berg versteckt hat.]

Mit verkniffenem Mund und gerunzelter Stirn dachte Buck nach. »Wir sind alle verändert, das meinst du doch. Deswegen können die Bean Sídhe nicht mehr unsere alten Namen ausrufen.«

[Aye, und das macht mir Sorgen.]

»Nun, das is' vom Schicksal bestimmt, oder? Die Banshees haben das Gesicht, so wie Nadia hier, bloß anders. Wenn ich in den nächsten paar Minuten sowieso abkratze und mir die Unterhose vollscheiße, dann spielt es auch keine Rolle, ob ich hierbleibe oder da reinmarschiere. Irgendwas wird mich auf jeden Fall umbringen. Und wenn es schon sein muss, dann nich' hier draußen, weil ich Angst vor einer vollen Buxe habe. Also los, Alter. Noch einmal zur Bresche, wie dieser englische Hornochse es formuliert hat.«

Ich blinzelte erstaunt über die Anspielung. [Du kennst *König Heinrich V.*?]

»BRIGHID ist eine Göttin der Dichtung. Darüber haben wir uns doch schon ausführlich unterhalten. Und du weißt, dass ich Shakespeare mag. Außer dass er Rosenkranz umbringt.«

[Also gut. Wenn du bereit bist, gehen wir. Wie sieht's bei dir aus, Nadia?]

»Es sticht und juckt, und mir ist ein bisschen schwindlig. Aber Hauptsache, die Wunde ist geschlossen. Hast du einen Plan?«

[Wenn Cowslip recht hat, sind da drinnen mindestens noch drei bewaffnete Agenten. Im schlimmsten Fall sogar acht. Dazu die Undine.]

Ein leises Lachen brach aus Buck hervor, und wir äugten argwöhnisch in seine Richtung.

»Da könnten wir doch ein kleines Gegengewicht brauchen, oder? Ich glaube, ich hab da genau das Richtige.« Er tänzelte vergnügt hinüber zu seinem Beutel und schlang ihn sich über die Schulter. Dann trabte er los in Richtung Klippe und winkte uns. »Kommt schon, höchste Zeit für ein bisschen rohe Gewalt.«

DIE TRIEFENDE TIEFE

Nadia und ich schauten uns achselzuckend an und folgten ihm schließlich. Ich bin kein besonders guter Querfeldeinläufer, doch zum Glück war die Wirkung der Siegel noch nicht abgeklungen. Als sich die Staubwolke allmählich legte, waren wir schon oben auf dem Hügel, und ich hatte zum ersten Mal einen guten Blick auf den Eingang der CIA-Anlage.

Das Siegel der Entfesselten Zerstörung hatte die äußeren Befestigungen durchschlagen und eine gähnende schwarze Bresche hinterlassen, die man auf pulverisiertem Stein passieren konnte. Diesen Einschlag hatten die zwei Bewaffneten sicher nicht überlebt. Vermutlich lagen sie mit ihren Pistolen irgendwo tief verschüttet unter der Erde.

»Müssten da nicht überall Betonbrocken und Stahlstangen rumliegen?«, fragte Nadia.

[Wahrscheinlich hat CLÍODHNA auf den örtlichen Elementargeist zurückgegriffen. Der Fels wurde von innen her ausgehöhlt. Mit Ausnahme der Elektronik und der Sicherheitstechnik waren keine Baumaßnahmen nötig.]

Das Stahltor war total verbogen, und man konnte problemlos ohne Netzhauterkennung und Magnetstreifenkarte eintreten. Allerdings waren da drinnen sehr wahrscheinlich Pistolen, die nur darauf warteten, dass wir uns in ihre Schusslinie verirrten.

»Das is' 'ne echte Todesfalle.« Buck zeigte mit dem Finger auf das finstere Loch, das eher nach einem Bergwerksschacht voller tollwütiger Fledermäuse aussah als nach einem sicheren Geheimdienstbunker. »Solang ich nich' weiß, was da drin is', latsch ich da garantiert nich' rein, bei allen Höllen. Deswegen war es wirklich nett von Hatcher, dass er uns einen ganzen Sack mit Wegwerfsoldaten zur Verfügung gestellt hat, nich' wahr?«

Er drehte den Beutel um und schüttete ein buntes Durcheinander von Miniaturen auf den Boden. Neben den grünhäutigen Goblins, von denen er schon erzählt hatte, gab es noch viele andere Figuren. Trolle, Zwerge und Elfen mit verschiedenen Schwertern, Hämmern und Äxten. Leise klirrend prallten sie aufeinander.

»Sind die aus Metall?«, fragte Nadia.

»Aye. Aus Zinn, glaube ich. Ziemlich schwer, die richtig zu dressieren.«

»Wie meinst du das?«

»Ich meine, das is' unsere Antwort auf die zahlenmäßige Überlegenheit.« Nach einem tiefen Atemzug bewegte er die Hände mit ausgestreckten Fingern in Kreisen über den Figuren und sprach einige Worte auf Altirisch. Als er verstummte, kräuselte sich über den Miniaturen ein schwacher Schimmer, und sie regten sich. Still stiegen sie von ihren Sockeln und formierten sich nach Gattung.

Nadia juchzte. »Verdammte Hacke, Buck, das ist echt gruslig. Und voll cool.«

Die Waffen fest umfasst, bauten sich die vier Trupps auf. Buck nickte beifällig. »Höchste Zeit, dass wir mit ein bisschen Magie gegen diese dreckige Wissenschaft vorgehen.«

Als er schon Luft holte, um ihnen Befehle zu erteilen, hob ich die Hand.

»Was is'?«

[Vielleicht probieren wir es lieber mit Magie und sauberer Wissenschaft. Nadia, hat dein Telefon eine Video-Chat-App?]

»Klar.«

Wenig später hatte Buck einen Trupp gepanzerter Trolle parat, die Nadias Handy in den gähnenden Schlund der Anlage schleppten. Sie hatte auf meinem Telefon einen Chat begonnen, und das Display zeigte ihr Gesicht. Ich war nicht sicher, wie weit das Signal im Berg übertragen wurde. Jedenfalls war das unsere einzige Möglichkeit, mit jemandem zu sprechen und vielleicht eine Kapitulation auszuhandeln. Ich hatte Nadia eingeschärft, was sie sagen sollte, und ihr ein neues Handy versprochen, falls ihres kaputtging.

Nach einer Minute schickte Buck die restlichen Trupps von Miniaturen den Trollen nach, nur für den Fall, dass eine »militärische Lösung« notwendig wurde.

»Steuerst du sie einzeln?«, erkundigte sich Nadia.

»Nein. Das is' ein Autonomiezauber mit ganz einfachen Zielvorgaben.«

Jetzt fing Nadia an, in mein Telefon zu rufen. Ihres war auf Lautsprecher gestellt. »Hey! Ist einer von euch Ärschen da drin noch am Leben? Wir möchten euch helfen. Oder zumindest mit euch reden, wenn ihr keine Hilfe wollt. Können wir reden? Hallo? Hallo-ooh?«

Auf dem Display war nichts zu sehen, und Nadia warf mir einen fragenden Blick zu. Ich forderte sie mit kreisendem Zeigefinger auf weiterzumachen.

»Oi, ihr Scheißkerle! Meldet euch endlich. Ich habe hier Bücher voller Elfenerotika. Eine Seite nach der anderen mit Leuten, die an spitzen Ohren knabbern. Ich verspreche euch, danach werdet ihr eine ganz andere Vorstellung vom Ohrenvorspiel haben. Hinten im Wagen hätte ich auch noch Fondue. Oh, und ich weiß, wo Jimmy Hoffa abgeblieben ist. Oder wäre euch Elvis lieber? Mulder und Scully? Cagney und Lacey? Thelma und Louise?«

Ich hatte keine Ahnung, worauf sie hinauswollte.

»Genau, Starsky und Hutch. Scott und Huutsch. Und, ach ja: Hatcher! Simon Hatcher. Wir haben Simon Hatcher abserviert. Ich meine, unsere Leute in Virginia. Interessiert euch nicht, was mit Simon Hatcher passiert ist?«

Jetzt kam endlich eine Reaktion. Eine Stimme meldete sich am Handy. »Wer ist da?« Das Gesicht auf dem Display war nur schwach von einer Taschenlampe beleuchtet. Ein weißer Mann Ende dreißig oder Anfang vierzig mit Stoppeln am Kinn und einer gelockerten Krawatte unterm Hemdkragen. Er hatte einen amerikanischen Akzent.

»Ich bin die, die euren Clurichaun massakriert hat«, antwortete Nadia. »Höchste Zeit, seine ausstehenden Barrechnungen zu begleichen.«

»Wer sind Sie?«

»Eine Frau, die genau weiß, was Sache ist. Wollte ich nur mal feststellen, bevor du mir mit einer Bemerkung kommst wie ›Du hast keine Ahnung, um was es hier geht.‹« Am Ende äffte sie seinen Akzent nach, und ich konnte nur mit Mühe ein Lachen unterdrücken. »Ich hab nämlich eine ziemlich genaue Ahnung, verstehst du? Du bist ein CIA-Wichser, der hier seinen illegalen Scheiß abzieht, und wir werden dir das Handwerk legen. Aber das heißt nicht, dass du die Heimreise in einem Leichensack antreten musst. Du gibst uns einfach die Undine, die ihr da eingesperrt habt, dann kannst du nach Hause fahren und mit deinen moosigen Weichteilen jeden beglücken, der Lust darauf hat.«

»Was habt ihr mit unseren Agenten gemacht?«

»Die haben wir abgemurkst. Haben uns keine andere Wahl gelassen. Aber dir lassen wir eine.«

»Und die wäre?«

»Du marschierst hier raus und machst woanders mit deiner Spionagekacke weiter. Du kannst gehen, aber nicht bleiben. Der Einsatz hier ist vorbei. Besser weg mit Schaden.«

»Das …«

»Gib das her«, knurrte eine andere Männerstimme böse. Auf dem Display erschien ein Weißer ungefähr in meinem Alter, das glatt rasierte Gesicht verzerrt von Zorn und übersät mit Akne- und Brandnarben. Er sah aus wie das Bildnis des Dorian Gray, das alle Sünden des Porträtierten widerspiegelt. Vor vielen Jahren mochte er ein attraktiver blonder Jüngling gewesen sein, doch danach hatte er offenbar so einiges an unanständigem Scheiß getrieben. Vielleicht sogar ein paar Laborexperimente, die schiefgelaufen waren.

»Das ist er«, zischte Cowslip, die über Nadias Schulter schwebte. »Der verdammte Doktor, der das mit mir angestellt hat!«

»Jetzt hört mir mal gut zu da draußen«, fauchte das Narbengesicht. »Ihr habt noch drei Minuten, dann bläst euch eine Drohne das Licht aus. Ihr habt keine Chance.«

Als sich Nadia nach mir umwandte, deutete ich kopfschüttelnd auf meinen Hut, um sie an die Siegel zu erinnern. Keine Drohne der Welt konnte uns ins Visier nehmen.

»Wenn sich hier jemand Sorgen machen muss, dann bist du das, Kumpel. Vielleicht ist dir aufgefallen, dass wir problemlos eure Scharfschützen ausgeschaltet und eure Tür aufgesprengt haben. Außerdem darf ich dich darauf aufmerksam machen, dass die Feen, die du umgekrempelt hast, gegen einen Vertrag mit der Menschheit verstoßen.«

»Was für einen Vertrag?«

»Ist normalerweise geheim, aber ich kann's dir gern verraten. Die Feenwesen dürfen hier nicht einfach rumtoben und Menschen fressen, und wir sind die Leute, die dieses Verbot durchsetzen. Hatcher ist Hackfleisch, und die Operation hier ist Geschichte. Also, kommt jetzt raus, okay? Die erste Runde geht auf mich, sobald wir uns um die Undine gekümmert haben.«

»Hatcher ist tot?«

»Nein, bloß kaltgestellt. Und du kriegst keine Feenwesen mehr zum Umpolen. Wir haben dir den Nachschub abgeschnitten. Also gib lieber auf.«

»Ich kann nicht aufgeben, auch wenn das alles stimmt, und das glaube ich sowieso nicht.« Der namenlose Doktor grinste höhnisch in die Kamera. Für mich war er der lebende Beweis für Saxons These: Wissenschaftler, die sich bereitwillig für finstere staatliche Machenschaften einspannen ließen, waren tatsächlich von der übelsten Sorte. Der hier war es auf jeden Fall. Es brach mir schier das Herz, wenn ich daran dachte, wie viel Leid und Tod er über andere gebracht hat.

»Wir werden uns und unsere Ausrüstung verteidigen«, fuhr er fort. »Wenn ihr anrückt, durchsieben wir euch mit Kugeln.«

»Schön, von mir aus. Trotzdem wollen die anderen vielleicht ihre eigene Entscheidung treffen. Wir sind nicht auf Blutvergießen aus, aber wenn ihr uns zwingt, euch da rauszuholen, gibt es keine Gnade.«

»Sie haben einen Eid geschworen, genau wie ich, außerdem unterstehen sie meinem Befehl. Jeder, der hier reinmarschiert, wird erschossen.«

Nadia seufzte. »Ich bringe nicht gern Leute um, die in einer Hierarchie gefangen sind. Bei dir ist das allerdings was anderes. Du bist ein verdammtes Dreckschwein. Denk daran, dass ich dir eine Chance gegeben habe und dass du sie ausgeschlagen hast. Um die anderen tut es mir leid.« Sie schaltete aus und reichte mir das Telefon.

Ich aktivierte sofort meine Sprech-App und tippte: [Jetzt bist du dran, Buck. Schick deine Soldaten los.]

Der Hobgoblin nickte kurz und streckte die rechte Hand mit einem kurzen altirischen Singsang zum Bunker aus. »So. Das sollte reichen.«

»Was hast du eigentlich vor?«, fragte Nadia.

»Weil es bei dem Troll so gut geklappt hat, hab ich ihnen befohlen, dass sie die Menschen da drinnen ausfindig machen und ihnen die Augen ausstechen. Wie sie das machen, is' ihre Sache. Wahrscheinlich müssen sie dafür klettern, und deswegen is' es gut, dass sie aus Metall sind. Da können sie immer wieder von vorn anfangen, wenn die Menschen sie wegklatschen.«

Nadia rutschte das Kinn herunter. »Das ist ja furchtbar.«

[Ähm, Buck? Heißt das, dass deine Soldaten auch auf Nadia und mich losgehen, sobald wir da reinmarschieren?]

Der Hobgoblin blinzelte. »Mist. Das hab ich mir nich' richtig überlegt.«

Nadia fing meinen Blick auf und deutete kopfschüttelnd mit dem Daumen auf Buck. »Ehrlich gesagt möchte ich mich lieber nicht von diesen kleinen Scheißern blenden lassen. Können wir die Anlage nicht einfach mit einem Siegel in die Luft jagen?«

Panische Schreie und Schüsse ließen darauf schließen, dass die Miniaturen erste Ziele gefunden hatten. »O Gott! Schafft sie mir vom Hals! Schafft sie weg. Ahhhh!«, wimmerte eine Männerstimme.

Das Brüllen wurde lauter, und als wir »Mein Auge!« hörten, wussten wir, dass Bucks Soldaten zumindest teilweise Erfolg gehabt hatten.

»Also gut, Planänderung«, verkündete Buck. »Ich geh rein, solang sie beschäftigt sind, und hol die Pistolen. Dann lass ich die Kleinen zurücktreten, und ihr könnt mir folgen.«

Die Bean Sídhe kreischten noch immer einen verstümmelten Namen, und ich mahnte ihn zur Vorsicht.

»Du hast mich gewarnt, dass der Dienst bei dir gefährlich wird, aber du hast nich' gesagt, dass ich in ein Loch voller Knarren reinmuss. Wenn das hier vorbei ist, möchte ich *richtige* Marshmallows mit Schokoüberzug.«

Geduckt schlüpfte er in die Anlage und bewegte sich direkt auf die Schüsse und Rufe zu. Keine Minute später tauchte er mit einer Pistole in der Hand neben uns auf und warf sie auf den Boden.

»Das war die erste.« Wieder ploppte er davon. Das Ganze wiederholte sich zweimal, nur dass er nun zusätzlich Telefone mitbrachte, auch das von Nadia. »Ich glaub, das sind jetzt alle. Einer von den Menschen is' tot. Is' die Treppe runtergefallen und hat sich das Genick gebrochen. Die anderen zwei sind auf einer Seite blind. Wollten Verstärkung rufen und haben gemerkt, dass es nich' geht, weil dein Siegel die Stromversorgung lahmgelegt hat. Trotzdem hab ich ihnen vorsichtshalber die Handys weggenommen, damit sie nich' doch noch jemanden erreichen. Die kleinen Soldaten sind schon auf dem Rückweg. Gleich stellen sie sich wieder auf ihre Sockel und schlafen ein. Ihr könnt jetzt rein, aber passt auf, da drinnen is' es finsterer als im Arsch einer Königsnatter.«

Ich hob die Pistolen auf und verstaute sie in meinem Mantel. Ich wollte sie nicht zurücklassen, falls hier später jemand das Gelände untersuchte. [Möchtest du mitkommen?], fragte ich Cowslip.

»Wenn ich darf«, antwortete sie. »Ich bleib nicht gern allein hier draußen bei den Bean Sídhe.«

Das konnte ich ihr nachfühlen. Den Banshees war alles zuzutrauen, wenn sie sich nicht mehr von mir beobachtet fühlten. Am besten, wir boten ihnen keine Gelegenheit, Schaden anzurichten.

Meine Muskeln und Gelenke beschwerten sich, als die Wirkung der Kampfsiegel allmählich versiegte. Ich ging davon aus, dass ich die zusätzliche Stärke und Beweglichkeit jetzt nicht mehr brauchte. Nadia nahm ein Siegel der Katzensicht von mir an.

[Möchtest du auch die anderen erneuern?]

»Ich glaube, ich komme ohne sie klar. Ich rechne nicht mit Betrunkenen da drinnen.«

Wir folgten Buck und Cowslip in den Bunker. Nadia leuchtete mit der Taschenlampe voraus, die Buck aus dem Wagen geholt hatte. Falls da drinnen noch jemand lauerte, verrieten wir ihm damit unsere Position, doch dieses Risiko nahmen wir auf uns. Für uns war entscheidend, dass wir uns nicht umständlich im Dunkeln vorantasten oder gar eine Treppe hinunterfallen wollten. Die Gänge der Anlage waren tatsächlich »aus dem nackten Fels gehauen«, wie es ein Fantasy-Autor vielleicht beschrieben hätte. Draußen setzten die Bean Sídhe ihr Gejammer fort. Wenigstens folgten sie uns nicht.

Stattdessen hörten wir auf einmal Verwünschungen.

Kurz darauf stießen wir auf Buck, der mit dem Finger deutete. »Vorn links is' ein Zimmer voller Computer und Zeug. Da sind sie.«

»Gut, ich übernehme das«, erwiderte Nadia leise. Sie schlich weiter und zog Kabelbinder aus der Hintertasche. Nach zwei Minuten hatte sie die zwei vor sich hin fluchenden Agenten gefesselt.

[Ist der Doktor auch dort?], fragte ich.

»Nein.«

Mit den Computern war nichts anzufangen, weil sie keinen Strom hatten. Damit blieb nur noch eine Aufgabe.

Buck atmete langsam aus. »Also, die Undine.«

[Wo ist sie, Cowslip?]

»Am Ende des Gangs ist eine Treppe. Die führt ganz tief runter. Dort ist ein See. Oder eher ein Teich. Da ist sie drin, und sie macht mir Angst. Ich möchte nicht mitkommen.«

[Schon gut. Du bleibst mit Buck hier und bewachst die Menschen. Buck, durchsuch die beiden bitte und nimm ihre Papiere an dich.]

»Wird gemacht.«

Auf der Suche nach der Treppe folgten Nadia und ich dem Gang. Kurz darauf entdeckten wir sie und dazu auf dem ersten Absatz den leblos hingestreckten Menschen mit unnatürlich verdrehtem Hals, den Buck erwähnt hatte. Es war der Doktor. Wahrscheinlich hatte er die Undine warnen oder uns hier auflauern wollen. Ein Auge fehlte ihm, und seine Taschenlampe lag nicht weit entfernt. Vielleicht war er aufgrund der ungewohnten Wahrnehmung ausgerutscht. Oder er hatte sich auf den Stufen mit einem von Bucks kleinen Elfen oder Goblins herumgeschlagen und war in seiner Panik in die Tiefe gestürzt.

Mit knirschenden Knien kauerte ich mich neben ihn und durchwühlte seinen Laborkittel, bis ich auf einen Ausweis stieß. Er hieß Alex Larned und war tatsächlich Arzt. Ich war dankbar, dass er auf der Treppe sein Ende gefunden hatte. Wäre er noch am Leben gewesen, hätte ich ihn laut Vertrag zur Bestrafung an die Feenwesen ausliefern müssen. Und sie hätten sein Sterben so weit wie möglich in die Länge gezogen. Ich steckte den Ausweis ein und ließ die Taschenlampe liegen.

Die Treppe führte durch einen Felskamin weiter in die Tiefe. Langsam stiegen wir hinunter. Nadia ging voraus und lauschte angestrengt, ob sich jemand näherte.

Je weiter wir vordrangen, desto kühler und feuchter wurde die Luft, und bald bot die Taschenlampe das einzige Licht in der absoluten Dunkelheit. Ich bedauerte bereits, dass ich Dr. Larneds Lampe zurückgelassen hatte.

»Wie sehen Undinen eigentlich aus, Al?«, fragte Nadia auf dem dritten Absatz. Nach dem Lichtkegel zu urteilen, lagen noch immer mehrere Treppenabschnitte vor uns.

Mein Display leuchtete auf, als ich eine Antwort tippte. [So ähnlich wie Najaden.]

»Was ist das?«

[Sind so ähnlich wie Dryaden, bloß feuchter.]

»Werd hier nicht frech, Al. Womit hab ich es zu tun? Schließlich verhandeln wir hier nicht um eine Kapitulation, oder? Sie ist doch ein echtes Monster, eine Menschenfresserin.«

[Wenn wir Cowslip Glauben schenken können, ja. Bei den anderen habe ich auch sofort geglaubt, dass sie Menschen gefressen haben. Der Leprechaun wollte von meiner Leber naschen.]

»Genau, und der Clurichaun fand, dass ich lecker aussehe. Also, wozu ist eine Undine fähig?«

[Keine Ahnung, ehrlich. In so einer Situation war ich noch nie. Jedenfalls würde ich nicht ins Wasser gehen.]

»Danke für den kompetenten Rat.«

[Tut mir leid.]

»Gib mir wenigstens so ein Agilitätssiegel. Selbst mit der verbesserten Sicht ist das hier für mich bloß ein einziger dunkler Brei, und vielleicht muss ich mich schnell bewegen.«

Ich erbrach eines, und sie ließ es auf sich einwirken. Dann raste sie die Treppe hinunter und ließ mich mit meinem Handy als einziger Lichtquelle zurück. Ich folgte ihr mit behutsamen Schritten, und bald darauf hörte ich ihre Stimme. »Kann nicht erkennen, wie groß der Teich ist. Und am Fuß der Treppe ist echt nicht viel Platz. Ein winziger Strand, und danach eine schaurige Gollum-Grotte. Wenn sich rausstellt, dass die Undine eine Kröte mit Lampenaugen ist, die rohen Fisch isst und ständig was von ihrem Schatz faselt, verlange ich eine Gehaltserhöhung.«

Ich verzichtete auf eine Antwort und konzentrierte mich lieber darauf, nicht auf der Treppe auszurutschen. Ich fragte mich, was wir tun sollten, falls sich die Undine nicht zeigte. Wir hatten keine Harpune und auch keinen Dreizack dabei. Nicht einmal eine Angelrute. Unsere Ausrüstung beschränkte sich auf Nadias Schwert und meinen Stock. Abgesehen von den beschlagnahmten Pistolen natürlich. Allerdings hielt ich es nicht für ratsam, einfach blind in eine Felsenhöhle zu feuern.

Meine Managerin hatte recht: Am Ende der Treppe war fast nichts. Nur ein gut ein Meter breiter Streifen steiniger Sand und danach reglos schwarzes Wasser, das sich hinaus in die Dunkelheit erstreckte. In der Stille waren nur unser Atem und das Knarren von Nadias Lederkluft zu hören. Ich blieb auf der ersten Stufe, um sie nicht zu bedrängen.

»Und was jetzt?«, fragte sie.

[Du stellst dich hin und riechst schmackhaft. Du bist der Köder.]

»Was, du meinst, die kommt da angeschossen wie ein Alligator oder so?«

[Ja. Vielleicht. Keine Ahnung.]

»Kann ich das Ganze irgendwie beschleunigen? Soll ich einen Luftzug erzeugen?« Sie wedelte mit der Taschenlampe in der linken und dem Schwert in der rechten Hand, wie um ihr persönliches Aroma über das Wasser wabern zu lassen.

[Genau. Wenn es im Fernsehen eine Sendung über Undinenfischen gäbe, würden sie es bestimmt so machen.]

»Jedenfalls ist es besser, als über den Schreibtisch gebeugt die Gewinn- und Verlustrechnung fürs Quartal zu schreiben.«

Ich ließ ihre Bemerkung unbeantwortet, und es wurde still. Ich war ins Grübeln gekommen. Wenn uns jemand da hinaus ins Wasser zerrte, würden unsere Leichen für immer unentdeckt bleiben. [Allerdings ist es auch ziemlich unheimlich], erwiderte ich schließlich.

»Stimmt, wollte gerade so was andeuten. Hier unten kann man meditieren oder durchdrehen, und dazwischen ist nicht viel. Trotzdem finde ich es gut. Wenn ich heimkomme und Dhanya fragt, wie es heute in der Arbeit war, kann ich sagen, ich hatte die ganze schräge Kacke, die du mir damals im Tchai-

Ovna versprochen hast, und noch eine Extraportion dazu. Ich wurde mit dem Messer gepiekst von einem Feenkerl, der in seinen Adern wahrscheinlich mehr Cabernet als Blut hatte, dann war ich dabei, wie ein Haufen bemalter Figuren zum Leben erwacht und in der Dunkelheit Jagd auf Geheimagenten macht, und jetzt fische ich mit meinem Chef nach einer Undine und sterbe vielleicht dabei. Das ist wirklich besser als Rechnungen stellen. Viel besser.« Sie lachte auf. »Ich glaube, das ist der aufregendste Arbeitstag, den ich je erlebt habe, Al.«

Von irgendwo weiter vorn hörte ich ein Wirbeln von Wasser und dazu vielleicht das leise Platzen von Blasen. Die Akustik in der Felsenhöhle war unglaublich fein.

»Hey, warte mal.« Nadia ließ den Schein der Taschenlampe über das Wasser schweifen, und ich bemerkte mehrere Strudel auf der gerade noch spiegelglatten Oberfläche.

»Runter!«, rief sie und ging blitzartig in die Knie.

Ich duckte mich so tief wie möglich, weil ich wusste, dass ich ihre Warnungen nicht auf die leichte Schulter nehmen durfte. Mit einem Rauschen wie von einer an den Strand krachenden Welle fuhr etwas durch meinen Hut und fraß sich durch das Stahlgeländer der Treppe.

»Was zum Geier?«, entfuhr es mir, bevor ich auf die Idee kommen konnte, die Frage einzutippen. Ich blieb lieber unten, weil ich fürchtete, das Ganze könnte sich wiederholen. Ich hatte keine Ahnung, was für eine Art von Waffe da zugeschlagen hatte. Jedenfalls war ich völlig durchnässt vom Teichwasser.

»Meine Haare!«, schrie Nadia.

Etwas Unmenschliches schrie zurück und stürzte sich als kaum sichtbarer Schemen aus dem Teich. Ich bemerkte vor allem einen Schwall Wasser und Zähne, dazu bleiche, magere Arme mit Klauenhänden, die sich nach Nadias Kehle reckten. Sie ließ sich blitzartig auf den Rücken fallen und schleuderte die kreischende Undine mit angezogenen Beinen über ihren Kopf.

Besagte Undine landete direkt auf mir, und ich knallte schmerzhaft auf eine Stufenkante. Vor Schreck ließ ich mein Telefon fallen. Instinktiv zerrte ich den Stock, der mir zum Glück nicht entglitten war, schützend vor den Hals und ergriff das andere Ende mit der linken Hand, während die Undine sich herumschlängelte, bis sie mir zugewandt war. Auf der Suche nach der Angreiferin schwenkte Nadia die Taschenlampe und beleuchtete das Geschöpf von der Seite. Ein von Schmerz und Wahnsinn entstelltes Gesicht blitzte mich mit Zähnen wie Scherenklingen an. Wie beim Bankdrücken stieß ich den Stock weg von mir, damit sie mir nicht die Halsschlagader aufreißen konnte. Sie wog bestimmt kaum vierzig Kilo, da musste es doch möglich sein, ihren Angriff abzuwehren.

Die Undine sah das anders.

Sie versuchte gar nicht erst, an meinen ausgestreckten Armen und dem Stock vorbeizukommen, sondern wechselte einfach das Ziel. Sie packte mich am linken Arm und biss mit aller Kraft durch den Mantelstoff. Die messerartigen Zähne bohrten sich durch den Kaschmir und gruben sich in mein Fleisch. Feuer brandete durch meine Nerven, und mein Griff um den Stock löste sich. Kurz darauf lag mein Hals ungeschützt vor ihr, wie von ihr beabsichtigt. Sie riss sich von meinem Arm los, die Zähne bedeckt mit meinem Blut, und holte fauchend zum tödlichen Biss aus.

In diesem Moment ertönte eine Art leises Schmatzen, und ein Ruck ging durch ihren Oberkörper. Sie stieß ein ächzendes Gurgeln aus und hatte mich auf einmal ganz vergessen. Nadia hatte ihr das Schwert unterhalb der Rippen hineingerammt und mindestens ein halbes Dutzend lebenswichtige Organe durchbohrt. Auch wenn die Undine gefeit war gegen Eisenvergiftung, gegen spitze Waffen war sie es nicht. Nadia drehte die Klinge, und die Undine stöhnte noch einmal auf. Dann sackte ihr Kopf nach unten, und ihre Züge erschlafften.

Nadia zog das Geschöpf von mir weg und leuchtete mich an. »Alles in Ordnung, Al? Tut mir leid, dass ich nicht schneller war.«

Weil ich mein Telefon nicht zur Hand hatte, beschränkte ich mich auf ein knappes Nicken und suchte in meinen Taschen nach einem Siegel der Wundschließung. Das Blut floss ziemlich stark, und die Rechnung von der Reinigung wollte ich mir lieber nicht ausmalen.

»Oh, die hat dich ja ganz schön zugerichtet, wie ich sehe. Na ja, mich hat sie auch erwischt.« Sie richtete die Taschenlampe auf ihren Kopf. »Hat mir glatt den Irokesen abrasiert. Echt wild. Eine Klinge aus Wasser. Sie hat sie mit purer Magie geformt und auf uns geschleudert, bevor sie wie ein irrer Alligator losgestürzt ist.«

Die Klinge hatte mir den Hut weggerissen und wahrscheinlich die Krone weggesägt – zumindest nach dem Schaden am Geländer zu urteilen. Doch das war unwichtig. Hätte ich nicht nach Nadias Warnung sofort den Kopf eingezogen, wäre ich nicht mit dem Leben davongekommen.

»Jetzt versteh ich, warum die Undine der Pixie Angst gemacht hat«, bemerkte Nadia.

Nachdem ich meinem Arm ein wenig Zeit zum Heilen gelassen und Nadia mein Telefon gefunden hatte, erklärte ich, dass wir die Leiche nach oben tragen mussten. Das erwies sich als schwere Schlepperei, vor allem an der Stelle, wo der tote Dr. Larned lag, dessen Taschenlampe ich diesmal mitnahm. Schließlich stießen wir wieder zu Buck und Cowslip in der Schaltzentrale. Ihre Gefangenen wirkten ein wenig zerzaust und mitgenommen, vor allem weil ihnen von dem ausgestochenen Auge noch immer Blut übers Gesicht rann. Stolz überreichte mir Buck ihre Papiere. Den Mann um die vierzig mit der gelockerten Krawatte hatten wir schon per Telefon kennengelernt. Seine Kollegin war eine jüngere Weiße mit kurzem dunklem Haar und kantigem Kinn.

[Ausgezeichnet. Schau doch mal draußen nach, ob die Bean Sídhe noch da sind.]

»Alles klar.« Angeregt plaudernd wie alte Freunde, verließen der Hobgoblin und die Pixie das Zimmer.

Ich gab Nadia ein Siegel der Gesteigerten Muskelkraft.

»Wozu brauche ich das?«

[Du musst die zwei Agenten raufschaffen und beim Eingang ablegen. Und ein Stück entfernt stapelst du die Undine und die anderen Feenleichen aufeinander, aber auf keinen Fall in der Nähe der Bäume.]

»Zeit zum Aufräumen, was?«

Ich nickte.

»Meinst du, diese Drohne, von der der Doktor geredet hat, wird noch kommen?«

[Wenn, dann hätte sie schon längst zugeschlagen. Das war bestimmt bloß eine leere Drohung.] Mit der Taschenlampe in der Hand trat ich hinaus in den Gang, weil ich vor dem Verlassen des Geländes noch die anderen Räume durchsuchen musste.

Es gab eine kleine Küche und Schlafkabinen mit Toiletten, dazu ein medizinisches Labor, wie ich aus der Einrichtung schloss. Ich stieß auf keine weiteren Agenten. Die ganze Anlage – besonders die Daten über die wissenschaftlichen Experimente an den Feenwesen – musste zerstört werden. Gegen Informationen, die irgendwo auf einem Server gespeichert waren, war ich allerdings machtlos. Außerdem konnte CLÍO-DHNA die Sache irgendwann wieder anrollen lassen. Doch mit der Auslöschung dieses Stützpunkts und Hatchers Neutralisierung waren meine Probleme fürs Erste gelöst.

Zum Glück war BRIGHID eine Göttin des Feuers und hatte

für den Fall, dass man einfach mal alles niederbrennen musste, das ideale Instrument geschaffen: das Siegel des Reinigenden Feuers. Genau zu diesem Zweck hatte ich einen ganzen Stapel davon mitgebracht, obwohl ich dadurch gezwungen war, demnächst Feuersalamanderherzen zu beschaffen, damit meine Vorräte an der entsprechenden Tinte nicht zur Neige gingen. Die Aktivierung war mit einer Verzögerung ausgerüstet, sodass man nach Erbrechen des Siegels zehn Sekunden Zeit hatte, um sich in Sicherheit zu bringen. Ich öffnete das erste über Dr. Larneds Leiche auf der Treppe und hinterließ danach in jedem Raum ein Siegel. Sie entzündeten sich, und bald loderten überall die Flammen. Als ich die Anlage verließ, fühlte sich mein Rücken unangenehm geröstet an. Ich wünschte, ich könnte behaupten, dass ich mit Sonnenbrille und in Zeitlupe hinaustrat, während hinter mir die ganze Anlage in die Luft flog. Es war aber nur ein Brand, den die aufgesprengte Tür und das zweifellos vorhandene getarnte Belüftungssystem mit Sauerstoff versorgten.

Sobald ich auftauchte, fingen die beiden halb blinden Agenten an, auf mich einzulabern. Nadia hatte sie unweit des nicht mehr ganz so geheimen Eingangs abgesetzt und sie darüber informiert, dass ich das Sagen hatte und sie sich mit ihren Fragen an mich wenden sollten. Ich schenkte ihnen zunächst keine Beachtung und trat zu den ordentlich aufgestapelten Leichen der mutierten Feenwesen. Erfreut nahm ich zur Kenntnis, dass die Banshees verschwunden waren, ohne die befürchtete Totenklage auf Buck Foi anzustimmen. Sie hatten den Namen der Undine gesungen. Ich erbrach ein Siegel des Reinigenden Feuers über den Feenmonstern und ging zurück zu den Agenten.

Auch ohne Sonnenbrille war es ein cooler Effekt in der Dunkelheit. Oder ein schauriger Effekt. Beim Anblick der Flammensäule, die plötzlich über den Leichen hochschlug, während ich auf sie zusteuerte, vergingen den Agenten alle Drohungen und Racheschwüre.

Das Feuer war ein guter Freund.

[Kann ich mal dein Rasiermesser haben?], fragte ich Nadia.

»Klar.« Sie kramte es aus ihrer Tasche und reichte es mir.

[Danke. Ihr könnt euch schon mal alle in den Wagen setzen. Ich komme gleich nach.]

Buck hängte sich den Beutel mit seinen Miniaturrackern über die Schulter und versprach Cowslip eine Überraschung. Ich wartete, bis sie und Nadia weg waren und baute mich so auf, dass die Agenten keinen Blick auf den Wagen hatten. Dann steckte ich mein Handy weg. »Jetzt können wir reden. Tut mir leid um eure Augen, das war nicht meine Absicht. Ich hatte die Hoffnung, dass ihr einfach abhaut. Leider hat dieser verrückte Wissenschaftler das nicht zugelassen. Ich wollte, dass ihr verschwindet, weil ich ein Monster töten musste. Allerdings seid ihr diejenigen, die die Monster geschaffen haben, oder?«

Die Frau ergriff das Wort. »Das waren nicht wir. Das war Dr. Larned. Wir sind bloß Einsatzkräfte.«

»Verstehe. Dann seid ihr also diejenigen, die seine Monster losgeschickt haben, damit sie Menschen umbringen und fressen. Vielleicht sollte ich mit euch genauso verfahren wie mit denen da?« Ich nickte in Richtung der brennenden Leichen.

»Nein, nein«, protestierte der Mann. »Das ist nicht nötig. Wer sind Sie überhaupt?«

»Eine seltene Art von Gesetzeshüter. Vertreter einer ganz anderen Agentur als eurer. Wenn es um Feenwesen auf diesem Planeten geht, habe ich weitreichende Befugnisse, Unrecht wiedergutzumachen. Und ihr habt großes Unrecht begangen. Hatcher in Amerika ist erledigt, bloß damit ihr es wisst. Und sein drolliger Troll auch.«

Die Agenten tauschten einen kurzen Blick mit den verbliebenen Augen aus, bevor ihnen einfiel, dass sie sich damit vielleicht verrieten.

»Also, angesichts eurer Vergehen könnte ich euch beide einfach in Brand stecken und hinterher ruhig schlafen. Eure Motive sind mir egal. Aber mich würde interessieren, was ihr in diesem Sperrgebiet Area 51 versteckt habt. Wenn ihr mir verratet, was dort ist, werde ich gnädig sein und euch am Leben lassen.«

»Das wissen wir nicht«, erwiderte die Frau.

»Aliens«, sagte der Mann unmittelbar darauf. »Es ging immer bloß um Aliens.«

Die Frau starrte ihn aus ihrem einen Auge böse an, und ich lachte.

Eigentlich war mir das gar nicht so wichtig. Ich hatte nur ihre Antwort hören wollen. »Dachte ich mir schon. Danke. Na schön.« Ich zog meinen »offiziellen« Ausweis heraus. »Ich zeige euch jetzt, für wen ich arbeite.« Das weckte ihre Neugier und setzte sie voll den Siegeln an meinem Ausweis aus. So konnte ich ihnen befehlen, einen genauen Blick auf die nächsten zwei zu werfen. Nacheinander zeigte ich ihnen den Lethefluss und den Erholsamen Schlaf, und sie sackten ohnmächtig zurück ins Gras. Nach dem Aufwachen würden sie die niedergebrannte Anlage sehen oder vielleicht sogar in Gewahrsam sein. Wichtig war, dass sie sich nicht mehr erinnern konnten, wie das alles aus dem Ruder gelaufen war, wie sie ein Auge verloren hatten und wem sie das zu verdanken hatten. Mit Nadias Rasiermesser schnitt ich ihre Fesseln durch, dann breitete ich ihre Papiere neben ihnen aus. Da musste die CIA den schottischen Behörden sicher so einiges erklären, und die Verantwortung würde an Hatcher hängen bleiben.

Ich betrachtete mein Werk und war zufrieden. Keine besonders saubere Lösung, aber zumindest ein Pflaster auf der

Wunde, die nun verheilen konnte, falls CLÍODHNA nichts dagegen hatte.

Als ich in den Wagen stieg, bewunderten Buck und Cowslip gerade die vielen Goth-Nadias, die als Miniaturen auf dem Altartryptichon abgebildet waren. Ich gab das Rasiermesser zurück, und meine Managerin fuhr uns ins Dorf. Ich staunte, dass alles so ruhig war. Eigentlich hätten doch inzwischen irgendwelche Gesetzeshüter oder Feuerwehrleute ausgerückt sein müssen, um der donnernden Explosion und dem anschließenden Brand am Hügel auf den Grund zu gehen – zumal das Feuer wirklich gut zu sehen war, als wir von der Straße abbogen und zurückblickten. Trotzdem herrschte im Dorf Totenstille.

Ich ließ Nadia vor dem Gargunnock Inn halten, und wenig später begriff ich, warum niemand unserem Überfall Beachtung geschenkt hatte. Alle saßen drinnen bei hochgedrehter Lautstärke vor einem Fußballspiel im Fernsehen. Wie viel von der Welt konnte niederbrennen, wenn im Fernsehen Fußball lief?

[Buck, plopp mal ganz schnell da rein und klau ein Telefon. Die Herausforderung ist, dass du es stiehlst und wieder zurückbringst, ohne dass jemand was merkt.]

Er verschwand, und weiter hinten lachte Cowslip nervös. »Also, Herr Siegelagent, was wird jetzt aus mir?«

[Das weiß ich noch nicht so genau. Was wünschst du dir denn?]

»Ich würde gern nach Tír na nÓg zurückkehren, aber das geht nicht.«

[Stimmt, das geht nicht.]

»Darf ich vielleicht hierbleiben?«

[Nicht bei mir, doch vielleicht finde ich irgendwo eine seriöse Stelle für dich.]

»Meine Injektionen kann ich nicht mehr bekommen, oder?«

[Leider nein.]

»Dann kriege ich bald Schmerzen und sterbe vielleicht.«

[Vielleicht], gab ich zu. [Aber ich hätte da eine Idee.]

Buck kam zurück und hielt triumphierend ein altes Klapp-handy hoch. »Hab eins!«

[Nadia, sag bitte Bescheid, dass es da oben brennt, damit die Agenten gefunden werden.]

»Eine besorgte Bürgerin?«

[Kannst du auf verängstigt oder aufgebracht machen? Bonuspunkte für beides.]

Nadia rief den Notdienst an und stauchte die Person am anderen Ende zusammen. »Da oben am Hügel brennt es, verdammte Hacke, und ihr schaut Fußball! Geht einfach mal vor die Tür, es ist nicht zu übersehen! Zieht endlich den Daumen aus dem Hintern und macht eure Arbeit!«

Sie schaltete ab und warf das Telefon Buck zu, der sofort wieder abzischte. »Das sollte wohl wirken, oder?«

[Aye. Eine Flasche Whisky auf meine Kosten. Du kannst sie dir aussuchen.]

»Und eine Gehaltserhöhung?«

Ich grinste sie liebevoll an. [Ein großzügiger Bonus, denke ich.]

FLUCH UND SEGEN

Ein Anruf bei meinen Kollegen brachte die Lösung für Cowslips Problem – hoffte ich zumindest. Mei-ling erklärte sich bereit, die Pixie aufzunehmen und ihre schmerzhaften Entzugserscheinungen mit Siegeln zu behandeln. Für den Fall von Cowslips Überleben versprach ihr Mei-ling eine rechtlich bindende Anstellung bei ihrer Schülerin. Das ersparte Cowslip Reisen nach Tír na nÓg und jede Begegnung mit Bean Sídhe, die CLÍODHNA an ihre Existenz erinnern würden. Sicher war das nicht das Leben, das sich Cowslip vorgestellt hatte, doch wenigstens hatte sie damit die Sicherheit, die sie als Opfer des Feenhandels brauchte und verdiente.

Voller Erleichterung konnte ich den anderen Siegelagenten berichten, dass ich das Fiasko vor meiner Haustür bereinigt hatte. Natürlich mussten wir wachsam bleiben, weil CLÍODHNA jederzeit einen neuen Versuch starten konnte. Wahrscheinlicher war allerdings, dass sie unser Ableben abwartete, in der Hoffnung, dass die nächste Generation sie nicht mehr auf dem Schirm haben würde. Meine Kollegen waren wohl erfreut, dass die Sache erledigt und dass ich dabei nicht ungeschoren davongekommen war, wie das blaue Auge bezeugte, das mir der Leprechaun verpasst hatte. Zwei Tage später meldete Eli, dass man Hatcher nach dem Riesenschlamassel in Gargunnock anscheinend nicht gefeuert, sondern bloß degradiert hatte. Der Vorfall hatte so etwas wie eine internationale Krise hervorgerufen, weil sich Schottland nicht eben begeistert zeigte, als sich nach der Sprengung eines seiner malerischen Berge herausgestellt hatte, dass die CIA dort ein Geheimlabor betrieben hatte. Hatcher verfügte nach wie vor über seine zwielichtigen Offshore-Konten, auf die wir nicht zugreifen konnten, aber wenigstens kommandierte er keinen Trupp von Feenmonstern mehr und auch sonst nicht viel. In nächster Zeit war von ihm nicht mit neuen Operationen zu rechnen, und CLÍODHNA würde garantiert nicht mehr mit ihm zusammenarbeiten. Anscheinend hatte er es irgendwie geschafft, die Leiche des Trolls aus dem Swimmingpool zu entfernen – das schlossen wir zumindest aus der Tatsache, dass in den Nachrichten nichts dergleichen berichtet wurde.

Ich genehmigte kurzfristige Aufenthalte für Gottheiten, die in den Alpen Ski fahren wollten, und warnte die anderen Siegelagenten zugleich vor möglichen Vorfällen dort. Nach kurzer Überlegung verwarf ich den Gedanken, persönlich dort nach dem Rechten zu sehen, da mich niemand eingeladen hatte und ich Schnee sowieso nicht leiden konnte.

Nach der Beilegung der verschiedenen Krisen fand ich endlich Zeit, Gordies Tinten und Ingredienzen zu sortieren, damit ich sie entweder aufbewahren oder auf angemessene Weise entsorgen konnte. Ein Detective vom Dezernat Menschenhandel meldete sich und dankte mir für die Angaben zu den beiden Zuhältern. Falls ich wieder einmal auf solche Informationen stoßen sollte, so teilte er mir mit, würde ihn das sehr freuen. Und wie *war* ich eigentlich darauf gestoßen? Ohne auf seine Frage einzugehen, versprach ich ihm, alle Neuigkeiten in diesem Zusammenhang an ihn weiterzuleiten.

Allerdings konnte ich in nächster Zeit nicht unbedingt mit entsprechenden Informationen rechnen. Saxon Codpiece war noch nicht zurückgekehrt, und ich hatte keine Ahnung, wann und ob er überhaupt wieder auftauchen würde. Vermutlich wartete er ab, bis ihn alle für tot hielten, um dann ganz in

Weiß wie Gandalf zurückzukehren und mir zu erzählen, dass er in den Minen von Moria Balrogs erschlagen hatte.

Für alle Fälle nahm ich mir vor, mich in einigen Tagen bei dem Detective zu erkundigen, ob die Opfer weiterhin anständig versorgt wurden. Wenn alles gut aussah, konnte ich ihn vielleicht irgendwie ohne Saxons Hilfe mit neuen Hinweisen versorgen.

Detective Inspector Munro hatte sich nicht mehr blicken lassen, und das war mir ganz recht so, obwohl ich zugleich hoffte, ihr eines Tages einen Gefallen erweisen zu können, als Ausgleich für den wiederholten Gedächtnisverlust, den sie meinetwegen erlitten hatte. Wenn sie mich jemals in Gesellschaft von Buck sah, dem kleinen rosa Mann, der sie einmal auf die Nase geboxt hatte, konnte ich sie bestimmt nie wieder abschütteln.

Am Donnerstag machte ich meinen gewohnten Ausflug zur Mitchell Library und gab mein ausgeliehenes Buch zurück. Ich besuchte Mrs MacRae im dritten Stock – ihr Schal war diesmal eine Orgie aus Herbstfarben – und bat sie um Hilfe bei der Suche nach Büchern in der Sammlung Okkultes und Mythologie, die sich speziell mit Flüchen von Gottheiten befassten – im Gegensatz zu Flüchen von Hexen oder Hexern.

Ihre Augen wurden ein wenig größer, als ihre Finger über die Tasten flogen. »Fühlen wir uns heute ein wenig von Gott verflucht, Mr MacBharrais?«

[Ich erkundige mich für einen Bekannten.]

»Natürlich, natürlich. Aber selbst wenn Ihr Bekannter verflucht ist, ist er in gewisser Weise auch gesegnet, finde ich.«

[Wie das?]

»Nun, Götter tun uns nur selten etwas. Oder für uns. Ich jedenfalls habe trotz aller Gebete keine Hilfe bekommen, als ich meinen Mann am Leben erhalten wollte. Da ist es doch schon eine Errungenschaft, wenn man jemand ist, den ein Gott verfluchen möchte. Es gibt ja ein paar schöne Beispiele. Tantalus. Er hat seine Strafe sicher verdient, auch wenn sie bei genauerer Überlegung eher nach dem Tod kam als zu seinen Lebzeiten. Auf Cassandra lastete ein mächtiger Fluch. Aber wissen Sie, bei diesem alten Seemann von Coleridge war ich mir nie so sicher. Hat er es wirklich verdient, dass er in alle Ewigkeit als Untoter herumstreift und dass seine ganze Mannschaft umkommt, bloß weil er einen Albatross erschossen hat? Ich weiß nicht, ob die Waage der Gerechtigkeit an diesem Tag richtig funktioniert hat. Und einen Tag, an dem sie für alle richtig funktioniert, gibt es sowieso nicht.«

Ich grinste sie bloß an.

»Ach, ich rede dummes Zeug, nicht wahr? Verzeihen Sie mir.«

[Da gibt's nichts zu verzeihen. Ich finde den Fall des alten Seemanns auch problematisch.]

»Mir tun einfach seine Matrosen leid, verstehen Sie? Schließlich ist es nicht ihre Schuld, wenn sie bei so einem Mistkerl arbeiten, und trotzdem bezahlen sie mit ihrem Leben dafür.«

[Auf jeden Fall ist es ein Beleg für die Gefahren einer Existenz in der opiumbenebelten Fantasie eines Dichters. Und für das Prinzip des Kollateralschadens.]

»Ja, Kollateralschaden. Eine Schande. Also, ich schreib Ihnen ein paar Sachen auf …«

Während sie Titel und Katalognummern notierte, ließ ich meine Gedanken weiter in diese Richtung schweifen. Was, wenn ich gar nicht das Hauptziel des Fluches war, sondern nur ein Kollateralschaden? Vielleicht war eine Gottheit böse auf jemanden – sehr wahrscheinlich auf einen anderen Gott –, und weil sie ihren Zorn nicht an diesem auslassen konnte, hatte ich ihn zu spüren bekommen. Konnte das sein?

Sinn ergab das nur, wenn jemand böse auf BRIGHID war. Einen Siegelagenten angreifen, zermürben, schwächen, um

BRIGHID eins auszuwischen … nun, das war eine einleuchtende Möglichkeit. Einige Pantheons waren nicht erfreut über die Bindung an Verträge. Unter Umständen lohnte es sich wirklich nachzuforschen, ob jemand ein Motiv für so ein Vorgehen hatte.

Ich musste meinen Flüchen auf den Grund gehen, wenn ich nicht wollte, dass Buck ebenfalls zum Kollateralschaden wurde und wie meine Schüler endete. Die Uhr tickte, und mir graute davor, ihm davon zu erzählen, auch wenn ich wusste, dass ich ihm diese Offenheit schuldete. Die Entscheidung über seine eigene Zukunft lag bei ihm, und ich durfte sie nicht an seiner Stelle treffen.

Das Ausscheiden aus meinem Dienst war eine naheliegende Option, obwohl der Ausgang auch dann ungewiss war. Es konnte funktionieren – das war sogar wahrscheinlich –, doch es gab keine Sicherheit. Vielleicht hatte der Fluch Buck bereits unwiderruflich getroffen. Eine andere rettende Möglichkeit für ihn war, dass ich das Zeitliche segnete, denn wenn ich nicht mehr da war, war sicher auch die Kraft des Fluches gebrochen. Allerdings konnte ich mich mit dieser Vorstellung nicht so recht anfreunden. Da waren noch so viele Tinten zu mischen, Haselnuss-Lattes zu schlürfen und Menschen zu unterstützen. Außerdem gab es diese Bibliothekarin, die wie niemand anders seit dem Tod meiner lieben Gemahlin mein Herz zum Singen brachte, und diesem Gesang wollte ich noch ein wenig länger lauschen.

Da fand ich es besser, BRIGHIDS Rat folgend den Urheber des Fluchs und damit den Fluch selbst zu beseitigen.

Schließlich schob mir Mrs MacRae ein Blatt Papier zu. Passend zu ihrem Schal, waren ihre Fingernägel leuchtend orange lackiert. »So, da hätten wir vier Titel für den Anfang.«

[Herzlichen Dank, Mrs MacRae.]

»Es war mir ein Vergnügen, wie immer, Mr MacBharrais.«

[Ganz meinerseits.] Ich nickte ihr zum Abschied zu und trat mit der Liste ans Regal.

Ich schwöre auf die Theorie, dass sich die Antworten nicht für immer vor uns verstecken können, wenn wir nur hartnäckig genug nach ihnen suchen.

EPILOG

DER RAUBZUG

Einen Hobgoblin bei Laune zu halten ist nicht ganz leicht, doch es lohnt sich stets. Ein glücklicher Hob pfuscht einem weniger dazwischen und rettet einem vielleicht sogar irgendwann das Leben. In Virginia hatte Buck mich und Eli wahrscheinlich vor dem Schlimmsten bewahrt. Und auch der Einsatz in Gargunnock wäre ohne ihn wohl kaum so glimpflich für mich ausgegangen. Außerdem, wenn man jemandem einen Traum erfüllen konnte und es nicht tat, was war man denn dann für ein egoistischer Kotzbrocken?

So schmiedeten Nadia und ich einen Plan, und nachdem am Freitagabend die Angestellten der Tagschicht nach Hause – oder wahrscheinlicher ins Pub – gegangen waren, forderte ich Buck per SMS auf, in die Druckerei zu kommen.

»Was is' denn so wichtig?«, fragte er bei seiner Ankunft.

Nadia und ich saßen am Whiskytisch und genossen ein Glas. Neben der Karaffe stand ein schmaler verschlossener Karton.

»Wir haben ein Geschenk für dich.« Nadia zückte ihr Rasiermesser und schnitt das Klebeband an der Schachtel durch. »Hier drin.«

»Was is'n das?«

»Schau selbst nach.«

Er zog die Klappen zurück und entfernte Polstermaterial. Als der Inhalt zum Vorschein kam, traten seine Augen hervor, und die Kinnlade rutschte ihm nach unten. »Wow. Is' das euer Ernst? Sind das meine Etiketten? Stein und Bein, das *sind* meine Etiketten!«

Er zog eins heraus und bewunderte es. Über dem diamantförmigen Logo in einem Kreis stand in kunstvoller Schrift:

Buck Foi's Best Boosted Spirits
Der beste geklaute Highland-Whisky
Zum Gedenken an Holga Thunderpoot
Einzelfassabfüllung
10 Jahre gereift
45 % Vol.

Wir grinsten ihn an, und Nadia erklärte: »Unten im Keller haben wir Paletten voller Flaschen und einen Mixer, damit du ihn von Fassstärke auf 45 Prozent verdünnen kannst. Wenn du es richtig machst, kriegst du ungefähr zweihundert Flaschen aus einem Fass.«

»Dann brauchen wir also bloß noch das Fass?«

»Genau. Bist du bereit für einen Whisky-Raubzug mit dem Hexenwagen?«

»Bei allen Höllen, ja! Trinken wir auf Lhurnog!«

Bevor wir noch etwas sagen konnten, ploppte er aus dem Büro. Nadia und ich lachten. Wahrscheinlich war er schon auf dem Parkplatz und zappelte ungeduldig vor dem Transporter herum.

Wir fuhren hinaus zu einer Brennerei in den Highlands, die zehn Jahre alten Whisky im Fass hatte. Als wir ankamen, war es bereits dunkel. Mit der Melone auf dem Kopf – einer neuen, da die Undine meine alte komplett ruiniert hatte – trat ich vor den Wagen, damit uns auf dem Weg zu dem Gebäude keine

Überwachungskameras erfassten. Ein Siegel sperrte die Tür zur Lagerhalle auf. Buck suchte das Fass aus und rollte es mit einem breiten Grinsen im Gesicht zum Wagen. Wir luden es ein und fuhren wieder zurück. Unterwegs schmetterte Buck fröhliche Lieder über die Freuden des Whiskystehlens.

Was Buck nicht wusste, war, dass am Montagmorgen – vermutlich kurz nach Entdeckung des Diebstahls – ein ausgesprochen gut gekleideter Feenvertreter die Brennerei mit einem Koffer voller Bargeld betreten würde. Mithilfe der geknackten Passwörter hatte Nadia Gordies sämtliche Off-shore-Konten leergeräumt und wusch das Geld jetzt über die Druckerei. So konnte sie die Zahlung an Saxon in Höhe von zwanzigtausend Pfund ausgleichen und darüber hinaus hohe Reserven bilden. Abgesehen davon, dass Nadia einen mehr als verdienten Bonus bekam, weil sie mir das Leben gerettet hatte, erhielten wir auf diese Weise, ohne unser Gewissen zu belasten, reichlich Mittel für Agenturangelegenheiten, für einen kleinen Fonds zur Unterstützung der Opfer von Menschenhändlern und für das Lieblingsprojekt eines gewissen Hobgoblins. Und das Bargeld im Koffer reichte, um die Brennerei für den Verlust von zweihundert Flaschen Whisky mehr als großzügig zu entschädigen.

Als wir mit den Spirituosen wieder in der Druckerei eintrafen, war es schon kurz vor Mitternacht. Buck wollte nichts von Schlaf wissen, bevor wir nicht zumindest eine Flasche abgefüllt, verschlossen und mit einem Etikett versehen hatten.

Er strahlte übers ganze Gesicht und drückte sie schließlich schluchzend an die Brust. »Das ist einfach *wunderschön*«, rief er. »Ich danke dir, MacBharrais. Und auch dir, Nadia. Warum habt ihr das getan?«

[Du hast es dir verdient], erwiderte ich. [Du warst ein guter Hob, und ich weiß deine Dienste zu schätzen.]

»Und ich weiß den Respekt zu schätzen, den du nach diesem ersten Missverständnis für meine Sachen bewiesen hast«, fügte Nadia hinzu. »Außerdem ist gestohlener Whisky einfach der beste.«

»Ja, das stimmt wirklich. Gut, wollen wir raufgehen und anstoßen, bevor wir uns aufs Ohr hauen? Ihr seid bestimmt müde. Den Rest kann ich später abfüllen und am Feenhof vorstellen.«

Oben in meinem Büro riss Buck den Verschluss an der gerade abgefüllten Flasche auf und schenkte uns ein. Dann hob er sein Glas. »Ein Toast! Auf Tinten, Siegel und Rasiermesser, auf gute Chefs und Hexen auf Echsen, darauf, dass wir die Bösen austricksen, wenn es geht, und ihnen in den Arsch treten, wenn es nich' geht, und auf alle Hersteller von edlen Bränden. Sláinte!«

Solche Augenblicke schätze ich: kleine Leuchtfeuer der reinen Freude und Zufriedenheit, die schon nach wenigen Sekunden nur noch Erinnerung sind. Für sie zu leben und zu arbeiten lohnt sich immer.

Sobald Buck den Whisky am Feenhof verteilt und seinen Triumph in vollen Zügen ausgekostet hatte, musste ich mich mit ihm zusammensetzen und ihm erklären, dass er vielleicht nur noch ein Jahr zu leben hatte. Natürlich würde ihm das den Tag verderben, und er hatte jedes Recht, böse auf mich zu sein. Trotzdem schwor ich mir, es nicht einfach dabei bewenden zu lassen. Gemeinsam würden wir einen Weg finden, wie er noch viele Jahre genießen konnte.

GLOSSAR

Bampot (schott.)	»Schwachkopf«
Barghest (gäl.)	Schwarzer Geisterhund
Bean Sídhe (gäl.)	Banshee(s)
Boff Bogdump	»Furz Scheißloch«
BRIGHID (gäl.)	Göttin der Dichtkunst, des Feuers und der Schmiede; Oberste unter den Feen
CLÍODHNA	Königin der Banshees
Clurichaun (gäl.)	Kobold mit einer Schwäche für Alkohol
Cowslip	»Schlüsselblume«
FAND	Königin der Feen
Fir Darrig (gäl.)	Bösartiges Feenwesen
Gag Badhump	»Würg Schlechtbums«
gallus (schott.)	»stilvoll«, »beeindruckend«
Haggis (schott.)	Spezialität aus Schafsinnereien
Hobgoblin (gäl.)	Stets zu Streichen aufgelegter Kobold
Irn-Bru	»Eisengebräu«, orangefarbenes, koffeinhaltiges Getränk
Leprechaun (gäl.)	Kobold, Naturgeist
MacBharrais	(Aussprache: MäcVÄRisch)
MANANNAN MAC LIR (gäl.)	Meeresgott
MORRIGAN (gäl.)	Schlachtengöttin

Neeps und Tatties	»Steckrüben und Kartoffelpüree«
Rammy (schott.)	»Tamtam«
Saxon Codpiece	»Sächsischer Hosenlatz«
Shillelagh (gäl.)	Altirische Schlagwaffe
Slán agat (gäl.)	»Leb wohl«
Tír na nÓg	Land der Jugend. Das irische Gefilde, das einen Wechsel in andere Gefilde erlaubt
TUATHA DÉ DANANN	Die irischen Götter
Weegie Goth	»Glasgow-Grufti«
William Wallace	Schottischer Ritter aus dem 13. Jahrhundert

DANKSAGUNG

Glasgow, du bist klasse. Danke dafür. Das gilt auch für das übrige Schottland. Kimberly und ich waren begeistert von unserem Aufenthalt und können es gar nicht erwarten wiederzukommen. Kurz gesagt, du bist eine magische Stadt und der perfekte Schauplatz für eine moderne Fantasy-Saga. Sollte ein Leser eine Reise nach Glasgow planen, die erwähnten Örtlichkeiten (wie das Gin 71, das Citizen und das Wandgemälde von St. Mungo in der High Street, um nur einige zu nennen) existieren tatsächlich und verdienen einen Besuch. Die Mitchell Library hat eine hervorragende Abteilung zum Thema Okkultes im dritten Stock – nur schade, dass ich nicht wie Al jeden Donnerstag hingehen kann.

Ein dickes Dankeschön für ihr Glasgow-Wissen an Amal El-Mohtar und Stu West und besonders an Stu für seinen sprachlichen Rat. Alles, was trotzdem nicht passt, geht natürlich auf meine Kappe.

Danke an Fran Wilde für ihre außerordentlich freundliche Führung durch Philadelphia.

Meine Wertschätzung und Hochachtung für Füllfedererzeuger ist grenzenlos. Danke, dass ihr weiterhin so schöne Schreibinstrumente herstellt.

Ein ganz besonderer Dank geht an das Team von Del Rey für seine umwerfende Verlagstätigkeit: Metal-Lektorin Tricia Narwani, Alex Larned (ja, der Namensvetter des bösen Doktors), Julie Leung, Melissa Sanford, Ashleigh Heaton, David

Moench, Keith Clayton und Scott Shannon haben alle an diesem Buch gearbeitet, auch wenn nur mein Name vorne draufsteht. Sie haben sich einen endlosen Vorrat an Tacos und Bier verdient.

Bei den Vorbereitungen zu diesem Roman habe ich viele Werke über die Herstellung von Tinten konsultiert und nur einen Bruchteil der dabei gewonnenen Erkenntnisse benutzt. Hinter dem Medium all unserer Schreibsysteme steckt eine bemerkenswerte Geschichte voller Chemie und Erfindungsgeist, die zu endlosen Forschungen einlädt. Als zugänglichen Überblick empfehle ich *Ink* von Ted Bishop. Wer tiefer in die Materie einsteigen will, findet dort eine ausführliche Liste empfohlener Literatur.

Zum Thema Menschenhandel ist das im achten Kapitel erwähnte Buch von Nita Belles mit dem Titel *In Our Backyard: Human Trafficking in the United States and What We Can Do to Stop It* ein guter Ausgangspunkt für ein richtiges Verständnis dieses schmutzigen Geschäfts, das in den Medien oft unter den Teppich gekehrt wird. Auch dort gibt es eine Bibliografie für weitere Nachforschungen.

Last, not least vielen Dank an euch fürs Lesen. Ob euch meine Arbeit neu ist oder ob ihr mich schon seit Beginn der *Chronik des Eisernen Druiden* kennt, ich freue mich, dass ihr es mit *Tinte & Siegel* versucht habt, und hoffe, dass ihr es weitersagt, wenn es euch Spaß gemacht hat. Ich wünsche euch gute Gesundheit, eine hervorragende Saison für euer Fußballteam und so viel Whisky und Käse, wie euer Schlund verträgt.

Ann Leckie
Der Rabengott
Aus dem Englischen von Michael
Pfingstl
368 Seiten, gebunden mit Schutz-
umschlag, mit bedrucktem Farb-
schnitt und Lesebändchen
ISBN 978-3-608-96602-2

»Es ist ein reines Vergnügen, etwas so anderes, so Wunderbares zu lesen.« *Patrick Rothfuss*

Seit Jahrhunderten wird das Königreich Iraden
von einem Gott beschützt: Er heißt »Der Rabe« und
residiert in einem Turm in der mächtigen Hafen-
stadt Vastai. Von dort wacht er über das Reich. Seinen göttlichen Willen lässt er seinem menschlichen Statthalter durch einen Rabenvogel
mitteilen. Aber nun ist der Vogel des Rabengottes
tot. Und die göttliche Regel schreibt vor, dass auch
der Statthalter unverzüglich sterben muss, um
Platz für seinen Nachfolger zu machen …